藏地心迹

周鹏程／著

西南师范大学出版社
国家一级出版社 全国百佳图书出版单位

图书在版编目（CIP）数据

藏地心迹 / 周鹏程著 . -- 重庆 : 西南师范大学出版社 , 2019.5

ISBN 978-7-5621-9790-4

Ⅰ . ①藏… Ⅱ . ①周… Ⅲ . ①报告文学—中国—当代 Ⅳ . ① I25

中国版本图书馆 CIP 数据核字（2019）第 077449 号

藏地心迹

ZANGDI XINJI

周鹏程 著

责任编辑：李 君 喻光明
责任校对：李晓瑞
装帧设计：张 晗 贾梦瑶
排　　版：重庆允在商务信息咨询有限公司
供　　图：谭祺斌、《昌都报》、重庆市第八批援藏工作队
出版发行：西南师范大学出版社
网址：http://www.xscbs.com
地址：重庆市北碚区天生路 2 号
邮编：400715
印　　刷：重庆康豪彩印有限公司
幅面尺寸：160mm × 235mm
印　　张：25.5
字　　数：356 千字
版　　次：2019 年 5 月 第 1 版
印　　次：2019 年 5 月 第 1 次印刷
书　　号：ISBN 978-7-5621-9790-4

定　　价：98.00 元

信仰高于生命

大国精神至上

——向援藏人致敬

谨以此书献给

中华人民共和国成立70周年

目录

序 章

西藏，一生的牵挂

1

120多万平方公里。

这是一片怎样的国土？占祖国疆域的八分之一，人口只有300余万。平均海拔在4000米以上，拥有“世界屋脊”之美誉。

这就是西藏！

西藏是多民族和睦相处的家园，是人与自然和谐共处的天堂。

喜马拉雅山脉绵延2400多公里，在山的“海洋”里，海拔7000米以上的山峰就有40多座，8000米以上的山峰就有10座，8844.43米的珠穆朗玛峰是地球的最高点。

南北最宽1000公里，东西最长2000公里。

这就是西藏！

在过去风云激荡的岁月里，西藏以巍峨雪山之姿态屹立于西南边陲。在当代中国40年伟大变革的历史中，西藏同样发生着沧海桑田、翻天覆地的变化。

时间留下了深深烙印。

这些烙印给人们汲取智慧、继续前行的力量；这些烙印紧紧把西藏团结在以习近平总书记为核心的党中央周围。

“1951”“1965”“2018”，这三个普通的数字，是西藏从农奴社会奔向社会主义康庄大道过程中的重要时间节点，串联起政通人和、民族团结、百业俱兴的新气象。

“解放西藏宜早不宜迟。”1950年，中国人民解放军进军西藏。1951年5月23日，中央人民政府和西藏地方政府签订《中央人民政府和西藏地方政府关于和平解放西藏办法的协议》（简称《十七条协议》），标志着西藏和平解放。从此，祖国实现了大陆的完全统一。百万农奴得到解放，就像一首歌中唱的那样：“北京的金山上光芒照四方，毛主席就是那金色的太阳。多么温暖，多么慈祥，把我们农奴的心儿照亮。我们迈步走在社会主义幸福的大道上……”

历史不会失忆。西藏一直是中国的一部分，西藏各族人民是中华民族大家庭的重要成员。唐宋时期西藏称为“吐蕃”，元明时期称为“乌斯藏”，清初称为“唐古特”“图伯特”等。清朝康熙年间起称“西藏”，并沿用至今。

西藏的自然风光雄伟壮观、神奇瑰丽，地域辽阔，资源丰富，有陆地国界线4000多公里。

雪域上的五星红旗，是高原上的中华红。1965年是西藏历史的新纪元，这一年9月，西藏自治区正式成立。它是中国5个少数民族自治区之一，但是这个自治区成立的意义非同凡响，它成立的过程更是14年的冰火考验！

从1951年和平解放到1965年西藏自治区成立，这期间西藏并不像辽阔的草原那样平静。

经历过生死，平息了叛乱，才有了伟大的民主改革。1959 年 3 月 10 日，西藏上层反动组织在外国势力的支持下，破坏《十七条协议》，发动武装叛乱。中共中央果断决定，解散地方政府，“边平边改”，对西藏进行全面的民主改革，彻底废除了政教合一的封建农奴制度。从而建立起各级人民政权，实现了人民真正当家做主。这是历史的飞越，也是人类的奇迹！

实践证明，以毛泽东为核心的党的第一代中央领导集体所制定的进军西藏、和平解放、平息叛乱、民主改革、自治区成立等一系列方针政策，完全符合西藏实际，代表了西藏广大人民的根本利益。

这些决策，开启了西藏走向兴盛的壮阔征程……

从 1978 年以来，中国奏响了改革开放的激扬乐章。中国共产党带领亿万人民，始终艰苦奋斗、顽强拼搏；始终上下求索、锐意进取；始终与时俱进、一往无前；始终敞开胸襟、拥抱世界。改革开放大潮从历史深处奔涌而来，向民族复兴的伟大目标澎湃而去，开辟出一条中国特色社会主义道路，书写了中国发展进步的壮丽史诗。

“中国改革不停顿、开放不止步，中国一定会有让世界刮目相看的新的更大奇迹。”2018 年，改革开放 40 周年之际，习近平总书记豪迈的话语，向世界宣示了中国改革开放的信心和决心。

这 40 年里，西藏与祖国的脉搏一起跳动。

这 40 年里，西藏与祖国同舟共济。

2

2015 年 1 月 12 日，习近平总书记同中央党校第一期县委书记研修班 200 余名学员座谈期间，回忆了自己任福建省委副书记时在那曲援藏期间的所见所闻。他指出，西藏的环境很脆弱，所以发展经济时

要注重生态保护，不要捡了芝麻掉了西瓜。

2017年10月28日，习近平总书记在给西藏隆子县玉麦乡牧民卓嘎、央宗姐妹的回信中指出：“‘家是玉麦，国是中国，放牧守边是职责’，你们这些话说得真好。有国才能有家，没有国境的安宁，就没有万家的平安。”

从1998年到2018年，二十年如一日。从福建到中央，习近平同志都对援藏工作、西藏工作身体力行，饱含深情，为援藏工作树立了光辉典范；他针对西藏工作的重要指示，是援藏人做好援藏工作的基本纲领和行动指南。1998年6月17日至20日，时任福建省委副书记的习近平率福建省第二批援藏干部进藏，在短短的4天时间里，留下了许多有关援藏的好风范、好指引，比如：“把氧气袋让给‘高反’严重的同志”“支援西藏不仅是一项重要的经济任务，也是一项重要的政治任务”“援藏工作就像接力棒”。2014年8月，习近平总书记就川藏、青藏公路通车60周年做出重要批示，要求进一步弘扬“两路”精神，助推西藏发展。

这一切表明，习近平总书记从来都是把援藏工作当作政治任务、长期任务，进行认识、推进、落实的。

习近平总书记的光辉典范，吹响了中华民族援藏奋进的声声号角！

西藏新期盼，援藏新指向。是的，高原上最稀缺的是氧气，最宝贵的是精神。24 年来，一代又一代共产党员舍弃常人所拥有的、放弃常人所享受的，扎根雪域高原，矢志艰苦奋斗，为“老西藏精神”注入了新的时代含义。

3

1995 年以来，一批又一批内地干部带着神圣的使命奔赴雪域高原……

今天的援藏人都认识到，援藏是政治，是光荣的接力棒；援藏是建藏，目标是西藏的全面小康；援藏是团结，是汉藏融合的桥梁。

到 2018 年，西藏自治区成立 53 年来，民族区域自治制度得到切实

落实：自治区人大及其常委会先后制定了数百件地方性法规和具有法规性质的决议、决定，涉及政治、经济、文化等各个方面，西藏各级人大代表中，藏族和其他少数民族代表占 94% 以上。一大批藏族和其他少数民族干部迅速成长，成为建设西藏、发展西藏的骨干力量，藏族和其他少数民族干部人数比重超过 70%，县、乡两级主要领导中，藏族和其他少数民族人数占 80% 以上。

西藏实现了完全意义上的自治。但是，由于历史原因和自然条件的限制，西藏的经济和社会发展并不乐观。

让我们来看看从 1952 年至 2018 年国家财政给西藏的补助情况。1952 年中央给西藏的财政补助是 1046.6 万元，到 2010 年，这一数字为 531 亿元，到 2018 年，中央给西藏的财政补助是 12231.88 亿元。“西藏用出去的每 100 元中有 93 元是中央补助的。”这句话一点儿不假。

“真金白银”，扶持政策，凝聚了党中央和全国人民对西藏的厚爱。

1994 年至 2018 年，对口援藏省市、中央有关部门和国有重要骨干企业共选派 8000 多名干部到西藏工作。西藏全区 73 个县（区）和双湖特别行政区以及自治区和地市主要直属部门都在受援范围之内。

从昌都到阿里，从山南到那曲，对口援藏为当地的发展提供了不竭的动力。统计显示，对口支援省市和单位累计向西藏无偿援助资金、物资折合人民币 368 亿元，实施援助项目 9000 个。

一批批援藏干部，一笔笔援藏资金将西藏和内地更加紧密地联系在一起。

中央支持，全国援藏。到 2018 年底，西藏地区生产总值达到 1477.63 亿元，同比增长 9.1%，增速位居全国第一。与和平解放初期相比，西藏经济总量翻了 190.27 倍。

2018 年，西藏城乡居民人均可支配收入分别达到 33 797 元和 11 450 元，分别增长 10.2% 和 10.8%。

数字无言，彰显巨变。

“2018”这个吉祥的数字，是中国改革开放40年的盘点，是写在祖国大地上的壮美诗篇。同样，“2018”这个吉祥的数字，也是西藏历史上的重要节点，是数以万计援藏人在雪域高原高亢奋进的凯歌！

仿佛岁月回响。300年前，西藏历史上最著名的诗人仓央嘉措有一首诗：“在那东山顶上，升起了皎洁的月亮。娇娘的脸蛋，浮现在我的心上。”

走进美丽而神奇的西藏，像走进一幅援藏、建藏、改革开放的历史画卷。雪山、草原、河流、蓝天、白云、牦牛……引人驻足，令人神往。

从黑暗走向光明，从落后走向进步，从贫穷走向富裕，从专制走向民主，从封闭走向开放——这就是西藏发展的缩影！

西藏是阿沛·阿旺晋美的故乡，他十分热爱自己的故乡。这位老人是中国人民政治协商会议全国委员会（简称“全国政协”）副主席，也曾是西藏自治区人民委员会第一任主任，他目睹了西藏超过半个世纪的伟大巨变。他和十世班禅大师以及帕巴拉·格列朗杰一道为西藏的民族团结与祖国统一大业做出了杰出贡献。

历史会记住他们。在中华民族团结的丰碑上，在西藏发展的史册里，他们的名字将被永远铭记。

这就是人心所向，这就是大势所趋！

今日西藏正沿着可持续发展道路向前推进。

4

薪火相传，接力24年，重庆遥望昌都。

这是政治任务，是国家决策，也是中国最年轻直辖市的无上荣光。

叩问历史：24年，重庆靠什么抵达澜沧江的源头？

仰天叹曰：24年，重庆援藏人在昌都是用什么样的家国情怀聆听扎

曲和昂曲的奔鸣？

抚摸今日：24年后，重庆援藏又将怎样继续出发？

探寻未来：24年后，重庆援藏人的梦想与现实又将如何在茶马广场潮涨潮落？

有一首歌《西藏，一生的牵挂》的歌词，令人热泪盈眶：

告别熟悉的家园，向着雪域高原出发，肩负神圣的使命，我们走进世界屋脊的怀抱。藏族阿爸和阿妈，我们最亲最亲的爹娘；藏家兄弟和姐妹，我们最爱最爱的格桑花。蔚蓝的天空，巍峨的雪山，那是我们梦中的天堂；热情的歌舞，洁白的哈达，是我们心中的神话。忘不了毡房，醉人的青稞酒，还有那飘香的酥油茶；看不够千山，听不完的故事，还有那漫天的彩霞。啊，西藏，在那小康路上，党的阳光雨露温暖藏家儿女心田梦想，你是我们攀登的高峰，我们的家园，你是我们无悔的年华，一生的牵挂！

……

这首歌的词作者是重庆市第八批援藏队领队黎勇，嘹亮的歌声表达了他们对党的赤胆忠心，对西藏同胞血浓于水的真情呼唤！

从“一”到“八”，当2019年7月到来，这个“八”很快就会被“九”代替，第九批重庆市援藏干部正在有秩序地选派中。这是一个逐渐递增、逐渐改变的数字，这个过程是“血、泪、汗、苦、忍”等字眼叠加而成的人间传奇！

沿着习近平总书记指引的方向奋力前行。这是重庆援藏人的决心，也是援藏制胜之法宝。援藏工作也可能会面临很多“娄山关”“腊子口”，还要翻越更多“珠角拉山”“红拉山”“觉巴山”，推进工作的复杂程度、敏感程度、艰巨程度，也许难以想象，但是，重庆援藏人有“敢于啃硬骨头，敢于涉险滩”的勇气和决心。

重庆援藏人站在4000米的海拔上，向世界宣示“要以更坚定的信心、更有力的措施把援藏工作推向深入，圆满完成任务”！

山峰需要攀登，河流需要跨越。今天的中国，复兴图强的行程，已进入至关重要的“下半程”。实现国家的现代化、实现中华民族的伟大复兴，党的十九大确立了前后相续的目标，“把改革开放的旗帜举得更高更稳”是当代中国共产党人的坚强信念；“将改革进行到底”是亿万中国人民共同的心声。

将援藏工作进行到底，咬定青山不放松，不获全胜不收兵。

24年重庆援藏，每一天都是新的起点。“藏族阿爸和阿妈，我们最亲最亲的爹娘；藏家兄弟和姐妹，我们最爱最爱的格桑花。”这是3200万山城人民共同的歌唱！

治国之道，必先富民。2018年，中国改革开放40年，《人民日报》发表文章指出：“世界历史的中国时刻”已经到来。沿着改革开放这条创造历史的道路不断奋进，锲而不舍、一以贯之、再接再厉，中国人民将走向更加光辉的未来，中国特色社会主义将迎来更加美好的明天。

这是时代的召唤！这是中国的必由之路！

路漫漫其修远兮，吾将上下而求索。

重庆市委、市政府积极响应中央号召，高度重视援藏工作，24 年来对口援建昌都。奉献昌都已经成为重庆援藏人始终不变的家国情怀！

昌都，藏东之明珠。在这片广袤的雪域高原上，随处可以感受到国家对这片土地和人民的殷切关怀；在灿烂星空下，随处可以听到世界屋脊的心跳。是啊，“人民有信仰，国家有力量，民族有希望。”

这里讲述的就是重庆市第八批援藏人在昌都援藏的故事，他们的点滴生活折射出党的灿烂光芒……

第一章

巍峨雪山上有一种精神在昂扬绽放

舍老别小入高天，千叮万嘱荡耳边。

独忍三年雪域苦，誓留清誉云水间！

——蔡家林《援藏心语》

2018 年 10 月 24 日上午 9 时 15 分，飞机在昌都邦达机场平稳降落。我像以往一样收拾行李准备下飞机。坐在飞机上还没有半点儿冷的感觉，可是刚走出机场大厅，气温突然变了样，寒风扑面而来，像冰冷的刀子，在头顶呼啸而过。远处是白茫茫的雪山……

我想这就是西藏了！

在“邦达机场”几个耀眼的大字下照相后，我们迅速钻进了来接我们的车子里。时间凑巧，我正赶上到昌都慰问援藏教师的重庆市北碚区教委组织的慰问团，便坐上了当地教育局来接他们的面包车。

邦达机场是世界上海拔第二高、飞行难度最大的机场，海拔 4300 多米，冬春季节气温常在零下 20 摄氏度以下；虽然它每天的航班不多，只有来往拉萨、重庆、天津、西安四地的航班，但是它却享有两个“世界第一”的头衔。首先，它是国内距离城市中心最远的民用机场，离昌都市区 136 公里；其次，它是世界上跑道最长的民用机场之一，跑道全长 5 公里。它来来往往地运送人才、技术，运送友情和关爱，运送党和国家的温暖到昌都，架设起昌都和内地紧紧相连的桥梁。

汽车在海拔 4572 米的浪拉山垭口停下来，原来这里有一处观景台，大家纷纷下车，眺望壮阔的高原美景。阳光从云层里钻出来，蔚蓝的天空、洁白的云朵、巍峨的雪山、层峦叠嶂的山峰，高原独有的波澜壮阔的画卷让人振奋，祖国的大好河山让人感慨万千啊！

大家拍完照，继续前行。汽车沿着蜿蜒的山路而下，山高路陡弯道多，车上的人都是第一次到西藏，大部分处于兴奋状态，只有司机在聚精会神地操控车辆，欢声笑语一直伴着我们到昌都市区。

第一节　难道仅仅是对雪山草地的向往吗？

叩响巍峨雪山，这里与蓝天紧紧相拥。

很多内地人向往雪山、草地，对神秘的西藏有一种独特的感情。盼望有一天能到西藏看看，对着雪山大声呼唤，把内心所有的情感全部释放出来。

清澈细弱的雪山融水穿过条条山谷，逐渐汇成波涛汹涌的江河。奔腾咆哮的金沙江、澜沧江、怒江，劈开藏东峻峭的山峰，形成姿态各异的峡谷和悬崖绝壁。西藏的母亲河，雅鲁藏布江宛如一条银色巨龙，从喜马拉雅山北麓奔涌而出。这些雪水滋养着这片神奇的土地。

这里分布着数不清的内流河与季节河，从而汇集成星罗棋布的高原湖泊。在辽阔的湖泊之间，遍布着肥沃的草原，这是牧民的家园，也是野生动物的乐园。

雪山、深谷、森林、草原，组成了一幅幅美丽的画卷。

这里，风景壮观。

但是，这里却气候恶劣。

因为气候恶劣，到这里来的内地人常有胸闷、头痛、气喘等现象，这就是人们常说的“高反”（高原反应），因为高原缺氧所致。

尽管如此，重庆一批一批的援藏人还是来了，在这里艰苦地战斗着。

此刻，不妨来看一看这些援藏人的情况。

来自彭水县建设工程质量监督站的黄山，今年33岁，是一个英俊的苗族小伙儿。家里有两个小孩，一个5岁，一个才半岁，得知援藏消息后，他毅然报名参加。

来自开州区人民医院的李建斌，从小就对西藏充满向往，他是悄悄报名的，没有给家里人说，他老婆知道后大哭了一场。家里父母亲都是70岁的老人了，孩子还在上学。

来自重庆江津中学的蔡刘勇、杨雪，这对“90后”夫妻都有一个支教梦。2016年7月28日领取结婚证书后，新婚燕尔之际，他们匆匆奔赴西藏。

来自九龙坡区卫计委的袁晓剑，曾自驾到过西藏，还参加过青海玉树地震医疗队。他深知，西藏需要医疗人员和技术人员。

来自重庆市骨科医院的梁丽华，她父亲1958年参加过西藏平叛，1959年回到重庆。83岁的老父亲一直想再到西藏。在父亲的影响下，她对西藏充满了向往，倾注着一腔热情。援藏，也是圆她父亲的梦！

……

不能胜寸心，安能胜苍穹？

自古忠孝两难全。

每一个人都为梦想而来，每一个人都在为自己的梦想而奋斗。

昌都市常务副市长蔡家林说："从踏上雪域高原那一刻起，就已经真正体会到了忠诚与担当的深刻含义，时刻感受到肩上沉甸甸的责任。"

这句话，是否可以这样诠释：援藏是一段岁月、一份荣光、一种精神。对每一个援藏干部来说，这无疑是一次崭新的磨砺和成长。

轻轻推开重庆公寓的大门，一切答案在这里都可以找到。

这里所说的重庆公寓位于昌都市政府大楼附近，是一幢没有电梯的住宅楼，是重庆援藏干部住宿和生活的地方。实际上就是昌都市委、市政府家属院里一幢住着重庆援藏干部的房子。

从一楼进去，首先映入眼帘的就是走廊里的标语和历批援藏成果展示。从第一批领队刘松勇，第二批领队朱兵，第三批领队纪涛，第四批领队丁小岗，第五批领队胡奇明，第六批领队杨树海，第七批领队姚红，到第八批领队黎勇，副领队蔡家林，总共621人。

再看墙上其他图表，一目了然，人数在递增，资金在增加，项目在增多……援藏人像高原上年年盛开的格桑花一样，一年接着一年。

2016年7月12日，重庆市第八批援藏干部进驻这里。"把时间往前赶，工作往实做"，工作队在一周内成立了临时党委和6个临时党支部，一群素不相识的人迅速凝聚在党组织周围。

一个月内，临时党委在深入调研和集中讨论的基础上确立了"5333"援藏工作思路和三年内争取计划内外项目资金8亿元、招商引资10亿元、培训干部人才3000人、帮助昌都市人民医院成功创建"三甲"、使昌都市第一高级中学（以下简称"昌都一高"）受援学生成绩排名进入本年级前1/3的具体目标。

什么是"5333"援藏工作思路?

回答是响亮的！那就是坚持"五位一体"援藏格局不动摇，着力聚焦"产业发展、民生改善、脱贫攻坚"三大重点，不断强化"党政带动、社会互动、市场推动"三大抓手，努力实现"地区有发展、群众得实惠、干部受锻炼"三大目标！

为了实现这些目标，这群可爱的重庆人，在墙上写下了自己的援藏心语，这也是对援助西藏建设的庄严承诺！

这里，让我们一起来听听雪山上重庆人的心声吧：

黎勇——为梦想出发，为使命担当，为昌都奉献！

黄爱明——满腔热血爱相随，鸿鹄展翅待高飞。传承“老西藏精神”，绘就援藏新蓝图。

江世洪——战高原享雪域，甘洒热血援藏；铭责任渝藏情，竞谱无悔青春。

夏林——虔心入高原，倾力谋奉献，历练强意志，从容面人生。

王代兵——没有我，你依然神圣；没有你，我如此单薄。

杨鸥——莫道察雅行乐处，空令岁月易蹉跎。

刘书获——留下实绩与真情，书写坚定无悔青春。

罗雄——敢于弯腰做小事，勇于昂首付真情。

张智——有志而来，无悔而归。

郑开强——情系雪域圣地，奉献援昌事业。

杨利——感党恩，讲团结，援好藏，为昌都，献技术。

谭祺斌——用脚步丈量雪域高原，用笔书写渝昌情怀，用心谛听民众呼声，用情演绎三江画卷。

李飞——付真情当无遗憾，干难事必有所得。

……

原谅我无法将所有心语一一展示给大家，但我会把这些铿锵有力的话语一一记录下来写在我的采访本上，211 条心语，就是 211 名雪域战士的冲天呐喊；211 句话，就是 211 名重庆市第八批援藏干部对党忠诚的誓言！

第二节　实至名归的特别贡献奖

2019年1月10日晚，重庆广电大厦2400平方米演播厅内，鲜花簇拥，掌声阵阵……2018年度“感动重庆十大人物”颁奖典礼在这里隆重举行。

“感动重庆十大人物”获得者在鲜花和掌声中逐一亮相，领取属于自己的殊荣。特别引人注目的是重庆市第八批援藏工作队被授予特别奖，他们三年援藏的故事让现场聆听的观众纷纷为之动容。

且看评委授予他们的颁奖词：

苍穹遥远水冷冰寒，风中雪莲真情奉献。你们勤劳朴实的足迹，遍及雪山草原，把昌都当故乡，视藏胞为亲人，三年艰苦奋斗，架起汉藏友谊金桥，让藏东明珠绽放光彩，你们用情用义诠释使命担当——巴渝儿女！

8名援藏队员作为重庆市援藏工作队的代表上台领奖。他们是重庆援藏工作队领队、昌都市委副书记黎勇；重庆援藏工作队副领队，昌都市委常委、常务副市长蔡家林；昌都市政府副秘书长罗雄；昌都市发改委副主任郑开强；昌都市人民医院ICU护士长黄永红；援藏医生周海波、郭均亮；“最美援藏教师”曹发扬。

这个荣誉的背后流淌着汗水和泪水。

获得这份殊荣的他们当之无愧。

2016年7月12日，重庆市第八批援藏干部人才分两批次奔赴昌都19个市直部门、3个县开展援藏工作。经过三年的艰苦奋斗，争取计划内外项目资金10.18亿元，招商引资落地21.8亿元，选派干部人才培训13000余人次，到重庆挂职177人；协助完成昌都市人民医院创“三甲”任务；昌都市第一高级中学取得近10年来最好高考成绩。

2016年7月13日这个日子，让昌都最东部的芒康绷紧了神经，一场险情差点儿把欢乐变为悲痛。

前一天，也就是 7 月 12 日，8 名援助芒康的队友抵达昌都，在昌都短暂休整和培训后，便奔赴目的地芒康。

夏天高原的天气，像小孩子的脸说变就变，让人难以捉摸。一会儿风起云涌，下起了瓢泼大雨；一会儿蓝天白云，艳阳当空。

从昌都到芒康全程 400 多公里，途经觉巴山（又称脚巴山，位于四川西部的巴塘和西藏东部的左贡，地处横断山脉的金沙江、澜沧江、怒江三江流域，被包围在安久拉山、伯舒拉岭、拉乌山等群山中）。觉巴山垭口的标高 3940 米，澜沧江千百年来的下切侵蚀，使得江岸壁立千仞，一派荒凉与坚硬，给人以山高谷深的感觉。这里是横断山区的著名险段之一，30 公里盘山路，近 2000 米的相对高差使觉巴山成了川藏线上最难爬、最费时的一座山，公路在绝壁上延伸，既没有护栏也没有路标，不少地方都是紧靠山体硬生生地开凿出来的，上依绝壁，下临深渊。

这是名副其实的死亡之路。

就在这条路上，援助芒康的 8 名队友，在途中遭遇两次道路塌方，人车遭遇险情，司机机智勇敢地避开落石，冲出塌方路段。一路上险象环生，差点儿“出师未捷身先死”！

躺着也是一种奉献。这个道理在高原上被广泛认同。

这里的天敌是“高反”。

很多人到了这里都会受到“下马威”，胸闷气喘，头痛脑涨，严重失眠，胃肠道不适应等现象普遍存在。察雅县人民医院副院长王呗方刚到西藏，每晚失眠，安眠药成了她的随身品。最开始，每晚一颗，能睡四个小时，后来要吃两颗才能睡一会儿，再后来，需要不断更新混搭使用安眠药。

“精神不能垮！我作为医务工作者，除了自己要战胜‘高反’，还要服务其他更多患者。”王呗方来自重庆市綦江区人民医院，她的这句话道出了所有重庆援藏干部的心里话。

是啊，精神不能垮。援藏是艰辛的，但是这些艰难险阻没有吓倒这群心怀梦想的重庆人。他们秉持“特别能吃苦，特别能战斗，特别能忍耐，特别能团结，特别能奉献”的“老西藏精神”，不顾高原反应，吃苦不叫苦，誓把使命变现实。任务硬，骨头更硬；海拔高，境界更高。

有句民谣说得好：荒山荒地荒坡坡，不见牛羊不见禾。这是察雅县的真实写照。县委副书记杨鸥说：“虽然条件差，但是我们并不畏惧，相反却知难而上。”

好一个知难而上！正因为这样，重庆援藏工作队发扬“先做昌都人、再干昌都事，做好昌都人、干好昌都事”的优良传统，一大批援藏干部人才的先进事迹被铭刻在高原之上。

有一首歌唱得好，“家是最小国，国是千万家，有了强的国，才有富的家”。这首歌唱出了援藏人的心声。人们常问，去援藏，一走就是三年，家里人能接受吗？

三年的时间并不长。

三年的时间也不短。

三年，家里的“顶梁柱”或“贤内助”离开了小家，留下单亲携儿

女、老幼相伴随的场景，留下为人子、为人父、为人夫的责任，还有妻儿、父母无尽的期盼和思念。但是，为了国家利益，他们还是把支撑小家的手抽出来，完成光荣而神圣的使命。

在不长不短的三年里，重庆市第八批援藏工作队涌现出一大批先进人物，先后有 276 人次获得国家、自治区和市、县级表彰；被全国第八批援藏干部工作队总领队郭强称赞“重庆援藏、全国学习”——访学归国即奔赴高原的医生陈军华；带着女儿援藏的医生吴琴；被当地干部称为“用生命工作”的王代兵；年迈的母亲重病依然坚守岗位的钟英；在海拔 4000 米的冬天，坚守到最晚才回渝休假的江世洪；不顾“高反”，频繁进出高原招商的杨鸥、刘书获、夏林、雷绍标；被当地干部群众亲切地称为“拼命三郎”的刘海波、周玮乔、朱健；被自治区纪委评为“优秀援藏干部”的代小凉，还有把生命献给援藏事业的颜广宇、杨建伟……

他们，在世界屋脊上用生命和汗水诠释了时代精神！时代将记住他们！

第三节　昌都，昌都，云朵上的昌都

蓝天丽日啊一片阳光
总是那么亲切　总是那么亲切
勤劳的人们在这里生息
千百年的风霜更令人神往
啊，昌都，熟悉的昌都
啊……陌生的昌都
当我默默地注视你
啊，告诉我为何你如此迷人

——歌曲《心中的昌都》

在雪域高原神奇西藏的东部，有一片享誉世界的传奇之地，被人们冠以藏东明珠、康巴圣域的美誉。这，就是昌都。

去昌都之前，我在网上查了一下，东经 93°6′—99°2′，北纬 28°5′—32°6′之间，就是昌都。昌都总面积 11 万平方公里，占西藏自治区总面积的 8.9%。昌都西北高、东南低，最高海拔为 5460 米，最低海拔约 3100 米，平均海拔 3500 米。不少山峰耸立于雪线以上，其中念青唐古拉山主峰高达 7111 米，山上万丈冰峰，银装素裹。

昌都的气候以寒冷为基本特点。日温差大，年温差小，气温偏低。昌都各地年平均气温为 2.4℃—12.6℃。山高谷深，地形复杂，故昌都有“一山有四季、十里不同天”的高原气候特征。

昌都，是西藏自治区下辖七个地、市之一，地处横断山脉和三江（金沙江、澜沧江、怒江）流域，位于西藏东部。处在西藏与四川、青海、云南交界的咽喉部位，是川藏公路和滇藏公路的必经之地，也是“茶马古道”的要地。以昌都为中心，东面与四川省相望，东南面与云南省接壤，

西南面与西藏林芝市毗邻，西北面与西藏那曲市相连，北面与青海省交界，西望西藏自治区首府拉萨，处在商贸往来的枢纽地带。

昌都是藏语，其意为“水汇合处”。扎曲和昂曲在昌都相汇为澜沧江，这也是昌都这一名称的由来。昌都历史悠久，1977 年和 1980 年相继发现的新石器时代遗址——昌都卡若遗址和昌都小恩达遗址表明早在 5000 年前，昌都就已有人类繁衍生息，并已形成了初级村落。当时当地的居民已开始种植易于生长的谷子，饲养适应性强的家畜猪，同时也以狩猎狐、青羊、马鹿等作为补给。昌都的察雅一带是藏族史诗《格萨尔王》中《浆巴》所记述的格萨尔与“炯巴”人为争夺食盐而发生交战的地区。

昌都市辖江达县、贡觉县、类乌齐县、丁青县、察雅县、八宿县、左贡县、芒康县、洛隆县、边坝县和新设立的卡若区。即一个区十个县，包括 24 个镇，118 个乡，人口 78 万。市政府驻在卡若区。

我曾经写过贡格尔草原的云，“头上就是云，我小心翼翼奔跑，害怕头碰碎了洁白的云。云，紧贴着草原，蓝天下，西拉沐沦河在轻轻呼唤，草原用雄壮的手臂将母亲河挽入辽阔的怀中。”草原的云离草原很近。而昌都的云，却高高在上。

沧海桑田，鬼斧神工。昌都不仅云白天蓝，山水秀美，而且历史悠久，千年盐田、茶马古道静静地躺在青藏高原上诉说情怀。

在昌都市政府广场上耸立着高高的解放纪念碑，它书写着昌都从农奴社会到社会主义社会的艰辛历程。

1950 年 10 月 19 日，昌都古城上升起了五星红旗，解放的欢呼声响彻云霄，“热烈欢迎人民解放军”的口号声回荡在澜沧江源头的山谷中。

张国华将军在《十八军进藏纪实》里回忆说，1950 年 10 月 6 日，在要求西藏代表赴京谈判期限已过半月之后，著名的昌都战役全面拉开了序幕。1950 年 9 月，北、中、南三路军同时到达前线。北路由 52 师一个步兵团和西北军区骑兵支队组成，由 52 师副政委阴法唐和 154 团团长郗晋武指挥；南路由 53 师之 157 团、师炮兵连、工兵连组成，由 53 师副政委苗丕一指挥；中路为 18 军 52 师主力，由 155 团、156 团、军炮兵营组成，由 52 师师长吴忠指挥。10 月 19 日上午抵达昌都，占领昌都城东的山头，控制了整个市区，昌都守敌见大势已去，只好放下武器投降，昌都获得解放。

当日，帕巴拉率昌都寺负责人等到扎曲河欢迎吴忠师长，过了几天又到云南坝欢迎十八军副政委王其梅。王副政委深情地对帕巴拉说：“解放军进军昌都时，你和强巴林寺全体僧侣深明大义，未参与对解放军的抵抗，你个人也没有听信谣言而出走，这是难能可贵、非常正确的。”几天后，张国华军长来到强巴林寺拉章，他刚一进门就高兴地对帕巴拉说：“今天来看你，告诉你一个重要事情，毛主席和朱总司令对你没有参与对解放军的抵抗，也没有出走，而无限欣慰，来电嘉奖。”帕巴拉 1993 年在《深情的怀念》中回忆当时会见的情况时，很有感慨地说：“毛主席、朱总司令的嘉奖和张国华、王其梅同志的热情关怀，亲临强巴林寺拉章，给予我亲切的教诲，是鞭策我渴望追求进步的起点，也是我一生进步的动力。”

1950年10月24日，王其梅率前方指挥所指战员在昌都举行祝捷胜利大会时，带头列队迎接阿沛·阿旺晋美返回昌都，并请他仍住原总管府，优礼相待。王其梅赞扬阿沛·阿旺晋美审时度势，深明大义，在关键时刻当机立断，毅然下令藏军停止对抗，避免了不必要的伤亡。

60多年过去了，今天，留在西藏的十八军老战士们还时不时聚在一起，回忆往事，聊聊家常。当年进藏的小伙子们风华正茂，姑娘们青春年少，如今他们已经白发苍苍。谈起往事，老人们总是激动不已，记忆留给他们的是振奋和激情。

一位老兵回忆说：“那个时候没有汽车，就是上二郎山也是走路。到了甘孜以后，部队就参加修公路，修小飞机场。带的干粮到了甘孜就吃完了，后来没有粮食吃。进军的时候，走在路上，又饿又累，大家都没有力气，筋疲力尽的时候，指导员就叫‘小卓玛，起来指挥唱歌’，所以我起来‘海啦啦啦，海啦啦啦’，就这么唱吧。唱了以后大家精神又起来了，走了一段路又不行了，又唱，一路上就这么走过去的。”

20世纪50年代初到70年代，进藏后长期在西藏工作的人民解放军指战员和各方面工作人员，被人们亲切地称为“老西藏”。他们在开创新西藏革命和建设事业的同时，也给后人留下了一份宝贵的精神财富，那就是“老西藏精神”。

1990年，江泽民同志在西藏视察时，把这种精神概括为“特别能吃苦，特别能战斗，特别能忍耐，特别能团结，特别能奉献”。

“老西藏”艰难的经历，已成为历史的一页，但是“老西藏精神”一直延续了下来。半个世纪以来，它始终是回荡在高原上空最雄壮的旋律。

今日的昌都，国道214、317、318线贯穿全境，其拥有藏东唯一的机场——邦达机场。昌都是康区的中心，是康巴文化的发祥地和腹心地，这里的藏族人被称为“康巴人”“康巴汉子”。昌都是“香格里拉旅游区”的核心区域。香格里拉是藏语音译，意为“心中的明月”“净土”，

在20世纪30年代随着《消失的地平线》一书在全球的畅销而名扬天下，引起了世人的向往。

20世纪90年代以来，在党中央的领导下，福建、天津、重庆三省市对口援建昌都，20多年来，前后八批援藏干部进驻昌都各区县，数以千计的援藏干部用实际行动践行着民族团结的誓言。

冰雪净化心灵，风霜磨砺意志。共建美丽昌都已成为藏汉共同意识。昌都各项事业正呈现蓬勃发展之态势。

第四节 “渝昌”同心共筑中国梦

重庆援藏，24 年车轮滚滚。

重庆援藏，24 年马蹄声声。

这绝不是纸上月亮，而是实实在在的行动。

时间回到 1994 年。

根据中央第三次西藏工作座谈会决策部署，重庆市从 1995 年开始承担对西藏昌都市及所辖芒康县、类乌齐县（2016 年起增加察雅县）的对口支援任务。

24 年来，重庆市委、市政府历届领导高度重视对口援藏工作，以发展昌都为己任，克服自身困难，全力推进援藏工作。他们一致认为，援助西藏发展，就是为贯彻落实中央“区域发展、全面小康”战略做贡献；就是为维护西藏稳定、促进民族团结做贡献。重庆市委、市政府主要领导多次会见昌都市（地区）党政代表团；相关领导每年均召开座谈会、专题会，听取汇报，研究措施，部署和检查对口援藏工作。

为切实加强组织领导，1995 年，重庆市成立了分管副市长任组长，组织部、发改委、财政局、教委等 22 个市级职能部门为成员的对口援助西藏工作领导小组，并在重庆市经济和社会信息化委员会（简称“经信委”）设立领导小组办公室。重庆市对口支援西藏工作领导小组办公室主任由市经信委党组成员、副主任马奇昌兼任，副主任由冉耀东兼任。领导小组主要负责市援藏领导小组日常事务；负责编制全市对口援藏五年规划；负责全市经济援藏工作；统筹协调全市教育援藏、就业援藏、医疗卫生援藏、科技援藏、干部人才援藏和其他援藏工作；指导各对口支援区县援藏工作；牵头组建各批次援藏项目建设管理指挥部并协调开展工作。

在重庆市对口支援西藏工作领导小组的统筹安排下，重庆市对口援藏工作稳步推进，成绩显著，得到各方好评。

在每一批援藏工作中，重庆市委、市政府选择4个（从第八批援藏队起为6个）经济实力较强的区以“2帮1”的方式对口支援类乌齐县、芒康县和察雅县；市委组织部精心选派援藏干部，对在援藏期间表现优秀的干部优先予以提拔重用；市援藏办（市经信委）党组把对口援助昌都作为重要政治任务，全面统筹、督促落实具体工作事项；领导小组成员单位、对口支援区认真贯彻落实市委、市政府要求，使对口援藏工作得以全面推进。

尽管重庆市经济总量在全国省市的排名中处于中等位置，同时面临大城市带动农村、老工业基地改造、百万三峡移民等诸多困难，市委、市政府仍然将支持西藏发展放在首要位置，全力保证援藏任务的完成。24年来，重庆历届市委、市政府通过压缩预算“挤”、组织企业“捐”、发动社会“筹”等多种方式，累计援助昌都市资金（物资）21亿元，实施援藏项目300余个。“十二五”以来，特别是党的十八大以来，重庆市认真贯彻落实习近平总书记系列讲话精神，进一步加大了对口援藏力度，仅2012年至2018年，就援助昌都市资金（物资）17.37亿元，其中：计划内资金4.93亿元，计划外资金（含物资、人员培训等）12.44亿元。六年时间的援助金额为前17年（截止到2018年）总数的4.78倍，援藏资金重点投向农牧区基础设施、市政基础设施、产业发展和社会事业等领域。从2013年起我市将援藏资金年递增比例由规定的8%增加为16%，同时在“十二五”和“十三五”规划中分别再安排计划外资金1亿元支持昌都基础设施建设，2015年再次援助6500万元支持昌都市人民医院升级改造和儿童活动中心建设，2016年至2017年，筹资6500万元向重庆对口支援三县12829户建卡贫困户和281个贫困村村委会捐赠13110辆摩托车、筹资6430万元为昌都市和对口支援三县各援建一所幼儿园，2018年筹资5186万元为昌都市人民医院购置设备、改造昌都市中心血站，缓解了藏区群众就医难、入学难、出行难的状况，推动了昌都的经济、社会发展。

为使援藏项目更多地惠及民生、促进发展，在项目选择上，严格执行中央 80% 的项目、资金向基层倾斜向民生倾斜的要求，优先支持具有带动作用的重点项目和关系民生的热点项目，投向基层的援藏资金占比达 91%。

为提升藏区教育水平，重庆市除为受援地区培训教师 1000 多人次外，每年还选派优秀教师到藏区中小学支教。2014 年起，还在重庆西藏中学新设立了一个昌都班，每年招收昌都市学生 40 名。同时，安排重庆教学水平较好的十所高中定向招收 50 名昌都市学生。应昌都市请求，2016 起新增设一个昌都初中班、两个昌都中职班，为昌都市的长远发展奠定人才基础。

为增强受援地区自我发展能力，变单一“输血”向“输血”与“造血”并举转变。重庆市通过招商引资和扶持开发区建设，夯实了昌都市及受援县的自我发展基础。到 2018 年，重庆市已有近 80 户企业落户昌都经开区对口支援三县，一批企业正在与昌都市和类乌齐、芒康、察雅三县就水电开发、中药材研发及加工、矿产资源开发、农牧产品深加工、旅游、三产服务等项目进行投资洽谈。

为加强受援地区的基层建设，维护社会稳定，重庆先后投入近 2 亿元，为昌都市及受援县建设党员教育室、村级组织和社区活动场地，增强了基层党政组织“维稳处突”能力。还积极协调重庆驻军和地方医院，组织开展“爱心行动”，免费救治了 30 多名患有先天性心脏病的儿童；发动社会力量建设希望小学，设立“援藏助学基金”；建设“渝援阳光书屋”以及儿童福利院；开展“促进藏籍大学生就业”活动，“十二五”以来，每年安排 10 个以上事业单位招聘名额，定向招聘西藏籍大学生；每年在昌都和拉萨举办两次专项就业招聘会，先后协调和动员近千家企业为昌都籍大学生提供就业岗位数千个，改善了受援地区民生，促进了民族团结。

“一人援藏，全家援藏；三年援藏，终身援藏”是重庆市援藏干部的真实写照。据统计，2011 年至今，重庆援藏干部就有 260 多人次荣获县、

市、自治区（重庆市）、国家部委各类优秀（先进）表彰。

2012 年，第六批援藏干部群体被授予“感动重庆十大人物特别奖”；因公殉职的吴光、张先俊同志被重庆市委、市政府追认为“优秀共产党员”“人民的好公仆”。2019 年，第八批援藏干部群体被授予“感动重庆十大人物特别奖”。

在 24 年的对口援助期间，受援地区发生了巨大变化。2017 年，昌都市生产总值达 169.85 亿元，增速为 10%；固定资产投资达到 282.7 亿元，增速为 28.1%；社会消费品零售总额为 47.7 亿元，增速为 15%；农村居民人均可支配收入达到 9148 元，增速为 13.8%；城镇居民人均可支配收入达到 26 820 元，增速为 10.2%；民间投资 25.38 亿元，同比增长 20.1%。对口支援的 24 年，是昌都历史上社会经济发展最快、变化最大、效益最好的时期，是人民生活水平提高最快的时期。

据《重庆日报》报道：2019 年 1 月 1 日至 2 日，西藏自治区党政代表团到重庆考察，两地再次举行重庆·西藏对口支援工作座谈会。重庆市委书记陈敏尔出席座谈会并讲话。西藏自治区党委副书记、自治区人大常委会主任洛桑江村讲话，重庆市委副书记、市长唐良智介绍重庆经济社会发展和援藏工作情况，重庆市人大常委会主任张轩，西藏自治区领导石谋军、扎西达娃，昌都市委书记阿布，重庆市委常委秘书长王赋、原重庆市副市长李殿勋、重庆市政协副主席谭家玲参加，重庆市委副书记任学锋主持座谈会。

陈敏尔指出，对口支援是中央着眼西藏工作大局作出的战略决策。中央把对口支援昌都的任务交给重庆，是对重庆的高度信任，是交给重庆的重大政治任务。重庆将深入贯彻习近平总书记关于治边稳藏的重要论述，进一步提高政治站位和战略站位，树牢“四个意识”，坚定“四个自信”，坚决做到“两个维护”，加大力度、拓宽思路、突出重点，用心、用情、用力做好对口援藏工作，确保中央决策部署在重庆援藏工作中落地生根。要聚焦帮助昌都打赢脱贫攻坚战，持续深入抓好项目援藏、产业援藏、民生援藏，让昌都各族人民更好地享受改革开放和对口支援成果。要统筹做好各领域帮扶工作，持续深入抓好教育、医疗等领域援助，努力为群众办实事、做好事、解难事。要持续深入选派好干部人才，传承发扬援藏干部优良传统和作风，增强人才选派针对性。要抓好工作机制建设，创新对口支援方式，加强沟通交流和工作协调，推动对口支援工作迈上新台阶。

西藏自治区人大常委会主任洛桑江村讲话指出，重庆援藏干部把以习近平同志为核心的党中央的亲切关怀送到西藏各族群众的心坎上，把重庆市人民的无私援助送到千家万户，有力促进了西藏特别是昌都市的发展稳定，在雪域高原铸就了不朽的丰碑，彰显了祖国大家庭的温暖，彰显了中华民族同心共筑中国梦的强大凝聚力。西藏每一点的发展进步，都离不开中央的亲切关怀、离不开全国人民的大力支持。

携手共建美丽西藏，同心共筑盛世中国梦。

这是人民的期盼，这是历史的必然！

第二章

达因卡比海平面高出三千米

悬壶只为众生好，哪管春光聚散少。
三江并流苦争甲，高天厚土传歌谣。
——黄智勇《援藏医者》

这是我到昌都后的第三天中午，昌都市人民医院护理部主任刘丽萍给我打电话说，援藏医生们想请我去他们的驻地达因卡坐坐，说是去坐坐，实际上是请我去吃午饭。这一天恰好是周六，大部分医生休假，恰好也是他们聚餐的时间。大家齐心协力，买菜的买菜，上灶的上灶，医疗组的 20 个人像一个大家庭，热闹得很。

在去的路上，我在想，我能给他们带去什么呢？在医院采访时，我就了解到一些达因卡的情况。达因卡是重庆市医疗和教育人才“组团式”援藏队驻地，偌大的一个小区有几十间房子留给援藏工作人员生活住宿。但是，这只是碎片式信息，真正的达因卡还需要走进去，才能感受到它的温暖！

当天上午，采访完医务部主任刘仪后，他带我一起去了达因卡。

桌子上已经摆满了各种菜肴，这些菜都具有重庆特色。“主人家”李民凤满脸笑容，不停地招呼大家，颇有一番过年的味道。

吃菜喝酒之间，大家自献节目。马颖、李兴贵、黄智勇、刘丽萍、杨雪梅、陈军华、李春、陶兰、沈红霞、刘仪、刘军、李启刚、高德胜等纷纷站起来唱歌助兴。我也现场即兴赋诗一首《写给达因卡的兄弟姐妹们》，这首小诗于 2018 年 10 月 29 日刊登在《重庆晚报》副刊头条。

比茶马广场高出百米
这一百米是寂寞的体重
比海平面高出三千米
这三千米是祖国的荣光
奔忙的鞋带停下来
就有了昂曲和扎曲的飘逸
轻轻一松防寒围巾
就有了澜沧江的波涛万顷

也有花好月圆
不过是雪域高原上仰望星空的思念
也有豪情万丈
好比蓝天雄鹰穿云扒雾的利剑
达因卡
一群援藏英雄的家园

比不上豪宅
比不上林荫下的小木屋
常有缺水停电
常有孤独难眠
常有欢声笑语
常有热泪满眶的周末午餐
桌上拼凑的家乡味
是兄弟姐妹们紧紧相拥的情怀

达因卡的上空
有一条肉眼看不见的风景
一头连着昌都，一头连着重庆
格桑花在风中摇曳出浓浓的乡情
窗外雪山声声祥瑞的气息
仿佛家乡的嘱托，亲人的叮咛

《重庆晚报》在发表这首诗的时候还附加了编后语：西藏昌都达因卡是重庆市医疗和教育人才“组团式”援藏队驻地，受重庆市作家协会委派，知名作家周鹏程近日赴藏，到昌都等地进行采访、创作，10月27日在达因卡驻地和援藏队员们交流，有感于援藏队员们团结、奉献、积极、乐观的精神，即兴赋诗一首，现予刊载，以飨读者。

第一节 女儿的纸条是泪水的河流

1

不知道为什么，当我写下这个标题时，眼睛情不自禁地流出泪水。

作为一名援藏干部，作为昌都市人民医院院长，易文强在接受我的采访时，谈到他女儿，这位硬汉子几度哽咽，右手不由自主地扯了一张纸巾……

人们常说，男儿有泪不轻弹。那只是情未到深处，或是一种伟大的自我安慰。当我们面临生离死别，当我们的内心充溢感激，当我们被思念的痛苦重重包围，想哭，就哭出来吧！艾青说：“为什么我的眼里常含泪水，因为我对这土地爱得深沉……”

2018 年 9 月，西藏自治区党委和政府授予易文强“2018 年西藏自治区民族团结进步模范”称号。这个荣誉的得来，背后满含辛酸。2016 年 7 月 12 日，他以一名援藏干部的身份走进西藏昌都，这个日子就像一个烫金的数字，深深地烙在他的心坎儿里。从那一刻起，他经历过高原风霜的吹打，体会过对家人的牵肠挂肚，经历过灿烂星空下难熬的孤独。

2

这是发生在 2017 年 11 月 29 日的事。

“各位乘客请注意，请问飞机上有没有医护人员，有乘客突发疾病需要帮助……”万米高空，一架从西藏飞往广西的航班上，广播里突然传来了乘务人员的紧急求助声。

同一飞机上的易文强立即赶到，并向乘务人员询问具体情况。

原来，飞机刚起飞十多分钟，一位来自广西梧州的乘客，55岁的梁先生突然全身僵硬，心慌不适，喘不过气，空乘人员得知后，赶紧安排他平卧休息，但病情仍未缓解。

万米高空上的病情与在地面不可同日而语，情况十分危急。空乘人员立即通过广播寻找医生。

易文强通过检查发现梁先生情绪烦躁、呼吸急促、嘴唇青紫、口不能言、大汗淋漓、四肢痉挛，但有意识、瞳孔大小及反射正常。根据自己15年的临床经验，易文强初步判断梁先生当时情形符合癔症和高原反应缺氧的症状。

易文强让梁先生尽量平卧，并安排其吸氧，同时采用中医手法按摩梁先生合谷等穴位舒缓症状。30分钟后梁先生的症状初步缓解，60分钟后恢复正常，这期间，易文强一直守护在梁先生的身边直至飞机降落。

整个施救过程，他沉着冷静，措施得力，表现出超高的医疗救治专业功底和助人为乐、医者仁心的高贵品格。

紧急时刻显身手，易文强的举动让机组人员和乘客钦佩不已，都赞扬他是高原上的“好门巴”！“门巴”在藏语中指医生。其实这件事在易文强看来，就是他从医生涯里的一件很平常的事情，而援藏生活的点滴，却是他最珍贵的回忆。

易文强援藏前是重庆市垫江县人民医院党委委员、副院长。1979年3月，易文强出生在牡丹之乡——垫江县，当一名医生，救死扶伤是他的人生愿望。2003年大学毕业后，他如愿进入垫江县人民医院工作，一干就是十多年，从一名普通医生做到副院长。2012年他被评为“重庆市卫生系统创先争优优秀共产党员”。

2016年5月18日，中共中央组织部（以下简称“中组部”）派遣第八批援藏干部的消息下达，要求组织一批新的医疗专家赴西藏开展医

疗人才“组团式”援藏工作。接到援藏任务后他无比兴奋，能利用自己所学带给藏区人民健康，报效祖国，这个机会他不愿错过！于是易文强第一时间报名参加，同时积极说服年幼的女儿、工作繁忙的妻子、年迈的父母，希望家人能够理解他并支持他的理想。

这一年，他爷爷 88 岁，奶奶 83 岁，女儿只有 7 岁！

3

其实这批进入昌都市人民医院援藏医务人员的任务十分明确，那就是创建三级甲等医院。

昌都市人民医院始建于 1952 年，前身为中央昌都民族卫生工作大队，是中华人民共和国成立后在西藏建立的第一所公立性医院，现已发展成为集临床医疗、科研、教学、急救、保健为一体的综合性三级甲等医院。

易文强带领的“医疗队”抵达昌都后，便开始有条不紊地投入临床一线工作。“在昌都的工作是繁忙而又幸福的。”易文强说。自己一人在外，一天三顿都在医院食堂吃，这样他就可以省下更多的时间投入到工作中。他每天早晨都提前来到医院，查阅医院总值班汇总的前一天医院各科室的综合情况，哪个科室住院患者多，哪个科室危重患者抢救多，哪里存在安全隐患需及时处理，对医院每一环节的工作，他都要做到了如指掌。易文强坚持参加临床科室的晨交班会，会上听取科室同志们的工作汇报，查看住院患者，了解科室和患者需求，不断改进工作。

“为临床服好务”是他常挂在嘴边的一句话。

昌都市人民医院骨科的脊柱专业是个短板。易文强在医院管理的同时利用自身的专业优势，带领市医院骨科医护工作者积极开展新技术、新项目。2017 年 3 月 28 日，在易文强的帮助下，医院成功为一名 29 岁藏族男性腰 1 椎体爆裂性骨折伴截瘫的患者实施了腰椎经后路减压骨折复位椎弓根螺钉内固定术，术后患者双下肢感觉、肌力恢复均为良好，此项手术也填补了昌都市人民医院该手术的空白。

“授人以鱼，不如授人以渔。”易文强时刻都在想着如何将这些好的医疗技术留在昌都。因此，他主动牵头，做起了医院的学术标兵。昌都市人民医院骨科申报了两项援藏科研课题，在骨科课题申报领域取得了零的突破。他还将自己在医学上积累的经验和高超的医术传授给年轻的医生，在他的培养下，骨科的彭斌等医生的专业水平得到了大幅度提高。2017 年，易文强成功申报西藏自治区科学技术厅自然科学基金项目《单侧“偏椎弓根外侧”入路经皮穿刺椎体成形术治疗老年骨质疏松症胸腰椎骨折疗效分析》，这让他的工作更加繁忙。

易文强是一个闲不住的人，他认为自己带着满腔热血来到这片辽阔的高原，应该把一切时间都用来为西藏的同胞干点儿实事，要让广大藏区人民群众实实在在地得到医疗援藏的益处，感受到党的温暖，让自己在昌都的每一天都过得充实而有意义。节假日对他来说，就是去福利院巡诊的好机会。在他的带领下，医疗队专家把巡诊福利院变成日常化的工作内容。医疗队员们经常去儿童福利院、武警部队、学校等地开展义诊和宣传健康知识。给他们多一份温暖，让他们的健康得到保障，这就是易文强的目的。

2016 年 9 月 20 日，昌都连发三次地震，易文强和队友们竟浑然不觉，因为那天太专注于对福利院 595 名儿童的义诊工作，忙碌一天的他们只感受到了满满的成就感。为了把最前沿的医学知识带到每一户藏族同胞家中，了解他们的医疗需求，为他们诊治疾病，易文强带领团队下乡巡诊。下乡巡诊特别艰苦，山高路险，缺氧，还有高原反应，队员去巡诊来回要两三天时间。即使条件恶劣，他们也坚持发扬特别能忍耐、特别能吃苦、特别能奉献的精神，将下乡工作做到常态化。

重庆市援藏医疗队带给昌都的，不光是医务人员、资金、设备，还有一种积极向上的理念，一种团结奋斗、努力拼搏的精神。

4

一个医院要创建“三甲”并不是一件简单的事情。事情多，千头万绪，硬件、软件都有一定的指标。而易文强带领的团队，目标明确，方向清晰。

2017年2月3日，易文强任昌都市人民医院院长，他首先梳理制度，对867项制度进行全面更新，完善应急流程145条。规范组织架构和各专业委员会。大刀阔斧地对薪酬制度进行改革。为了规范经济活动，他成立经济活动管理小组，邀请法律顾问共同审定格式合同。规范了采购、支付程序，规范报销流程。建立职工食堂，进行规范化管理，从而结束了昌都市人民医院600名医务工作者没有自己食堂的历史。

这些举措，职工们都拍手称好！

易文强重视人才培养，依靠大后方重庆，外派培养。他把医院科室主任、护士长等同期派出，送到重庆医科大学附属第一医院（以下简称“重医附一院”）学习，提高科室管理水平。他把骨干医生和专科护士同期派出，到“以院包科”的医院进修学习。2016年以来共有121人次参与进修。院内专家采用师傅带徒弟的培养模式，形成103个“传帮对”，同时在医院开展教学讲座。最初由援藏专家讲，然后本院医务人员主动要求讲，还举行各种比赛、“比武”：2017年举办“岗位大练兵，技术大比武”；2018年对全院35岁以下医生开展“三基”（基础理论、基本知识、基本技能）考核。对昌都市基层医生进行全覆盖培训，费用全部由医院承担。

为什么这一系列措施能够顺利实施？

易文强说，最终还是要感谢重庆大后方的鼎力支持。“娘家”从政策、人力、资金、物资等方面进行了全方位支持，三年时间，重庆对昌都市人民医院投入6800万元资金。重庆市卫计委领导每年都要进藏慰问并对援藏工作进行考核。

“以院包科”医院的院领导带队定期到昌都调研，帮助制订学科发展规划，捐赠各种物资设备，3 年共捐赠 348 台（件）。不光技术指导，还在党建方面给予指导，一些专家还到昌都市人民医院讲党课，开展党员交流座谈会。

5

在西藏的这些年，易文强除了春节回过一趟家，其他时间未曾因非工作原因踏出昌都一步。易文强说：“援藏收获的不光是丰富的人生经历，也让我充满了对高原的敬畏，对生命的敬畏。”他带领的医疗队被国家卫计委授予“健康卫士”称号。

在西藏的日子里，虽然很忙，但是易文强还在宿舍的阳台上种了土豆，并写了《土豆记》：2017 年 6 月 20 日播种，11 月 22 日收获。地点：西藏自治区昌都市卡若区达因卡公租房，海拔 3370 米，土豆种子两颗，花盆三个。他写道：小盆里种下本不该赋予希望的土豆，她却长出远超小盆能够承载的嫩绿枝丫，花开得那么鲜艳，房间里弥漫着馥郁的香气。

手执手术刀的医生，骨子里充满的是柔情。

2018 年，易文强爱人身怀六甲。因为前半年医院要创建“三甲”，根本没有时间回去看望家人，下半年新大楼要完工、搬迁，年底要迎接国家卫计委的考核和各项检查。临近春节，他都一直没时间回家。年逾八旬的爷爷奶奶因病双双住进医院，有段时间父亲母亲也生病住院，自己的妻子挺着大肚子服侍几个老人，又要照顾大女儿。家里人生病凑到一起了。十多天后，家人才告诉他这些情况，他多想回家一趟，可是一大堆的工作死死地缠住他。

7 岁的女儿给他发来微信：爸爸，我真不希望您当院长，只希望您能陪陪我们！

2017 年 12 月 16 日，易文强的手机突然“叮咚”响了一声，他立即拿出来一看，是微信，是孩子妈妈用手机拍的一张图片。一张心形的明信片上写着女儿歪歪斜斜的字：爸爸，圣诞节快乐！祝您天天开心，身体健康，工作顺利！落款是：爱您的女儿易梦涵。女儿用双手举着这张明信片，眼里流露着期盼的目光。

2018 年 4 月 5 日，女儿的班主任给易文强发来微信，是女儿写的作文，很简短，作文本子上只有三行字：爸爸，我希望您能多抽点时间，回来陪陪我。爱您的女儿：易梦涵。4 月 5 日。

看到这些，易文强再也控制不住自己的眼泪。

第二节　老骥伏枥，志在千里

1

在重庆市第八批援藏干部队伍里，有一个人被称为“定海神针”，他从医30年，在本批援藏队员中年龄最大、资历最老，他就是来自重庆医科大学附属第二医院（以下简称“重医附二院”）的副教授、硕士研究生导师、神经介入知名专家马颖。

马颖出生于1963年12月6日，祖籍湖南长沙，1970年随父母从太原到重庆，落户万盛晋陵机械厂。毕业于重庆医科大学，从事神经外科工作，擅长颅脑损伤、颅脑肿瘤、椎管内肿瘤的诊治，特别是对脑血管疾病、颅内动脉疾病、血管畸形的介入治疗有丰富经验。30多年来他培养研究生15名，发表各级学术论文20多篇。

一个55岁的知名专家，工作单位是人人羡慕的重医附二院，待遇应该不错吧，日子肯定过得舒坦，但是，他为什么还要大老远地跑到西藏援藏呢？而且，他上有老，下有小，孙子都3岁多了。

这就是高原情结。马颖的五姑是一个有西藏情结的人，20世纪50年代她到过西藏，尽管那时条件十分艰苦，但是在西藏工作的岁月给她留下了终生难忘的记忆。所以她特别支持马颖援藏，有了她的支持，全家人自然都理解并同意马颖的选择。

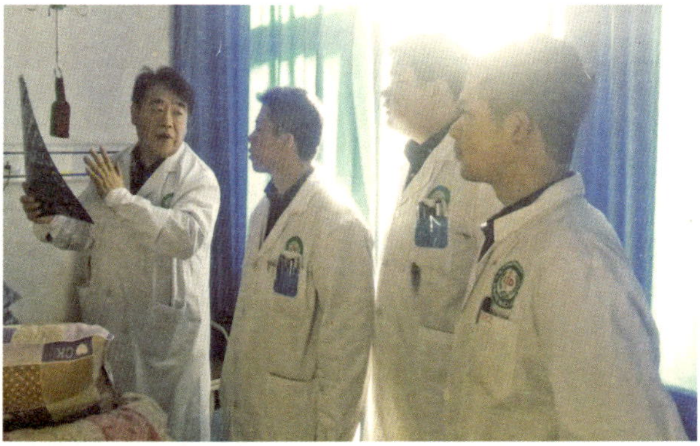

2017年初，重医附二院神经外科承担了西藏自治区昌都市人民医院“以院包科”的援藏任务，这期间科室同事曾两次到昌都进行短期的医疗教学指导。10月，科室接到上级组织的通知，要求选派一名医生随重庆市第三批“组团式”医疗队进驻昌都市人民医院进行为期一年半的援藏工作。为期一年半，长期进驻，这对科室工作安排、人员调配问题提出了挑战。当时科室人员非常紧张，有些专业组的工作才刚刚起步，年轻同事的专业水平还需要提高，有些还在国外进修学习或正准备出国学习，重医附二院江南分院也正准备开业。

科室的工作要正常运转，援藏任务也要完成，如何做到两全其美？只有老马出山！

当他把想法告诉妻子及80多岁的父母时，他们都很支持。老父亲说：“儿子，你五姑当年也去援过藏，她同意你去，我知道那里更需要你们这些医务工作者。”妻子也说：“放心去吧，注意身体，家里的事我担起。”

2017年12月10日，马颖随重庆市第三批“组团式”医疗队共20人来到西藏拉萨。走出机场，仰望蓝天白云，环视巍巍群山，他从内心深处喊出“西藏，我来了”。援藏队在拉萨进行了为期两天的短期培训。通过学习，马颖从更高层面认识到援藏工作的重要性。内地支援西藏建设是党中央治边稳藏的需要，是国家振兴、民族团结的需要。马颖感觉自己肩上的担子更重了。

2017年12月13日，第三批“组团式”医疗队来到昌都市。周围大山环抱，扎曲和昂曲在此汇合成澜沧江，清澈的江水奔腾向东，茶马广场在蓝天白云下显得异常美丽。

第一次到高原，“高反”是每一个人面临的困难，马颖也不例外。在头痛、心慌、失眠中，马颖常常想起家人，想起与他朝夕相处的同事，想起在内地工作生活的情景，每次与家人通话，他的眼眶总是湿润的……

“高反”总能慢慢适应，总会克服，但心态应该立即调整过来。想想西藏之行的使命，想着自己是医疗队中最年长的队员，作为一名老共产党员，应该起到带头作用。马颖常常这样提醒自己。

2017 年 12 月 18 日是马颖到昌都市人民医院上班的第一天。刚好科室收治了一位 58 岁的患者，该患者有外伤史，小脑梗死，出现枕骨大孔疝危象，当天晚上 8 点在全麻下急诊行直切口枕下减压。马颖感叹，自己行医 30 多年来，在雪域高原进行第一台急诊手术，真是终生难忘啊。

这次“组团式”医疗援藏的首要任务是与当地的医护人员共同将昌都市人民医院创建成三级甲等医院，2018 年 5 月要接受评审。时间紧，任务重，作为老大哥的马颖肩上的责任自然重大。

每周一到周五加班两小时，周六全天加班。按照国家和西藏自治区的评审要求，逐款逐项准备资料，规范工作流程，加强各项医疗质量管理的改进和提升，迎接“三甲”评审的到来。

这次“组团式”医疗援藏还有一个重要的任务，就是通过援藏工作，培养出一支思想过硬、具有较高技术水平的、带不走的医护队伍。神经外科发展能体现出一个医院的综合技术水平，神经外科医生的培养也需要较长的时间。昌都市人民医院神经外科专业还没有从整体外科系统中脱离出来，将来的发展要从分组到分科，培养人才是第一位的。

以“师带徒”的方式培养专业人才。马颖结合实际情况拟订了培养计划，定期进行教学查房，疑难病例、死亡病例讨论，常规术前讨论，每周组织专业讲座，进一步提高神经外科人员专业技术水平。不管大小手术，不论白天或深夜，他都尽可能亲临现场指导，通过“我做你看，你做我看”的方式来规范基本操作，提高手术技能。马颖最大的心愿是带领大家把神经外科介入技术手术开展起来。

他清楚地记得，2018 年 8 月，有一位 1 岁多的患儿，反复的呼吸感染病程已有两月，来院时高烧，已处于昏迷状态，头颅 CT 显示左侧额顶有一个巨大的脑脓肿，大约有 8cm × 8cm × 8cm。马颖也是第一次遇到婴幼儿有如此巨大的脑脓肿，应该立即手术，否则患儿就没有生存的机会了。

脑脓肿的手术方式有几种，考虑到患者年龄太小，手术承受力差，马颖选择了创伤小、手术时间短的脓肿穿刺引流术。术中抽取脓液 200 多毫升，在援藏队员高德胜——一位非常有经验的麻醉医师的配合下，手术过程非常顺利。术后几天，患儿恢复情况非常好，体温正常，意识清楚，无功能障碍，能自由玩耍。这也为进一步完善治疗最终达到痊愈争取了时间，创造了良好的条件。

有一天下午 6 点左右，来了一位急诊病人，他是一位才入伍的年轻战士。两天前新兵训练时，头部有一处轻微外伤，之后逐渐出现头痛、呕吐，来院时处于昏睡状，有神经定位体征，头颅 CT 显示：右侧额、颞、顶急性硬膜下有血肿。对于年轻人来说一个轻微的外伤会造成这么大的颅内血肿吗？会不会伴有自身的血管性疾病，如血管畸形？根据医院现有的检查手段，无法在短时间内查确出血原因，况且病情也不允许等待，应该立即手术，否则病人会有生命危险。

当晚马颖为这位年轻的战士进行了大骨瓣开颅探查术。术中硬脑膜未发现动静瘘，大脑皮层也没有发现血管畸形，脑组织也没有发现明确的脑挫裂伤，但入矢状窦的静脉有损伤。这是外伤时脑组织在颅腔内相对运动造成的静脉拉伤出血，而这种情况多见于老年人。根据手术情况及多年的临床经验对该病员术后颅内压治疗转归的判断，术中将大骨瓣变位固定，这样减少了手术的并发症，后期也无须进行颅骨修补手术，维护了小战士原有的英俊容貌。不久，小战士康复出院。

像这样的例子还有很多。马颖说，当许多年过后，一些事情会渐渐淡忘，但是援藏之路会终生难忘。这将是他一生的精神财富！

2

2018 年 5 月的一天，高原上的昌都乍暖还寒，树上的新叶正在努力往外生长，昌都市人民医院被一个特殊的病人打破了宁静。“120”救护

车“呜拉呜拉”地叫着，车上载着一个30多岁的年轻妇女，她的脸、手、脚多处受伤，送她到医院的人说她是挖虫草时被狗熊咬伤的。

这，自然是骨科的“活路”。接到电话，黄智勇就早早地在骨科等着医治病人。后来，那位被狗熊咬伤的妇女，经过黄智勇和医院的精心医治后，康复出院。黄智勇，何方人士？重庆市肿瘤医院骨科专家，援藏医生，挂职昌都市人民医院外二科副主任。

来昌都前，黄智勇就了解了昌都市人民医院的一些基本情况。医院正在打造藏东地区的“创伤医疗急救中心”，这是他最感兴趣的地方。来到昌都后，一些实际情况也让他忧心忡忡，譬如藏区地广人稀，交通极其不便，加之一些人严重缺乏卫生知识，无论是急病还是慢性病，到医院就诊的时候都是非常严重的了，已错过了最佳治疗时机。

尽管这样，黄智勇还是努力践行一个医者的天职。

他每天的工作都安排得满满的：每周一、五到外二科教学查房，周

二、四坐诊专家门诊。他还经常主持参与急重危病人抢救、疑难病例讨论；参与院内外会诊，主持骨科学术专题讲座等。他参加了昌都市委及卫计委组织的纪念西藏百万农奴解放59周年大型义诊活动。在创建“三甲”过程中，他指导外二科完善各种规章制度18项，指导并组织学习各种“三甲”文件、条款，熟悉创建“三甲”流程，规范各种医疗行为。

2018年5月，黄智勇成功为一位患者实施肩胛骨骨折切开复位内固定术。这名患者来自昌都市边坝县，距离昌都市区500多公里，是在采挖虫草时不慎从山上摔下，致全身多处受伤，经当地医院转入昌都市人民医院救治。

入院后经过检查发现：患者左肩胛骨粉碎性骨折且累及关节盂，且患者肢体活动困难，如不及时手术，可能造成终身残疾。因条件有限，以往遇到该类患者都转往内地治疗，需要大量的人力、物力和财力。考虑到患者病情严重且家庭经济困难，黄智勇和外二科医疗团队，对患者伤情认真细致地查看后，立即组织讨论、研究，决定利用有限的条件为该患者实施手术。

5月24日上午，在医院科室和医疗队的多方支持下，由黄智勇主刀为该患者实施了肩胛骨骨折切开复位内固定术，经过两个多小时的努力，手术取得圆满成功。术后，患者康复效果良好。

这个手术是重庆援藏医疗队在昌都市人民医院开展的首例肩胛骨骨折手术。这也是黄智勇援藏近6个月来，在当地率先开展的第3项骨科新手术、新技术。

在雪域高原这种严重缺氧、干燥的环境下，尤其在缺设备、缺人才、缺技术的条件下，要开展一项新技术，会遇到不少的困难。但是黄智勇和他的团队战胜了这些困难，他们胜利了！

2018年6月，一名出生仅4天，右侧股骨上段骨折的患儿被送到了昌都市人民医院。

昌都市人民医院组织全院骨科、儿科及放射科等相关科室医生会诊，并通过视频与重庆医科大学附属儿童医院（以下简称“重医附属儿童医院”）相关小儿骨科专家远程会诊。经与患儿家长反复沟通，决定成立由重庆援藏骨科专家黄智勇副主任医师为首席专家的专业医疗小组，专门为该患儿医治。

这一次，黄智勇又是操刀手!

黄智勇为患儿量身定制了治疗方案：通过手法复位后，外展位（蛙腿位）自制小夹板外固定，并定期复查和随访。小夹板是黄智勇根据患儿病情及身体条件量身设计和定做的，这样既能解决复位困难及外固定困难问题，又能防止夹板松动和脱落，还能有效防止压疮、深静脉血栓及肢体缺血性坏死等并发症。

经过 1 个多月的治疗和护理，患儿恢复得很好，原骨折处对位对线良好，骨痂生长良好；肢体活动正常，未出现不良反应和并发症。

黄智勇说，援藏要把“输血”改为“造血”，就要为藏区培养一支走不了的医疗队伍，这就需要言传身教，做好“传帮带”。

他提出在对科室人员的培养中，要实施强化培训战略，将本地医生有计划、多形式、分类、分层、分岗、分批次进行专业基础理论及操作技能培训，还通过送出去“跟班学”，开展远程教学、远程讲座、巡回指导、巡回授课等方式，集中培养本地人才。

他采用“三步走”的方法：第一步，先由自己查阅资料并讲课；第二步，在他的指导下由医生查阅资料及讲课；第三步，医生完全独立查阅资料做 PPT 来学习。他在科室及全院范围内做了多次业务知识及指南更新的讲座：骨与软组织肿瘤的诊疗规范及指南、骨与关节感染性疾病的诊疗规范及指南、髋关节疾病的诊疗规范及指南、膝关节疾病的诊疗指南、腰肌劳损及腰椎疾病的防治等，并指导全科医护人员进行创伤急救、骨折及关节脱位手法复位、关节穿刺、骨牵引等操作技能培训多次。

在他的带领下，外二科无论从门诊量、住院人次，还是手术台次等都有大幅度提升；急重危患者抢救成功率明显提高；住院床位由 26 张增加为36张；病床使用率较前明显提高；患者平均住院时间较前明显缩短；医生也由之前的6名增加为12名，其中有4名已经可以单独管理病床和值班。

黄智勇对自己为西藏医疗卫生事业所做出的贡献，为藏族同胞健康所付出的辛劳和汗水而感到无比的骄傲和自豪。他也获得了西藏老百姓的普遍认可，多次收到藏族患者及亲属敬献的哈达和锦旗，被藏族同胞誉为“妙手回春，医者父母心”的“好门巴”；被藏区同事及学生亲切地称赞为“真正帮助我们藏族人的好老师”。

2018年7月，他被评为“重庆市肿瘤医院优秀共产党员”。

3

在第八批援藏干部队伍中，“组团式”医疗队里还有一个重量级人物不得不提，那就是重庆市第五人民医院内一科主任医师李兴贵教授。

他已经是教授、主任医师了，职称级别到了顶点，还有什么个人利益可图呢？按照国家政策，援藏干部回内地后其职称或职务要有所提升，这是国家对援藏人员艰辛付出的价值肯定，是合法合情合理的。但是，李兴贵就是援藏回去也没法提升职称了，再提也还是教授。

李教授援藏前，听说西藏需要医疗技术，而且昌都唯一的一所公立医院正在准备创“三甲”，他想把自己毕生所学医术带到藏区，更好地服务广大患者，这就是他援藏的真正目的！

1966年3月，李兴贵出生在重庆巴南。1989年毕业于四川泸州医学院医疗系，毕业后就被分配到重庆市第五人民医院工作至今。30年如一日，他把人生最美好的年华奉献给了祖国的医疗事业。

说实话，他援藏时的压力非常大，自己患有高血压、气管炎，而且年事已高的母亲患有尿毒症，需要长期透析。家里的情况十分困难，但是为了大家，他还是毅然舍去了小家，他的这一选择得到了妻子和女儿的支持。

2017年12月在拉萨培训时，由于“高反”，李兴贵晚上睡不着觉，流鼻血。一周左右才慢慢适应。2018年上半年，医院要创“三甲”，工作特别忙。7月份，外出到各区县连续坐车11小时，在从芒康曲孜卡乡回昌都的路上，他胸闷、头昏，走路都很困难。回到医院后他做心电图检查，结果是因劳累所致。有人劝他别去西藏，但是他还是坚持去了，面对现实的艰苦，李兴贵无怨无悔。他身上随时揣着药，控制心跳加快。

李兴贵对工作十分认真细致。2017年12月18日，在查房时，他发现对42床患者昂旺扎堆的诊断结论有问题。医生诊断为急性脊髓炎，李兴贵仔细看了病历和检查报告并对病人询问后发现病人脑脊蛋白异常增高，医生查体不仔细，忽略了感觉障碍，所以检查部位有问题，检查部位应该是胸椎，但是他们检查的是腰椎。通过复查，发现病人是结核引起的胸椎破坏性病变，椎旁冷脓肿。只有认真细致诊断，才好对症下药。

还有一次，一个病人头痛、头晕、步态不稳，在门诊做了头颅CT检查，结论是：颅内没问题。然而，李兴贵一看片子立即发现病人有脑水肿，脑室扩大，后颅有不典型占位性病变等问题，他建议病人做增强头颅CT。检查结果是颅内肿瘤。因为发现及时，没有耽误病人的治疗时间。

李兴贵负责的内一科包括神经内科、呼吸内科、消化内科。科室内只有执业医师8名，多参数监护仪6台，除颤仪1台，输液泵4台，而且神经内科没有肌电图、脑电图、TCD，呼吸内科没有呼吸机、肺功能仪。内科系统分科不细，不能体现专病专治，大部分医生均为全科医生，专业特色不突出。

根据这些情况，他制订了昌都市人民医院内一科工作计划：

针对神经内科，他提出：完善神经内科专业组建设，所有神经内科病人，均收入神经内科专业组治疗；利用典型病例进行教学查房，提高专科医师的诊断水平；对神经内科常见病、多发病治疗规范化；投入CT、MRI、肌电图、脑电图、TCD设备。

针对呼吸内科，他提出：首先规范呼吸道疾病诊断程序，扩大呼吸内科诊治范围，一是加强胸片、胸部CT读片能力等基本专科能力的培训，争取减少临床误诊率；二是与放射科、检验科联合举办相关基本专科知识讲座；三是加强血气分析判读能力培训，举办呼吸衰竭知识系列讲座。其次规范呼吸道疾病治疗方法，提高呼吸道危重病人的抢救成功率：一是加强抗生素合理使用管理，提高病原学标本送检率，提高病原学检查阳性率；二是加强院感知识培训，提高院感防控意识，提高患者安全意识，防止医疗差错；三是加强呼吸道疾病规范化治疗意识，根据临床指南指导临床诊治行为；四是举办呼吸道疾病相关知识培训，提高呼吸道疾病的诊断、治疗能力；五是增加呼吸内科专科用药数量，提高专科治疗能力。

针对消化内科，他提出：一是开展新技术、新项目。派遣政治过硬、能力强、素质高的医生前往上级医院学习，全面开展消化系统疾病内镜下的诊断及治疗，熟练掌握内镜操作，如镜下息肉切除及取活检、肝硬化食管胃底静脉曲张套扎术及硬化治疗等，使消化系统疾病的治疗手段更加全面；二是狠抓医疗质量，提高服务水平。

除了对科室的管理，李兴贵还主动要求参与院内二线值班，晚上随喊随到。

重庆市第五人民医院高度重视“以院包科”工作，始终把受援科室作为自家科室。2018年上半年分4批次派人来昌都市人民医院内一科指导“三甲”创建、学科建设及人才培养。2018年3月19日—21日，第五人民医院医务科科长文浩、医务科干事潘雪、护理部主任林育君、医疗质量管理办公室主任张万蓉一行来昌都市人民医院内一科摸底“三甲”创建准备情况，针对科室存在的问题提出了进一步的整改方案；2018年4月3日—10日，医院神经内科功能检查室组长卢柳西主治医师来昌都市人民医院对内一科唐毅、罗少莉医师进行TCD操作培训，通过一周的培训，唐毅、罗少莉医师具备了出具TCD报告的能力；2018年4月8日—10日，医院业务副院长朱爱东来昌都市人民医院签订“以院包科”协议，捐赠TCD一台，并代表包科医院查看内一科2018年工作计划及3年规划，根据协议内容对工作计划及规划做了适当的修改及补充；2018年4月20日—5月30日，医院神经内科副主任医师金戈、神经内科二病区护士长徐敏、医务科干事秦采来昌都市人民医院内一科及医务科参与“三甲”创建。

这些，都是李兴贵忘我工作的动力！

4

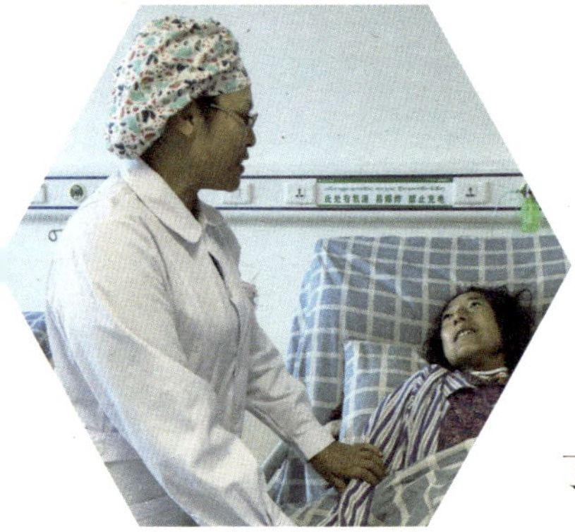

她叫黄永红。

作为援藏专家，作为重庆市第八批援藏干部女性中年龄最大的队员，她从不要求组织特殊照顾，总是以一个大姐的无私情怀，给队友带来温暖和欢乐。在工作中处处以身作则，在病人需要时给予无私关爱，体现了用心援藏、用情援藏的重庆援藏精神。

2016年10月26日，昌都市人民医院内一科收治了1例严重贫血和贫血性心脏病患者，病情危重。然而医生将血库里所有的血源用尽了，病人的病情仍未得到有效缓解，急需继续输血治疗，向重庆方面申请血源需要好几天时间，可病人的病情已等不及了……

得知这一危急情况，黄永红主动挽起了衣袖。

“我是B型血，我来！”黄永红斩钉截铁地说。

“你能行吗？这毕竟是在高原，献血会对身体造成什么影响谁也说不清楚。”队友们的担忧溢于言表。“救人才是第一位的。”黄永红坚定地说。

得知是一位素不相识的重庆援藏干部无偿献血给自己，患者西拉巴珍苍白的脸上泛起了感动的笑容，感激的话语从她虚弱的身体里迸发出来。

看到善良淳朴的西拉巴珍与自己“血脉相通”，黄永红的心里既高兴又心疼，希望自己的血液对她的病情能有所帮助，希望她可以尽快康复。因为工作关系，黄永红献血后未曾休息，就立即投入临床工作中去了。

“作为医务人员，我们的天职是治病救人，在病人需要输血的危急关头，我能出一份力挽救同胞的生命，我感到很光荣。”黄永红如是说。

患者输血后病情大有改善，经过一系列后续治疗，严重贫血已经得到改善，不久康复出院了。

紧急关头，她为藏族同胞无偿献血，用实际行动诠释了“交往、交流、交融”的内涵。

重症医学科是危重病人最集中的地方，病人病情重，病情变化快，对护理人员综合素质要求很高。黄永红首先规范了科室环境的管理，将病床单元、护士站、库房的物品进行固定，提高护士工作效率，让工作环境尽可能干净、整洁；规范了科室护理文书书写，不断提高记录质量和内涵；在科室推行每周护理小查房，每周晨间提问 2—3 次；每月组织 2 次护理业务学习，并规范了护理查房和业务学习记录格式；制订了科室导管管理制度，建立根因分析规范，让责任护士学习制作根因分析 PPT；加强护士教学科研能力培养，让援助从“输血”向“造血”过渡。

因为人力不足，黄永红通常都需要在夜间和周末加班。她常用自己的言传身教感化科室护士，她说自己虽然只是一个过客，但是从来都是以主人翁的态度用心做事，用情感人。黄永红最爱听的歌是《一个妈妈的女儿》：

太阳和月亮是一个妈妈的女儿
她们的妈妈叫光明，叫光明
啊，藏族和汉族是一个妈妈的女儿
我们的妈妈叫中国，我们的妈妈叫中国
叫中国，我们的妈妈叫中国

5

谁比他更伤心？

援藏期间，他的父母双双去世！

2016 年 6 月，周海波知道了国家医疗人才“组团式”援藏的事，他特别希望到祖国需要的地方去工作，但看到即将临盆的妻子和体弱多病的父母，他心生犹豫。亲人们都了解他的心愿，妻子告诉他：“不管你在任何地方，我们都永远支持你。”父母也很理解他，对他说：“去做你想做的事吧，家里我们能照顾好，别担心。”有了亲人们这些话，7 月 12 日周海波挥泪告别出生才 4 天的小儿子，踏上了援藏之路。

来到昌都后，他迅速克服了“高反”和人生地不熟的困难，立即投入到工作中。进入昌都市人民医院后得到了医院领导的信任并担任医务科科长。他到各科室调研科室基本情况，了解到各临床科室人员缺乏，医务人员专业技能有所欠缺等问题，但是，医务人员学习热情高，服从性高。他加强了对各临床医技科室业务学习的指导、督导、检查和奖惩，使各科室业务学习明显加强。

2016 年 10 月的一天，他正在工作，突然感觉腰部剧痛，同事们立即把他送去检查，发现是输尿管结石伴肾积水，打了止痛针后他又投入到工作中去。医院领导和重庆市“组团式”医疗援藏队队长易文强知道后，都劝他回内地做进一步治疗，他却乐呵呵地说：“没事，病痛这东西，你强它就弱。”就这样，他白天打了止痛针后坚持工作，夜间输液治疗，幸运的是七天后输尿管结石排出了体外，之后他又全身心地投入到工作中。

他针对夜间容易出现医疗安全隐患的问题，加强了夜间医疗安全巡查、指导和督导工作，尽力排除医疗隐患。在昌都期间，在医院领导的重视下，在全体医务人员和他的努力下，昌都市人民医院未发生一起医疗责任事故。他特别重视儿科、妇产科的巡查督导和业务学习的落实，使儿科和妇产科医务人员的业务水平明显提升，婴幼儿死亡率和孕产妇死亡率持续降低。在院领导的支持下他狠抓重点专科建设，确立了神经内科等 20 个科室为重点专科建设单位，同时发挥长期从事中西医结合神经内科的临床及康复工作的优势，持续指导并全程介入中医科、康复科、神经内科的重点专科建设。

他勇挑重任，为新技术、新项目的开发保驾护航。开发新技术、新项目，临床一线医务人员常常有顾虑，怕承担风险。周海波常对临床医务人员说：“大家只要按医疗规范操作，责任医院来承担。”在大家的努力下，“组团式”医疗人才援藏队开展了巨大脑膜瘤切除术等新技术、新项目 64 项；组织申报科研项目 19 项；组织院级学术讲座 39 次；开展医务人员心肺复苏技能培训 1000 余人次，青年医师培训 2000 余人次；组织卫生应急技能培训，直接指导的苏小燕荣获西藏自治区卫生应急技能竞赛自治区决赛“个人三等奖”。

周海波还承担了一定的医疗任务，每周二、四上午承担中医门诊任务及各科室涉及中医科、神经内科及康复科的会诊、疑难危重患者救治等医疗任务，共医治患者 2000 余人，很多痛风、白癜风、黄褐斑、月经不调、后循环缺血、腰颈椎病、肩周炎、脑梗死等疾病患者得到了有效治疗。

他还指导本地学员两名，使其医疗业务能力明显提升。同时组织承担各级领导保健任务 20 余次以及高考医疗保障、三江茶马艺术节医疗保障等大型医疗保障任务 10 余次，在组织医师技能考试的同时，担任考官为昌都市选拔医疗人才。组织参加义诊活动 8 次，协调“心手相连，点亮生命”等大型公益活动 4 次，受益群众 2000 余人次，促进了汉藏友谊。

2017 年 8 月及 11 月，他的父母不幸先后因病去世，处理好双亲的后事后他又投入到援藏工作中。

在援藏工作中，他恪尽职守，把昌都人民当成亲人，他的工作得到了昌都市广大藏汉群众的称赞和各级领导的高度评价。2016 年，国家卫计委先进典型发布厅采访了他的工作情况。2016 年，中组部邓声明副部长等领导亲切接见了他，勉励他“注意身体，努力工作”。2016 年、2017 年，他连续获得昌都市年度考评优秀。他努力推动昌都市人民医院医疗业务和能力的发展，为“两降一升”任务的完成，“三甲”创建任务的完成，为昌都地区的团结稳定发展贡献了自己的力量。

6

“我是一块砖，哪里需要就往哪里搬。”这是李民凤的开场白。

这位大姐总是面带微笑，看上去就是一个贤妻良母，她的真正身份是一位奔跑在医疗一线的仁者，是昌都市人民医院心内科主任。

她到昌都时“高反”特别严重，头痛、失眠、气喘、流鼻血几种症状她样样都有，前后折腾了一个多月，才勉强适应西藏的环境。

她说：“当时接到医务处电话，说是援藏，要求副高以上职称，50 岁以下。科室符合条件的只有两人，但另外一人孩子很小，不能抽身。

而我1968年出生，又有高原情结，就欣然答应了。我爱人当时还有点儿不理解，经过解释他最终没有反对。”75岁的父亲很支持她援藏。女儿也在读大学了，家里不用担心，这些都是她援藏的底气。到昌都的当天傍晚，医院收治了一位心包积液引流不畅的患者。李民凤不顾“高反”，毫不犹豫赶至病房，详细询问病史并仔细检查，及时给予主管医生合理的治疗建议，患者得到了有效救治，不久便康复出院。

2017年10月22日下午1点半，在回宿舍途中她突然接到科室值班医生的电话，科室收治了一名急性广泛前壁心肌梗死患者，血压70/50mmHg，心率45次/分，病情十分危重，随时有生命危险。接到电话后，李民凤立即返回病房参与抢救，指导医生安置临时起搏器，升压，最终患者尿激酶溶栓成功，血压升高至100/60mmHg，胸痛减轻。她周六、周日等休息日也到病房查看患者并指导规范化治疗。经过积极治疗，患者病情稳定后出院，家属送来锦旗表示感谢。

李民凤发挥个人所长，积极参与科室“三甲”创建活动，为“三甲”评审顺利通过出了一份力。由于科室医护人员较少，无“三甲”创建经验，创建工作进展缓慢。她认真学习西藏的有关“三甲”评审条款，逐条整理了13盒资料，帮助制订科室制度10个，制订科室常见病的临床指南8个，制订科室应急预案8个，指导应急演练4次，为科室培训20余次包括心肺复苏、除颤仪使用、病历规范书写、相关疾病指南等，加强科室内涵的建设。

由于她是医院医疗质量督导专家组成员，对承担的检查任务，她都保质保量完成，为医院医疗质量制度的落实和提高发挥了重要作用。

她尽心尽力为昌都地区人民的健康服务。援藏期间，她不顾太阳暴晒，不怕道路崎岖，先后4次下乡送医、送药及义诊，为当地的藏民同胞们送去了温暖。为保障来昌都调研人员的健康，她冒着严寒巡诊100余次，另外出保健任务4次，均为部级以上领导，成功救治两名部级以上领导。“三八节”分别在中国人民银行昌都市分行和昌都武警部队进行健康讲座两次。参加卫计委特病审核两天。她还作为考官严格把关乡村医生技能考核。同时她担任昌都市征兵体检的主检官，为征兵工作的顺利完成，把好最后关。

作为一名心内科医生兼心理咨询师，李民凤积极主动做好其他援藏干部的心理疏导及健康指导，在达因卡，为解决周末吃饭难的问题，她不怕麻烦，主动组织大家做饭，增加了大家的友谊同时又排解了大家的寂寞。

家人支持是保障援藏工作的坚强后盾。在得知援藏的消息后，75 岁高龄且患有高血压、冠心病、前列腺增生的父亲首先站出来支持她，并嘱咐她要认真工作，搞好民族团结。在“三甲”创建期间，她大女儿被查出甲状腺肿瘤压迫喉返神经导致严重声音嘶哑，需要手术治疗，女儿情绪很不稳定，因在“三甲”创建关键时刻，李民凤没有请假回去陪伴她。她每天晚上加班后回到寝室，立即与女儿视频，虽面带微笑给女儿做心理疏导，但心里很着急、很内疚。

援藏期间，李民凤的公公因高血压、糖尿病、脑出血、肺部感染反复住院 4 次，2018 年 5 月 13 日再次住院，病情危重，家人没有通知她回去，7 月 2 日老人在医院与世长辞。

第三节　雪山上红梅花儿开得艳

1

梅花，是春天的象征，虽然它与雪花相伴。冬天来了，春天还会远吗？自古以来文人墨客都以吟梅为快，历史上不知留下了多少脍炙人口的佳作。

宋朝黄庭坚就有这样的句子："折得寒香不露机，小窗斜日两三枝。罗帷翠叶深调护，已被游蜂圣得知。"

元代王冕说："我家洗砚池边树，朵朵花开淡墨痕。不要人夸好颜色，只留清气满乾坤。"

等等，吟梅颂雪的诗句举不胜举。

但是，我今天要说的红梅花儿并不是"墙角数枝梅，凌寒独自开。遥知不是雪，唯有暗香来"的那种真正的梅花，也不是上述诗歌里的梅花，而是雪域高原上的一群妇产科医务工作者。她们就像风雪中傲放的梅花一样暗香扑鼻……

陶兰，来自重庆市妇幼保健院，1966 年 5 月出生，毕业于苏州医学院。作为昌都市人民医院妇产科主任，陶兰也是一块砖，哪里需要就往哪里搬。她从来没有想到自己会去援藏。突然有一天，领导找她谈话，她明白援藏是工作需要，是国家需要，她自然服从组织安排，听从国家调遣。

在工作中，陶兰严格以三级甲等医院的要求来规范妇产科的日常工作，落实医疗核心制度和诊疗规范，保障患者安全，提高医疗质量，为提高昌都市出生人口素质，降低孕产妇、围产儿死亡率，减少幼儿出生缺陷做出了应有的贡献。对常见的妇科病人她采取宣教治疗双管齐下的方式，大大提高了妇女的卫生保健意识，为昌都市妇女的身心健康做出了应有的贡献。她带领科室医务人员齐心协力，积极主动，不断解放思想、更新观念、树立起高度的事业心和责任心，围绕科室工作性质，围绕医院中心工作，求真务实、踏实苦干，圆满地完成了本科室的各项工作任务。

妇产科内部实行规范化管理，获得了昌都市“三八红旗集体”“先进助产机构”等荣誉，妇产科抗菌药物使用率由之前的 55% 降至 40% 左右，使用强度由之前的 76 降至 49，标本送检率由 25% 升高到 97%。她“传帮带”的王承琴医生获得了昌都市人民医院合理用药“先进个人”称号。

她向医护人员讲授自然流产、妊娠剧吐、早产、妊娠期肝内胆汁淤积症、羊水栓塞、子痫、子宫肌瘤等知识。同时审改全科室病历，指导当地医生进行规范化的病历书写，提出了关于孕期诊断明确统一为孕周（以往为孕月）和住院孕产妇必须有 1 次彩超检查（以往有些未检查）的建议，提高了妇产科的病历质量。

针对个别医生动手能力不强的情况，陶兰无私传授先进经验和技术，放手科室医生操作各项手术，不但点对点教授手术要领和手把手教授手术技法，而且放手不放眼，本着对医生和病人高度负责的态度，让广大医生有动手机会的同时能够得到充分的技术指导，医生的动手能力得到了提升，同时病人的权益也能够得到最大限度的保障。

“输血”不如“造血”，这是援藏医生反复强调的口号，援藏之初，援藏医生明确了自己的角色定位——配角。针对昌都市人民医院妇产科医务人员工作经验不足、有理论基础的医生较少的状况，她从理论到临床实践，主刀医生、助手医生的手术路径和操作技巧，到低年资医生辅助手术时的注意事项等进行分层教学，传授理论基础和临床技术。

陶兰“传帮带”的王承琴医生从不能手术主刀到能作为总住院医生带下级医生手术和诊疗；她“传帮带”的措姆医生从不善于发言到能在科室讲课。这一切的改变都是她努力的成果。

2

12 月，是一年中最寒冷的时候，也是雪域高原最缺氧的季节。正是这个时节，重庆市第五人民医院妇产科副主任杨雪梅要冒着严寒与队友们奔赴昌都援藏。

她到达昌都的第三天就开始值班。不要小看这个值班，藏区医院的患者入院时间与内地差异很大，受路程和交通的影响，患者大多是晚上入院，加之病情受耽误的情况较多，入院时已经病情危重，因此患者就诊、手术经常是在深夜，通宵达旦治疗变成家常便饭。

2018 年 1 月，入藏刚好一个月，这是个令人难忘的日子。产房里一名产妇胎膜自然破裂，胎心突然出现异常，检查时发现胎儿的头部前有一条搏动的条索状物。经过诊断，判定是脐带脱垂，一旦没了血供，胎儿几分钟内就会窒息死亡。助产士保持半跪姿势，手伸入阴道托住胎儿头部缓解压迫。杨雪梅努力克服着高原反应，来不及片刻犹豫，飞跑着护送产妇进入手术室，与麻醉科医师密切合作，争分夺秒，几分钟便取出了新生儿。整个过程非常紧张。

47 岁的藏族妇女次仁巴珍被异常阴道流血困扰了 1 年多，2018 年 1 月入院时较之前更为严重，已经重度贫血，血红蛋白 38g/L，经过检查发现患者子宫内有直径 10cm 的瘤体，就是这个肿瘤导致了阴道异常流血。针对患者的具体情况，杨雪梅大胆为患者实施了腹腔镜下全子宫切除术。术中发现子宫增大 2+ 月孕，宫颈管内突出直径 10cm 的瘤体，这增加了手术难度，但为了病人的

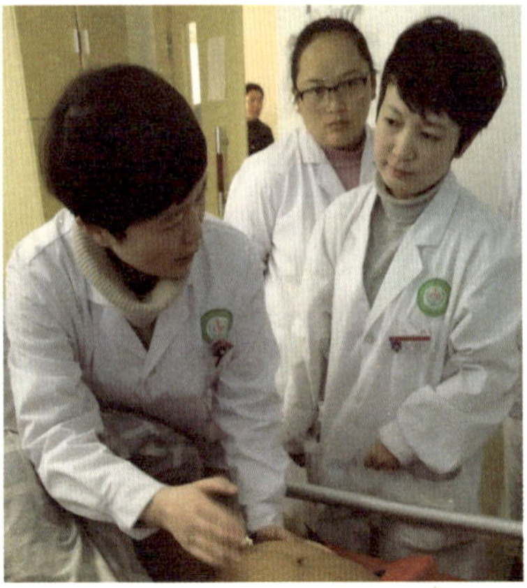

健康，杨雪梅克服重重困难，成功完成了手术。这个手术是昌都市人民医院妇产科开展的第一例腹腔镜下全子宫切除术，标志着昌都市人民医院妇产科微创手术水平上了一个新台阶，不仅填补了昌都市人民医院这类手术的空白，更为昌都市人民群众的健康做出了不可估量的贡献。

“快点啊，孕妇有危险！……”

2018年5月15日17时25分，昌都市人民医院“120”急救电话急促响起。

电话是从左贡县打来的，打电话的人十分焦急，对方说，吾通镇瓦巴村28岁藏族孕妇扎西措姆生产时遇到危险，急需昌都人民医院帮助！

情况紧急，杨雪梅立刻与同事一起赶往左贡。一路都是盘山公路，人就像在洗衣机滚筒里不停转动。她晕车晕得厉害。车子跑了3个多小时，才接到这名孕妇。这名孕妇已经怀孕6次，但一直没有小孩，现在宫口开大2cm，胎心变化很大。杨雪梅强忍着晕车带来的眩晕，指导将孕妇小心地搬上救护车。他们一边采取急救措施，一边赶回昌都市人民医院。

在众人的努力下，孕妇脱离了危险。那时候，杨雪梅觉得晕车、“高反”等不适都不值得一提了。生命无常，在一次次和死神的交锋中体现了医生救死扶伤的价值和天职。

有一次，一个21岁的藏族孕妇，送到医院的时候面色苍白，腹痛剧烈，阴道大量流血，未检测到胎心，诊断为胎盘早剥，子宫破裂，失血性休克，死胎。杨雪梅深夜从住地达因卡赶往医院，立即启动危重孕产妇绿色通道，纠正失血性休克，马上手术。她认真分析患者的病情，结合以往的经验，最终决定为患者保留子宫。

当所有的治疗措施实施以后，面对病人转危为安的时候，杨雪梅才发现汗水已经浸透了衣衫。病人出院的时候给杨雪梅敬献了洁白的哈达，“谢谢！你们不仅是救了我，更让我感受到了藏汉一家亲的深厚情谊。”

……

每一次不遗余力地抢救，或者每一次普通查房接触的病人，即便是后来在街边邂逅，每一个藏族同胞的双眼里，都有对医生的信赖和崇敬；给医者敬献哈达时，他们双手合十，举过头顶，以表达医生的信赖和崇敬！

“三甲”创建工作是昌都市人民医院的头等大事，杨雪梅不但承担大部分业务方面的创建工作，指导科室应急演练以及消防演练，为实战和“三甲”检查做准备，还积极准备和指导科室人员准备“三甲”资料，规范不合理流程及制度。2018 年 5 月，昌都市人民医院终于圆满完成“三甲”评审工作。

“一切努力都值了！”杨雪梅开心地说。

救死扶伤、治病救人是医生的光荣使命，守护藏族同胞的健康，将医者的爱心无私传递给藏区百姓，栽种雪域高原最美的医疗之花——这是杨雪梅作为一个援藏医生的最高目标。虽然清苦、寂寞，但是援藏是一种经历，更是一笔人生财富。一次援藏行，一生雪域情，远离内地的高原之行，磨炼了意志，锻炼了个人品格，净化了自身的心灵，充实了平淡的人生。

山高挡不住行路人，水急难不倒撑船翁。“看来岂是寻常色，浓淡由他冰雪中。”

杨雪梅就像梅花一样，笑对风雪，漫山绽放。

3

沈红霞是医疗队里年龄最小的，31 岁，来自重庆市妇幼保健院超声科。

2017 年 12 月，她来到昌都，看到山坡上没有草，树上没有叶子，雄伟的高山上白雪皑皑，顿时心里凉了半截儿。

再说说宿舍，住的院子里晚上牦牛哞哞叫个不停，这大概就是她能听到的唯一声音。

有时深夜难眠，想起自己才两岁的儿子远在新疆，与公公婆婆生活在一起，泪水悄悄打湿了枕头。

是啊，哪个妈妈舍得丢下自己的孩子？

但是，这是光荣的使命。沈红霞每一次想到这些就起来看书，分散自己的注意力。

她老公每天都要给她打电话，下了班后，一直要用电话把她送上车，下了车，也要用电话把她送到宿舍。

她老公放心不下，这就是牵肠挂肚。

海上生明月，天涯共此时。
情人怨遥夜，竟夕起相思。
灭烛怜光满，披衣觉露滋。
不堪盈手赠，还寝梦佳期。

——张九龄《望月怀远》

年轻的沈红霞并没有被儿女情长击败，相反，她用勤奋的工作冲淡对亲人的思念。

妇产超声在产科临床中尤为重要，是产前筛查、产前诊断的首选影像检查手段。

沈红霞通过熟悉科室仪器配备、了解医务人员业务水平，发现当地产前诊断力量急需加强，不仅在手法技术上须加强，在报告书写模板及自我保护意识方面也须加强。而超声科如何在硬件配备不足、仪器老化、受检者较多等情况下，既要能积极配合临床科室工作，又要能很好规避妇产超声检查带来的潜在风险尤为重要。

产前超声诊断对仪器要求较高，须配备高端超声诊断仪，但仪器的购买需要时间，一时难以解决。但硬件不足，可以靠软件来弥补。

首先从制度、规范入手。制订不同检查级别产前超声检查知情同意书，确保法律层面对医生权利的保障；统一产前及妇科超声检查规范，结合临床需求与当地产检人员难以提供准确孕周等特殊性，完善了不同检查级别及不同孕周的报告书写模板，补充统一了妇科不同疾病的报告描述，半年的整改，提高了检查效率，降低了报告书写的错误率。科室危急值项目不完善，临床面对面沟通结合临床意见，将中晚孕期胎盘早剥、脐血流舒张期断流反向、胎儿心动过速大于 180 次 / 分或心动过缓小于 110 次 / 分持续 5 分钟以上、羊水过少指数小于 5mm 或深度小于 3mm 添加到妇产科危急值项目中。科室半年上报危急值项目中，以上 4 项所占比例为 66%，为危重患者赢得了抢救时间，增加了抢救的成功率。

其次从质量把关入手。把关科室医疗质量安全，协助主任指导督查质量控制各小组长工作，汇总各小组总结，书写随访组总结及医疗质量与安全管理活动记录，组织全科人员参与医学影像报告质量控制抽查，并将不标准影像及错误报告以 PPT 形式实名制点评。医学影像质量控制抽查这种形式有利于当事医生在今后的工作中避免犯相同的错误。报告抽查是科室质量控制重点，为了进一步降低报告书写错误率，提高服务能力，科室做了关于“降低报告书写错误率”的 PDCA 案例，报告书写错误率由 2017 年的 17.5% 下降到 2018 年的 7.1%。

一个医院，医疗水平的高低、服务质量的好坏、治理体制的优劣，必须接受各级主管部门和患者的检验、考核。

从踏进昌都市人民医院超声科的那一刻起，沈红霞就知道自己工作中所面临的最重要、最紧急的任务就是创建“三甲”的准备工作，科室要生存、要发展，就必须抓住“三甲”评审这次难得的机遇。

从入科到评审准备时间不足 5 个月，时间紧、任务重，沈红霞通过逐条研读西藏自治区的医院评审条款，根据科室实际情况逐一梳理，找出差距和不足，将需要完善与整改的内容分配落实到个人。最后两个月的冲刺阶段，她带领全科人员牺牲休息时间，每天加班两小时、周六加班一天，在近两个月加班加点的忙碌中，终于不负组织所托，全科顺利通过了“三甲”的评审工作。借助“三甲”评审的契机，科室从管理到环境面貌较之前大有变化，但等级评审的通过不是结束，而是开始，她相信在“三甲”的道路上，科室会发展得越来越好。

援藏之路虽艰辛但她甘之如饴，“能有这么一个地方让我尽情施展才华，是我之幸。在今后的工作中，定当尽我所能，为医院的发展做出更大的贡献”。这是这个年轻人的梦想。

第四节　人民医院来了群年轻人

1

2018 年 7 月 5 日，西藏自治区卫生计生委发布文件确定昌都市人民医院为“三级甲等”综合医院，并授予“三级甲等”综合医院标牌，标志着该院成功完成创建“三甲”的历史性任务，取得了历史性的成就。

作为昌都市人民医院“三甲”创建的具体牵头人，重庆医科大学附属第一医院（以下简称“重医附一院”）选派进藏的重庆援藏干部、昌都市人民医院常务副院长滕苗得知消息的那一刻，激动得说不出话来。

2017 年 9 月 7 日，滕苗放弃公派赴美国做访问学者的机会，追随父亲援藏的脚步，告别两个年幼的女儿、父母和妻子，毅然来到昌都。抵达昌都市人民医院的第二天，还没好好休息，他就全面投入到医院“三甲”创建工作中。

工作伊始，滕苗把了解昌都市人民医院的情况放在工作之首。进藏伊始他走访了医院的 20 个临床医技科室和 5 个医疗相关职能科室，随后通过与所有科室主任、护士长以及部分员工等一百多人交谈的方式了解他们工作的具体情况。在此期间，他还参加科室质量控制会议 11 次、晨交班 17 次、大查房 9 次、全院大会诊 4 次、专项督导 6 次……

白天一边工作，一边收集各种资料，夜里，滕苗也没闲着，他忙着将收集

的资料进行归纳整理。皇天不负苦心人，经过一个多月的努力，滕苗整理完成了一万余字的调研报告，为医院全面启动“三甲”创建奠定了坚实基础，并迅速有效展开医院的“三甲”创建工作。

前期工作完成后，第二个月，滕苗牵头成立昌都市人民医院“三甲”创建办公室，真正的战斗开始了。由于创建工作十分繁重，工作压力像山一样压着滕苗，他的身体不断透支，很多时候不得不一边吸氧一边继续工作，然而这一切并没有动摇滕苗开展创建工作的决心，他服用高原安和复方丹参滴丸来缓解短时的缺氧症状后，又一心扑到工作中。

“26 年前，我的父亲作为一名内科副教授受第三军医大学委派到日喀则解放军第八医院开展医疗援藏工作。时隔二十多年，我也走上了这条路。在来西藏之前，我考虑到家里有两个年幼的女儿和四个老人需要照顾，有些犹豫，但我父亲知道后第一时间站出来支持我进藏工作，并说服了家人，打消了我的顾虑。我既然来了，就不能让他失望。”滕苗对父亲的理解与支持很是感激。

正是怀着这样的情怀，援藏期间，滕苗几乎放弃了所有的周末、节假日，利用中午和晚上的休息时间详细学习了西藏等级医院 442 款的评审标准，并对 2458 个评审点结合医院的具体情况做了同质化的解读。同时，他自学评审条款涉及的 400 余条法律法规和医疗、护理、医技、医院管理、院感、卫生统计、医疗建筑、消防安全等十余本书，完成合计数万字的两本工作笔记，并带领创建办的同志到 30 个临床医技和职能科室完成同质化标准解读。

除了昌都市人民医院“三甲”创建工作，滕苗还助力西藏各地市的医院“三甲”评审工作和昌都各区县医院的“二甲”创建工作。作为国家级医院评审员，滕苗利用在国家卫计委医政医管局从事医院评审工作的经验，先后参加林芝市人民医院和西藏自治区创办医院“三甲”评审。2017 年，类乌齐县人民医院“二甲”评审时，为了掌握西藏评审的一手资料，滕苗赴类乌齐县全程跟随评审专家了解评审特点。掌握西藏评审的第一手资料以后，尤其是昌都市人民医院“三甲”现场评审后，滕苗又开始到察雅县人民医院、类乌齐县人民医院和芒康县人民医院参与“二甲医院”创建工作，先后4次赴类乌齐县人民医院、2次赴芒康县人民医院、2次赴察雅县人民医院做“二甲”创建专项帮扶。2018年，滕苗获“第一届昌都市道德模范提名奖”。

2018年4月25日深夜1点，这是一个很揪心的时刻。

昌都市人民医院ICU收到一名从察雅县送来的严重烧伤患者。该患者是24日傍晚6点左右因热水管道爆裂被蒸汽烫伤全身多处。入院时患者病情危重，烧伤面积近50%TBSA，其中深II°和III°创面达到42%TBSA，涉及整个头面颈部，四肢和躯干上散在分布。急查红细胞和血色素提示患者血液处于高度浓缩状态，尿量少，整个循环系统非常脆弱，生命体征极不稳定，加之地处藏东高原，空气稀薄，患者随时有生命危险。

医院第一时间在ICU成立抢救小组，由滕苗牵头。

摆在治疗组面前的不仅仅是患者病情危重，还有医院由于很少救治大面积烧伤患者，没有治疗大面积烧伤患者的烧伤保温架，没有常规的创面用药，缺乏全面检测患者休克情况的设备，血气分析等检验项目因故暂时不能开展，也没有烧伤手术需要的常规工具，抢救药品类别也较少。患者家属焦急万分，更担心藏区医疗条件较简陋会耽误患者抢救，表示虽然家里经济条件不好，但仍希望马上转到重庆西南医院烧伤科救治。

面对这些困难，在第三军医大学西南医院烧伤科和重医附一院烧伤美容科工作了十余年的滕苗陷入两难的境地：一是要凭医院现有的条件，把患者从死亡线上拉回来；二是要尽量为患者节约经费，减少“因病返贫、因病致贫”的可能；三是高原空气稀薄，山高弯多，途径仍在下雪的高海拔地区，患者在高原长距离转运过程中存在巨大风险。讨论时治疗组意见不一，有意见倾向转运到重庆治疗。滕苗在对各种情况综合考虑以后，认为该患者救治困难巨大，但是高原救治烧伤患者也有一定的优势，比如紫外线强，气候干燥干净，创面感染发生率低，一个干燥干净的环境有利于创面愈合；且患者为青壮年，身体素质较好，III°创面散在分布，不需要大面积植皮手术等。于是带领治疗组讨论并制订了一个最适合该患者在昌都本地治疗的方案。

随后治疗组通过紧急延迟复苏补液，结合保护重要脏器，创面保护性处理，预防应激性溃疡的综合治疗等措施帮助患者顺利渡过严重烧伤后的第一关——休克关。随着休克关的渡过，患者家属对治疗组有了充分的信心。曾经迫切要把患者转到重庆治疗的患者家属也主动找到治疗组，表达希望留在昌都市人民医院继续治疗的愿望，并给治疗组赠送多面锦旗表示感谢。随后，治疗组帮助患者顺利克服感染关和创面修复的难题，通过积极处理创面，改善营养，调整抗菌药物的使用等综合治疗手段，并早期介入康复锻炼，使患者仅花费了6万余元，在较内地治疗同类患者花费减少一半以上的情况下于5月17日顺利出院。

由于出院时患者仍有少许创面未愈合，出院两周后，滕苗利用去察雅县人民医院帮扶的机会，到患者居住地进行随访，看到患者恢复良好，创面愈合情况和生活自理能力均达到同类患者在内地救治的效果，滕苗非常欣慰，他还细心教授患者后期功能锻炼和减轻瘢痕增生等的方法。患者夫妻二人对医院的治疗非常满意，特别感激昌都市人民医院给了他们第二次生命，高度称赞昌都市人民医院医护人员为“当之不愧的天使”“藏东好门巴”！

2

作为医者，胸怀仁心，希望能让所有藏区群众得到更好的医疗服务。

作为党员，援藏是责任，是伟大的事业，更是党赋予的光荣使命！

这，是刘军心底的承诺。

刘军，重庆市第三批“组团式”医疗援藏首席专家，重庆市急救医疗中心放射科副主任、主任医师。2017 年 12 月，她和 19 名医疗卫生专业技术人才开始了为期 18 个月的援藏工作。

当她第一次踏上昌都这片神奇的土地时，迎接她的是平均 3500 米的海拔高度，12 月昌都寒冷干燥的天气，心慌、气促、头晕、头痛接踵而来。忍受着头痛、心慌等身体不适的侵袭，她踏进了昌都市人民医院放射科。

她决定援藏时，唯一的儿子正上初三，80 多岁的母亲也需要照顾，丈夫也是一名医生，工作非常繁忙。

大音希声，大爱无痕。

由于昌都市海拔较高、交通不便、农牧民卫生知识匮乏等原因，农牧民的病情都较为复杂。同时，医院存在医术成熟的医护人员较少，且素质参差不齐，设备落后，药品、检验项目匮乏，语言交流不畅等诸多困难。这让长期在重庆大医院工作的她，常常有种“巧妇难为无米之炊”的感觉。针对放射科的现状及硬件条件，她带领科室同事，加大新技术、新项目的开展，短时间内就开展了新技术 3 项、科研项目 1 项。

为了满足临床要求，她极力推进昌都市人民医院 CT 增强扫描及颅脑、体部血管检查等检查工作。经过几个月的努力，医院增强扫描、血管检查的检查比例明显增加。

作为医生，看着患者好起来，就有成就感；看到患者笑起来，就有动力。

2018 年 3 月 2 日晚上 10 点左右，刘军加班结束，正准备打车回宿舍，看着就要到家了，她的电话突然响起。

“刘主任，我是妇产科的值班医生四郎拥宗，请尽快回医院一下，这边有一个急诊！”

“马上回来，患者年龄多大，情况如何？现在做检查了吗？放射影像出来了吗？”

“患者向巴曲珍，22 岁，女，产后 8 个月，胃痛、腹胀、腹痛一天，正在进行上腹部螺旋CT，等你回来时，放射影像应该就出来了。已申请普外会诊，现已在准备急诊手术中，急需你明确诊断后指导手术……”她一边叫出租车司机掉头回医院，一边详细询问患者病情。

该患者被刘军诊断为结肠扭转，在大家的合力协作下，值班的普外专家连夜为患者做了右半肠切除手术，经过快速、有效的治疗，该患者在数天后康复出院。

虽然刘军备受高原稀薄空气的折磨，常常入睡难、睡眠质量差，但自踏入昌都，她就在不停地加班，周六、周日也是如此，准备昌都市人民医院创“三甲”的各种资料，修订各类规章制度及预案，指导科室开展各种预案的演练，进行疑难病例诊断。

“假如有一名患者准备做增强CT，但注射造影剂时，发生了碘过敏反应，情况危急！这时候，我们应当……”这在她的生活中是再寻常不过的情景了。

她通常是白天完成日常性诊断工作，晚上和科室同事一起加班，集中学习业务知识、做文件、解决疑难病例，保证当天的工作当天完成，践行了时间就是生命的急救理念。

“以前在家都是我在管理儿子的生活和学习，现在只要听说儿子成绩下降了，我心里面就着急得很；母亲年纪大了，丈夫工作又繁忙，家里面没人操持，我也老是担心。”她对记者说。

几个月来，刘军在工作中竭尽全力。她每月书写和签审报告1000余份、学术授课4次，并主持疑难病例讨论4次，参与院内大会诊5次，完成该院放射科文件条款梳理10余条，并带领科室同事进行了3次应急演练。

同时，她还加大力度规范不合理的病例随访表格、质控表格，修订交班本、危急值上报表的内容；调动全科室人员积极性，发挥他们的优势特长做好科室“三甲”材料准备工作，并让这些工作不只是停留在应付检查，而是以后可以持之有效地开展。

她曾说，援藏医生除开展正常诊疗工作外，还要帮助提升诊疗技术水平，从“输血”变为“造血”的援藏。刘军每日除了书写或审签放射科报告，还要不断规范报告及扫描方式，解决疑难病例，参与会诊，实施教学，认真带教。

针对机器设备陈旧、扫描速度较慢、后处理软件不匹配、人员对操作方法不熟悉等实际情况，她通过加强疑难病例随访，认真准备每天的疑难病例讨论的办法，逐步提升了年轻医师对疾病的认知能力。她的详细解读，不但给年轻医师带去了更多知识，还锻炼了年轻医师的综合思考能力、表达能力。

在她的带领下，放射诊断更为高效、准确，为临床手术和治疗提供了强有力的支持，更培养了年轻医师良好的诊断习惯。

她拟订了学习计划，正按计划进行授课，提升了科室人员的业务能力，使其不断夯实基本功。她还帮助年轻医师准备 PPT，鼓励他们上台授课，提高他们的综合能力，让年轻医生们向既是医师又是教师的双重角色逐步转化，以便今后他们能够自己带教年轻医师，能够让自己“造血”，真正让医疗技术在雪域高原“落地生根”。

“一次援藏行，一生雪域情”已经融入她的生活、事业和行为中，自律和信守承诺已经成为她的人生信条，对医术的精益求精让她取得了辉煌的成绩，奉献又成为她的习惯。在她身上，我们看到了大爱，看到了人性的光辉！

3

2018 年 8 月 16 日，在首个“中国医师节”来临之际，人民网刊登了刘丽萍的先进事迹。这在昌都市人民医院引起了极大反响。

刘丽萍，昌都市人民医院护理部主任，硕士、副主任护师、副教授、硕士生导师，重庆医科大学附属第一医院血管外科护士长，担任中国医师协会腔内血管专业委员会护理专家委员副主任委员、国际血管联盟中国分部护理专委会副主任委员、中国微循环学会周围血管专业委员会副主任委员、重庆市护理学会微创外科护理专业委员会副主任委员等学术职务。

1991 年 7 月开始从事护理工作，近 30 年工作经历，让她积累了丰富的临床护理、护理管理、护理科研和教学经验。她于 1996 年 1 月加入中国共产党，始终以一名共产党员的标准严格要求自己，时刻铭记入党誓言，勤勉工作，努力学习，做好党员的先锋模范带头作用。多次荣获医院“优质护理服务明星”“十佳优秀护士”“优秀共产党员”等称号；并于 2003 年因在“非典”期间的突出表现荣获重庆医科大学和重庆市教委“优秀共产党员”等荣誉称号。

2017 年 10 月，当医院决定选派她援藏时，她毫不犹豫地接受了，并表示一定不辱使命。到达昌都的第一天，她顾不上高原严寒、缺氧和路途疲惫，第一时间投入工作。

面临“三甲”创建的紧迫任务，面对护理管理欠缺、护理人力短缺、团队基础薄弱、病区环境凌乱等诸多不利因素，她没有退缩，没有怨言，而是怀着满腔热忱，连续加班 3 个月，全身心投入西藏昌都市人民医院的“三甲”创建工作中。

刚踏上昌都市人民医院工作岗位，拟任护理部主任的刘丽萍同志便进入了角色。尚未正式任命和交接时，她俨然把自己当作护理部一员，深入临床一线，与护士长、护士、职能部门负责人交流，查阅资料，很快摸清了家底，拟订了护理工作三年发展规划和 2018 年度工作计划。她全面评估各科室护理人力资源配置并提出补充需求，有效缓解了护士短缺的困难。她带领护理团队全面梳理管理制度、完善质量管理体系、修订护理质控标准、深化优质护理服务，开创了该院多项“第一”护理管理举措：第一次开展护士长述职报告，第一次提出医院的优质护理理念，第一次推行责任制整体护理模式，第一次建立在职护士分层培训机制，第一次举办全院优质护理演讲竞赛，第一次实施“6S”环境与安全管理，第一次为全院护理单元订购权威护理杂志……

日复一日高负荷的工作并没有成为她的负担，反而激起她昂扬的斗志。医院里、交通车上、队员周末自助聚餐会上，总能看见她充满活力的身影。她的努力付出和工作成效大家有目共睹，最终，她赢得了全院员工的一致认可。医院当地干部看见她不知疲惫地工作，开玩笑说她是“不只是打了鸡血，完全是打了牦牛血”的拼命三郎。2018 年 5 月中旬，昌都市人民医院接受了国家卫计委“三甲”评审，护理部多项管理举措赢得评审专家的赞许，护理团队的整体风貌和工作表现也得到一致肯定。7 月 5 日，昌都市人民医院正式获批“三甲”医院称号。

遭遇车祸。2018 年 6 月，她顾不上“三甲”创建后的劳累，不畏藏区路途遥远艰险，圆满完成了昌都市卫计委指派的四家县级医院“二甲”创建指导帮扶任务。在去类乌齐县医院途中，她乘坐的越野车遭遇车祸：右后轮突然爆胎，车子失控撞上路旁木材堆，同车的昌都市卫计委领导全身六处骨折。所幸她系好了安全带，仅有几处皮肤软组织损伤。这是她第一次遭遇车祸，回想起来还是庆幸——幸亏爆胎地点不是在 26 公里范围的狭窄山路（尘土飞扬，路边山崖没有遮挡，多处狭窄路段仅容单车通行），否则，后果不堪设想。

为了天使的微笑。2018 年 8 月，她放弃昌都市“茶马艺术节”5 天休假，主动承担起唇腭裂患者的公益手术配合任务。全员抽调护理人员 20 名组成护理团队，她带领护理团队筹建了两个临时病房。她安排排班，仔细筹划每个环节，与公益团队的医生和辅助人员紧密配合。看见那么多藏族患儿因先天性唇腭裂而影响进食和发声、反复口腔感染，甚至将影响他们一生的幸福，看见家长们焦急而期待的神情，她的心里阵阵隐痛。她想为他们多做些事情，多给予一些帮助。她和所有临时病房工作人员一样，不仅按时上班，还总是延迟下班。由于大多数抽调的护士都不是来自儿科病房，她亲临一线仔细督导各个环节，强调严格执行查对制度，确保患儿用药剂量准确、间隔时间准确。她特别重视护士对患儿家长的健康教育，确保他们真正掌握回家后的喂养方法和到医院复诊的时间。

医者仁心。记不清有多少次担任总值班行政查房，多少次凌晨疲惫而归。一次夜间查房，遇到一位20岁的藏族小伙子，他在工作中不慎被铁丝刺入眼中，五官科从未收治过类似患者，而科室能做此手术的眼科医生恰好休假不在昌都。怎么办？时值深夜，病人没有条件转入内地，即便第二天坐早班飞机赶到成都，也耽搁太长时间有可能会延误病情，病人和家属心急如焚。当时已是凌晨，刘丽萍顾不上夜深，立即联系重医附一院眼科总值班医生涂刚博士，同时联系了该院眼科的朋友彭惠教授，将患者的CT图片发给两位专家咨询诊疗方案，最终得到一致意见——必须尽快手术，否则不仅患侧眼球不保，健侧眼睛也会受到牵连！两位专家同时指导了手术方式。刘丽萍与应急赶来的五官科周君主任商量，情况紧急，别无选择，主攻耳鼻喉疾病诊疗的周主任挺身而出——“我来试试！”，尽管从未做过眼内手术，但凭借多年的手术功底和眼外手术的经验，此时唯有放手一搏！幸运的是，手术成功了！患者眼睛保住了！所有的辛苦劳累都化为激动与快乐！

风雪夜归人。深夜，大雪纷飞，在海拔3200米的异乡，独自步行50分钟回宿舍的经历可能令人终生难忘。11月18日晚，轮到刘丽萍总值班。下班后，她分别指导了两位准备参加西藏自治区手术室指南竞赛的护士进行选题、构思、PPT制作后，已是晚上9点半。换上工作服，走出行政楼，她惊奇地发现：院坝的地面、车上全都覆盖着厚厚的一层雪，什么时候开始下雪的，全然不知。她照常巡视全院各个科室，督查工作人员在岗情况、在院病人数及危重病人情况，检查有无安全隐患等。两小时后，她准备打出租车回宿舍。可是，大雪纷纷的深夜，出租车少得可怜。好不容易叫停一辆，可师傅却拒绝前往——因为，雪后地面打滑，出租车根本无法上坡，到不了住地。实在没辙，叫医院救护车吧，可是救护车仍然没法上去。看着时间一点点过去，她最终决定走路！说走就走，路灯明亮，昌都治安良好，还能遇到同样步行回家的路人，没什么好怕的！医院附近的公路上坡处，4 名警察正在奋力帮助已经打滑的出租车掉头下坡，她立即用手机拍下这感人的一幕！一路走着，一路感受着寂静深夜风雪扑面的别样意境，顺便发了几张照片在昌都医院的援藏队员群里。晚睡的马颖老师看到，立即打电话给她："小刘，走到哪里了？不要怕，保持手机通畅，我马上去接你！"几分钟后，远远地，看见一个黑影迎面走来，她顿时热泪盈眶！

"既然选择援助昌都，就要有所担当，有所作为！我已是昌都市人民医院的一员，定当尽我所能，充分依靠大家的力量，群策群力，团结一心为医院的发展做出最大的贡献！不辜负重庆人民的嘱托，不辜负昌都人民的期望！"这是她的心里话，也是她无悔的选择。

4

2018 年 5 月 4 日下午 5 点左右，一个焦急的母亲抱着一个 1 岁多的幼儿来到昌都市人民医院急诊科。当班医生查看患儿后发现，患儿面色发绀、呼吸困难，立即予以清理呼吸道，洗出较多食物残渣，并进行吸氧等紧急处理，患儿面色稍好转。医生询问病史，得知患儿于发病前 10 分钟，进食梨后出现面色发绀、呼吸困难的情形。

急诊科医生考虑患儿可能为支气管有异物后，立即请医院儿科援藏医生李春、麻醉科援藏医生高德胜以及五官科医生会诊，各科医生以最快的速度赶往急诊科，到达急诊科后立即组织抢救，待患儿病情稍稳定，各科医生陪同患儿进行胸部 CT、头颅 CT 检查。在等待检查时，李春发现患儿面色发绀明显，有惊厥发作，立即进行气管插管、止惊、镇静、降颅压等处理，并护送患儿至儿科重症监护室。经医院各专业医生精心配合、严密组织抢救后，患儿在呼吸机辅助通气中，各项生命体征均趋稳定。

2018年5月11日上午，李春像往常一样查房，突然一位同事要李春医生查看一个新生儿，李春给该患儿“美朵”（化名）做了详细的体格检查，发现该患儿没有正常的肛门开口，李春意识到该患儿是一名先天性无肛伴直肠会阴瘘的新生儿，需要手术治疗，而当地医院没有条件进行该项手术。

李春及时与重医附属儿童医院领导及胃肠新生儿外科医生联系后，该患儿于5月14日下午1点平安转入重医附属儿童医院。

医院迅速完善相关检查，紧急安排手术，于5月15晚上7点40分做横结肠造瘘术。小美朵进入重症监护室时，麻醉暂未苏醒，医生对其进行呼吸机辅助通气、心电持续监护、辐射台保暖等。为减轻患儿气管插管引起的不适及手术伤口的疼痛，还对其进行了适当的镇静镇痛。

维持血糖与营养是新生儿胃肠手术后的重点。5月16日晚上6点，在医护人员的精心呵护下，小美朵吃上了她手术后的第一口奶——5ml深度水解蛋白奶。滋养型喂养并不能满足新生儿的营养需求，却能尽早地保证胃肠道功能的恢复。另外，由卢思为主治医师的医疗团队为患儿启动静脉高营养治疗，精密地计算各营养物质的比例，满足小美朵生长发育和术后恢复的营养需要。

什么时候拔出气管导管、停用呼吸机，是重症医学科医生每天面临的问题。听诊肺部、调整呼吸机参数，灌洗吸痰、观察患儿生命体征是必不可少的环节。在做好一切的评估和准备后，小美朵于5月16日晚上10点30分顺利脱机，面色红润，呼吸平稳，动脉血气结果正常。

5月17日早上11点，小美朵转入胃肠新生儿监护室继续她的专科治疗。横结肠造瘘术是她手术的第一步，是为满足其营养需要，锻炼胃肠道功能的第一道难关。接下来的肛门成形术是她将要面临的又一挑战，PICU（儿科重症监护病房）的医护人员们将一起努力，创造最好的条件，协助小美朵渡过这一道道难关。

5

高德胜是临时被拉上“战场”的。

为什么这样说呢？因为第八批援藏干部名单里最初并没有高德胜的名字，医疗队当时安排的是另一个同志，临近赴藏，那个同志因为身体原因放弃了援藏。当时昌都市人民医院正在创“三甲”，提出需要一名麻醉师。

高德胜是重庆三峡中心医院麻醉科的副主任，毕业于重庆医科大学，在行业内小有名气。

高德胜早上接到通知去体检，下午就被要求交报告，走的是绿色通道。他没有时间与家人沟通，晚上才给老婆说，当时老婆还是有想法，他给老婆解释说这是政治任务，老婆就二话没说，点头同意了。

到了昌都后，高德胜任昌都市人民医院麻醉科主任。

麻醉，对医疗手术来讲是不可或缺的重要帮手。离开了麻醉，一切手术都将无从开展。

麻醉科有 7 名医生，但是具有执业医师资格的麻醉医生只有 3 名。麻醉设备有麻醉机 3 台（其中有一台麻醉机有故障），多参数监护仪 3 台。科室能够开展全身麻醉、椎管内麻醉，有中心静脉穿刺及有创动脉穿刺的设备，但穿刺技术不熟练，麻醉医生对危急重症患者的处理能力还有待提高，麻醉记录单书写不规范，麻醉相关流程及制度执行不到位。科室还没有配备床旁血气分析仪，对术中病人内环境的了解缺乏直观依据。在手术分布情况方面，科室急诊手术占比接近 50%，病理产科及重度感染患者、外伤大失血患者手术较多。根据以上这些特点高德胜制订了科室发展规划，确定了科室业务培训重点。

在“三甲”创建过程中，高德胜忍受着高原缺氧导致的头痛、失眠，连续数月每天工作到晚上9点，白天工作，晚上整理资料，培训人员，学习理论。重庆三峡中心医院麻醉科在昌都市人民医院“三甲”创建过程中也给予了大力支持，在本身人手紧张的情况下，派出了麻醉科高德胜医生到昌都市人民医院麻醉科指导“三甲”创建工作。通过全科医护人员的共同努力，麻醉科顺利通过了评审专家的评审。

援藏期间，高德胜先后有针对性地进行操作及理论培训，保证每月有两次理论讲课，至少一次疑难病例讨论。他先后讲了《麻醉前风险评估与决策》《麻醉记录单的规范书写》《小儿麻醉》《病理产科麻醉》《心肺复苏指南解读》《气道异物取出术专家共识解读》《严格落实医疗核心制度确保医疗安全》《心衰产妇麻醉处理》《血气分析解读》《围术期液体治疗》等10余次理论课。组织6次科内的疑难病例讨论，培训、指导科室麻醉医生进行中心静脉穿刺置管及桡动脉穿刺置管测压，直到科室年轻医生均能比较熟练地进行操作。

高德胜在2018年7月4日的日记里，记录了他个人的工作情况，这些数字历历在目：

指导500多例临床麻醉，150多例急危重症患者的救治，70多例重危产妇的麻醉，30多例新生儿窒息的复苏抢救，10余例神经外科麻醉，8例椎体手术，60多例中心静脉穿刺置管测压，60多例周围动脉穿刺及围术期有创血流动力学监测。培训指导科室医生开展中心静脉穿刺置管、周围动脉穿刺置管、控制性降压、经鼻气管插管、清醒气管插管、术中血气分析等麻醉相关操作。组织科内业务学习12次，疑难病例讨论6次。参加相关科室术前会诊15次。参加全院范围的多学科大会诊3次。

这，只是他半年的工作统计。

6

陈军华，人称“陈博士”。

1973 年出生于重庆忠县，重庆医科大学硕士研究生，昌都市人民医院儿科主任，2016 年在美国辛辛那提儿童医院深造，2017 年 6 月底回重医附属儿童医院，2017 年 12 月赴藏。

这位笑眯眯的“博士”，也是昌都市人民医院儿科的“救星”，这背后有着一段耐人寻味、启人深思的故事。

2015 年昌都市人民医院发生了一起医患纠纷，因为谈判无果，双方纠缠不止，家属经常到医院儿科吵闹，弄得人心惶惶，儿科工作几乎瘫痪。不久，儿科主任不得不辞职离开医院，主任走了，下面医护人员六神无主，也纷纷要求辞职。

这个事件的影响一直没有完全消除。2017 年 12 月 13 日，陈军华到昌都人民医院后，他感受到医生们自我学习的动力低下，儿科医生的人数也比较少。于是，他把重医附属儿童医院的规范化管理模式及一系列的制度移植到昌都市人民医院。查房时他苦口婆心地讲解，组织医生对一些病例进行讨论，激发大家的工作和学习激情。

以前迟到早退，不按时交班，不完善请假手续擅自离岗的情况时有发生，临床工作比较混乱，基于此，陈军华上任后首先严格工作纪律，在科室掀起了纪律整改“风暴”，在他的带领下完善了相应的制度，严厉地处罚了违纪人员，使科室劳动纪律有了明显的改观。

以前医生间团队合作意识不强，总是“事不关己，高高挂起”，没有团队合作是不可能搞好科室工作的。陈军华积极培养医生间的团队合作意识，大家相互帮助，互相学习，也相互提高，把遇到的所有问题都当作自己的问题来解决，杜绝“这个不是我管的”之类的回答。

借助“三甲”创建的契机，科室还制定了相应的绩效考核制度，将学历、职称、岗位、工作量等因素纳入了考核中，目的就是要促进大家努力学习，提高学历，获得资质，提升工作能力，使科室服务质量得到切实地提高。

陈军华喜欢钻研电脑，掌握一定的软件开发技术。他利用业余时间研发出一套科室综合质量管理系统软件，开发了常用模块、传染病报卡系统、床头卡等软件。这个软件在全院推广，医院实现无纸化办公，从而提高了医疗隐患防范。

7

人称“帅哥”，长着一副娃娃脸，却是医院的大管家。

他就是刘仪，出生于 1981 年，硕士研究生，毕业于第三军医大学，重医附二院医务处医疗质量管理科副科长，援藏后任昌都市人民医院医务科主任。

“不忘初心，牢记使命，真情融入，扎根高原。”这是刘仪援藏出发前写在本子上的话。

2017 年 12 月接到援藏通知时，刘仪心里既有期待也有不舍与牵挂，更有担忧。回到家里，看到年幼的孩子，看到 2017 年 10 月才因严重心衰而抢救过的父亲，他真有点儿不舍。当他把援藏事情告诉妻子和家人时，没想到他们坚定地说：“你放心吧，家里有我们，援藏是一项光荣的任务，你要听从组织的安排。”于是 12 月 10 日他放心地踏上了飞往雪域高原的航班。

到了西藏，刘仪迅速进入工作状态。谦虚是一种美德，如果说自己是援藏干部，那么在西藏有不少是献了青春献子孙的老援藏干部，他们政策观念强，个人素质高，具有很强的奉献精神。因此，刘仪始终注意找准位置，“真情援助，深情打动，用行动感化”，与当地干部和一线医务人员深入合作交流，以当地干部在艰苦的环境中无私奉献的精神为动力，自觉做到到位不越位、参与不干预、干事不添事。抱着锻炼自己、提高自己的思想，在日常生活工作中积极主动，很好地与当地干部携手共事，圆满完成了医院各项医疗质量安全管理工作。

促进民族团结，保持社会稳定也是援藏工作的重要内容。刘仪一方面特别注意尊重少数民族的风俗习惯，自觉做到不利于团结的话不说，不利于团结的事不做，千方百计为医院和全体医务人员办实事、办好事，以实际行动促进民族团结。

刘仪牢固树立正确的人生观、价值观、苦乐观，时常提醒自己要耐得住寂寞，守得住清贫，受得住艰苦，自觉遵守昌都市人民医院相关规定和《重庆市第八批援藏干部管理制度》，时刻做到自重、自省、自警、自励，从不向组织提任何个人要求，从而树立了援藏干部勤奋好学务实高效的好形象。

作为医务科科长，刘仪带领医务科全体员工，始终以“创三甲”“强三甲”和“两降一升三不出”为目标，以“三甲”创建为契机，建立健全医疗质量安全管理体系，完善医疗核心制度，组建考评组织，修订台账本，提升病历质量，加强合理用药、围手术期安全、不良事件、非计划再次手术等管理，通过医疗质量与安全数据指导临床进行管理。

医疗质量安全管理是等级医院创建的重头戏和核心，将直接关系到“三甲”创建的成败。一方面，在条款多、人手不足、时间紧、任务重、底子薄、差距大的情况下，要克服各种困难，严格按照西藏自治区《医院评价标准实施细则（2017 年通用版、试行版）》条款要求，组织全科学习，吃透条款。另一方面，全面摸底，迅速融入。2017 年 12 月，刘仪一到昌都市人民医院，就深入临床，走访了全院 28 个临床医技科室，参加早交班、质控会 35 次，与科主任和创建联络员沟通 60 余次，熟读西藏“三甲”创建标准，立即着手进行标准分解，制订“三甲”工作计划和时间表，搭建医疗创建总体框架和细则。还主动做好表率，白天深入临床，沟通和指导各临床科室准备资料，晚上针对临床问题，提出整改措施，完善医务科相关资料。到创建“三甲”攻坚期间，每天工作到晚上12点，基本上过起了“白+黑”“5+2”的日子。为了顺利推进“三甲”创建工作，改变工作方式，充分利用现代管理方法和信息化手段，充分尊重当地干部，做到事前充分沟通，以取得当地干部支持。

在短短的5个月中，刘仪先后修订下发审批院科两级各类制度1000余条，制订下发了《医疗制度汇编》，召开创建联络员与科主任沟通会议并深入临床39次，并指导如何进行资料准备。重新搭建起医疗质量与安全组织体系，拟订了医疗质量与安全持续改进方案、2018年医疗质量与安全考核方案和考核细则，组建了医疗质量与安全专家督导组。2018年召开了两次专家组会议，针对督导存在的问题提出整改措施，统一检查标准。下发各类医疗质量安全整改书40余份。简化临床工作台账本，将原来27个医疗台账减少到8个，减少临床科室无效工作。同时优化了不良事件上报、住院时间大于30天、非计划再次手术、手术室标本运送、临床路径等管理流程21个。先后于1月与3月参加所有临床科室晨交班和质控会60余次，熟悉科室情况，规范交班内容，强调医疗安全。多次与信息科进行沟通，建立了质量与安全数据库。开展围手术期安全检查，下发平均住院日、抗菌药物临床控制指标等。

2018年5月中旬，迎接了自治区三级甲等医院现场评审，7月医院获得了“三级甲等”医院的称号。

最艰苦的地方才能绽放最美丽的雪莲。

第一次组织昌都市人民医院科主任年终述职，第一次建立医疗质量安全数据库，第一次建立各临床医技科室质控模板，第一次利用信息化手段简化工作台账本，第一次改变手术申请模式，第一次开展医疗值班质量督导，第一次为昌都市人民医院参加执业医师资格考试的人员组织专题讲座，第一次建立起本地化的医疗诊疗指南，等等。这些第一次深深烙在刘仪的记忆里！

真情融入，扎根高原。刘仪用实际行动践行着“老西藏精神”，得到了医院领导和重庆市第八批援藏队领队黎勇的肯定，2018 年 7 月他获得重庆市第八批援藏队“优秀援藏干部”称号。

回顾援藏生活，刘仪说，既有高原缺氧、孤独寂寞、思念牵挂、道路艰险、气候恶劣、语言不通、紫外线暴晒等诸多困难，也有援藏在边疆、工作在高原、奉献在雪域的快乐。

援藏就是奉献，援藏就是拼搏，援藏就是磨炼！

援藏是他人生的加油站，是一次抉择、一种责任、一种锤炼，更是一次感悟、一种情缘、一种人生财富！

这些财富给他续写新的人生篇章增添了足够的底气和信心。

第五节　雪域高原上最灿烂的笑脸

1

郭娟，藏族，1978 年出生，毕业于西藏民族学院，家住昌都市区，现任昌都市人民医院重症监护室主任。

在采访她时，她面带喜悦地向我们介绍："从重庆来的援藏医生个个都不错，都是干实事的，如马颖老师、何发明老师、刘丽萍老师、刘军老师等等，他们从来不请假，踏实工作，还主动要求二线值班，让我们本地医生十分感动，他们是我们学习的榜样。在创'三甲'期间，援藏老师亲力亲为制定制度。手把手教医生插管。把以前没有的专科建立起来了，现有专科技术提高了、规范了。总而言之，援藏老师很有担当，很有责任。"

彭斌是易文强的学生，1983 年出生，在昌都市人民医院骨科工作。2016 年 11 月从北大医院进修回昌都市人民医院。

"易院长来了以后，他派我出去学习脊柱外科。他教我开展脊柱手术。"彭斌很感谢从重庆来的专家。"医疗援藏改变了医院的硬件设施，比如昌都市人民医院，从原来两层楼、厕所脏乱差的小医院，发展到现在兼有外科大楼、内科大楼、门诊大楼等的现代化办公大楼。一些大型设备也采购到位，职工食堂也修建起来了。以前吃饭是难题，值班要倒贴，现在可以在食堂吃饭了。院长易文强平易近人，他自己掏钱买书，放在科室。职工们有问题随时找他，他都很耐心地解答。"

张琪，藏族，1984 年出生，毕业于兰州医学院，现工作于昌都市人民医院神经外科，是马颖副教授的学生。

听说我是来采访援藏医生的，他比谁都高兴。

"我给你讲个援藏医生的故事，"我还没问话，他就开口了，"2018年9月，一个到昌都玩耍的游客，在路上车子出了故障，他下车自己修理，结果忘了拉手刹，车子打滑，这个人受了重伤，休克。马颖老师不顾高原反应，跟随'120'急救车去参加抢救，在他的努力救治下，这个游客保住了性命。直到病人病情相对稳定后，马颖老师才在寒冷的夜里匆匆回家。"

他说："援藏医生来后，医院实行改革，以前的'大锅饭'现象不复存在了。神经外科也增加了呼吸机10台，医生们工作有了奔头，有了底气。"

扎西拥宗，藏族人，1986年出生，毕业于西藏大学医学院，昌都市本地人。在昌都市人民医院护理部做了8年干事。

当我请她谈谈自己对援藏医生的看法时，她特别高兴："刘丽萍老师来后，医院护理部发生了质的飞越，定期开展护理岗位大练兵、护理技能大比武，操作培训。各科室护士长强化训练，所有制度制作成册子，管理规范化。"

"援藏老师给我们带来了新的理念，提高了我们的技能。在他们的帮扶下，很多同事有了到内地学习、培训、交流的机会。说句实话，我们很感激援藏老师！"

这些话，都发自他们的心底，说这些话时，他们的脸上都露出了最灿烂的笑容，就像雪域高原的格桑花，多么纯洁，多么灿烂！

2

黄书明是重庆市第三批"组团式"援藏医疗队专家组成员，2017年12月11日抵达昌都，他无暇欣赏当地的美景，便投入紧张的工作中。当地有大量的肝包虫病患者，这种疾病严重危害藏族同胞的健康。据了解，一例肝包虫病的手术费用大约需要 4—5 万元，这对于患者及其家庭来说无疑是一个沉重的经济负担，同时给农牧业生产也带来了巨大损失。包虫病患者的治疗尤其是外科手术治疗，事关脱贫攻坚大计。中央政府集中转移支付包虫病专项救治补助和社会慈善救助等资源，实现患者基本医疗费用“零”支付。黄书明此行肩负重任，将先进的治疗技术及理念带入藏区，马不停蹄地进入了临床治疗中。

黄书明说：“虽然会头痛、胸闷、心悸，甚至呕吐，有时晚上不得不服用镇痛药和安眠药才能入睡，但我会说西藏有真诚热情的藏族同胞，有纯净的蓝天白云，有随风飘扬的五彩经幡，我们心中有治病救人的信念，肩上有民族友好的大任，时时不忘医院的嘱托和藏民的期望，所以我义无反顾，我需要做得更多更好！”

是啊，如何更有效减轻藏族同胞的病痛是每个援藏医生的共同心愿！

3

2018 年 5 月 10 日，一场特殊的远程会诊在重医附属儿童医院进行，画面的另一端是远在千里之外的昌都市人民医院。双方医护人员正在合力救治 12 岁的藏族女孩卓娅（化名）。

原来，卓娅现正在昌都市人民医院接受住院治疗。4 天前，卓娅食用辣条后出现腹痛，且两条腿上长了很多疹子，腿部肿了起来。父母将卓娅送到了医院。经过重医附属儿童医院援藏医疗队、昌都市人民医院儿科主任陈军华、副主任李春初步诊断，卓娅可能患上了过敏性紫癜，由于此类疾病属于免疫类疾病，在当地并不多见，为稳妥起见，陈军华、李春向重医附属儿童医院发起了远程会诊的请求：“患儿的病情肯定不能耽误。”

在接到请求后，重医附属儿童医院院长李秋、免疫科主任唐雪梅教授立即安排了多科会诊。上午11点，西藏自治区组织部副部长郭强及昌都市人民医院党委书记仲春、院长易文强，副院长滕苗，护理部主任刘丽萍一行，来到昌都市人民医院儿科病房，参与昌都与重庆对藏族女孩卓娅的远程会诊。

郭强副部长通过远程会诊平台，与重医附属儿童医院李秋院长进行了沟通。郭部长指出随着医疗科技手段的不断发展，各位援藏专家为昌都市人民医院注入了技术动力，昌都市人民医院医疗水平发展越来越好，同时也衷心感谢重医附属儿童医院对昌都市人民医院儿科的鼎力支持。随后远程会诊开始，昌都市人民医院儿科责任护士扎西与管床医生徐晨霞介绍该患儿的病史。陈军华主任对患儿进行查体。在病情介绍、报告分析等环节后，唐雪梅判断卓娅的确是患上了过敏性紫癜，提出后续治疗要注意减少该病对其肾脏的损害等。

李秋院长对唐教授的判断表示了肯定，对治疗方案提出建议，并提出要注意治疗后患儿可能产生的远期并发症。她说："少部分患者会被影响肾脏功能，出现蛋白尿、血尿、紫癜性肾炎，90%以上的患者出现并发症是在半年以后，目前没有出现不等于未来没有。"

李秋提醒，随着患儿青春期激素水平的变化，更易有并发症出现的可能，"要对患儿进行长期的随访，对家长进行告知"。

这种感人的场面，在昌都市人民医院经常发生。

2018年8月，昌都市人民医院护理部积极配合完成了"微笑明天公益活动"。护理部筹建两个临时病区，准备57张床位，抽调全院护理人员18人，历时一周，圆满完成了近百例唇腭裂患者的筛查和49例患者手术治疗任务。

2018年9月，昌都市人民医院每天要接待200余人次的中小学生体检。以黄智勇副主任医师为主的体检专家团队主要筛查"大骨节病""结核"等地区常见病、多发病。体检专家们本着"早发现、早诊断、早治疗"的原则，以认真负责的态度，仔细检查每一个学生，几天下来，黄智勇医生总共体检学生 2000 余人次。

医疗人才“组团式”援藏是中组部的“部长工程”，更是国家卫生计生委布置的一项重要政治任务和民生工程。重庆第三批“组团式”医疗人才，始终坚持做藏文化的传播者、做民族团结的践行者、做医疗援藏工作的接力者、做政治清醒的先行者，他们在西藏受到当地人民的普遍赞扬。

医者仁心可破千难万阻，救死扶伤可越雪域高原。

三年热血重塑新的“门巴”，一生牵挂撒播爱的种子。

——易文强《援藏心语》

时间回到 2017 年 12 月 10 日。

当医疗组 20 名队员从重庆江北机场踏上援藏的征程时，各个队员的家人，各个单位的领导们早早来到寒风凛冽的机场为他们送行。

送行仪式没有太多的豪言壮语，没有生离死别的儿女情长，只有殷

切的关怀与叮咛：一定要注意身体，健康最重要，在那边实在不适应的话千万不要硬扛，要给组织打报告，放心在那边工作，家里一切都有我们……

队友们虽有不舍虽有泪水，但更多的是感动，因为他们不是一个人在战斗，还有重庆强大的后援在支持！

到达拉萨贡嘎机场，当地领导送上了洁白的哈达。望着湛蓝的天空，队友们离别时淡淡的忧伤被慢慢冲散，合影时都露出了甜甜的笑容。

这笑容永久地收进了他们人生的相册。

达因卡的一群援藏英雄，他们的点滴故事被风雪雕刻在了澜沧江的源头。

雪山有情，苍天有眼。

他们的功绩让未来去歌唱，让历史去赞美，让一批一批后续的援藏人去缅怀吧！

第三章

在时光的长河里，慢慢靠近你

古之学者必有师。
师者，所以传道受业解惑也。
人非生而知之者，孰能无惑？
惑而不从师，其为惑也，终不解矣。
——韩愈《师说》

春风化雨，润物无声。

2016 年 4 月 15 日上午 10 点，重庆市教委五楼会议室一个短短二十分钟的会议，却令人激动万分。

重庆市首批“组团式”教育人才援藏项目在这里正式启动。市教委领导千叮咛万嘱咐后，5 名管理人员整装出发，奔赴昌都一高，作为“先锋”，开始为期三年的援藏生涯。这 5 个人的名字是：黄垚、周亚军、曹发扬、廖德生、万明富。

8 月 4 日，经过重庆市教委层层选拔的 50 名优秀教师抵达昌都邦达机场，受到昌都市教育局和昌都一高代表团的热情迎接。这标志着重庆市“组团式”教育人才援藏工作全面拉开帷幕！

随着西藏经济社会的发展，对高层次人才的需求日益增加，以往“分散式”的教育人才援藏模式不足以从根本上改变西藏教育落后的局面。中央第六次西藏工作座谈会召开之后，教育部等部门做出了“组团式”教育人才援藏的决定，旨在集中援藏力量先建设一批示范性中小学，再通过辐射带动以提升西藏整体教育质量。

重庆市积极响应中央的号召，实施“走进来”“送出去”相结合的策略，坚持“援藏先援教，扶贫先扶智”的援藏理念，一改往年教育援藏的短期帮扶方式，将援藏周期拉长到了三年，集中力量援助建设昌都一高，帮助受援学校实现整体水平提升，这对补齐昌都市教育短板、促进教育公平具有重要意义。同时，还有“援疆援藏万名教师支教计划”中的25名重庆市援藏教师和3名专技教师在芒康、察雅、类乌齐三县展开对口支援。

教育援藏事关西藏百年大计。此次，重庆市派出的50名优秀教师90%以上来自重庆市市级重点中学，均系教学和管理一线骨干，平均教龄为16.9年。

使援藏教师所授学科成绩排名进入本年级同层次班级中上水平或有较大提升！这，是50名援藏老师提出的目标。

看——讲——做——思……使受援学校学生综合能力、教师教学水平、学校管理制度三个方面得到提升。

这，是重庆市“组团式”教育人才援藏工作队既定的工作思路。

三年，要改变这里；三年，要桃李满天下；三年，要更多的学子走进重点大学……

这，需要这群来自山城的教师怎样的付出，才能兑现对雪山的承诺？

三年，要锻造一支“带不走的援藏队伍”；三年，要让本地老师“腹有诗书气自华”；三年，要让昌都教育自身的血管源源不断地“造血”……

这，需要这群热情高才华更高的援藏老师怎样的付出，才能无愧于组织的殷切期盼？

2016年9月，50名援藏教师向重庆援藏教师派出学校发出了“情系昌都，爱暖校园——为昌都一高捐赠书籍”的倡议。三年时间，学校共收到捐赠书籍和教辅资料共计13 000余册，总价值约40万元。重庆援藏团队临时党委还给学校援助了50台电脑和1台电子阅读机。

教育援藏是国家发展战略，它凸显了一种国家力量。而参与其中的一个个舍小家顾大家的个人，则用青春、智慧，传递出政府和人民对西藏的关爱，力求内地教育与边疆教育共同发展。

那山、那水都是高原的灵性之物。

他们，只有慢慢向灵性之物靠近。

天下没有远方，有爱的地方就是故乡……重庆市首批“组团式”教育人才援藏队的全体成员从出发那一天起就把昌都当作他们的第二故乡！

第一节　二十万字日记隐藏着什么秘密？

1

昌都市第一高级中学的学生，都称他为“憨豆”老师。

在很多人的印象中，罗温·艾金森扮演的“憨豆先生”总是穿一套褐色的、皱巴巴的西服，松松垮垮的，有一点儿笨拙、有一点儿幼稚，但是他有丰富的肢体动作和变化多端的表情，而且他还是一个很执着的人，一个常常给人们带来欢乐的人。

这个人被称为“憨豆”，但是他一点儿都不“憨”，这个老师就是重庆市首批“组团式”教育人才援藏队的领队、昌都市第一高级中学副校长黄垚。他到昌都前是重庆市铁路中学副校长。

2016年4月，他与另外4名管理人员率先抵达昌都市第一高级中学，承担起了教师教研、科研、培训、课题、电化教学及信息中心管理等工作。除了这些，他还负责两个完全不同层次班级的英语学科教学工作，并兼任学校英语教研组组长。

作为重庆市“组团式”教育援藏队的领队，除了像普通援藏教师一样需要多花心思在学生身上，走近藏族学生，研究藏区学情以外，黄垚还要考虑如何带好这一支50人的援藏教师队伍。

“把50个人安全地带回去！”

这是重庆市教委交给他的最低目标。他必须时刻放在心上的是每一个团队成员的安全问题。

“在援藏成绩方面争取第一！”

这是重庆市教委交给他的奋斗目标，他需要考虑援藏团队的成绩与效果。

“把重庆的教育理念和方法带进藏区，影响、辐射、带动藏区教育大步向前发展！”

这是重庆市教委交给他的期望目标，他还要考虑如何在藏区有效地进行“传帮带”的问题。

“组团式”教育援藏，是中央进行的一次尝试，没有任何前例可循。黄垚深知责任重大，前方的路一定会有很多未知的困难，但是他把这个挑战当成了一次难得的学习机会，这更是他人生难得的一次经历与体验。他相信，凭着自己的努力、坦荡、无私、真诚，一定能和另外4名管理干部一起做好工作战略决策、处理好遇到的各种问题、解决好各种矛盾。他更相信，在这三年中，自己一定会收获成长，收获友情，获得不一样的人生体验。

事实证明，教育援藏工作确实比想象中更具有挑战性，几乎每周都有不可预料的事情发生。

高原反应是他们需要克服的第一大挑战。黄垚自己初到高原时就头痛欲裂，然而一想到上级对他的信任和藏区同胞的殷切期盼，他毅然坚持留了下来。

想家是他们要克服的第二大挑战。长期对妻儿、父母的愧疚和亏欠是援藏人不愿说出来的共同心结。

但是，对于黄垚个人来说，这些都不算什么，如何把这支队伍带好、如何在本次教育援藏工作中做出成绩，才是他每天都要面临的最大挑战和困难。

三年来，他和他的团队极尽智慧和努力，通过制订三年目标、加强制度建设、定期召开工作例会、开展团队活动、团结管理团队、及时交流沟通等多种方式，尽量把工作做到前面，做到实处，注重细节，注重人文关怀，让重庆市“组团式”教育人才援藏队伍在昌都当地获得了良好的口碑。绝大多数援藏教师思想稳定，毫无懈怠，积极工作，教学成绩不断提升。团队里长期处于教学一线的成员中，教学成绩处于年级中上游或进步较大的教师数量逐年提高，由刚进藏时的 13 人，最后上升到 43 人。他们的援藏工作，不但得到了本地教师和领导们的认可，同时也得到了重庆市教委领导的充分肯定。

黄垚在援藏以前，曾获得过“全国优秀外语教师”称号，多年前就已经被评为“重庆市级骨干教师”，也是“重庆市学科名师”，在全国课堂教学比赛中还获得过一等奖，参加过重庆市的两个英语教师培训项目（中英出国培训和香港田家炳培训项目），先后在西南大学、重庆师范大学、重庆第二师范学院、重庆市各区县的教师进修学院以及贵州省部分地区为来自全国各地参加继续教育的教师做过培训讲座 40 余场。

来到昌都援藏后，在第一高级中学廖小彬校长和叶川书记的大力支持下，他规范了学校的教研组设置和教研活动开展方式，大量援藏教师被安排到教研组组长这一岗位上。为了更好地分享内地教学理念，交流科学的教学技能，黄垚还主动担任英语教研组组长职务，经常利用教研活动时间为本地教师们做讲座，和本地教师们一起设计课堂，帮他们打磨课件，一起研究如何让课堂更高效。他带的徒弟不但在昌都市首届高中教师教学技能大赛中获得了一等奖，还在自治区的赛课活动中获得了说课一等奖、现场上课二等奖的好成绩。

三年来，黄垚在不同的平台上进行经验交流，除了昌都市第一高级中学，他还将援藏教师的“传帮带”工作辐射到了其他区域，为区域教研活动做过好几次讲座和公开课指导。三年里，他先后在不同场合做过大型讲座 9 场。2018 年 11 月 15 日，黄垚为昌都市区附近的所有高中和初中英语教师们做了一下午的讲座。听了这次讲座的老师们都表示，黄老师的讲座实用、接地气，让他们受益匪浅。

为了优化学校的管理，黄垚根据一线教学的经历和他下乡调研的结果，在充分了解藏区学情的基础上，利用分管学校教务、教科和电教的身份，在学校推行了“以学情为基础、以教材为载体、以考试为导向”的“三为”目标课堂改革，努力将学校教师“教”的内容、学生们“学”的内容与考试“考”的内容进行有机统一，以提高本地教师们教育教学的有效性。在这个过程中，黄垚还利用自己熟练的 Excel 技能优化了学校考试质量分析方式，将学校以前单纯考核班级平均分，具体优化到考核每一学科的重本线和重本率、本科线和本科率、专科线和专科率，并创造性地通过考核每一个学科的班级平均名次，来更加科学地衡量老师们的“教”和学生们的“学”的变化，在困难与阻力面前，他通过示范等方式，推动着受援学校，甚至区域的教育改革不断前行。

2017 年 9 月，黄垚获得了昌都市“优秀援藏教师”的称号，这是对他不懈努力的认可与肯定。

那么，援藏教师到达之前的昌都教育现状是什么样子呢？

昌都市目前有 4 所高级中学，分别取名一高、二高、三高、四高，一高在市区，其余三所都在大约 15 公里以外的市郊俄洛镇。昌都一高创办于 1957 年，占地 52 亩，教职工 290 人，在校学生 2074 人，98% 以上是藏族学生。这个学校虽然面积小，校园也比较老化，学校教学任务仍处于保升学率和控制辍学率的状态，但是这个学校是全市唯一的一所重点高中，先后为社会培养各类人才超过万名。2014 年，卓玛和洛嘎两位同学被清华大学录取，创造了昌都教育的奇迹和历史新高。

这次“组团式”教育人才援藏的 50 名教师全部放在昌都一高，更凸显出这个学校在昌都教育界的分量！

2018 年昌都一高高考成绩刷新历史纪录，重点本科上线人数为历年最多，本科上线率为历年最高，总上线率为历年最高，一高突破历史“三高”，这里面不知有多少援藏老师的心血！

翻开黄垚的日记《我的援藏点滴记录》，从 2016 年 4 月 15 日，飞机降落拉萨机场，以及在拉萨的学习、培训，然后从拉萨抵达昌都那一刻开始，布达拉宫的夜景、邦达草原慢悠悠的牛羊、昌都冬天皑皑的白雪等等，三年里的所见所闻所历都在他的日记里。日记洋洋洒洒20余万字，既有离家后的牵挂，也有教学的总结，更有在昌都的生活点滴。这些日记催人泪下，仿佛把我们带进了援藏的时间长河里。何尝不是：

玉壶存冰心，朱笔写师魂。
谆谆如父语，殷殷似友亲。
轻盈数行字，浓抹一生人。
寄往后来者，成功报师尊。

2

黄垚喜欢向孩子们学习。

这并不奇怪，唐代文学家韩愈说过："弟子不必不如师，师不必贤于弟子；闻道有先后，术业有专攻。"

黄垚放下作为教师和长者的架子，和学生一起学习一起探究，学生体会到的是他那种一丝不苟的精神。

诺贝尔文学奖获得者、著名诗人叶芝认为："教育不是注满一桶水，而是点燃一把火。"黄垚说："向学生学习，和学生一起学习，带着学生一起探究就是点燃一把火！教师不是万能的，课堂是师生共同成长的乐园。"

2016年10月的一个星期五下午。

黄垚在教室里转了三圈，他的脸色很难看，心里特别难受。这绝对不是因为个人私事引起的。那天，他专门来检测学生的自学情况，不检测不知道，一检测，真是吓一跳。

他问了几个问题，教室里鸦雀无声，没人回答。

他抽了两个学生背诵单词，全错！

翻了几个同学的本子，白纸一张！

“我要处罚你们！”这话还没说出口，黄垚又收回来了。处罚他们什么呢？究竟问题出在哪里？是他们懒吗？

看见“憨豆先生”今天脸色不对劲，同学们都低着头，以为一场暴风雨要来了……

但是，暴风雨并没有来！

黄垚在教室里转完第三圈后，他不慌不忙地走上讲台：“同学们，是我错了！”话音一落，全场惊诧，一片哗然，同学们纷纷起立。

“我们没完成自学作业，怎么是黄老师您错了呢？”

“黄老师，对不起！”

……

“都坐下，今天作业没完成，不怪你们，是我没有讲解细节，是我对你们了解不够。”

藏族学生们课后交流都是用藏语，所以他们对老师们的汉语要求理解起来很是吃力，甚至有很多不明白的地方，但他们又不怎么问，自然师生之间的交流信息误差就很大。要让他们课后自己背诵单词，肯定很难！

这，就需要老师走近学生。作为一名汉族教师，黄垚发现走近学生是很关键的，不走近他们，不认真观察，就不能发现问题，本以为他们只是懒惰，其实，走近他们才发现，这些孩子太不容易了！他们学习英语，相当于汉族人学习“二外”，所以一点儿都不能急，更不能随意责怪他们。

黄垚知道，这些孩子学习很努力，也十分纯朴、可爱。因为特殊情况，尽管他们是高中生，但还得细心、耐心地告诉他们“是什么”“为什么”，要教他们“怎么记”，由懂到会。只有真正会了，他们学习才有信心，才有兴趣，否则，一切努力的样子都可能是假象。

2017 年 7 月 12 日，虽是夏季，但这里却如同内地的春天。黄垚却

没有心思去欣赏红花绿叶的美景，他正在教室里陪伴学生默写。

有 5 个孩子的成绩一直不理想，黄垚准备找他们谈谈。他把 5 个孩子叫出教室，拿出英语资料问他们是怎么回事。他们以为黄老师会严厉地批评他们，都紧张地站成一排不说话。黄垚问他们是不是根本没学懂，他们也不回答。

黄垚自认为，自己的教学速度已经够慢了。在讲课文时，发现同学们大多数单词不懂，于是降一点儿难度；讲短语，发现同学们还是记不住，就再降一点儿难度；讲单词，发现他们记得也不是很好，再降低速度；讲音标，讲字母，讲读音规则，讲字母的标准写法，讲入门课……这样，越来越多的同学跟上来了，越来越多的学生对英语有了兴趣，但是通过检测发现，有 5 个学生还是没学懂。

黄垚望着他们……

唯一的女生开口了："老师，我觉得你让我们记这些根本没有用。"

"为什么？"黄垚反问。

"考试考这些吗？"她理直气壮地说道。

"说实话，原文可能还真不大可能考。"

“那您让我们背这些，本来就难，还要花时间，又不考，所以我根本没背。”

黄垚很震惊！但他保持着冷静，他明显感觉到那个女生说话很吃力，组织语言很困难。几个男生也开始说话了，一方面赞同她的观点，一方面帮黄垚解释和翻译。这时，他发现几个男生的话还不如那个女生说得清楚。在黄垚还未明白他们说的是什么的时候，他们又说起了藏语，黄垚问他们在讨论什么，他们说是在商量如何用汉语更好地与老师沟通。

他突然理解了这些学生，一直以来黄垚知道这里的学生汉语水平不高，可能读不懂数学题目、历史题目……但是他万万没有想到自己班上有汉语水平低到这个程度的学生！在他们汉语如此差的情况下，学习英语，实在是太为难他们了！

“老师，对不起！不是我们不想学，实在是我们的基础太差，比别人慢。请不要放弃我们！”

“老师，您已经做得很好了。一切都是我们的原因。”

“黄老师，您是我们最好的英语老师。”

……

黄垚陷入了沉思。

3

扎西的英语底子特别差，连 26 个字母都认不全。从小学到初中，英语始终是他翻不过去的坎。换了新老师，好奇过，唯独没有念好英语的信心。

黄垚的课，风趣、幽默，他总是变着花样吸引孩子们的注意力，他从容地回答扎西提出的每一个问题。在黄垚影响下，扎西开始认真学习英语了，性格也开朗了许多。扎西在一篇作文《我们的“憨豆”老师》

中曾这样写道：

他是我们学校的副校长，也是我们班的英语老师，同学们都亲切地称他“憨豆”老师，但是他与“憨豆先生”不同，他衣着得体，从容淡定，我格外珍惜与他相处的时光。

他就是可爱的援藏老师黄垚。

有一次，我偷懒没记单词，听写单词时，十个单词只写对了一个。从来不生气的他，这次，勃然大怒。他拿起尺子，叫我们伸出手心打了每人手心一下，这是我们唯一一次挨他的打。并不痛，我知道，这是他在告诫我们而已。

接着，我一生永远难忘的事情发生了。

打完我们几个的手心之后，黄老师又拿起尺子，重重地打了一下他自己的左手心，边打边叹息：“是我没教好你们，我也要跟着受罚！”

此时，我看见泪水在他眼里闪烁，难过之情溢于言表。

那一刻，我哭了。

我的大脑像突然被什么狠狠地撞击了一下，内心在抽搐。现在，我明白了，那叫醍醐灌顶！

从此，我再也没有理由不好好学习英语了。

黄老师，是您用感情打动了我们全班。我的英语成绩进步了，谢谢您！

我们即将毕业了，我一定会考上大学。听说今年8月您也要回重庆了，结束您的援藏生活。如果有一天您再回到昌都，记得与我们藏魂二班的同学联系，我们永远欢迎敬爱的黄爸爸、亲爱的“憨豆”老师。

请相信，下次相聚我们会更优秀，昌都会更繁华。

又是一个开学季，2018 年 3 月 10 日。

“同学们，为什么要背句子？”黄垚正在上英语课，他想用引导式教学开始今天的课。

教室里突然有人笑了起来。

“为什么笑？笑什么？”黄垚问，“是不是你们感觉背句子忘得更慢一些？”

下面一片肯定的回答声。

针对基础较差的班级，黄垚认为当他们连最常用的单词都不知道时，背单词是做无用功。

别让学生背单词！听起来似乎很悬。但是，这对藏族学生来说，这个观点很实用。

有朋友问黄垚，有些学生基础差，时间那么少，为什么还要坚持用高中教材呢？

黄垚却认为，英语这门语言学科，对学习者而言未知的领域往往不存在难易的概念。教材对于学习者而言，只是一个平台和规划。教师如何引导学生学习才是关键。

作为老师，应该教会学生什么？扎西的作文《我们的“憨豆”老师》，给了这个问题最好的答案！

“十年后的我，十年，用英语怎么说？”

“Ten years.”

“十年后呢？”

“After ten years.”

“嗯，对。不过，after ten years. 一般用于过去时态，在将来时态中一般要用 in ten years.”

“十年后的我，我们刚才说了用什么时态最好？”

“将来时。”

"将来时的结构是什么呢？"

"... will do ..."

"十年后的我。主语该用什么呢？"

"I."

"所以，I will ... in ten years 就是主要句型了。"

就这样，在黄垚一步一步引导下，一个问题接着一个问题的追问下，学生们头脑中储存的旧知识、模糊知识、可用知识都被一个一个激活了。学生们心里也越来越清楚英语该怎么学，写作该如何下笔，自信心也开始不断增加。

黄垚的写作课最大的特点就是充分照顾了学情，深入诠释"以生为本"的理念。"这个单词会吗？""你们不会，我也不会。那我们就另外找个简单的。"

尊重每个人的选择，在合理范围内尽可能让受教育者在自然状态下发展就是最好的教育。这，就是黄垚上英语课的体悟。

4

2018 年 9 月底，国庆节前，学校虽然放假，但不"放人"。

西藏地广人稀，而昌都一高面向全自治区招收学生，有些学生放假回家可能需要三天以上，有的下了车还要骑马或走路才能到家。因此，这些学生每学期只能寒暑假各回去一次。

学生不离校，老师自然就走不了。

黄垚的妻子从重庆打来电话，说岳父得了直肠癌，情况很不好，住在医院里，叫他马上回去一趟。作为领队，他不能轻易去请假，但是，妻子对自己支持太大，她对家里付出也多，父亲得了重病，她已经六神无主，不知道该怎么办了，作为丈夫，能不回去看下吗？

他只有向组织履行了请假手续。当他到达邦达草原时才发现那里正下着大雪，心里更是忐忑不安，担心飞机会停飞。到达邦达机场时，雪下得越来越大，看到候机厅里的人群，黄垚心都凉了半截。

一会儿，果然被告知请等待！邦达机场每天只有三个航班，分别飞往拉萨、成都和重庆。但是，都是等飞机分别从这三个地方飞过来之后再飞回去。

等啊等，一个小时后，广播响了，说成都的飞机来了，但由于天气原因，不能降落又飞回成都去了，今天的航班取消，让乘客去取行李。

不能着陆的飞机到了机场上空又飞回去，对这个海拔 4300 多米的机场来说是家常便饭，人们并不大惊小怪。但是，家里有急事的乘客可就度日如年了。

两个小时后，好消息来了，广播通知到重庆的乘客去安检。

进入候机厅，继续等待……

等啊等，几个小时后，广播再次响起，说重庆的飞机取消了。

刹那间，黄垚感觉到昌都离家好远好远！那一晚，他整夜失眠……

5

终于有了一次家访的机会。

四月的一天，援藏队的一个老师要去一个叫扎巴的学生家里家访，因为扎巴家离昌都市区有 40 多公里，这位老师便邀请了黄垚以副校长的身份参加家访。

他们三人坐了一辆出租车，下了车后沿着小溪步行近 3 个小时，才到扎巴的家。房子在海拔 3800 米的半山腰，前有沟壑很深的溪沟，后有形状奇特的大山，山上全是灰色的石头。当地人称其郭卧琼布山，书面语叫谷布神山，海拔5400米，是康巴藏区18座神山之首，看上去十分神秘、漂亮。

19岁的扎巴，刚读高一。家里一共有六口人，包括父母和一个小弟弟，姐姐在城里打工，二弟在寺庙里。家里养了很多牦牛，还有三匹马。

天黑下来，扎巴开始做作业，边做作业边与黄垚交流。他的英语基础实在太差了，扎巴说，他读初中的时候，因为老师骂他，所以他十分讨厌英语，从来没学懂过。现在高一了，上英语课也是在听天书。黄垚测试了一下他的英语基础，连26个字母都认不全。黄垚决定从字母开始，到单词的读音，再到语法一步一步着手辅导他。

但是，扎巴是个有梦想的学生。他决定选择学文科，他藏文成绩很好，汉语也不错，经常背历史、政治和地理知识，他很想上大学。

在神山的腰间给孩子辅导，与藏族同胞同吃同住，喝酥油茶青稞酒、吃生牦牛肉和藏式麻花，都是难忘的记忆。但是作为援藏老师，黄垚心有余而力不足，他多么希望神山保佑扎巴这个帅气、善良、可爱的小伙子能实现自己的理想！

6

难忘2016年6月初的高考。

这是“作弊入刑”的首次高考，也被称作史上最严高考。作为昌都地区三大高考考点之一的昌都一高也迎来了方方面面的压力。为了确保“零失误”和“零事故”，学校召开了两次中干会议，两次全校教职工大会。

黄垚从接到任务开始一直就没有松懈过，培训考务人员和监考人员、布置考场、协同公安干警和保密人员从教育局押送试卷到考场、办理安检等手续。

每年高考前两天，高三年级学生都在操场举行毕业典礼，看到那些莘莘学子就要离开学校，奔赴自己的前程，作为援藏老师心里有一种说不出的感觉。

2018 年 6 月初，操场上，同学们互相照相，互赠哈达，学生们非常激动地说：“谢谢我们的援藏校长！”一条条哈达挂在了黄垚的身上……

这或许就是教书育人的意义吧！ 2017 年、2018 年的毕业典礼，黄垚渐渐明白了操场上五颜六色的气球所挂着的喷绘或海报的意思了，藏文和图片是介绍昌都十县一区的某一个地方，是学生们在介绍他们的家乡！这些即将离开母校的学生在狂欢中展望未来，在狂欢中记住乡愁，在狂欢中感恩老师。

四度春风化绸缪，几番秋雨洗鸿沟。
黑发积霜织日月，粉笔无言写春秋。
蚕丝吐尽春未老，烛泪成灰秋更稠。
春播桃李三千圃，秋来硕果满神州。

——王振华《教师颂》

“援藏先援教，发展先育人。”很多人的日记一般是记录个人感情或私人生活，但是，黄垚的 20 余万字日记基本上是和工作、教学、管理有关，多数是对上课的总结，对学校管理的思考，对“组团式”教育人才援藏的工作安排，这些文字是一个共产党员、一个援藏干部无私奉献、不忘初心、砥砺前行的强大精神支柱。

捧着一颗心来，不带半根草去。这，就是黄垚援藏的真实写照。

第二节　教育的“苦行僧”周亚军

1

他，2016 年 4 月离开重庆时，小孩 5 岁，父母年迈，岳母常年生病，接送孩子上学的重任就落到老岳父身上，尽管家庭有这么多困难，他还是毅然选择了三年援藏。因为他是共产党员，必须响应中央号召，带头站出来。

他，就是来自重庆青木关中学的援藏老师、重庆市“组团式”教育人才援藏队的副领队、昌都一高副校长周亚军。援藏前他是重庆市青木关中学校党委委员、副校长。人们称他为教育援藏的“苦行僧”。

周亚军先后受邀参加“昌都市春秋两季开学督导检查”、昌都市蹲点式教育教学视导、“昌都市星级学校评比”等主题工作，深入牧区、走进学校（教学点），全面了解区域办学情况，熟悉并融入区域教育生态，为自身工作的顺利开展奠定了坚实基础。

2016年，他刚到西藏，就深入调研当地的教育生态。两年多时间，他跑遍昌都市的9个区县，走访中学13所，小学（包括村完小）90余所，单办幼儿园15所，教学点30余个，召开座谈及反馈会议50余次；并撰写《筚路蓝缕结硕果，勠力同心启未来》《推广数字课堂，提升教育质量》《注重成功体验 唤醒学生自信》等调研报告和《针对农村和偏远地区中小学学科教研的思考》《关于加强区域校长队伍建设的建议》《关于校园文化建设中显性部分的几点思考》等教学改革建议，共计3万余字。他在调研报告里对昌都教育的现状思考、改革建议、质量提升措施等等提出的建设性意见，大部分被昌都市教育局采纳。

他协助学校抓好党建工作，坚持“规定动作不走样，自选动作有创新，教育教学能融合”“抓好党建促教育，办好教育促党建”的工作思路。组织学校各支部积极开展“两学一做”“四讲四爱”“喜迎十九大”“学习十九大”等主题教育实践活动，积极推进基层党组织标准化建设工作；同时，积极筹备“优秀党员评选，以强化思想引领，树立典型；党员教师赛课，以加强业务引领，形成传统；党员读书活动，以更新观念，助力课改”等年度基层党建特色活动。通过不懈努力，各项主题工作开展顺利。

2016年8月以来，他积极协调，促成昌渝两地四校交流，即重庆市第七中学校、重庆市青木关中学、重庆西藏中学与昌都一高进行办学交流，通过“互访、互促、互进”等方式实现资源共享，促进共同发展。

在周亚军的协调下，2016年10月23日至30日，昌都一高廖小彬校长带领管理人员一行六人，赴重庆开展首次管理交流。通过“参观校园、座谈交流、会议观摩、课题开题观摩、文化环境考察”等方式全面了解内地优质中学；围绕“引领·互动·体验·研讨·发展”进行相互探讨、互通信息；共同规划在以后的三至五年甚至更长时间内，通过“教师互访”（教师跟岗学习）“学生互访”“教研观摩”等方式，分期分批派出师生到这几所学校交流学习，组织“党建研讨”“德育研讨”“课程开发”等活动。

2017年5月，为加强师资队伍建设，全面提升学校教师队伍水平，学校在2016年昌渝四校办学交流的基础上，进一步整合资源，派出教师落实跟岗培训。2017年5月14日至21日，学校派出蔚秀明、龚国强、白玛拥错、蔡永进、武震5位昌都一高备课组长赴重庆西藏中学进行跟岗学习，并安排5位教师到重庆市第七中学校参观学习。

2018年3月25日至31日，为积极应对高校招生制度改革，培养校本课改骨干，学校派出阳文奇、廖丹、王星、许顺庭4位老师赴重庆市第七中学校参加“新高考的挑战与应对”研讨会。

“到西藏来就是要实实在在干实事的，我希望我们的努力能使这里的孩子像雄鹰一样，从群山之巅，俯瞰世界。”周亚军不断地兑现自己的承诺。

2

三年来，周亚军在昌都各级各类学校开办专题讲座6次，参与主题研讨30余次，与师生分享教育教学心得、学习方法多次。

2017年5月19日，应察雅县教育局邀请，周亚军前往察雅县做了两场题为“夯实校本教材，优化教学质量”的专题讲座，与察雅县160余位中小学教师探讨校本教研的开展与教师专业成长；2017年6月27日，应邀到昌都惠民中学开办题为“常规与教研，质量与发展”的专题讲座，与惠民中学200余位教师交流自己对教学常规、校办教研、学校发展、教师成长的见解。每次讲座都得到单位领导的高度评价，也赢得了听众的一致认可和好评。其间，应邀在市级主题调研报告会上做主题发言4次，与一线教师进行主题研讨交流30余次；积极参与“结对互助”活动，与青年教师分享学习心得；发挥自身优势，为昌都一高学子作学法专题培训3次。

作为一名一线的教育工作者、学校管理工作的参与者和执行者，他坚持学习和反思。多年来，学习已成为他的“一种兴趣、一种习惯、一种精神需要、一种生活方式”。他利用业余时间刻苦钻研《之江新语》《兴国之魂》《在普通课堂教出尖子生的 20 个方法：分层教学》《学生第二》《中国教育公平的理想与现实》《工匠精神》等著作，并时刻关注教育教学改革动态，及时品读国内教育教学主流期刊，及时学习“从严治党”“十九大报告”等相关文件精神，积极主动参加国家教育行政学院组织的“首届全国中小学校党组织书记网络培训示范班”学习并取得优异成绩；并结合工作实际撰写读书心得与工作思考；同时，虚心向昌都一高原有教师请教、向区县教师学习、向当地领导干部学习。他说：“通过学习不断发现自身不足，通过反思不断修正和提升自身素养。”

三年来，他在工作中的不懈努力得到了各方的认可，先后被聘为“中共昌都市委政策讲师团讲师”“昌都市第二届政府督学”，获得“昌都市教育局（体育局）2017 年度优秀共产党员”“重庆第八批援藏工作临时党委优秀共产党员”等荣誉。《重庆日报》、《昌都报》、昌都电视台、西藏卫视等媒体对其工作和事迹进行了报道。

周亚军身材并不魁梧，常常受到高原反应的挑战，但是他的内心十分强大，这是他的援藏体悟：

不枉如春三载，不负众皆期盼。
魔本世间无，只得心中生。
凡人不说隐，圣人不言显。

3

周亚军不仅分管教学工作，在教师紧缺的时候也承担教学任务。

数学学科是相对枯燥的，西藏的学生数学基础比较薄弱，虽然已到了高中阶段，但有些学生小学的基本运算都还不是很清楚，更谈不上数学思维。所以，如何把数学课上得生动有趣，如何让学生对数学学习充满信心，如何让学生理解基本的数学知识，着实是一个不小的挑战。

知识源于生活，周亚军在教学中就想办法从生活实际入手，将学科知识与学生生活的方方面面结合起来，对数学教材进行体验式改编，让学生在生活中的每个方面体验到数学知识，应用数学知识认识世界，解决生活中遇到的问题，把数学课上出文科的味道，让数学课堂充满欢声笑语。

一次，他在上高中数学《解三角形的应用》一课，这一课就书本知识而言并不复杂，学生掌握基本术语和概念也并不困难，困难的是学生如何利用数学知识解决实际问题，没有实际生活体验，数学问题就变得抽象难懂。

为此，周亚军让学生带上书本，走出教室，到操场上测量旗杆的高度，在校门口测量河流的宽度（校门口就是澜沧江的源头），在山脚下精确计算山峰的高度……这些既与学科知识紧密结合，又能丰富学生的体验，在解决问题的同时，让学生获得学科学习的自信，逐渐提升学生学习兴趣。

又比如，在计算方面，学生运算公式、法则等都是死记硬背，并没

有真正理解，更谈不上灵活运用。根据一个运算问题，逐渐降低难度，追根溯源，从小学知识讲起，把每一个问题讲透、讲会，比盲目地灌输给学生很多知识、做一大堆学生并不理解的问题要有成效。在教学过程中，自己坚持“记忆是基础，理解是关键，应用是目的”的原则，尽可能指导学生学习方法，让他们在理解的基础上记忆，再在实际中去应用。

除了教数学，周亚军有时也会仰望星空，眺望澜沧江，在雪山的脚下思念家乡。2016 年 5 月 21 日，他刚来昌都不久，在公租房达因卡听见夜雨声，心里万分感慨：

西风呼啸扰五更，起身扶窗望孤灯。
千里绵山浸风雨，侧卧拉楚待天明。
朦胧不觉寒意在，谁知涕下已沾襟。
再见雄鹰翔雪域，犹梦两江万本青。

4

高原的早晨是寒冷的，这里的三月绝对没有“烟花三月下扬州”那么浪漫，这里的三月是天寒地冻、风吹雪打。

这一天清晨，周亚军掸掉车窗上的霜尘，便从察雅县城出发，向东南方向行进。这一次他是随工作组到区县检查开学工作。历时 10 天，行程 4000 余公里，走访察雅、贡觉、江达三县中学、小学、幼儿园、教学点共计 32 所（处）。

刚出县城便驶进正在进行垫层施工的公路，道路两旁堆满了各种施工器械、材料和刚从山崖上凿下来的石块，因为天气原因，暂时停工。道路依山而建，大多在海拔 3700 米以上，放眼望去，犹如一条巨龙蜿蜒在深山巨谷中，不见尽头。路面时而陡峭，时而平缓，且宽窄不一，窄的地方只够一车通行。车辆行驶在这样的公路上，速度必然是缓慢的，凡车过之处，便扬起一片尘土，模糊了视线，窜进车里，钻进口腔、鼻腔和耳鼓……

摇摇晃晃到达香堆已是中午时分，在香堆镇中心小学校稍作停留后继续前行。路面坑坑洼洼，在阴坡路段，还有厚厚的积雪，水流过处，冰厚盈尺；有些路段需仔细查看才能勉强找到路面，车辆有时不得不从河流中蹚水而过。宽浅河谷、平缓丘坡以及越发稀疏的植被，意味着车辆已经进入海拔 4000 米以上的丘状高原了。

几近黄昏，周亚军和工作组一行终于到达了宗沙乡拉松村——一个海拔 4200 米，与贡觉接壤的牧区村子。宗沙乡拉松村完全小学校便坐落在半山腰上，学校有 163 名学生，他们均来自牧民家庭。学校有 5 名正式教师，他们是白玛旦增校长和次占伟色、邓巴曲措、巴桑央拉、旦增桑姆 4 位教师，老师们不仅要承担 6 个年级的全部课程，还需负责孩子们在校的生活。

学校新旧建筑相间，依地势大致分为两层。地势较低的是学校操场——一块自然的土石平坝，操场上的旗杆格外引人注意，五星红旗迎风飘扬。地势较高的是学校其他建筑，一排教师宿舍与操场四步石梯相接，因为屋顶漏水已不能正常使用，教工之家仍然在布置之中。紧挨着教师宿舍的是学校厨房——一间土石结构的矮房；从厨房走过便到了教学区和食堂，每间教室除了教学的基本用具外，没有多余的装饰，食堂里孩子们正整整齐齐坐着就餐。参观完校园后，5 位老师热情邀请周亚军一行到教工之家做客，白玛旦增校长向他们介绍了学校的大致情况以及冬季缺水、供电不稳定、交通不便等困难。

在他们即将离开的时候，一位身穿传统藏族服饰，白发苍苍的老人走了进来，并与他们一一握手。他是村里德高望重的村主任旦增。旦增老人十分健谈，对学校极为关心，听说他们到来，专程来表达谢意。旦增老人向他们介绍了学校的筹建过程、发展历程以及学校对牧区生活质量提高所起到的重要作用，并就学校发展规划、改善办学条件、增派专业教师等提出自己的希望，对政府即将投入资金新建教学楼、操场、食堂、围墙和添置教学设备表示感谢。

走出拉松村完全小学校，已经明月当空，月光印在河床的冰面上，泛起点点星光。高原的风此刻显得格外刺骨，周亚军不禁鼻尖酸凉，眼眶微热。

这是周亚军到区县调研记忆最深刻的一次。回来后，他在随笔《拉松行记》中这样写道：

> 教师应该胸怀理想，充满激情和诗意。拉松的五位老师和老村主任用行动诠释了这里的一切——他们的激情，是全身心的投入；他们的诗意，是洋溢着浪漫主义的情怀；他们的理想，是坚持不懈的努力和一如既往的坚守。面对他们，还有和他们一样的同仁，我们哪里还有理由埋怨什么、苛求什么，唯有百倍努力，与他们一道迎接这片土地更加美好的春天！

第三节　中天明月悬肝胆，雪山浩气养乾坤

1

蔡刘勇，重庆丰都人，1992 年出生，华中师范大学毕业，援藏前是重庆市江津中学的一名生物教师。

杨雪，湖北人，1994 年出生，华中师范大学毕业，援藏前是重庆市江津中学的一名语文教师。

他们，是一对年轻的夫妻。

恢宏壮丽的布达拉宫，圣洁明澈的纳木错，风雪中飘舞千年的经幡和静静的玛尼石，醇厚的青稞酒、浓香的酥油茶，西藏，这一片人间净土，曾无数次在他们的梦中萦绕。

2016 年 8 月，刚刚大学毕业走上工作岗位一年的蔡刘勇，义无反顾地与同样拥有支教情怀的妻子杨雪在结婚后第三天，就匆匆奔赴昌都开始为期三年的援藏工作。

这对在内地生活了二十多年的年轻人，突然间来到高海拔地区，还未来得及领略这里的山青岭秀、水澈湖清，强烈的高原反应便接踵而至。妻子杨雪头痛剧烈，三天三夜未能睡着觉，而蔡刘勇也明显感觉呼吸急促，胸口闷堵，嘴唇干裂，头重脚轻。此后的几个月，妻子便在整月整月的感冒中艰难度日，不善厨艺的他们更是经常食不果腹，吃坏肚子是常有的事情。但他俩互相鼓劲，戏称“这是一种修行”，从未想过退缩，也从未想过放弃。

进藏不多时，蔡刘勇便主动报名担任班主任一职。八月的昌都，骄阳似火，在学生军训的时候，蔡刘勇的脸和脖子都被紫外线晒脱皮，灼痛难耐。期间，蔡刘勇接到高一年级理综组组长的电话，被通知担任高一年级生物备课组组长，就这样，蔡刘勇成了全校年龄最小的备课组组长。而他的妻子杨雪出于对文字的热爱，主动请求负责援藏简报的文字校对，后来担任了援藏简报的责任编辑，负责会议记录和人物宣传。

蔡刘勇在内地时并没有班主任工作经验，因此刚开始担任班主任时，他觉得困难重重，很多事情无从下手，尤其面对的是藏族学生，他们的很多行为习惯和内地的学生都不一样。为了尽快融入学生，使班级各项工作走上正轨，蔡刘勇花了大量时间与本地的班主任交流和沟通，笔记本随时带在身上，两年写了四本班主任工作笔记。凭着“初生牛犊不怕虎”的胆量和“丹心热血沃红花”的热情，他在班主任的道路上越走越远，也越走越平坦。

为了让学生早上不迟到，蔡刘勇总是提前半个小时就进教室，久而久之，比蔡刘勇来得早的同学越来越多；为了让学生爱护班级卫生，蔡刘勇见到垃圾总是俯身捡起来，渐渐地，学生都不好意思再乱丢垃圾；为了让学生学会自我管理，他让每位学生都订有当天目标和每周目标，蔡刘勇要求他们进了教室入座即定，通过培训班委，让他们协助监督其他同学……多少次，当宿管老师半夜打电话跟蔡刘勇说学生生病时，不管多累多困，蔡刘勇都毫不犹豫地爬起来，摸黑打车去学校，送学生去医院，通知他们的家人，直到天快亮时才拖着疲惫的身子回家；班上有一个患了风湿性心脏病的学生，发病频率高，每次身体有异样，不管多忙，蔡刘勇都会放下手头的工作，送他回家，也曾不止一次去他家进行家访，给他的家人强调学生病情的严重性以及注意事项；班上如有学生请假，蔡刘勇必定会与其家人随时保持联系，确保学生在校外的人身安全；有时，比蔡刘勇个头还要高大的学生生病昏迷，蔡刘勇还要背着他打车去医院；学生做了好人好事，蔡刘勇会自己打印奖状，题写颁奖词，鼓励大家向善、向真、向美。周末的时候，为了让大家不在玩手机、打游戏中荒废时光，蔡刘勇便在班级成立了一支篮球队，组织大家打比赛，培养学生的团结协作意识……

久而久之，学生的学习自觉性和独立性越来越强，蔡刘勇给他们充分发挥自己潜力的机会，让他们成为班级的主人翁。

班级不仅仅是老师的班级，更是学生的班级，班级建设不仅需要班主任的智慧管理，更需要师生共同发力。

班上有个男生，在剪头发这件事上非常抵触，他表示剪了以后像监狱的犯人，很伤自尊心。为了逃避剪头发，他逃学了，整整两天。蔡刘勇一直跟他打电话交流，跟他父母沟通，但是这个学生坚持不回学校。百般劝阻无效，蔡刘勇就把自己的头发也剪成学生的样子，到他家去家访，跟他积极沟通，直到晚上十点多才回家。第二天这个学生来到学校，并且主动剪了头发。微信里他说："感谢老师，是老师改变了我，我一定好好学习，不辜负老师的期望。"

有一段时间，学生喜欢在上课的时候戴帽子。不仅蔡刘勇自己班上的学生，全年级的学生都开始戴帽子，流行成风。年级组每天巡查，每天没收，但依然遏制不了这种现象。一天，蔡刘勇进教室的时候，看见一个男生戴着帽子从教室出来，看见蔡刘勇，就像老鼠见着猫，一下就闪进教室。说时迟那时快，蔡刘勇一把夺过那顶帽子，戴在了自己的头上，大摇大摆走上讲台，同学们见状，哄堂大笑，蔡刘勇问："帅吗？"同学们异口同声地回答："帅！"蔡刘勇说："帅就把帽子送给我了哟！"同学们依旧还是笑。"老师，你又不戴帽子，把帽子还给我呗，我保证再也不戴了！"被迫送帽子的那位男生有些腼腆地说道。蔡刘勇没理他，让班上有帽子的同学都把帽子戴上，然后让他们一个一个走上讲台，设想自己如果是老师，看到这样的情况，心里是怎样的想法。一开始，同学们都有些不好意思，上了讲台只是抿嘴笑，渐渐地，很多同学上了讲台之后，扫视一眼教室，立马脱掉了帽子。当最后一个同学下了讲台之后，全班没有一个同学是戴着帽子的。

班主任的琐事非常多，比如每节课清点人数、课间操时督促学生站好、登记各种信息等。一开始，蔡刘勇总是亲力亲为，但慢慢发现，这些事情其实可以让学生自己来做。于是，蔡刘勇花了整整两节课的时间与学生一起制订了班级公约，让每位同学在公约上签字，表示自己对公约是认同的。他还设立了责任分担制，规定每一个班委的职责，每天，班委都要向班长汇报当天情况，班长再向蔡刘勇汇报。因为学生的卫生习惯不好，总喜欢乱扔垃圾，所以一开始，学生会来检查卫生的时候，总会被扣掉好几分，这让蔡刘勇很头疼。但有一天晚自习，蔡刘勇从后门进教室的时候，却发现班长在督促大家拉好衣服拉链，捡起自己周围的垃圾，并在教室进行巡查。蔡刘勇深深地感到，一个班级良好地运转，不能只靠自己一个人，更不能忽视学生的作用，他们才是教室的主人。

班级在蔡刘勇的带领下，逐渐走向正轨，他所带两个班级学生的生物成绩，一直在年级名列前茅，看着学生的成长，他很欣慰。蔡刘勇用一件一件的小事，一点一滴的行动，来履行一名教师教书育人的崇高职责，来诠释一名党员忠贞不渝的教育热情。

2016年9月，蔡刘勇被评为昌都市第一高级中学“优秀班主任”；2017年，被中共重庆第八批援藏干部工作队临时委员会评为“优秀共产党员”，被中共昌都市教育工作委员会评为“优秀党务工作者”，被昌都市教育局（体育局）评为“先进教育工作者”，年度考核为“优秀”，并在2017年“一师一优课，一课一名师”比赛中获市级“优课”两次。蔡刘勇还参与了西藏自治区区级课题《化学教学中“微课”的建设研究》，参与昌都市市级课题《中学生心理危机干预》和《昌都市高中生科学素养现状调查研究》的研究，多次撰写教育教学心得并在《援藏简报》上发表。

教师节的那个晚自习，在蔡刘勇站起身即将离开教室的时候，学生集体为蔡刘勇唱了一首歌《父亲》，优美的旋律，不太标准的普通话，饱含深情的话语，让蔡刘勇湿了眼眶！他知道，这是学生对他最好的嘉奖，它比任何礼物都要贵重。天道酬勤，春华秋实，援藏之路，几多艰辛！但，中天明月悬肝胆，雪山浩气养乾坤。蔡刘勇昂首阔步，无所畏惧，他在用三年的时间做一件让自己一辈子不会后悔的事情。

2

2018年，昌都一高个别班级开展《我心中的援藏老师》作文比赛。很多作文十分优秀，作文里所讲述的故事，让我们看到了援藏老师和学生的真实感情，这些故事耐人寻味，感人至深！

2019届六班的学生益西玉珍说：“我们的班主任蔡刘勇老师是来自重庆的一名援藏老师，身材高挑，爱打篮球，是个身体健壮的小伙子。他说他和我们一样都是农家长大的。他很爱我们，他也很爱西藏，他对我们的爱就像大山一样，深沉而厚重。他对我们的爱就像朋友之间那种真挚的感情一样，就算世上所有的玫瑰，再加上世上其他所有的花朵，也不能比拟它的芬芳与美丽。”

益西玉珍永远也不会忘记这一件事情。这或许是她很“尴尬”的一幕。那是在高一下学期放暑假时，因为要乘车回家，又因为车费急于上交，益西玉珍就向蔡老师请假去取钱。谁知银行卡被机器吞了，没取到钱。正在这个时候，班主任蔡刘勇伸出了援助之手，立马塞给她三百块钱。“这钱你先拿着，等下次有钱了再还。”班主任慈祥地微笑着说。不仅仅是对益西玉珍，他对其他学生也是如此，只要学生有困难，蔡刘勇都会给予帮助，不会找各种理由搪塞。

说到打篮球，这是蔡刘勇的特别爱好，为此他和班上的一个叫阿根的学生，因为同样的爱好，成了朋友。但是，阿根基础较差，家里情况比较特别，蔡刘勇就经常写信鼓励他，用自己的实际经历启发他。这里我们摘抄几句 2018 年 6 月 9 日蔡刘勇写给阿根的信，一窥他们的师生情。

这是一个班主任老师对自己学生的真情表达：

阿根，你是我最喜欢的篮球小子，当你在篮球场上突破、跳跃、进球的时候，你的自信与眼中闪烁的光芒让我在你身上看到了当年的自己，那样热爱，那样无畏。

有一份喜好对你的人生是至关重要的，当你处于人生低谷时，专注于你喜爱的事情往往能很快找到方向，走出迷惘。从你眼中，看到你对篮球的热爱远胜于我，我相信，这种热爱将会影响你一生。

每年这个月的第三个星期日，是父亲节，今年的父亲节对你而言，必然是沉重的。在我们生命中，生老病死是每个人必将经历的，所以世间便有了欢聚与离别，快乐与悲伤，我们所爱之人终将离我们而去，或早或晚。

2017年年末，蔡刘勇的爷爷因胃癌离开了人世，在医院的最后那段时间，蔡刘勇每天陪伴在爷爷身边，陪他聊天、吃饭、走动，他感受到了爷爷强烈的生存欲望和对亲人的眷恋，但他爷爷仍然败给了病魔，在即将阖家团圆的时刻安静地闭上了眼睛。

他把自己的经历告诉阿根："爷爷走了。这是我第一次见证生命的逝去，亲人的永离。在梦里我无数次回忆起孩童时代爷爷对我的好，爷爷虽然走了，但他的音容笑貌将被我永远铭记。"

他的这些话语把阿根从痛苦的深渊拉了回来。当阿根情绪不稳定时，他像大哥哥一样给他讲电影故事。

电影《寻梦环游记》重新定义了人的死亡。人的一生会有三次死亡：第一次是生物学角度的死亡，这一刻，是他个人意义上的死亡；第二次是举行葬礼时，被宣布死亡，这一刻他的社会身份将会被抹除；第三次死亡，便是这人世间，再也没有一个人记得你，这一刻将是真正的死亡。从此，不会有人知道，你曾来过这世界。所以，缅怀一个人最好的方式，不是选择逃避，而是永远不要将他遗忘，这样，他就会永远活在我们心中。

2017年，有一部很火的电影《冈仁波齐》，讲述了十余位来自普拉村的朝圣者不畏艰险，向着神山迈进的故事。在漫长的朝圣途中，他们用自己的眼睛亲历了大自然的春夏秋冬，也无时无刻不在经历着饥饿、寒冷、疾病、贫穷、困顿以及生老病死。虽然步履维艰，但他们从未轻言放弃，而是迈着更加坚定的步伐去追求自己心中的信仰。

蔡刘勇在信中通过这些故事开导阿根：

人生如此，或有荆棘，或有坎坷，但这些经历不会击倒我们，而会让我们的内心更加强大。

就在前两天，你的高三学长学姐们经历了他们人生中一道重要的坎儿——高考。他们在考场内奋笔疾书，十年寒窗，只为这一刻的鲤鱼一跃，圆梦大学，改变人生的轨迹。

如今，你已成了一个男子汉，家里的顶梁柱，你的努力与坚持便是亲人的希望。一年后，我愿你能自信地走进考场，用你的成绩告诉世界，你可以将命运牢牢掌握在自己的手中，不怨天，不尤人。

有一首歌名叫《阿刁》，此歌是歌手在西藏流浪时，为十分照顾他的一个姐姐而作，里面有一句歌词“你是一棵树，你永远都不会枯”。

蔡刘勇多么希望阿根也能成为一棵树，“一半在尘土里安详，一半在风里飞扬；一半洒落阴凉，一半沐浴阳光”。

没有悲伤，站成永恒。

3

杨雪是一名美丽、年轻的语文老师。

她文采飞扬，性格温柔，心地善良，是班上同学们的好老师、好姐姐。

她，一头乌黑的长发瀑布般倾泻而下，中等身材，脸色白皙，上课时不停地推推眼镜，幽默而儒雅。她虽年轻，却有着渊博的知识和过人的胆识，有着聪慧的头脑和宽广的心胸。

“轻轻的我走了，正如我轻轻的来……”听，她在朗读《再别康桥》，这分明是山涧潺潺的流水，叮咚作响！学生们的眼前开始出现这样一幅场景：夕阳西下，波光粼粼，康桥在晚霞的映照下，愈发古老和沧桑，一位因不舍离去的学子，在这里背着手，眼波流转，充满依恋。“俱往矣，数风流人物，还看今朝……”掷地有声，铿锵有力，她的朗读又让同学们心潮澎湃，热血沸腾，胸中踌躇满志，似乎真的想“与天公试比高”！她的声音，是这世间最美妙的音乐，叫人百听不厌。

2019 届十三班的旺姆一直把杨雪老师当作自己的知己，有什么想法都说给杨老师听。但是，后来分班了，杨雪也不再教她。她在日记中这样写道：

在一个秋风瑟瑟、落叶萧萧的早晨，一则消息把我从安逸的世界中震醒：分班！每个懵懂少年都心急如焚，至少我们班的同学这时已经乱成了一片，有的哭，有的吼，有的抱怨，有的沉静……而我坐在一个角落里，深深地沉思着，回想我在这三个月里的一切。岁月催人成长，蓦然回首，在三个月里，谁最值得回味？我踱着脚步向前漫游，不知不觉来到了学校的小亭子旁，在月色朦胧中，我看见了一个熟悉的背影，那是杨雪老师，突然，我的眼泪出来了。她，现在虽然不教我们了，但是她就是我一直努力的方向。一高因有她而灿烂，我的青春因有她而明媚。她用绚烂的光彩照耀了我的梦，我也用三年的青春之色来描绘最美的她和一高的明天！

2019 届十六班的白玛永宗期末考试语文考得很不好，开学之后她心里总是忐忑不安。

“叮铃铃……”上课的铃声尖锐刺耳，教室里弥漫着一种紧张的气氛，随后杨雪走进了教室，手里提着一捆用红色钢笔改过的试卷。白玛永宗倒吸了一口凉气，心脏狂跳不止，嘴里默默地祈祷着。

杨雪给同学们一个一个分发试卷，白玛永宗一直低着头，根本不敢看也不敢听讲台上的动静。当杨雪念到白玛永宗的时候，她硬着头皮走上讲台，满脸通红，仍旧不敢抬起头。

“来，看看你的试卷。”出乎白玛永宗的意料，声音中并没有太多的怒气。白玛永宗抬起头，正迎上杨雪那慈爱的眼神，杨雪指着试卷上白玛永宗做错的地方，一一为她分析起来，并对她说：“这次考得不是很好，但我相信你还有很大进步的空间，加油！”

那温馨的鼓励字字入耳，让白玛永宗内心升腾起一种动力、一种感激，一股酸涩而幸福的味道冲到了嗓子眼，化为眼泪，湿润了白玛永宗的眼眶。

杨雪的教学方法更是别出心裁，在她的手里很少能看到像其他老师以前常带的棍子，取而代之的是言传身教。为了让学生养成不乱丢垃圾的好习惯，她在教室转的时候，看到垃圾经常捡起来。她参加八百米长跑比赛时脸色发紫，嘴唇乌黑，所有人都劝她停下来，她却说："我要给我的学生做榜样，让他们知道，人生之路不可轻言放弃。"

看似小姐姐的她，却有着慈母般的爱。她用爱滋润着每一个学生的心田，她用母亲般的慈祥呵护着每一个同学。

有一次学校进行演讲比赛，杨雪班里有两个同学参加。其中一个学生在海选时被淘汰了，另外一个学生很努力，她每天背稿子，练胆子，但是决赛时，由于太过紧张，只得了优秀奖。她非常伤心，哭得特别厉害，这时，杨雪看到了，轻言细语地安慰着这名同学，那个学生抱着杨雪哭了很久很久，杨雪也一直陪着她，直到她的情绪稳定为止。那天下午，杨雪没有回家，没有吃饭。

课堂上专注又严肃的杨雪，课后很快变为学生的好朋友。他们畅所欲言，无话不谈，偶尔一起唱唱歌、吹吹牛，一起哈哈大笑。

4

2018 年 10 月 30 日，我找到了杨雪以前班上的课代表旺姆。我用普通话说明了找她的用意。她说："杨雪老师，真好！"

十年树木，百年树人。她是冬日里的雪花，融化了孩子们心中的郁结；她是前进路上的烛光，智慧照亮了无尽的黑暗；她是黑夜里的月光，无私包容了孩子们的怯懦；她是春雨，在孩子们心田播种梦的种子。

从一双清亮纯净的眸子里，汹涌着无比的尊敬与感激，旺姆告诉我，这一年中秋节，她独自在月光下落泪，家中琐事让她心情万分难过，这时，杨雪老师给了她安慰。她说："来，课代表，我给你个月饼。"这个月饼是旺姆在高中收到的第一个礼物。它对于旺姆，不仅是礼物，更包含着爱、希望、鼓励与支持。久而久之，杨雪成了她最喜爱的老师。

春蚕到死丝方尽，蜡炬成灰泪始干。

因为有爱，因为有关怀，在校园的某一角，在街头中央，一个孤零零的影子从此有了温暖。

旺姆在日记《千山暮雪，只影为谁》中写道：

分班时，你让我们写一篇感想或一篇对未来憧憬的短文，你可知道，当时的我，忘却了自己的梦想，心中只有对你的不舍，于是，我在短文里诉尽了所有的不舍，令我惊讶的是，你居然给我写了一整张的评语，使我刻骨铭心。你说："我们的一辈子都在不停地与自己喜欢的、留恋的东西告别，但告别不等于诀别，反而意味着成长。"从小到大，你是唯一一个发现我的真，赞美我的纯，欣赏我的淡的人。

你给我力量，让我飞出天空，拥抱彩虹，成长的梦在靠拢，是你画的彩虹撒满了天空，使我苦涩的青春充满色彩……

有一次，旺姆家中因为农牧活忙，人手不够，她父母想让她放弃读书回家帮衬。一时旺姆心急如焚，不知所措，于是她躲在黑夜的角落，迷茫无助。突然，杨雪出现在她身边，陪她散步，给她想办法来说服父母。旺姆冰冷的心终于看见了曙光。

旺姆说："杨雪老师以亲和的外表、甜美的声音、温和的态度教我们诵读'撑着油纸伞，独自彷徨在悠长，悠长又寂寥的雨巷……'

我想，丁香姑娘应该就是像杨雪老师这样一个清秀之人吧！从此以后，我便渴望着明日的我能够成为今日的她。”

人，最可贵的是不随波逐流，而是能坚守自我，坚持自己的选择，并用自己的双肩去挑起更多的责任……

孩子们把杨雪比喻为春光中的微风，夏天里黄昏的云烟，柔和、美丽、飘逸。杨雪却把自己的一腔感情化作春雨滋润孩子们茁壮成长。

相逢一见太匆匆，校内繁花几度红。
厚谊常存魂梦里，深恩永志我心中。

5

窗外，阳光明媚，柳枝轻舞。遍地的蒲公英开出了一朵朵黄色的小花，一排排桃树下，蜜蜂和蝴蝶在嗡嗡地闹着。湛蓝的天空中，朵朵白云在悠闲地飘浮。

春日融融，景色宜人，而此刻一个学生却趴在自己的课桌上，不停地抽泣，泪水浸湿了她的衣袖，压在她臂膀下的作业本也浸满了泪渍。身边，围满了安慰她的同学、朋友，他们眼睛红肿，焦急万分，却不知如何能够让这个学生停止哭泣。究竟发生了什么事？

原来，就在一个小时前刚刚过去的社会实践演讲比赛中，这个同学因过度紧张，全然忘记了比赛内容，取得的成绩不够理想。所以，她很伤心。

那个因为演讲比赛现场紧张而失利的学生抱着杨雪哭了很久，杨雪心里也很难过，晚上回去后久久不能入睡。

在达因卡的宿舍，杨雪打开电脑，写了一封信，用书面的形式开导、鼓励那位自尊心很强的学生。她给这封信取了一个名字《写给我的学生》：

纵然能够在二十八个参赛者中脱颖而出，进入决赛，纵然能够在决赛舞台上，与一众高手并驱争先，纵然能够获得同学们对你的鼓励和喝彩，你依然不甘，面对仅得了一个优秀奖的成绩，你哭了。

孩子，我想对你说，你一个星期的努力，我都看到了。你每天除了上课、吃饭、睡觉，就是读稿子、背稿子，除了要写堆积如山的作业，你还要抽时间来应对比赛，你的辛苦，我都看在眼里。你的这一过程走得很踏实，虽然结果不是很理想，但在我看来，你对得起自己，对得起任何人。当你哭着对我说，难过是因为辜负了我的期望时，我有点儿后悔、有点儿自责，我过早地将你推到了比赛战场，让你去体验残酷的竞争法则，让你尝尽了失败的滋味。可是，也许你应该换一种思维去看待成功与失败，当你泪如雨下的时候，你可曾想过，自己能够站在决赛场上，尽情地张扬自己，这不就是一种成功？当你心如刀绞的时候，你可曾想过，能将这个过程坚持下来，能为班级增添一张红光闪闪的奖状，能够获得老师和同学们的认可，这不也是一种成功？

孩子，我想对你说，每个人都想得到荣誉，想得到别人的赞赏，可是没有任何人，天生就会演讲，天生就是胜者，任何成功都是来之不易的。今天，你在学校的舞台上遇到了挫折，觉得崩溃，觉得天昏地暗，那么以后，当你在社会的舞台上遇到困难的时候，你又该怎么办呢？爱迪生曾花了整整十年去研制蓄电池，其间不断遭受失败，但他一直咬牙坚持，经过了五万次左右的试验，终于取得成功，发明了蓄电池，被人们授予“发明大王”的美称。他经历了五万次左右的失败，才换来一次成功，而你，才失败一次，有什么理由一蹶不振呢？失败的滋味固然是苦的，但不经一番彻骨寒，哪来梅花扑鼻香啊！你嚼着同学带来的晚餐，眼泪却簌簌地往下掉，我问你是否后悔参赛，你摇摇头，我问下次如果还有这样的机会，你愿不愿意参加，你点点头。你的心情，在摇头与点头之间，我已全然明了，你不惧怕失败，你只是想发泄自己内心的委屈与不甘罢了。

我给了你一个拥抱，让你尽情地在我怀里流泪。孩子，纵然有遗憾，但这将是你高中生涯最宝贵的财富，也是你最难以忘却的回忆，它将给予你力量，让你更加坚定自己的脚步，更加勇敢地去面对未来。

杨雪说，孩子们伏案做作业的身影，时时在她眼前浮现，孩子们在操场上欢快的声音常常在她耳畔回响，这里每一个孩子都是父母寄托的希望。她要以爱扬帆，让梦远航！

第四节　最美援藏教师的高原情怀

1

昌都市第一高级中学校书记叶川告诉我，从2016年4月以来，重庆市第一批“组团式”教育援藏的50名教师，帮助一高制订发展规划、组织师资培训，培训教师2200人次，指导“一师一优课、一课一名师”89节课程获自治区和市级表彰，指导本地教师在省级刊物发表论文54篇，指导9名学生参加国家、自治区级比赛并获奖，获各级表彰援藏教师73人次。

曹发扬就是50名援藏老师之一，2017年9月10日，被西藏自治区评为首届“最美援藏教师”。他，1975年8月出生，1999年毕业于西南大学化学系化学教育专业，同年到重庆市暨华中学工作，2013年被评为“高级教师”。2016年4月，他主动申请到西藏昌都市第一高级中学参加“组团式”教育援藏工作，现任昌都一高2018级一班、六班化学教师、化学教研组组长和教务处副主任。

曹发扬从教18年来，一直坚信师生之间“关系大于一切”，因此他从不将自己视为三尺讲台上居高临下的师者，不将学生分为“三六九等”，而是致力于用自身的形象、言行和实际行动感化和影响身边的人。

初到班级，他发现班上学生的学习基础普遍较差，对化学课兴趣不高。为了改变这种现状，他给学生开设了“生活中的化学”“军事

上的化学”“魔术中的化学”等一系列讲座和兴趣实验，通过生动的例子来激发学生学习化学的兴趣。为了深入了解学生，他坚持在课后与学生像朋友一样推心置腹地谈心，倾听他们的心声，了解他们学习上的困难以及产生困难的原因，和他们一起想出解决问题的办法，给予他们正确有效的帮助和引导。在与学生的交流中，他了解了学生的家庭、生活情况，也拉近了与学生的距离。

他课前精心准备教案，做好课件，以激发学生的学习兴趣为出发点，研究分析学生的特点，设计适宜的教学方法，努力做到因材施教、因人施教，做到心中有学生、胸中有教法。课堂上，他始终以饱满的热情和诙谐的语言吸引学生，以通俗的讲解和耐心的辅导抓住学生，以丰富的知识和宽广的视野感化学生，努力使不同层次的学生都能够发展、进步。他还充分利用课间、课外活动等休息时间和学生谈生活、说人生、聊世界，与学生们打成一片，用表扬和鼓励引导孩子们积极进取、刻苦学习，努力让学生们感受到学习的快乐，帮助他们树立学习的信心。针对学生基础薄弱的现状，他研究出“降低难度、调动兴趣、多加鼓励”的教学方法，经过反复实践，逐渐使学生养成了爱听、爱学、爱动脑的学习习惯。

他时刻在思考“来藏为什么，在藏做什么，离藏留什么”三个问题，牢记援藏使命，追求卓越，敢于创新。为了受援学校的长远发展，他深知自己再怎么努力最多也只能影响一届学生，要想真正提高当地的教学水平，必须为昌都一高留下一批永不流动的优秀教师队伍。为提高昌都一高老师的教研教学水平，他不断尝试着做一些改革。

作为化学教研组组长，他在组内积极开展教学教研。每周四下午定时开展学科教学研讨，他针对下周教学中出现的难点、重点进行方法上指导，对教材内容的整合、增删提出可行性的建议；他还组织老教师上研究课、新教师上合格课，并在教研组内进行评课。他还引导组内老师积极研究高考内容及走向，在组内做了 2017 年高考化学复习指导。

作为教务处副主任，他积极以身示范，推动教师成长。2016年10月12日和2017年4月10日，他两次给全校教师上示范课，在课前他做了充分的准备，反复推敲，课堂内容循序渐进，层层深入，获得了同行的好评。

作为援藏老师，他结对帮扶，助推同伴提高。结对帮扶是指一名援藏教师和一名原昌都一高的教师结成同伴互助关系，在教学中互相听课、评课，互相交流，共同提高。他与青年化学教师徐光亮结成互助关系，在这一年中，他与徐老师相互听课达55节，并在每节课后及时进行了评课。通过评课，他将自己多年的教学经验、教学心得分享出来，并和徐老师一起探讨新的教学理念和教学方法，促进了徐老师教育观念的转变和教学方法的提高。并在徐老师参加"一师一优课"比赛中倾力相助，反复打磨，帮助他获得自治区级一等奖。

一直以来，昌都一高都是人工阅卷，费时费力，出错率高，也不便于数据统计和分析。2016年下学期期末考试中，昌都一高开始推行网上阅卷。学校担心教务处人员的电脑操作能力较差，无法正常使用网上阅卷系统，曹发扬便主动请缨，承担此阅卷系统的安装、调试工作，对操作人员、出题人员和阅卷人员进行细致的培训。在期末考试后，进行模板制作、试卷扫描、阅卷教师技术支持、分数统计及数据分析工作，使网上阅卷顺利进行，减轻了老师的阅卷负担，获得了学校领导、年级教师的高度认可。2017年上学期，他负责继续推进网上阅卷工作，建立了各年级教务人员网阅工作负责制。在各年级的教务人员中选出了主要负责人，进行了全方位的培训，在学校各年级月考、半期考及期末考试中，网阅工作得以顺利进行。

曹发扬，一位普通的人民教师，却用心、用情、用爱谱写了一曲教育的赞歌。援藏虽苦，但从学生求知的眼神中，他找到了为人师者的价值与乐趣；工作虽累，但在勃勃生机的校园中，他看到了援藏人的精神与意义。所有平凡的岁月，无不闪耀着"美丽"二字！

澜沧两岸柳如烟，万山之巅格桑艳。
夕阳一点如画笔，已把相思涂满天。

2

殷喜洋，1989年出生，重庆丰都人，本科学历，长江师范学院汉语言文学（师范）专业毕业，一级教师。他2012年大学毕业后通过公招考试考入重庆市田家炳中学任教，四年间，三年里担任班主任，一年担任年级主任。

2016年作为重庆市首轮“组团式”教育人才援藏工作队的一员，他怀着满腔热情，踏上雪域高原，到达藏东明珠昌都，开始了为期三年的援藏生涯。教龄虽然不长，但他却用勤奋与汗水、真情与奉献谱写出自己的春华秋实。

作为援藏教师，殷喜洋风雨兼程，无愧援藏初心。他坚决讲政治、顾大局、守纪律，牢记重托、不辱使命、不畏艰苦、真抓实干，努力克服雪域之寒、稀氧之难、思乡之苦，扎根于第二故乡。在昌都市教育局和昌都一高的领导下，他创新方式方法，加强沟通协调，真正做到工作上融合、情感上融洽，争当教育发展的推动者、民族团结的实践者，为昌都市的教育发展和社会稳定做出了应有贡献。他虚心向本地老师学习，大力弘扬“老西藏精神”和“两路”精神，在实践中锤炼党性、砥砺意志、增长才干。

身为一线教师，殷喜洋注重加强个人思想道德修养，他爱岗敬业、与时俱进、为人师表、热爱学生、以身作则，在教师中起到了表率作用，在学生中树立了良好的教师形象。为了自己能成为给学生提供知识的源头，他坚持学习，坚持培训，不放过任何一个去兄弟学校参观学习的机会，坚持在互联网上看优秀教师的观摩课，主动订阅综合性教育类刊物，总结教学改革的经验，洞察教学改革动态，把新理念融于课堂实践中，不断摸索创造出自己独具风格的教学模式。

作为语文教师，为了提高学生学习语文的兴趣，他自己掏钱给学生买杂志，充分利用课余时间给学生传道解惑，组织学生观看《大国崛起》《辉煌中国》等纪录片，培养学生的民族自豪感。在以自己的一言一行阐述语文的奥妙与真谛的同时，他更给予高原学子父亲般温厚的爱。

学生布姆说："您的到来，让我的青春之路变得绚烂无比，您总能用特有的教学方式让我们在快乐中学习，您是爱、是暖、是希望，您是我生命中的格桑花。""您不仅仅教我们学知识，更教我们做人，您是我生命中不可或缺的星辰。"学生赤列江措如是称赞。

面对和内地不一样的学情、校情、教情，殷喜洋坚持"存在即合理"和"问题就是资源"等理念，他努力尝试把新课程标准的新思想、新理念和课堂教学的新思路、新设想同昌都教育实际结合起来，积极主动地与语文教学组的同事们讨论交流经验。

他凭着进藏前较为丰富的教育教学工作经验，在语文教研活动中，积极倡导阅读教学，大力推动阅读课堂建设，助推全校语文教学教研工作上了一个新台阶。

朝霞似火映高原，春华秋实勤为先。由于工作上的踏实认真，殷老师援藏不久就被学校领导委任为学校政教处干事，负责政教处的全部文字材料工作，协助政教处主任组织学校的各项大型活动，并参与包括"平安校园"和治安综合治理在内的各项迎检工作，受到市教育局相关科室的肯定。自昌都市开展创建全国文明城市工作以来，殷喜洋老师还被委任为昌都一高创文办干事，全程参与创文工作，并负责学校创文方面所有文字材料的收集整理及上报工作，获市创文办及学校领导好评。

援藏期间，殷喜洋先后被昌都一高、昌都市教育局（体育局）党委、重庆市第八批援藏干部工作队临时党委评为"优秀援藏教师"，获昌都市 2016 年—2017 年"一师一优课，一课一名师"优秀奖，被中共昌都市教育工作委员会和昌都市教育局评为“2017年度昌都市教育系统‘平安校园’建设工作先进个人”，获西藏自治区“最美援藏教师”荣誉称号。

3

“最美援藏老师”黄江，一个1988年出生的帅小伙，重庆云阳人，来自重庆市江北中学校。

重庆市江北中学校是重庆市市级重点中学、示范性高中，秉承的是“人文至善，科学求真，让师生创造生命的精彩”的办学理念。黄江带着“教书育人和为了青藏高原上的孩子能创造出更精彩的人生”的理想，他选择了援藏。

教师是火，学生是薪，薪火相容，则成燎原之势。黄江作为援藏教师，他一直用爱去教育、用爱去融合、用爱去研究、用爱去学习，把爱洒向每一个学生。

冰心曾说过：“情在左，爱在右，走在生命的两旁，随时撒种，随时开花。”爱会使不值变值得，当黄江站在讲台上，看着藏区孩子们一张张黝黑的脸庞，看着他们纯真眼神里透露出来的质朴纯洁和渴望时，他就觉得，来这里没有错，这里的孩子更加需要他。

作为援藏教师，他要做的主要是启迪孩子们的智慧。他用灵巧的双手，去开展废物利用与兴趣实验课堂，提高学生学习化学的兴趣；他用聪慧的大脑，创造新的教学模式——“牧式”教学，对知识点进行有效的取舍，使学生学习更加深入；他每天投入大量的时间和精力，坚持辅导学生，对每一个化学知识点进行落实，夯实学生的基础，不让学生有一天的懈怠；他用丰富的班主任工作经验，用一颗真心，积极主动地和学生沟通，探索适应藏区孩子的班级管理模式，设置“班组制”，使班级内呈现“人人有事做，事事有人做，人人能做事”的良好局面；他还参与年级管理、教务工作、试卷扫描、成绩分析等工作。援藏生活，虽然忙碌，但是黄江感觉无比充实。

曾有人问他，你后不后悔援藏？面对莽莽万里高原的荒凉，他不后悔；面对猝不及防的高原缺氧反应，他不后悔；面对与内地截然不同的教学环境，他不后悔；面对生活的艰难困苦，他不后悔。

只是，每个假期他回到重庆家里，看到日渐消瘦的妻子，看到黏着他寸步不离的儿子，看到父亲佝偻的身影，看到母亲满头的白发，他有些愧疚。

他毅然选择了援藏，为藏区孩子献出他的热情和智慧时，背后是他的亲人在默默地支持。黄江说：“每一个援藏人的背后，都站着坚强的亲友团，特别是长年累月在西藏奉献的干部。”

援藏三年，他的工作得到了学生的认可，得到了所任班级班主任的认可，得到了援藏团和学校领导的信任和支持，得到了援藏同行们的帮助和关心，得到了本地教师的称赞……

获得“最美援藏教师”，这是昌都人民对他工作的肯定，更是一种鞭策，一种动力。

老子说：“上善若水。”在援藏岁月里，黄江像水一样，甘居于下，润物无声；黄江像水一样，执着坚韧，博大无私。“嘉陵静水流深，缙云玉蕴生辉。”是啊，50名援藏老师，犹如涓涓细流，必将汇成浩浩江海。

4

月亮曾经是一溪潺潺的流水
包裹着甜滋滋暖融融的亲情
笑声在池塘的莲叶间游走
今夜月亮是一块冰冷的石头
如我，把自己关进了透明的孤独
远方的月亮躲在雨的背后
在达因卡五栋的楼顶
我用一个动词，锻打
星星的重量
那半轮秋月被谁逼上了中天
逼上了雪域高原
那尖锐的光芒
刺醒一个人漫无目标的思念

——节选自刘治科中秋诗歌《月亮》

刘治科，1988 年出生，毕业于重庆师范大学，援藏前是重庆市两江中学校的高中物理老师。在两江中学校工作期间，他的工作得到了领导同事的认可，他与同事相处和睦，也深受学生喜欢。

昌都市第一高级中学 2019 届五班学生次仁江村在作文《我心中的援藏教师》中对刘治科老师是这样评价的：

悬崖下的小草教我们坚强，山顶上的松树教我们拼搏风霜，严寒中的蜡梅教我们笑迎冰雪，而他教会了我一种生活态度、一种习惯、一种拼搏的精神。

他，不远千里从重庆来到西藏，扎根在祖国的边疆，不辞辛劳培幼苗，呕心沥血育新花。他来到我们学校，教我们班的物理。第一次来我们班上课，他戴着一副眼镜，个子高挑，身材匀称，脸很白净，总是笑眯眯的，给人一种独特的感受。

在接下来的学习中，我发现刘老师很风趣，不像有的老师上课枯燥乏味，让人昏昏欲睡。他口才很好，总让我钦佩，上课时他用幽默的话语将深奥的物理知识讲解得通俗易懂，这样，我们的知识就记得更加牢固了。他经常教导我们：学习知识不能死记硬背，关键是要理解知识。

他教育我们做人要谦虚，要脚踏实地，要一步一个脚印地走人生路，否则就会一脚踩空而掉入无尽的深渊。他说："只有强者才能被人尊重。"他的谆谆教诲我都记在了心里。

他从来不打学生，如果学生犯了错误，他就会找学生谈话，开导他，让学生认识到自己的错误，他常说，是人就会犯错误，同样的错不要再犯就行。如果大型考试中我们班的物理成绩在年级排前五，他就会抽一个晚自习给我们放电影，他说学习要劳逸结合，要学会适当放松。"我不能在三年的时间里改变什么，但是我只希望把我知道的教给你们。我虽然不能给西藏的发展做出多少贡献，但是我希望西藏会越来越繁荣。"其实在我们心中，他已经很伟大了。

洛珠白玛同学写道："那一天，我第一次听到他的声音，他的声音具有一种磁力，仿佛能钻到人的心里去，让人忍不住侧耳倾听。他教导我们，没有奋斗，便没有成功。他说过，要把苦恼、不幸、失败当作成功的垫脚石，要以积极的态度来应对不幸的事，这样就会收到好的效果。他让我们学会了快快乐乐过好每一天，烦恼也是一天，快乐也是一天，何不珍惜当下，高高兴兴地过好今天呢？掌握自己的命运，他让我们懂得了每个人身上都有缺点与优点。当命运为你关上一扇门时，也会为你打开一扇窗。每个人都有自己的命运，命运掌握在自己手中，因此要把握好自己的命运。人生苦短，在高中学习生涯中与他相遇也是一种缘分。我一辈子都会铭记他教给我们的知识和为人处世的道理。”

作为昌都市最美援藏老师，刘治科担任昌都一高 2019 届五班、七班的物理教师。他年轻好学，主动研究藏区学生理科学习的困惑，有针对性地制订教学策略，通过实验、演示等多种方式提高学生物理学习的兴趣，教会方法、扎实练习、精准辅导。所教班级物理成绩大幅度提升，一直名列年级前茅。

工作中，刘治科兢兢业业、无私奉献，深得学生喜欢、同事赞扬。工作之余，刘治科常去昌都市儿童福利院做义工，结合自己的学科，给孩子们表演魔术，与他们玩乐，给他们带去知识和欢乐。

刘治科用自己的实际行动践行着援藏宣言：“青稞酒高涨我援藏激情，格桑花绚烂我教育之路。”

第五节　那一抹朝霞，敲响远方的鼓声

1

人们都叫她“霞姐”，我也跟着这样称呼她。她性情豪爽，重庆人称为“耿直”，“霞姐”说话声音洪亮，喝酒用碗。

于是，在昌都我很快熟识了这位有名的“霞姐”。后来，我采访她时，和她仔细交谈，才发现之前我所看到的只是她“江湖上”的细微一面，真正让我感动的是她的职业生涯——一个把毕生精力交给学生的优秀语文老师！

她，叫许俊霞，1971年出生，援藏前是重庆市兼善中学校高中语文老师。援藏后任昌都一高语文老师、语文教研组组长、高二年级备课组组长。她集重庆市骨干教师、北碚区骨干教师、学科育德先进个人、优秀共产党员、朱福荣名师工作室成员等光环于一身。

她儿子说：“妈妈，藏区的孩子需要你这种优秀的骨干教师。”于是，她就去了西藏。是的，被人需要，是一种幸福。

援藏期间，许俊霞胸中有梦，手中有书，心中有爱，脑中有法，脸上有笑，口中有诗。

重庆市第八批援藏干部领队黎勇说：“如果能捧读一本好书，不知老之将至，不知烦琐纷争，唯有融入宇宙自然的洒脱与飘逸、从容与愉悦，该是多么幸福的事情啊。”

许俊霞是一个爱阅读的人，书以独特的芬芳洗涤她的灵魂，净化她的思想，她觉得“只要有书读，教书就是幸福”！

“孩子，你慢慢来。”台湾作家龙应台这样说。社会发展到今天，似乎成了一趟太过拥挤的列车，人人必须赶着往前走，否则便会掉队、赶不上车、让周围的人失望、承受各方面无尽的压力，家长也把自己的压力无形地转嫁到孩子身上。每当孩子调皮让许俊霞失去耐心的时候，她总是在心里反复默念：“教育不是赛跑，人生更不是。”

特别是藏区的孩子，更需要慢一点儿，需要耐心一点儿。

记得有一天——

“呜呜呜——”看到课代表扎西玉措哭哭啼啼走过来，许俊霞吓了一大跳。扎西玉措做事情非常认真，每次作业都能想方设法收齐，偶尔有同学生病没来，或者个别学生没有交，她都能开出名单，交代清楚。

可是，今天她怎么了？

“老师，我不想当课代表了！”扎西玉措抽抽噎噎地说。

“怎么了？受欺负了？”

“嗯，老师，你不知道向巴江村有多可恶！”和她一起来的四郎措姆插嘴说，“扎西玉措让他交作业，他一边吼‘你烦不烦嘛’，一边把作业本‘啪嗒’一下拍到扎西玉措身上，恶狠狠的，吓人得不得了……”四郎措姆越说越气愤。

“别激动，事情我已经知道了！”许俊霞安抚她说，又帮扎西玉措擦眼泪，“不好意思，是课代表的工作让你受委屈了，老师给你道歉。我知道这个工作会有很多困难，但我坚决站在你这边，支持你！”

许俊霞拍着她的背，让她慢慢止住了哭泣。

“你先回教室，别去怄气，我会给你交代的！”

下午自习课上，许俊霞把向巴江村叫到办公室。

“今天上午是什么事情让你心情不好？”

这个面庞黑黑、敦敦实实的藏族小伙子，本来做好了被批评的准备，没有料想到许老师问他这个事情，一时怔住了。

“咕咕咕……”只见他捂着脸，很不自在地叽叽咕咕，许俊霞一点儿都听不清他说了什么。其实，这个同学并不是一个很外向的孩子。

“你今天上午交语文作业时把作业本使劲儿摔到课代表身上了，是吧？”

“是什么原因呢？是对课代表有意见还是对语文老师有看法？还是其他原因呢？”许俊霞给了他不少选择。

可是，她得到的回答是沉默。

“那这个样子，给你两个选择：要么你来当课代表，要么你就向课代表道歉。”许俊霞把选择范围缩小。

可他依旧沉默。

“我想，你也不是故意针对课代表的。可能是其他原因让你心情不好。如果你愿意说，老师可以帮助你；如果你不愿意说，那么这个问题我可以暂时不追究。但是，无论怎么样，你都不能把自己的情绪发泄在别人身上。再说了，课代表这个工作本身又累又忙，还没有任何报酬，完全是凭着一腔热情为大家服务，总不可能还让她来承受你莫名其妙的怒气……”许俊霞耐心地给向巴江村讲道理。他慢慢地低下了头。

“老师，对不起，我道歉吧！我当着全班同学的面给扎西玉措道歉。”

2

许俊霞儿子班上的班长听说她在援藏，非要采访许俊霞，采访时问了她一个问题：“你申请援藏的原因是什么？”

许俊霞用了六个字回答他：“远方、情怀、支持。”

是的，人活着必须要有崇高的目标和追求。西藏相对落后，教育水平较低，更加需要大量内地优秀老师到那里去实现自己的人生价值。援藏是国家政策，绝大部分家庭都会支持，都会在国与家的选择中做出判断。

不得不承认，许俊霞的回答基本代表了所有援藏干部的想法。

在近三十年的教书生涯中，许俊霞还发现教过的每一批学生或多或少地有着与她相似的爱好。例如：她喜欢打篮球，他们也说喜欢，并抢着要与她“战斗”；又如：她喜欢猜谜语，他们也说喜欢，总争着让她“赐教”；再如：她喜欢边走边思考问题，他们也喜欢跟着她，学着她的模样……

教师，是一个崇高的职业。学生从懂事起，就把老师当作他们心目中的偶像，“爱着你的爱，梦着你的梦，悲伤着你的悲伤，快乐着你的快乐，幸福着你的幸福……”而当好一个老师，得用你的外在美和内在美汇成爱的“热力”，时时事事去“温暖”学生。

“好咖啡总是放到热杯子里的！”是啊，要让学生散发出芬芳，老师们得把自己的“热力”“热量”“热情”“热心”传递给学生，在无形中影响他们的成长。

教语文，是许俊霞最主要的工作。从小学到初中，从初中到高中，一路走来，也算经验丰富了。区级骨干教师、市级骨干教师，这些荣誉都记录着许俊霞的努力。但是，面对新的学生、新的教材、新的考试要求，许俊霞这次算是从头开始。

拼音，全国高考语文卷是不考的，但对藏族学生而言是难点。许俊霞需要把它“捡”起来，要重新看小学一年级的拼音教学视频。还有多音字、形近字、近义词、反义词，小学中高段的知识，初中的知识点，许俊霞都要重新去复习、去核对。她生怕一不小心，把错误的基础知识传授给了学生。

要教给学生汉字文化、汉字思维，她便常常看网易公开课《说文解字》，只有自己了解得深刻而全面，才有可能给学生讲得生动活泼有趣。

讲西方文学，她也听网易公开课，每天一课，从《荷马史诗》，到《神曲》，再到《堂吉诃德》，她边教书边给自己充电。她说，书到用时方恨少，一定要常常补充，才能在课堂教学中信手拈来、旁征博引。

刚到西藏的时候，她不了解西藏文化，就看仓央嘉措的诗，读格萨尔王的故事，读阿来的《尘埃落定》……听“藏族文学”讲座，上藏族历史培训班，观看茶马文化艺术节，参观强巴林寺的壁画……通过问僧侣，问当地人，问杂货店的老板，问卖菜的，问一高的老师，问学生家长……慢慢地，许俊霞知道了西藏的一些习俗，一些思维方式，一些文化传统。

许俊霞班上有一个学生，在日记本上这样记录着一段文字：“闻一多先生说，‘人家说了再做，我是做了再说。人家说了也不一定做，我是做了也不一定说。’我们在许俊霞老师身上看到了她深受这句名言的影响，虽然她什么都没有说。”鲁生同学家里出现了困难，父亲开车出事故，母亲生病，一直生活在一起的表姐又因肺结核住院，许老师悄悄拿出钱帮她家付清了药费。学生的汉语阅读量不够，她发动全体援藏教师在原校捐赠书籍，她所在的兼善中学就捐赠了两千多本。同事有事请假，她便主动帮他们代课。语文教学上有困难，她不厌其烦地帮助他们修改教学设计、做课件、找资料。学生思想出现困惑，她热心地和学生交流，讲自己的成长故事。班级管理中出现了隐性的问题，她主动和班主任交流。她通过私人信件给年级管理提建议，给学校教育教学教研教改想办法……她把学生当成自己的孩子，把同事当成自己的亲人，把一高当成自己的家园。

“一天早上睁眼醒来，蓦然侧耳倾听，远处传来鼓声。鼓声从很远很远的地方、从很远很远的时间传来，微乎其微。听着听着，我无论如何都要踏上漫长的旅途。”这是日本作家村上春树在《远方的鼓声》里说的话。

许俊霞常常用这句话提醒自己：“在远方的鼓声呼唤下，我踏上漫长的旅途，裹起一件旧大衣，把一切留在身后。”

是啊，那鼓声在远方呼唤自己整装出发！那雪域高原上神圣的佛音在祈祷明天的幸福！

3

他，是一位有着古道热肠、对工作孜孜不倦和富有奉献精神的爱心教师。曾多次获“优秀班主任”“优秀教师”“教坛新秀”“骨干教师”“优秀党务工作者”“优秀共产党员”等荣誉称号。

他就是重庆市涪陵第十八中学校的欧洪呈老师。2016年8月，他积极响应重庆市教委组织的“组团式”教育人才援藏的号召，主动报名来到平均海拔3200米的昌都市第一高级中学，援藏三年。

他的母亲患有类风湿性关节炎长达二十多年，生活不能自理，可她对儿子说：“你去吧！我这个已经是老毛病了，你不用担心。”他的父亲2016年5月份做完直结肠手术，正在恢复中，可他对儿子讲：“你放心吧！吉人自有天相，我现在恢复正常，还能照顾好你妈。”他有两个儿子，一个读小学一年级，一个不到两岁。他的妻子对他说：“你放心去吧！两个儿子我来照顾，小学知识我还能辅导，三年一晃就过去了。”

上不能在父母膝前尽孝，下不能每天照顾妻儿，是绝大多数援藏干部最痛苦的事情。但为了大爱，为了响应党的号召，为了眷恋着的这片热土，他远离故乡、远离亲人，千里迢迢来到昌都。

作为援藏教师，他尽职尽责，倾情奉献，时刻不忘自己肩上的重任，随时提醒自己代表的是重庆教师的形象。秉承“特别能吃苦，特别能奉献，特别能战斗，特别守纪律”的援藏精神，用高标准严格要求自己，用实际行动履行援藏誓言，不辱使命、不负重托，努力完成教育教学任务，树立了重庆援藏教师的良好形象，展现了新时期援

藏教师的昂扬干劲。

作为援藏教师，自踏入昌都市第一高级中学后，他就把自己当成了一个真正的昌都人，以高度负责的主人翁精神，在每一个平凡的日子里辛勤付出。他通过听报告、听领导讲解，了解昌都地区教育现状，通过与学生多达上百次的沟通交流，深入了解学生具体差在何处，究竟有什么需求，如何让教学和管理更具有针对性、实效性，通过上示范课、优质课，把内地资源两地共享，认真开展好集体备课、发挥备课组长引领带头作用，“一对一”帮扶教师。

在2018年高考中，昌都一高取得“重本上线人数历年最多、本科上线比例历年最高、升学比例历年最高”的优异成绩。这既是昌都一高全体教师和援藏教师辛勤付出的结果，也是援藏教师将内地备考经验与一高学生实际情况相结合的一次成功尝试。

作为援藏教师，2016年10月份，欧洪呈老师被一高主要领导选派在校办工作，主要从事党建方面的工作。

党建工作是学校的首要工作，“围绕党建抓教学，抓好党建促教学”是学校工作的最高指导思想。欧洪呈一方面对常规党建活动项目进行了梳理，另一方面积极探索党建教育深度融合的新举措：举办了三届党员教师优质课大赛，举办了三期学生业余党校，开展了基层党组织标准化达标建设，开展了政治纪律教育活动等党建活动。三年来，组织召开党建工作专题会议40余次，各类专题学习活动40余次，各类主题教育活动20余次，迎接各级各类检查10余次。他组织开展的丰富多彩、扎实有效的党建活动，赢得了上级党委的高度认可。2017年6月，昌都一高被市教工委、市教育局（体育局）评为“先进基层党组织”。

他在工作中和全校师生打成一片，很快融入了那里的生活，并且在学校年度考核和援藏考核中均表现优秀。也正因为如此，他作为援藏教师代表接受了西藏电视台28集大型援藏专题片《雪域星光·心系雪域援藏情》的专题采访。

除了教育教学和党建工作外，他还担任了援藏信息联络员。及时总结、提炼重庆援藏团队的各种经验、做法，定期向受援办汇报，及时完成下达的各项任务。

2017 年 10 月 4 日至 9 日，欧洪呈作为援藏教师代表赶赴类乌齐县针对精准扶贫结对帮扶工作开展了为期 5 天的调研。调研组一行深入卡玛多乡、岗色乡、类乌齐镇，分别到扎沙村、扎日村、尼扎村、达郭村、岗穷村、帮嘎村、那龙村，去了解结对帮扶的 9 户贫困户的生产生活现状，为更有针对性地开展精准帮扶做好前期调研工作。每到一户，欧洪呈都对贫困户的基本情况进行耐心细致的询问和记录。一是了解贫困户生活状况，详细查看贫困户的衣食住行条件，并对贫困户的牲畜、田地等进行询问和现场查看；二是了解贫困户的家庭成员及社会关系，看是否有国家工作人员、外出务工人员，以及家庭成员的身体状况、受教育情况等；三是了解贫困户的自身发展情况，询问适龄儿童是否入学，畜牧养殖、田地种植、林下资源采集及外出务工的收入情况；四是了解贫困户未来发展意向，以及需要党和政府帮助解决的现实困难。

为确保教育系统基层党组织标准化建设工作顺利实施和如期达标，2018 年 10 月 30 日至 11 月 15 日，市教工委选派欧洪呈对昌都市各县（区）教育系统基层党组织标准化建设工作进行督导检查。

督导组一行赶赴左贡、芒康、贡觉、江达、察雅、卡若 6 县（区）教育系统，从党组织设置、班子队伍建设、党员队伍建设、党内组织生活、发挥作用途径、工作运行机制和基本工作保障等 8 大块 38 项内容实施情况进行逐项检查。

检查中，他发现存在以下问题。一是存在“四个不一样”问题：参加了现场观摩与未参加现场观摩的不一样；召开现场观摩之后与之前不一样；县直学校与乡镇学校工作开展情况不一样；市教育局（体育局）直属学校与各县教育系统工作开展不一样。二是存在“三个不均衡”问题：县与县（区）之间差距大；县教育局、县直学校与乡镇学校之间差距大；县域内学校之间差距大。三是存在“四个责任”压不实的问题：县教育局党组织“书记抓、抓书记”责任没有压实；县教育局对乡镇学校党支部书记抓基层党建主体责任没有压实；党务工作者开展党内组织生活的直接责任没有压实；学校校长“党政同责、一岗双责”没有压实。

要解决以上问题，他个人有几点思考：一是局党委要高度重视党建工作，把党建工作融入到日常工作中，真正做到围绕教育抓党建，抓好党建促教育。二是必须理顺乡镇党组织隶属关系，做好管理工作。三是配齐配强局机关党建工作人员，加大对乡镇学校党支部书记、党务工作人员的培训和督导，确保党建业务顺利开展。四是要规范档案管理，严格按照基层党组织标准化建设8大块分类整理归档。

欧洪呈用自己的实际行动向重庆市教委和受援学校交了一份满意的答卷。

4

2016年8月，当“重庆市教师‘组团式’援藏”消息在南坪中学宣布时，邹育玲的心“扑腾”一跳——她想到昌都去援藏。

学校领导没料到她会主动报名：“90后”的她，一年前才刚被南坪中学从永川中学优选过来，平时不显山不露水，沉静而安稳，给人印象最深刻的就是每日孜孜不倦地工作和名列前茅的教学成绩。当有人质疑：“你一个女教师，在西藏那么艰苦的环境能行吗？”她淡淡一笑，说：“我只是觉得我理所应当去帮助那些孩子们，趁我还年轻。”

舍弃繁华都市的舒适生活，舍弃在南坪中学刚刚建立的良好基础，在朋友心疼而理解的拥抱中，在父母不舍而湿润的目光中，邹育玲拎着简单的行李，踏上了援藏之路。

初到藏区，高原反应并没有因为邹育玲的年轻就放过她，连续半个

月的头疼耳鸣让她难受不已。的确，这里的天蓝得透明，云悠然得让人心醉，阳光明媚得让人心地坦荡，但强烈的紫外线、干燥的空气、早晚巨大的温差……无一不是给援藏的年轻女教师的考验。粗糙的皮肤、黝黑的脸庞、干燥的发丝……看着周围藏族女同胞，邹育玲完全能想象得到三年后的自己。每天早晨起床后鼻腔里都有积血，时不时的缺水停电，吃饭洗漱的不方便，生活的单调枯燥，出门满目的峭石绝壁……

但是，这些困难没有让邹育玲退缩，她从来不后悔自己的选择，反倒是因为自己体验了这些困难以后，对那些一直在藏区工作的人多了一份尊重和理解，她更加珍惜这次援藏，并暗下决心：一定竭尽所能，让周围的人因为自己而变得更美好、更幸福。

她有着最朴素的人生观：健康成长，热爱生活。面对生活的困难，只有更热爱生活，才能破茧成蝶。读书、练书法、画素描、打太极、登山远足、深入藏家，邹育玲时时让自己活得鲜活而生机勃勃，把所有的不适应都当成生命新鲜的体验。

作为老师，最大的困难不在生活，而是在面对一个个渴望知识的生命时，如何用自己积累的知识去改变他们的命运。

在西藏，理科教学是一个全区亟待攻坚的难题，而化学教学更是难题：大多数初中学生仅仅学习了一年，有的地方学了两年，学生进入高中时几乎是零起点。学生基本上没接触过化学实验，加上各个地方教育资源的贫乏，学生的汉语均为小学五六年级水平，数学更是基础计算都没过关……这一切都增加了教学的难度。邹老师接手高一 3 个班的化学教学，其中汉语班是全年级基础最差的，不少学生连化学名称都说不清、写不来，更不用说化学式、方程式，化学反应、化学变化了。

面对这样的学情，邹育玲没有抱怨。她说：“无论怎么抱怨，都不会改变现状。也许正是因为他们基础差，才需要我们来援藏。”

她首先是静下心来，在课堂教学中，降低起点，注重基础知识的讲解和分析。然后在每天的辅导时间里，她把学生分成不同的层次，三三两两叫到办公室，从最基本的化学物质分类讲起，指导每一个孩子掌握相关知识点。早自习之前、课间十分钟、中午休息时间、放学后、晚自习前……一切的空闲时间，都能看到她的办公桌前有一两个孩子，都能听得到她不急不躁、高低合适、美如山间溪流的声音，还时而听到孩子的笑声，时而看到孩子豁然开朗的愉悦笑容。那是高一年级组办公室里一道靓丽的风景。

为了提高学生学习化学的兴趣，她和化学组的同事们把闲置的多媒体运用起来，把陈旧的化学实验设备整合利用起来，给学生讲故事、表演魔术等，结合藏区学生的生活经历，充分利用身边的化学教学资源，逐步提高学生学习化学、探究化学的兴趣和能力。

大学毕业四年了，四年的教学实践，使邹育玲逐渐形成了自己的教育教学风格，但她知道“因材施教”才是教学的本质。她从不满足于原有的教学经验，面对新学校、新学生、新学情，她不断探索新的教学方法。她引导学生学会认真听课，诱导学生积极思考，由“启发式教学方式”到“探究性教学方式”，由“学生被动接受”到“学生主动钻研”提高课堂教学的效果。学理科的她本是理性而安静的，但为了活跃课堂气氛，她尽力挖掘自己活泼的潜能，用笑容和幽默为那些因基础差而深深自卑的孩子营造温暖的课堂环境。为了使学生更好地理解教学内容，她总是在多种讲授方式中反复权衡比较，找到最适合眼前这些孩子的方式，把课上得深入浅出，通俗易懂。同时她狠抓落实，对每次考试成绩有显著进步的同学进行表扬，对没有考好的同学耐心引导，和他们一起寻找原因，帮他们树立信心，争取让他们赶上学习进度。

她主动向原学校的老师学习研讨，主动邀请其他老师来听自己的课，给自己提建议。在援藏教师优质课活动中，她上的《金属钠的性质》一课获得了所有听课老师极高的评价，而学生在课堂上展示的风采也让昌都一高的老师和领导吃惊、赞叹。

援藏期间，邹育玲成绩突出，深受学生爱戴、同事喜欢。她自己也得到了成长：获得“一师一优课”一等奖、“优秀共产党员”“优秀教师”“先进教育工作者”等荣誉。

说起西藏昌都一高的学生，邹育玲说，最触动她的还是他们未经雕琢的纯真。她说，有好多次，下午放学后在教室里给孩子们讲题，忘了时间，过了吃饭的点。回到办公室时，总能看到各种各样的糕点、牛奶、水果……她说每当这个时候，她就会想起母校教学楼前的玉兰花。每年二月底三月初花开时，“素面粉黛浓，玉盏擎碧空”。或白得雅致，或紫得高贵，片片花瓣直直向上挺立矜持，而微风过处，摇曳生姿，似有暗香浮动。她说，在那个时候，她总是想自己要像玉兰花一样，在人世间活出独特的风姿，活得纯粹而坚定。“多情不改年年色，千古芳心持赠君。”明代朱曰藩的诗句最能表现她的教育志向和追求。而孩子们质朴的回报就是她美丽的收获。

育玲，和玉兰的发音有相近之处，或许这就是她喜爱玉兰花的原因吧。玉兰的花语是“报恩及纯真的爱”。王安石曾在《乌塘》诗中写道：“试问春风何处好？辛夷如雪柘冈西。”辛夷即紫玉兰。在西藏昌都这片神秘的雪域高原上，邹育玲用自己安安静静的努力、宠辱不惊的定力、雅洁如玉的奉献，温暖而芬芳地绽放出别致的风采。

5

夏泽茂的第一份工作是四川省万源市石塘乡七村村小老师，直至今日，他仍记得村小的一墙一瓦。

没有围墙的校园由两排土坯瓦房组成，全校只有3间土房教室，土地操场也不过10多平方米。不到8平方米，弥漫着一股刺鼻的石灰味的土坯瓦房就是夏泽茂的寝室，横排3间教室的中间用竹竿立起来的国旗却十分耀眼。

尽管条件艰苦、师资匮乏，但是却依然无法阻挡孩子们对知识的渴望。“教以天下为己任”，从那时起便成了夏泽茂毕生为教育事业奉献的诺言。

夏泽茂经历过四次调动，三次“充电”。执教近20年的他，辗转城乡，始终奔赴教育一线，于2009年考调到重庆市沙坪坝实验中学校任教。他援藏前的身份是重庆市沙坪坝实验中学校计算机老师。他始终不忘初心，把自己的一切精力都用在了学生身上。

说到援藏，谈到他为什么要到教育最薄弱的地方做“守望者”时，夏泽茂坦诚相告。对于援藏，第一次家庭动员会全家人就100%地反对，所有家庭成员都不同意夏泽茂的“冒险之行”。“高原对身体的摧残太大，不同意！”他父亲说。援藏之心强烈的他，采取“各个击破”的方针，妻子、父母、孩子一一做工作。最终，夏泽茂如愿以偿，2016年8月，成功加入了重庆市首批“组团式”教育人才援藏的队伍，来到了西藏昌都市第一高级中学。

能者多劳的夏泽茂开始负责高一6个班的信息技术教学，兼任电教中心职员，负责1个电教室及16个教学班的设备维护，适应性极强的夏泽茂迅速转变角色，每天起早贪黑、勤勤恳恳地工作。

除了日常授课，夏泽茂还热心地帮助喜爱电脑的孩子。好学的多吉次旦和甘露萍更是每天都有问题“求助”于他。

多吉次旦喜欢研究电脑的硬件构成和工作原理，甘露萍热衷于电脑的软件学习，尤其喜欢研究平面设计软件。每天下午放学以后，她们都会提前来到兴趣班。针对他们的疑惑，夏泽茂总是不厌其烦地一一解答。

2016 年 10 月，甘露萍获得了西藏昌都市首届中小学电脑制作大赛平面设计的一等奖、幻灯片制作二等奖。同时，昌都市第一高级中学也获得了市教育局颁发的“最佳组织奖”奖牌。

夏泽茂也是昌都一高电教中心的一员。

“夏老师，摄像头用不了！”

“监控设备需要抢修！”

“PPT 又没有声音，视频放不了！”

……

除了进行设备维护等日常工作，每间教室的多媒体设备维护工作也是夏泽茂负责。

PPT 不能播放、视频没有声音、USB 接口松动、高清数据线被学生拔出、启动按钮被人为损坏等等，不管什么时候，只要有问题，夏泽茂都得立即赶去解决。

“他一心为了我们学校，任劳任怨！”作为一名援藏教师，夏泽茂得到了团队的认可：2017 年 7 月，获得重庆市首批“组团式”教育人才援藏“优秀工作者”的荣誉，2018 年 7 月获得第八批援藏干部第二年度“优秀共产党员”称号。

为什么去援藏？面对所有人的疑惑与不解，夏泽茂笑笑，直言：“我要去兑现诺言！”

时至今日，夏泽茂依然记得刚参加工作时看见的农村孩子那双双渴求的目光和村支书离别时无奈的神情。从那时起，夏泽茂就告诉自己：“支援边区教育，扎根最需要我的地方。”

2017 年 11 月和 2018 年 6 月，夏泽茂两次主动请缨去昌都市类乌齐县扶贫，他想用自己的微薄之力，支援最薄弱的边区，兑现自己的诺言，用满腔热血坚守初心，守望使命与责任。

第六节　教育援藏就是要让藏区孩子的笑容更加灿烂

1

万明富援藏前是重庆市长征学校的数学、信息技术教师。2016 年 4 月，他作为重庆市首批“组团式”教育人才援藏管理干部，到西藏昌都市开展教育援藏工作，任昌都市第一高级中学电教中心副主任、教育援藏团财务主管、西藏自治区教育厅教育受援工作领导小组办公室中职受援组组长。

万明富，1975 年出生，重庆市璧山人，1995 年 5 月加入中国共产党，1997 年 7 月参加工作，重庆教育学院小学理科教育专业毕业，2003 年在重庆教育学院完成计算机与科学学业，获大学本科学历。

万明富援藏的理由很简单：不要让群山遮挡了孩子们的双眼，要帮他们插上理想的翅膀，让他们翱翔在雪域之巅，俯瞰天外世界。在教师生涯里，能有机会到西藏，是一件值得骄傲的事。

出发时，领导嘱咐万明富，在高原上要有“缺氧不缺精神，吃苦不讲条件，用心服务，用情奉献，立足本职，求真务实”的精神。这样才能真正在昌都一高有所作为。每天，他都会问自己，我为什么来？来干什么？三年后我能给昌都一高留下什么？我能带走什么？

2016 年 8 月至 2017 年 10 月，根据受援学校需要，万明富担任学校信息中心副主任，负责学校信息化工作，通过信息化引领学校教学方式的变革，发挥信息化在教学中的作用是他援藏工作的责任和使命。

借助“一师一优课、一课一名师”活动平台，增显信息化教学在课堂中的作用，助推学校教师专业成长，为发挥好平台作用，他紧密配合学校教研科室，参与打磨教师教学设计，积极发表自己的建议，认真负责做好录课及上传课堂实录工作。宝剑锋从磨砺出，梅花香自苦寒来。经过一年多的努力，万明富在2016年昌都一高“一师一优课、一课一名师”活动中取得丰硕的成果。学校总共晒课119节，其中完整度为100%的视频课45节，3人次获得国家部优课，4人次获得西藏自治区省优课，25人次获得昌都市市优课。在昌都市所有学校中，昌都一高“一师一优课、一课一名师”活动获奖人次名列第一，得到上级领导和同行的高度肯定和认可，对教师专业成长具有深远影响。

2016年学校“一师一优课、一课一名师”活动的成就对2017年全校教师参加活动的影响很大，教师参晒积极性空前高涨，各教研组认真推选教师，精心准备教学设计，没被推选的教师也主动录制课堂视频在网上晒课，至2017年5月底，学校教师晒课85节，其中有7人晒两节课时，82节课的完整度为100%，1节完整度为60%，1节完整度为40%，1节为无效课。较2016年晒课完整度有较大的提高，提高幅度达82.2%，各教研组通过“一师一优课、一课一名师”活动平台，深入开展课堂教学研讨，利用听课、评课、总结、反思、改进等方式有力地促进了学校教师专业能力的发展，对提高学校教育教学质量起到了很大的促进作用。

教不研则浅，研不教则空。苏霍姆林斯基说：“在人的心灵深处，总有一种根深蒂固的需要，这就是希望自己是一个发现者、研究者、探索者。”

作为信息与通用技术教研组组长，培训教研性教师队伍对一高来说显得特别重要。常言道，做个教书匠很易，要做教育者很难，教研工作的目标就是要把教书匠转变为一个合格的教育者，甚至是教育专家。开动脑筋、认真做事是他的行为准则，凡事认真起来多少会有所收获，他按照学校和教科室要求，认真组织本组教师开展好教研活动，组织组员在轻松的环境下充分、自由地发表自己的见解。刚开始组员们怕说，万明富就耐心地引导，营造敢思、敢想、敢说的氛围。说话是思考的结果，只有大胆说，才说明组员们在思考问题。说得多了，自信心也就增强了，也就善于思考了，教师的进步就是迟早的事。同时大力开展教师专业技能、知识培训，如人工智能在教学中的运用、大数据对教学活动的影响、互联网时代下的教学探索等，这些培训扩大了教师的视野，开阔了教师的眼界，明确了方向。在大家的参与和出谋划策下教学形式越来越丰富多彩，教研组工作呈现出新的活力与生机。

不忘初心，携手共进，甘为高原的一撮泥土，让格桑花艳丽盛开。

2017 年 11 月，因组织需要，万明富到西藏自治区教育厅受援办工作，开始援藏新征程。面对陌生的工作，他努力学习国家援藏政策文件，摘抄重点，反复记忆，弄懂厅里的工作流程，在较短的时间里熟悉了教育受援工作。

他还坚持每天写工作日志，把每日学习心得、工作体会、反思、总结记录下来，积累下来，供日后工作时参考。他积极参与教育厅组织的各项学习培训活动，认真做好笔记，回家温习，总结提高。他坚持搞好深入调查研究工作，切实用好调查研究“传家宝”“身入心至”，分层分类对西藏的教育受援工作开展调查研究，找准短板弱项，向上级提交解决问题的策略，推动教育受援工作取得实效。他于 2018 年 5 月 23 至 25 日赴福建省、5 月 27 至 29 日赴天津市开展为期 6 天的调研工作。先后与福建省、天津市教育厅（委）对接交流，参加 9 次座谈会，并前往 5 所承担培训任务的基地学校实地调研，了解赴内地教师培训情况，发现工作的亮点、存在的问题并提出改进策略。

工作中他努力构建内地职业院校、企业对口支援西藏自治区职业院校的长效稳定工作机制，鼓励与内地职业院校教师互派，建设与内地职业院校合作办学项目。同时，落实好中东部 7 个职教集团和 13 所民办本科高校对口支援西藏自治区 7 市（地）中职学校工作。

在援藏期间他时时处处身先士卒，并以此来影响周围的同事，团结和感召同事的自觉行为，万明富用实际行动践行着“一生育人、育人一生”的无悔誓言。

长期以来，一代又一代共产党员舍弃常人所拥有的、放弃常人所享受的，扎根雪域高原，不忘初心、无私奉献，艰苦奋斗，锻造了“缺氧不缺精神”的价值内核，为民族团结、边疆稳定和祖国繁荣做出了个人最大的努力，这种精神叫援藏，这种经历叫援藏。

万明富说：“我能为拥有这种精神和经历而骄傲和自豪，援藏精神的时代内涵是淡泊名利、求真务实，我为存在而真实，我为拥有而感动。”一个国家，一个民族，一个人只要有精神支撑，就能永葆奋斗意志，只要有斗志相随，就能拥有永不衰竭的生命力。

2

廖德生，中共党员，高级教师，重庆市第三十七中学校年级主任。

因为重庆市第三十七中学校有西藏昌都籍学生，所以廖德生在对西藏昌都籍学生的教育和管理中与昌都籍学生建立了感情，对西藏昌都的教育状况有一定的了解，对神秘的西藏充满了向往。

时任重庆市第三十七中学校党委书记余位河也曾到西藏昌都市洛隆县援藏一年，对昌都有着深厚的感情。在重庆市“组团式”教育援藏工作启动时，余位河进行了动员和鼓励。

廖德生响应党的号召，怀揣教育梦想，踏上了“组团式”教育援藏之路。

廖德生任重庆市“组团式”教育援藏工作队副组长，临时党支部纪检委员。对援藏老师们进行祖国统一、民族团结和纪律安全宣讲，引导团队安全和谐地工作。

廖德生担任昌都一高政教处副主任，负责学校安全、法制、民族团结、爱国主义、禁毒等教育，落实未成年人思想道德建设相关工作，对新教师进行师德师风培训。学校被评为“全国禁毒示范学校”“国防教育示范学校”。

他还担任昌都一高政治教研组长。对政治组教师进行了如何查找利用教学资源、如何编写导学案、如何制作课件、如何出题、如何分析成绩等系列培训，提高了政治组教师的业务能力和教学水平，提高了学科教学质量。其指导的两位青年教师参加昌都市教学技能大赛，包揽了本学科一等奖。他主持了昌都市政治学科研讨会，加强了昌都市政治学科高中教师的交流，为老师们解决教学中的困难提供了一个平台。

他还任昌都市第一高级中学政治学科教师。因材施教，探索适合昌都市学生的教学方法，教学成绩突出。

在昌都，他每天都会遇到感人的事情。

由于居住地离学校较远，有时临时加班没有车，藏族同胞只要听说是一高的援藏老师，都会主动送老师到居住地。

援藏期间，他与昌都一高的老师建立了深厚的感情，收了许顺廷和才旦吉老师的儿子为干儿子，从生活、学习、思想等多方面关心、帮助这个小伙子。

3

刘波，1979年出生，中国农工民主党党员，2003年参加工作，任重庆市长生桥中学校德育处副主任，2016年8月响应党的“教育支边、智力支边”的政策，自愿申请援藏。他告别了两岁的儿子，进藏后负责昌都市第一高级中学高三年级七班生物学科教学工作，兼任高2017级年级生物备课组组长，兼负责高2017级六、八班生物教学工作。

刘波认真领会援藏精神，做到为人师表、教书育人、脚踏实地、尽职尽责，圆满完成了学校分配的各项任务，成绩较为突出，得到了受援学校领导的充分肯定。

刘波说：“在教研教改中一定要坚持正确方向，坚持援藏树人，坚持服务大局，坚持改革创新。”坚持正确方向，就是要把党的十九大精神贯彻落实到援藏的全体教师和全部学科中，确保援藏工作政治方向不偏、政治纪律不懈。坚持援藏树人，就是要通过教研教改内容的改革指导实际教学，引导学生树立正确的世界观、人生观、价值观，正确认识世界和中国发展大势。坚持服务大局，就是要紧紧围绕“提高受援学校的教育质量”这一战略主题，在教研组建设和教研教改中去谋划、去设计、去实施。坚持改革创新，就是要把党的教育方针和受援学校学生成绩提高的重点任务细化、实化、具体化，既为学校教研教改和提升学生成绩提供科学的标准，又有力推进昌都一高的“三维目标课堂”建设，创新落实援藏树人根本任务的途径和载体。

在援藏的两年多时间里，刘波担任高2017级的生物学科备课组组长，坚持网络教研，与派出学校加强联系，继续学习内地的先进教学理念和教学方法，不断改进和完善自己的教学思想和教学风格，使自己的教育教学工作能力能适应藏区的特殊环境。他积极参与昌都一高生物学科教研组的建设，积极参加教研组内的学科培训和教研工作，不断与组内其他教师进行交流和学习，互帮互助，圆满完成学校安排的各项教研活动。

援藏期间，他促成并全程参与重庆市南岸区教师进修学院和重庆市长生桥中学校与昌都一高为期五天的校际体艺教研组交流活动，积极思考藏区教学的有效性和应对策略，撰写多篇文章发表在《援藏简报》上。他还于2017年5月受邀作为主讲教师在昌都市第一高级中学的“一高论坛”进行了一次关于“如何进行小课题研究”的专题讲座。

刘波时刻牢记援藏树人使命，写好育人奋进之笔。在援藏时间里，刘波主要负责生物学科的教育教学工作，他坚持早自习提前半小时进教室、晚自习延后半小时离开教室，从不间断，做到不迟到、不早退；无论他自己有多大的事，都是小事，总是把工作放在第一位，坚持大事、小事不请假。2016年年底，其妻子患病急需动手术，但是为了高三复习阶段的孩子们，他没有请假，依旧奋战在教学第一线，直到寒假放假后才匆匆赶回重庆安排妻子进行手术。

在教学中，刘波总是刻苦钻研、大胆创新，时刻走在课改的最前沿，努力用最先进的思想，采用最新颖的方法去引导学生。他从不打“无准备之仗”，无论是新课还是复习课，无论多忙多累，每天晚上，他都要将当天的教学内容回顾一遍，并把第二天要学的东西浏览一遍，做到心中有数。走进课堂，他都是以饱满的热情去面对每一个学生，无论是自己任课的班级还是临时代课的班级，他对学生都一视同仁，认真完成教学任务。他在教育教学工作中，乐于接受学校分配的各项任务，并积极认真地去完成。他重视班风、学风的培养，经常深入了解每个学生的思想动态，积极与年级组、班主任和科任老师配合，研究教育学生、引导学生的有效方法，及时发现问题，恰当处理问题；对学生常规工作常抓不懈，为将任课班级带成一个团结向上、富有朝气的班集体努力工作，为学生能在高考中取得好成绩而努力奋斗。

一分付出，一分收获，在教育教学的道路上刘波付出的是汗水和泪水，收获的是一份份充实和沉甸甸的情感。

他出色地完成了学校分配的各项教育教学任务，他出色地完成派出单位和受援学校的既定目标，所带科目、指导教师和其个人多次受到表彰和奖励。他参加教育部“一师一优课”录课和晒课活动，课例《基因工程——复习与测试》获市级一等奖；“一对一帮扶”指导的昌都一高年轻教师赵晨龙在“一师一优课”竞赛中获得昌都市一等奖；指导昌都一高高一年轻教师巴桑次仁的教育教学活动，使之能够独立胜任高中各学段生物学科的教学、检测和评价工作，以高分顺利通过学校组织的新分新调教师合格课活动并获得一高生物教师的好评；2018 年 6 月指导巴桑次仁老师参加昌都市第二届高中教师教学技能大赛获一等奖，刘波个人被昌都市教工委、教育局评为“优秀指导教师”；2018 年 10 月指导巴桑次仁老师参加西藏自治区全区高中教师教学竞赛决赛获一等奖，个人被西藏自治区教育厅评为“优秀辅导教师”。因教育教学能力突出，刘波多次被重庆市第八批援藏干部临时党委和受援学校评为“优秀援藏教师”。刘波通过层层选拔，顺利受聘于西藏自治区招生考试委员会办公室和西藏自治区教育考试院，担任 2017 年西藏自治区普通高考网上评卷生物学科评卷教师，并因在评卷工作中表现突出，被西藏自治区教育厅评为“优秀评卷教师”。他参加昌都市 2017 年高考质量分析暨 2018 年高考备考交流研讨会，作为生物学科分会场主持人主持生物学科高考阅卷分析经验交流；2017 年 7 月被昌都市教育（体育）局评为先进教育工作者。

有时同事请假，刘波也会当临时班主任。

他并没有因为仅仅是临时班主任就敷衍了事。他每天认真地把班上的事情一件一件理顺，一件一件去落实，一件一件去处理。虽然他并不“凶神恶煞”般让学生害怕，但班上的同学都很尊敬他。他没有大声呵斥，同学们反倒很自觉。那段时间，他一周要上 21 节课，还有 3 个早自习、3 个晚自习，加上代班主任的工作，任务之重可想而知。下雪天气，他每天裹着棉被一样厚的羽绒服，六点多就从住所来到学校，晚上又顶风冒雪，直到十一二点查完寝室才回去。

“刘老师，刘老师，你去看看，嘎玛曲珠和数学老师要打起来了！”班长跑到刘波办公室，搬救兵。

那个嘎玛曲珠是个“黑炭头”张飞模样的男生，脾气暴躁。平时除了班主任何老师，谁的面子他也不给。

今天不知道怎么就和数学老师起了冲突。

“你住手！”刘老师一下子站到了数学老师和嘎玛曲珠之间，中等个子的他在嘎玛曲珠面前也显得有点儿弱小。可他一脸的正气的样子让嘎玛曲珠的气焰一下子降了几度，不过他还是面红耳赤，一副很不服气的样子。另一边，数学老师也气得满脸通红：“这个孩子一定要开除，不然我就不上这个课了！”说罢，气呼呼地离开了教室。

刘波没有暴怒，没有撒气，也没有撂担子，更没有说那句让嘎玛曲珠心惊胆战的话：“等你们何老师回来收拾你！”

他就那么静静地看着嘎玛曲珠，瞪着他那双大大的眼睛，眼里没有责怪，只有严肃，他等待曲珠平复自己的情绪。过了一阵子，嘎玛曲珠平静下来后，就跟着刘波到办公室里去了。

昌都市一高 2017 级六班学生斯郎措姆在作文《我们的临时班主任》中这样写道：

……

后来，刘老师怎么教育嘎玛曲珠的，我们都不知道。反正嘎玛曲珠是真心诚意地给数学老师道了歉，而数学老师在第二天的数学课时，又一脸平静地走进教室，一如既往地给我们上课。但第二天早上，我们看到了刘老师通红的双眼和一夜间冒出来的胡子，我们都明白，事情不是那么容易处理的。

在班会课上，刘老师教育我们，做事情要三思而后行，有什么话好好说，不要冲动，还教了我们一些控制情绪的方法。又告诉我们要怎么样和老师和谐相处，怎么样尊重老师、尊重自己，怎么为人处世……刘老师的声音并不算高，没有雷霆万钧，没有声嘶力竭，没有面红耳赤，没有抱怨，没有发泄情绪。他就那么平静地说着这些道理，让我们看到了，一个成熟的人面对事情时应该如何冷静思考、克制情绪、科学处理。

刘老师没有因为我们的不懂事而简单粗暴，他非常耐心地把事情处理好了，把事件的影响降到了最低，关键是事情处理过程中的言传身教给了我非常深刻的印象，我看到了重庆援藏教师的思想水平和情怀。听说刘老师在重庆就是学校的学生德育处副主任，怪不得处理事情这样周到圆融，成熟有气度，让我受益匪浅。

刘老师有一天听到我们在朗读："假如生活欺骗了你，不要悲伤，不要着急……"他也忍不住用他美妙的独唱演员一般的男中音和大家一起朗读。他说："我最喜欢这首诗，我觉得我们什么时候都不要悲观，不要放弃，不要停止成长，犯了错误不怕，就像生活欺骗了你，你也要勇敢面对，总有一天，一切都会好起来的！"

可惜的是，刘老师只代了我们两周的班主任，但我们永远忘不了这两周他和我们相处的点点滴滴。这样有水平有情怀的援藏老师，我们盼望来得更多一些。

4

50 岁的王元国，做梦也没想到自己会到西藏支教。

但是事情就有这么巧。2016 年，组织找他谈话，问他是否愿意去西藏。他 1990 年从西华师范大学（原四川师范学院）生物系毕业后，就一直在重庆市綦江中学教生物，已是中教高级教师。

他一听领导这么问，想都没想就答应了。说实话，他也想走出綦江中学，想出去看看，增加人生阅历，了解西藏的教育教学，把自己 28 年的教学经验带到藏区，通过教育援藏让藏区孩子的笑容更加灿烂。

2016年8月他到了西藏，担任昌都一高一线教师，并担任学科教研组长，带领全组教师努力改进教育教学。其间，他获得“优秀援藏教师”称号以及担任昌都市教师优质课大赛评委、教师实验操作评委、“一师一优课”评委等职，培养新教师参加西藏自治区优质课大赛获一等奖等。

他用爱心呵护藏区的孩子，孩子们都很喜欢他。

记得有一个夏天，他正在办公室批阅学生作业，还有两分钟就要上课了，突然一个学生悄悄地走到他面前，递给他一块凉幽幽的冰糕，说：“老师，这是给您的！”

冰糕虽小，却体现了学生对老师的尊重和感恩。

还有一件事情，让王元国终生难忘。

2016年10月，他刚到昌都一高不久，任高二1个班的生物老师，班上有一个女生叫曲珍（化名），看上去年龄只有16岁的样子，性格十分内向。每一次叫她起来回答问题，她总是用书把脸遮住，很羞涩的样子。

有一个周末，王元国无意间路过教室，看见曲珍一个人在教室里哭，王元国不知道发生了什么事情，是不是有人欺负她了？是不是家里出什么不好的事了？看到自己的学生在哭，王元国心里很不是滋味。

他走进教室，轻声问这个学生，不料，一问她反而哭得更厉害了。王元国只好找来平时和曲珍要好的女生，叫她劝说一下。这时他才了解到曲珍今年已经20岁了，爸爸妈妈是农牧民，早在两年前曲珍就结婚了，还生了小孩。最近，家里人和她老公都不要她读书了，可是曲珍很有理想，她坚决要考大学，一定要去大城市实现自己的理想。

后来，王元国以老师的名义给曲珍家做了工作，同时给她心灵上的安慰、生活上的支持，一直坚持资助她，经常关心她的学习成绩。

2018年6月，曲珍同学终于如愿以偿，以优异的成绩考到了黑龙江民族职业学院。逢年过节，王元国总能收到来自远方的曲珍的微信祝福和问候。

5

陈云，重庆万州人，万州分水中学历史老师。

一寸一寸的粉笔，染白了老师的头发，一阵一阵的秋风雕刻了老师的皱纹。

有一种职业最美丽，那就是教师；有一种情感最动心，那就是师生情。老师是一本厚厚的字典，会纠正所有的错别字。

有这么一群人，他们不畏艰辛，不惧高原气候，离开了自己生活的家园，离开亲人，只为藏区孩子都能得到更好的教育。他们就是可爱的重庆援藏老师，陈云就是其中之一。

他，中等身材，皮肤较黄，给人一种憨厚老实的印象。他讲课很有吸引力，通过他的讲解，纷繁复杂的历史知识变成了通俗易懂的语言印在学生们的脑海中。陈云精彩的讲课令学生们对古代生活产生遐想，让学生们仿佛身临其境。他说话幽默，深受同学们的喜爱，每次历史课上，都能听到大家哈哈大笑的声音。

昌都一高 2019 届十四班贡松卓嘎在作文《感恩遇见》中是这样写陈云的：

还记得，我刚被分到现在的班级时，面对陌生的集体，陌生的面孔，不知所措的我情绪十分低落，是陈老师的那句“加油，孩子！”给了我勇气，给了我力量。在我考试成绩不理想时，是陈老师给我安慰和鼓励，让我一定要鼓起勇气，吸取教训，努力学习，争取取得更好的成绩。在我身体不适时，还是陈老师给我父亲般的温暖，让我能好好修养身体，重返学习的战场。一句句再平常不过的话语，让我感受到了温暖。老师是无私的，他不求得到学生的回报，老师是博爱的，他希望自己的学生都能成才。所以我们有什么理由不努力学习来回报他辛勤的付出呢？

昌都一高 2019 届十四班学生嘎松江村在作文《赞美您，陈云老师》中这样写道：

我要高声赞美您，陈云老师——一位重庆援藏老师。您就像春蚕，无私奉献，不求回报；您就像园丁，辛勤耕耘，全心育人。

还记得您第一次到我们新分的文科班上课，您给我的感觉就是年近中旬，长相普通，身材矮小，穿着也很朴素，与众不同的是有一双炯炯有神的眼睛，让人看上去很有精神，脸上洋溢着温暖的笑容，让人感觉很和善。您一开口讲话，就把全班同学给征服了，因为您说话声音洪亮且很有磁性，很有条理，语言风趣幽默，非常博学。您说您叫陈云，重庆万州人，是我们的历史老师，以后若是有机会，欢迎到万州去玩。这些话也许再普通不过了，可是您的神情中却透露着真情，让我记忆犹新。说实话，我以前不是很喜欢历史课。因为您的到来，我慢慢地喜欢上了历史课。课前，我会认真预习，上课时，我会认真听讲，课后，我也会认真复习。

您在讲历史课时，能做到旁征博引、引经据典，把比较深奥的知识用通俗易懂的语言表达出来，风趣幽默中不失智慧，侃侃而谈中蕴含人生哲理。历史课堂一直都是非常活跃的，大家学习历史的兴趣也非常高。同时，您经常告诫我们，不但要学习知识，更重要的是要学习做人的道理。只有会做人了，才能在社会上立足，才能真正获得成功。

当有同学生病时，您总是非常着急，立即让他去医院看病，说身体才是革命的本钱，并告诫他要注意休息，保重身体。

当我们的考试成绩不理想时，您总是面无表情，一副很严肃的样子。您常说“黄金棍下出好人”，但却从不会体罚我们，更多的时候只是摸一下头，习惯性地说：“加油，争取下次考好！”无数个早晚自习，无论天热天冷，您总是提前很早就过来监督同学们背书。您不会要求同学们早自习一定要背历史，而是让我们多去看看自己偏弱的学科。很多时候，我都看到您在办公室或批改作业、试卷，或在备课，或在教育学生，您一直在为我们的学习和成长操心。

对于我而言，您的教诲就像一阵阵春风，融进了我的心里；像一篇篇优美的散文，写进了我的脑海中；像一个个零碎的音节，组成了一段灿烂辉煌的乐章。在近两年的时间里，特别是在我遇到困难、失败或挫折时，我总能记起您的教诲，不要放弃，要勇于战胜困难，不断向成功的山峰攀登，最终实现自己的梦想。

和您相处的点点滴滴，已经成了我人生中美好的记忆和宝贵的财富。感谢您的无私奉献，一心教育我们这些追梦的学子。感谢您的谆谆教诲，让我们能不断成长。

陈云老师，我要高声赞美您！

第七节　筚路蓝缕之高原师魂

1

2018年10月31日上午，我们“单车欲问边”，来到离昌都市区14公里的卡若区俄洛镇。远远地，我看见群山之间有一块巨大的平地。平地之上，新楼林立，这里依山傍水，风物形胜，在西藏的危石鸟道之中，真可谓别有天地。我正在琢磨这是到哪里了时，听见同行的黄爱明说：“到了，到了！”

他说的“到了，到了”，是指到了昌都市职业技术学校。

漂亮的教学楼，宽阔的操场，与内地的职业学校似乎没有什么差别。此刻，学生们正整整齐齐站在操场上做课间操，这与内地的学生似乎也没有什么差别。冬日高原的暖阳显得格外明媚，在太阳的另一个对角，月亮清晰地勾在天边，这是我人生第一次完全意义上看到日月同辉的景象！我明白，我确乎到了一个远方。

天蓝如海，云白胜雪，山岳绵延，层峦叠翠，多么壮美的景色！这里的太阳和月亮看起都比内地更大，或许，这里离天上更近一些，这里离崇高更近一些。

经过介绍，我才知道昌都市的二高、三高、四高都在这块平原之上。这几座学府都距离昌都市职业技术学校不远，它们共同守护着高原孩子的寒窗苦读，呵护着高原中的一朵朵桃李鲜花。

我们边进校园，边听办公室工作人员介绍：昌都市职业技术学校是昌都市集职业教育和继续教育为一体的、具有独立招生能力的综合职业技术学校，是西藏保留的重点中专之一，是国家“十五”重点投资建设的中专学校，是全国第二批中等职业教育示范校。学校的前身是1974年创办的西藏扎木师范学校，2000 年转型为中等职业教育，2014 年更名为昌都市职业技术学校。

黄爱明就是昌都市职业技术学校（以下简称“昌都职校”）的校长，也是重庆市第八批援藏干部。今天，我来采访的就是这位扎根西藏职业教育，把青春无怨无悔地奉献给藏东高原的巴渝好儿郎。

2

2016 年 7 月，依依惜别父母与妻儿，黄爱明与重庆各区（县）的 71 名管理干部、医生、教师一道，来到藏区，开始为期三年的援藏工作。黄爱明来到“藏东明珠”昌都，任昌都市职业技术学校党委副书记、校长。

黄爱明离乡援藏，是受他父亲的启发与鼓舞。他父亲当过兵，在部队中磨砺出了坚韧的品格，有爱国情怀和担当，退伍后在农村当村支书、村主任、民办代课教师 30 多年。他一边教书育人，一边勤学不怠，终于在 57 岁时考上正式编制教师。他父亲一生跟着党走，也立志把一生奉献给人民。

黄爱明到西藏后，整天为了工作而忙碌，对家庭却免不了亏欠。而他在老婆刚生了小孩还未出院时，就响应组织号召，集中进藏。现在，家里两个小孩，大的 8 岁，小的刚两岁，让他很是牵挂。然而为了昌都职校的发展，在小家与大家之间，他选择了后者。他在学校讲话时声音洪亮，中气十足，但是谈及家人时，他却语调低沉，眼角湿润，在家人面前，他终究是一个丈夫、一个父亲、一个渴望亲情的男人。

援藏前，黄爱明是重庆城市管理学院学工部部长、教授，是正处级干部。他妻子也是学院教师，两人在同一个单位。原本两人每天双飞双落，组建了一个令人羡慕的美满家庭，完全可以不来西藏受苦受累。但是，黄爱明却是一个对教育充满情怀的人，而西藏正缺乏良好的教育条件和教师队伍，那里是真正需要他的地方。于是，他听从党的号召，积极服从组织安排，来到西藏。

既然来了，就要发挥最大的作用，这样才对得起自己，对得起家人，对得起组织的信任和藏区的人民殷切期盼。在高原上，能睡个好觉，都成了援藏人的奢求。在艰苦的自然生活条件中，他的免疫力下降却又不敢感冒，感冒颗粒和心血管疾病药物都要随身携带；低气压使他视网膜病变，视力下降；嘌呤代谢障碍引发了不同程度的痛风；长期缺氧更是引发头疼耳鸣、鼻干出血、失眠等症状。这些都是黄爱明不得不面临的现实。

愈战愈勇，其乐无穷。在困难面前，他倍加珍惜这来之不易的机会，秉承特别能吃苦、特别能奉献、特别能战斗、特别守纪律的“老西藏精神”，以一名优秀共产党员的标准严格要求自己，用实际行动履行援藏誓言！

黄爱明认真贯彻落实党中央关于西藏工作的方针政策和中央第六次西藏工作座谈会精神，学习自治区有关职业教育发展的文件精神，了解、解读昌都市委、市政府的经济发展规划、产业布局和对职业教育发展的定位，并深入调研昌都职校的整体运行情况，摸实情、接地气、下真功，从中找到政策支撑点和学校未来发展的着力点，挥开膀子，撸起袖子，勤勤恳恳加油干。

3

青春在梦想中飞扬，热血在高原上沸腾。

西藏，这一方神秘纯净的土地，有世人所向往的美好，也有不为向外人道的艰辛。黄爱明说，初到昌都职校，见到学生学业水平起点很低，他很讶然。这无疑加剧了他工作的难度，幸运的是，学生们求学上进的

"心火"从未熄灭。

有一件事情对黄爱明触动特别大。

2016 年 9 月的一天，他到库房去查阅资料，发现大堆的教材里居然还有小学二年级的课本，这是怎么回事？他赶忙问教务科的老师。一问才知，职校学生的文化基础参差不齐，譬如，有的学生还没完成小学学业就直接进了初中，读三年初中就进职校了，更有甚者是初中毕业在社会中生活多年又再次入学，造成文化基础课程很难学下去。这样的学生，只有给他们补课，给他们补上遗忘的那些基础知识，才能进一步开展专业教育。

昌都市职业技术学校的绝大部分学生来自农牧区。在藏区，群众的经济来源主要是务农和放牧，对于每个家庭来说，每个成年孩子都是一个重要的劳动力。职校里孩子笑靥如花，纯净美好，而在他们背后往往有着一个贫困而不堪重负的家庭。我们以往看见一些藏区小孩笑容灿烂的照片，诗人们固然可以吟咏一些"芳泽无加，铅华弗御"的诗句，然而谁又知道这些天真无邪的笑脸背后究竟有多少生活的艰辛呢？

黄爱明说："就是自己少吃一口，少穿一点儿，少花一些，也要保证贫困学生顺利完成学业。"援藏期间，他每月都拿出部分工资对两名贫困学生进行专项资助和帮扶，现在，这两名学生已顺利毕业并考上了大学。黄爱明说："比起这里的老师，自己的苦根本不算什么！他们才更苦更累，他们给了我很大的精神力量。在职务上我是他们的校长，在心灵上他们是我的老师。"

说起当地职校的老师，黄爱明为他们甘为人师、任劳任怨的奉献精神所折服。大部分老师一干就是二三十年，远离故乡家人，夫妻分居，孩子异地求学，父母则生活在老家。他们无法尽到丈夫、父亲和儿子的责任，自己也往往患上了高原病。

是的，这些在藏干部、在藏人员一生与恶劣的气候斗争，与贫苦斗争，默默扎根在祖国边疆，把五星红旗高高飘扬在雪域高原，难道他们不是我们学习的榜样吗？

4

和黄爱明交谈后，我被援藏人员的崇高精神所折服，正陷入沉思之中，不觉下课铃又响了。然而我的内心再次被触动，分明是下课时间，走廊、教室、操场等地，无数的学生依然拿着书本在诵读，甚至有的学生走路时都在背诵。

这些琅琅书声，难道不是这些学子发自内心的呼唤？

参观昌都职校的藏药教学楼，观瞻学校的唐卡制作教学基地，走进护理专业模拟教室……我的眼里满含感动的泪水。这些学生在逆境中依然坚强不屈，在贫困中积极上进，在简单中快乐成长，难道他们不是雪域高原的希望？

面对这种学风，这种追求上进的精神，黄爱明用实际行动来给孩子们创造更多的学习和成才机会。

援藏三年，作为昌都职校的校长，黄爱明对自己的工作问心无愧。

三年，学校办学规模不断扩大。在校生人数由 2300 人增加到 3270 人，教职工数量由 133 人增加到 195 人。所设专业数量也逐年增多，新增畜牧兽医、会计电算化两个适应地方经济发展的专业，全校共有藏医医疗与藏药、护理、学前教育、建筑工程施工、供用电技术、汽车应用与维修、旅游服务与管理、群众文化艺术、民族美术、计算机应用等 12 个专业。2018 年 4 月，藏医医疗与藏药、护理、学前教育 3 个专业确定为西藏自治区重点示范专业。

三年来，学校教育教学质量不断提升。毕业生对口高职考试人数和录取人数逐年增加，上线率从不足 50% 上升到 70%，全校共有 1000 余名毕业生考取大学。2016 年，西藏自治区对口高职考试藏医专业前三名均为昌都职校学生。2017 年 6 月，学校 96 名学生参加普通高考，被录取 17 人，390 名学生参加对口高职考试，被录取 234 人，自治区有 5 个专业的前三名均有昌都职校学生。2018 年，毕业生参加普通高考 330 人，上线70余人，参加对口高职考试748人，考取533人，创历史新高。

三年来，教研教改成效显著。黄爱明主动联系卫生局的援藏干部、医疗援藏专家对护理教研组和参赛学生开展技能培训，提高了师生的操作技能；建立技能大赛立体体系，成功举办三届校内技能大赛；为护理专业选拔、训练多名优秀学生参加全国职业院校护理技能大赛，且2017年，参赛学生取得了自治区第一、全国第78名的优异成绩；开展教研活动，开展校级教研教改课题立项，申报20余项市级课题，组织开发校本特色教材10本；大力开展教学诊断改进和品牌专业建设工作，推动学校内涵发展。

三年来，多措并举积极促进学生就业。本着“职教一人、就业一人、脱贫一户”的职业教育新要求，学校多措并举，积极促进学生就业。开办订单培养，为市文化局、市卫生局、市农发办、市民政局等单位订单式培养毕业生共计800余人。与昌都藏医院、昌都市人民医院、昌都市民安医院、察雅县人民医院、昌都幼儿园等企事业单位开展合作育人，合作就业；主动联系内地企业到校开展就业推荐、就业招聘会。

三年来，黄爱明和杨雪、王洪玉3名援藏干部组成的职教援藏团队，立足把昌都职校建成具有“国际视野、西藏情怀、民族特色、西部一流”的全国示范中职学校，同时本着培养学生“有理想、有文化、有技能、有素质”“能升学、能就业”的育人目标，通过内引外联拓宽合作育人之路，为学校的发展注入了新的活力，举办“中德诺浩高技能人才培养项目”，每年开展“职教活动开放月”、职教论坛等活动；分别与昌都协和医院、市藏医院、天津天堰科技公司、重庆城市管理职业学院、天津交通职业学院、天津畜牧兽医研究所、福建第二轻工业学校、福建省邮电学校等签订了联合办学框架协议；持续为学校“雪莲花基金”注入资金累计近百万元，为改善藏区贫困学生生活环境增添动力；协调学校与昌都兴邦等职业技能培训机构合作，每年培训2000余人次，极大地增强了贫困农牧民脱贫的信心。

我对黄爱明说："你真可以无愧于陶行知先生所谓的'教育为公，以达天下为公'了。我也想借古人言语相赠予你：'宝剑锋从磨砺出，梅花香自苦寒来。'世事不经一番艰苦，不成正果。我们共勉！"

5

根据黄爱明的介绍，我又认识了他的援藏同事王洪玉。她来自重庆市江津中心医院，和黄爱明是老乡。先圣孔夫子所说的"德不孤，必有邻"，大概就是如此。

王洪玉 1995 年 7 月毕业于重庆第一卫生学校，同年 8 月被分配到江津中心医院从事临床教学工作十余年，她刻苦钻研、不断进步，多次获得"优秀护士""优秀带教老师""先进个人""学习达人"等荣誉称号。曾在医药核心期刊发表论文 3 篇，学术成果如此，还在实践中直驱西藏，真是巾帼不让须眉。

从 2018 年 3 月进藏以来，王洪玉立足本职岗位，深入了解藏区教育实际，适应新环境、新思路的教学模式，做到了院校结合，因材施教，取得了良好的教学成果，在昌都市职业技术学校树立了良好的援藏老师形象。

昌都职业学校学生白玛曲珍含着热泪，激动地告诉我："王洪玉老师像朋友一样和我共同进步，也像妈妈一样地照顾我……"

为什么学生们既叫她"朋友"，又叫她"妈妈"？大抵为人师表，不仅要做一名传道授业解惑的老师，也要与学生平等交流，更要以师德爱护学生。

学生在教室里流鼻血，王洪玉看见后立即给学生冷敷止血。学生闹肚子，王洪玉就悉心给学生饮食指导，让学生养成良好的饮食习惯。学生们心目中的王洪玉就是一个无话不谈的"朋友"，也是一个无微不至关心着他们的“妈妈”。

王洪玉在教学中抓基础，重操作技能，拓展临床思维。到昌都援藏支教以来，王老师应用“反思学习法”“以问题为基础”的教学方法并结合临床案例情景分析，增强了课堂的趣味性、思考性，减少了学生对医学知识的枯燥乏味感。她还主动和孩子交流，了解到孩子汉字和数学基础差，就在上专业课护理学基础的课余时间，辅导孩子们的数学题以及汉字的拼读，立意抓好学生的基础文化学习。

王洪玉以“师者传道授业解惑”之圣言为指引，立志做昌都职业学校教学整改的先行者。她凭着10余年临床教学经验，多次到昌都市人民医院进行临床教学调研活动，结合当地学生情况，进行了学校护理组的专业课程设置及课程要求的讨论，做了关于护理专业职业岗位与能力分析的报告。她周末也不休息，全心全意地进行护理技能培训，在2018年的全国中职组护理技能大赛中以81.55的总分取得较好成绩。2018年5月，她还申请了重庆市江津区课题一项，题目为“理论—实训—临床学术”三位一体化新护理教学模式探讨研究，发表论文两篇。

援藏工作即将结束，她将完成进藏时的“四个一”援藏目标，即上好一门课，完成一个课题，带好一支教师队伍，编著一本教材。王洪玉正在抓紧进行护理专业教材编写工作，而她编写的《护理学基础实训用书》一书也即将出版。学校计划参加2019年的全国技能大赛活动，王洪玉培养的两名护理组老师准备参赛。

更能消几番风雨，最可怜一具肉躯。在援藏期间，她两次体检异常，红细胞、白细胞增多，但是她没有一丝退缩与畏惧，始终坚守援藏誓言：雪域献大爱，为医有仁心，为师出匠心。

王洪玉在昌都职业学校的援藏支教工作中，披霜露，斩荆棘，一路砥砺前行，把阳光雨露般的大爱无私奉献给了昌都职校3270名可爱的藏家儿女，如蜡烛，如火把，燃烧自己，为别人照亮了前行的路。

王国维在《人间词话》里写了关于研究学问的三个境界：“昨夜西风凋碧树，独上高楼，望尽天涯路。”此为第一境。“衣带渐宽终不悔，为伊消得人憔悴。”此为第二境。“众里寻他千百度，蓦然回首，那人却在灯火阑珊处。”此为第三境。

教育也是如此，只有在付出后放开心境，才会有苦苦追寻后“蓦然回首”的惊喜。昌都市第一高级中学校校长廖小彬说：“教育援藏是一个系统工程，是一个长期项目，绝非一朝一夕、一人一物就立竿见影的事情，或许首批重庆 50 名援藏教师不一定能看到最后的美丽，但是他们为此付出过热情、付出过时间、付出过精力、付出过汗水，孩子们会记住他们，我们会记住他们，西藏人民会记住他们，历史会记住他们。”

“莫羡三春桃与李，桂花成实向秋荣。”正像廖小彬所说，教育援藏是长期的，桂花飘香，结实成果，茂盛的时候是在秋季。教育援藏只要坚持，总能迎来那“成实向秋荣”的一天。

“千江有水千江月，万里无云万里天。”援藏，看似一份诗意的追求，其实更需要的是脚踏实地的工作。在高原之上，在群山之中，个中艰辛滋味难与人言，又能“倩谁记去作奇传”呢？

桃李不言，下自成蹊。情洒雪域，圆梦高原。在昌都一高教育援藏的征途上，注定留下重庆 50 名教师厚重的赤子情怀和奉献足迹，愿他们的努力能为藏家儿女插上梦想腾飞的翅膀，与高原之上的雄鹰一般，搏击高处！

第四章

雪域丹心写忠诚

胸怀凌云志，雪域寸丹心。
豪情参天地，雄风贯古今。
渝州两岸阔，昌都三江新。
落木萧萧下，对饮共月听。
——李飞《昌都怀远》

这是一群坚韧不拔的逐梦人！

这是一群青春荡漾的逐梦人！

这是一群满腔情怀的逐梦人！

巍巍高原是他们精神的家园，巍巍高原是他们不屈的脊梁，巍巍高原是他们一生的牵挂。

他们战风雪、斗严寒、抗“高反”，磨炼意志；他们跋山涉水、日晒雨淋、百折不挠，锤炼党性；他们登高怀远、仰望星空、俯瞰大地，追梦人生；他们不忘初心、忍受孤独、继往开来，书写辉煌。

他们就是雪域高原上的援藏人！

他们就是雪域高原上最可爱的人！

有一群援藏人特别引人注目，他们来自山城重庆，编号是第八批。

第八批重庆援藏工作队共 211 人，分别于 2016 年 7 月 12 日、2018 年 3 月 17 日飞抵西藏，奔赴昌都市类乌齐县、芒康县、察雅县等 3 县和昌都市委办、市发改委、市人民医院、市一高等 22 个市直机关部门，开展为期 1 年半到 3 年不等的援藏工作。

三年，他们怀揣梦想，肩负使命，为昌都竭尽所能地奋斗、奉献，全力擦亮“重庆援藏”这块金字招牌！

三年，他们秉承“宁愿苦干，不愿苦熬”的精神，保持“前期苦战，后期苦赶”的劲头，展示了“重庆形象”，做出了“重庆贡献”。

三年，他们淡泊名利、珍惜信任，在雪域高原上谱写了一曲感天动地的共产党人壮歌！

第一节　唯一与苍穹比阔的是精神

1

群雁高飞靠头雁。

大雁是最团结、最有纪律的飞鸟，每次迁徙，头雁鼓翅时就会产生上升气流，后面的大雁就会借助这股气流的托力来飞翔。一只接着一只，所以我们才能看到成“人”字形或“一”字形浩浩荡荡行进的队伍。“大雁高飞，功在头雁”道理就是这样来的。

好的干部队伍，要有好的带头人，带头人则要有“头雁”精神。重庆市第八批援藏工作队领队黎勇就是这样一只不断鼓翅给力的“头雁”。

2016年7月12日，一条条迎风的哈达，裹着眼里浓浓的情谊和心中满满的期盼，重庆市第八批援藏工作队第一期的128名队员稳稳降落在海拔4300多米的邦达机场，踏上了昌都这片热土，开启了援藏的梦想征程。

这一天，他们的耳畔回响着重庆市委组织部领导的殷切嘱托；这一天，援藏队员都在心里说着同一句话——“加油干”！这一天，重庆市第八批援藏工作队领队黎勇写下了援藏心语：为梦想出发，为使命担当，为昌都奉献！

为什么样的梦想出发？

为何种使命担当？

为昌都奉献什么？

当黎勇写下这条心语时，心里非常清楚援藏工作任重道远。但是，他早已下定决心，努力奉献，不负众望，不虚此行，不负此生！从那一刻起，他已经把个人命运与国家命运结合在一起，他人生的意义开始升华。

进藏一周，在黎勇的领导下，重庆市第八批援藏工作队迅速成立了临时党委和指挥部，在继承前七批“先做昌都人，再干昌都事，当好昌都人、干好昌都事”的援藏理念基础上，结合昌都实际，深入调研、反复论证、多方征询，提出了“5333”援藏总体思路。确定了三年要实现的五大目标：争取计划内外资金 8 亿元、招商引资不低于 10 亿元、干部培训交流不少于 3000 人次、帮助市人民医院成功创建“三甲”、市一高受援学科成绩排名进入全市本年级前列或取得较大进步。“三年工作看头年、头年工作看前半年”，重庆援藏队以最短时间、最快速度，迅速融入，全面铺开了援藏工作。

2016 年 8 月 28 日至 31 日，重庆援藏历史上最高规格的重庆党政代表团来到昌都，他们在昌都重庆公寓亲切慰问了援藏干部，对援藏工作队进藏以来的工作给予了高度评价，并对下一步援藏工作做出了重要指示，就重庆援助昌都给予了具体支持，包括重庆援藏财政资金年递增比例由 8% 增加到 16%、捐赠 13110 辆摩托车、为昌都城区和对口援助三县共建设 4 所幼儿园、支持三江源生态文化城建设资金 1 亿元。

这些，不仅为重庆市第八批援藏工作队指明了方向，带来了前所未有的实在支持，更让援藏队的队员们铆足了干劲，让他们充满了建功雪域的激情和力量。

2016 年国庆节期间，黎勇“休假不休息，援藏再发力”，在渝 8 天，硬是没陪家人待上一整天，马不停蹄主动拜访市级领导、市级部门单位以及 6 个对口支援区县，接洽企业 20 余家，取得了近 1.3 亿元的援助项目和资金支持。

2016 年 12 月 27 日，时任西藏自治区党委常委、昌都市委书记的罗布顿珠在重庆援藏工作队“半年总结”中批示：“重庆市第八批援藏同志胸怀大局，坚守政治规矩，援昌工作开局好、效果好，值得学习。”

第一年，重庆市第八批援藏工作队累计召开招商引资座谈会 6 次，接待企业投资参观考察 152 人次，促成君亲农业、龙者建材等企业与昌都达成合作意向项目 46 个，签订投资协议 38 个，实现协议投资 67.7 亿元，实际已到位投资 6.5 亿元。

没有民生的改善，一切援藏工作都变得毫无意义！

包虫病是高原“虫癌”，威胁着广大群众的健康。重庆对口支援芒康、察雅、类乌齐三县的沙坪坝区、綦江区积极组织医生奔赴三县开展包虫病筛查。援藏医生加班加点、留宿乡间，每天工作 10 个小时，日筛查群众 800 人次，用 3 个多月高负荷的工作诠释了“医者仁心”的使命担当。

黎勇多方筹集资金，专门设立对口援助基层人才奖励基金，对三县的优秀教师、学生、医生每年进行表彰奖励，以帮助三县留住人才、激励学生努力成才。

他把扶贫攻坚摆在突出位置。重庆援建总投资 3005 万元的两个重庆新村、1 个綦江新村，在 2017 年底完成交付使用；重庆捐赠的 13110 辆摩托车全部发放到位；联合尘外·藏家蜂蜜向贫困户免费提供 2000 个新型蜂箱，帮助解决 176 户 1233 名贫困农牧民就业创业。

2

“不忘初心，方能在磨砺中成长；牢记使命，才能在奋斗中蝶变；沿着总书记指引的方向，重庆援藏才能更有底气、更有作为！”

2018年12月10日，《重庆日报》发表了黎勇的综述文章《让重庆援藏工作更有作为——沿着习总书记指引的方向奋力前行》，全面向重庆人民汇报了第八批援藏的成果，引起了社会广泛关注。

新思想领航新时代，新时代催生着新变化。

重庆市第八批援藏工作队在领队、昌都市委副书记黎勇和副领队、昌都市常务副市长蔡家林的带领下，用他们朴素的家国情怀，在高原倾情奉献，与昌都儿女一道，共同践行着党中央的治藏方略，描绘着新时代的昌都画卷。

三年来，临时党委制定出台了议事规则、重庆市第八批援藏干部管理制度、学习制度、交心谈心制度、“八严禁”和生活作风“十不准”规定等18项规章制度。临时党委每月都组织队员集中学习中央第六次西藏工作座谈会精神、习近平总书记关于治边稳藏的重要论述和陈敏尔书记关于重庆援藏工作的重要指示；学习习近平总书记新时代中国特色社会主义思想；深入开展“两学一做”学习教育和“知历史、学英模、明使命、献爱心”等主题活动，全面了解西藏自治区和昌都发展、稳定相关政策及文化、宗教、民俗等方面知识，增强援藏工作的责任感和使命感。

黎勇始终把讲政治放在首位，沿着总书记和党中央指引的方向，秉持“老西藏精神”和重庆援藏工作队的优良传统，不仅做到了“吃苦不叫苦，誓把使命变现实”，而且还有“黑皮肤、酥油味和昌都的锅庄范儿”，他真正做到了“我就是昌都人”。

三年来，黎勇将“民生改善”“群众得实惠”作为援藏工作主线，一大波“看得见、摸得着的实惠”在昌都落地。启动计划内外援藏项目

112项，预计投入资金76743万元。其中，教育项目11个，医疗卫生项目15个，新农村及小康示范村项目9个，产业扶贫项目10个，路灯、市民活动中心等城市基础设施项目3个，其他如13110辆摩托车捐赠、“四个一”民生工程、“十个一”文化工程等民生改善项目64个。

在援藏项目的实施上，黎勇聚焦昌都全面小康建设，以农牧民群众急需为先，工作队实施了计划内外教育、医疗援藏项目，为各对口援藏县新增了4所幼儿园、5所县（乡）卫生服务中心，改善了3所小学的办学条件，昌都市人民医院和类乌齐县人民医院的医疗卫生条件明显改善。工作队还实施了新农村建设项目，解决了10414名建档立卡贫困户的住房问题；实施了产业援藏项目，直接解决了1000余名建档立卡贫困人口的就业问题，帮助他们精准脱贫，带动近30000人增收致富。同时，工作队将重庆第八批援藏队多次回渝争取到的重庆各部门系统援藏资金1.46亿元和重庆各对口区（县）计划外资金近8000万元全部用于如美游客集散中心、康巴花都、朗顶康姆旅游项目、藏香猪养殖扶贫、蔬菜选育推广等重点和优势产业扶贫项目上，让精准扶贫与促进民生改善协同发力，把小资金汇成脱贫攻坚的大动力，极大地提升了援藏成效。

在推动“输血”援藏向“造血”援藏方式的转变上，黎勇聚焦增强内生动力，工作队全体队员都达成了“招商工作是全体援藏干部人才的重要工作，要人人达成”“招商目标上不封顶，能招就招，尽可能招”的共识，秉承“因地制宜、先易后难、汇溪成流”的理念，构建了以商招商、以优惠政策招商、以优势资源招商的基本方式，探索形成了“项目建设、招商和运营”一体化模式，不仅提高了招商引资的成功率，更解决了援藏项目运营难的问题。

一连串的成绩单见证着昌都的美好变化：2017年3月，重庆昌都特色产品展示销售平台正式运营；同年4月，国家生猪交易市场昌都（区域）交易市场与农特产品电商交易平台全面建成；同年5月，重庆三江源生态文化城项目开工；同年11月，西藏昌都重庆商会成立；2018年4月

28日，重庆市第八批援藏工作队产业扶贫项目暨藏香猪寄养（代养）协议签约；2018年6月19日，昌都市卓卓康巴旅游产业发展有限公司入驻昌都经开区渝昌文旅创业园，昌都文旅“1+N”新模式正式进入实施阶段。

三年来，重庆援藏队相继促成了君亲农业、龙者建材、类乌齐卡玛多亿元光伏项目、卓卓康巴旅游产业发展有限公司等企业与昌都达成合作意向项目100个，签订投资协议83个，协议投资137亿元，实际到位投资近21.8亿元，为昌都累计增加税收1.88亿元。

三年来，黎勇真情融入，搞好民族团结。工作队重点开展了以“七个一”活动（开展一次专题研讨、开展一次走访活动、撰写一篇调研报告、办理一件民生实事、帮扶一户贫困农户、结交一个藏族朋友、提出一批意见建议）为内容的“不忘初心、接续发力”主题实践活动；发挥重庆援藏公寓主阵地作用，协调重庆市文联组织知名书法家创作反映习总书记有关治边稳藏重要论述和“老西藏精神”书法艺术作品14幅悬挂于会议室、走廊等处；定期举办“雪域讲堂”“学藏歌跳藏舞”等活动，形成了良好的氛围。

3

昌都采访结束回到重庆后，有一天，我翻看黎勇的微信朋友圈，读到一首他写的诗《今夜，我想和眼泪谈谈》，很难想到，他也有落泪的时候。

我知道，这些眼泪跟随我已经很久
在心尖、眼底、夜中
时不时地涌起
搅得苦水，一浪一浪翻滚

这些眼泪，有汗水的颗粒
有蒿草的液汁，有卑微的点滴
有孤阵的雁鸣，有独狼的长嚎
有胸中烧红的铁
有旷野喊不出的痛
有河流上久久徘徊的悲啸以及会呛及落日的血

这些眼泪，有的柔弱无骨
让你能够把它扶起；有的坚硬似铁
让你无法把它碾碎；有的细密如沙
让你无法把它收拾干净
有的长过长江，顺水流淌
有的浊过黄河，得不到清澈
有的苍茫似暮云，染浓每一寸睫毛
有的重过星辰，压弯每一个夜晚的枝条

这些眼泪，可以秘密潜行
像春雨让你听不到脚步
这些眼泪，可以狂奔
像野马在你不经意的时候夺眶而出
这些眼泪，可以成吨滚落
像石头稀里哗啦从天而降，暗藏神谕
这些眼泪，可以飞
可以迎风打脸

这些眼泪，有时轻若飘絮
浓如墨汁

缠你染你，空若残梦
这些眼泪，你要用最苦的荞麦喂养
最硬的骨头守护
最净的心灵陪伴，最长的情，等待

这些眼泪，在这滴水成冰的高原
我想，是不是也该成熟了
借着凛冽的寒气，无韵的风声
伸手不见五指的黑
我要同它，好好谈谈——
今夜，你能不能走出我的身体
赶着饥饿的夜色，在天亮前
辗转到下一个牧场

记得，有一次，领导拉着他的手说："黎勇啊，援藏结束，你要一个不少地把他们给我带回来！"

可是，三年援藏结束了，黎勇却无法完成这个嘱托。因为他的两个队友牺牲了，为了建设美丽昌都，他们付出了生命的代价。

2016年10月，到昌都市芒康县挂职副县长的璧山区安监局副局长颜广宇，在招商引资期间，不慎因意外摔倒而导致的脑出血与队友们阴阳两隔。

2017年4月16日，北碚区交委副主任杨建伟，忙完重庆昌都退养基地建设前期手续，准备尽快回昌都汇报工作，可是昌都邦达机场因连续大雪而停航。他只有带车匆忙从国道317进藏回昌都，在路过甘孜州泸霍县时，越野车翻下100多米悬崖，他与驾驶员一起长眠于雪域高原。

颜广宇与杨建伟都是黎勇的队友，也是好兄弟。他们正当壮年却抛下父母、妻儿走到了人生尽头，为援藏献出了宝贵生命，黎勇心情何其沉痛，何其难过！他常常一个人面对重庆的方向说：“兄弟，你们一路走好！”

这是撕心裂肺的痛！

昌都有雄伟壮丽的山川河流、圣洁的雪域高原，更有恶劣的高原环境和较差的基础设施。高原情况复杂，变化无常，危险无处不在。黎勇说：“高原不出事，看起来很美，出了事看起来就很惨。”

这是切肤之痛的感受。

组织部的领导也多次给援藏人员讲，只有对高原充满敬畏，才能摆正自己的位置，才能在胸中时刻装有一杆秤，一杆客观评价自己身体状况、交通状况、恶劣天气的秤，对于“什么能做、什么不能做，哪些地方能去、哪些地方不能去”，就有了行为的准则和规范。有了敬畏之心，才会真正把援藏工作队和各单位制订的纪律规定记在心中、抓在手上，化为行动的自觉，才能做到不冒险、不冒进、不大意、不疏忽、不懈怠、不任性妄为，才能做到自重、自省、自警、自励。

经历过惨痛教训后，黎勇做出强制性规定，所有援藏人员不能坐车进出西藏，如果飞机停飞，就等；队员不能跨区活动，外出必须报告组织批准。

援藏是政治任务，援藏是大局。黎勇和队友们擦干眼泪继续前进。

采访期间，我在和队员们闲聊时，问他们援藏最缺什么？他们不约而同地回答：氧和爱！回答完就嘻嘻哈哈笑一通，好像是开玩笑。

其实，这并不是玩笑，他们说的是大实话。

昌都，空气干燥，特别是到了冬季，植被枯死，更加缺氧，内地到这里的人很不适应，“高反”是常有的事。常年与家人别离，思乡之情油然而生。

“重庆第八批援藏工作队为什么这么团结，这么有合力？说句实话，主要是我们有个好领队！黎勇书记在高原恶劣的气候环境下，随时随地关心队员们的工作、生活、学习。他在百忙中经常组织学习党和国家的政策方针、习近平总书记新时代中国特色社会主义思想和‘老西藏精神’

等。他不顾个人安危翻山越岭到高海拔地区，亲临一线指导工作。2018年他的小孩参加高考，他都未回家陪同，仍然坚守在高原。这种精神，值得我们学习！”昌都市卫计委保健办杨利坦言告知。

黎勇也有亲人，也有家属和小孩，他怎能不“每逢佳节倍思亲”？或许《今夜，我想和眼泪谈谈》就是在这样的伤心之时创作的吧！

4

“援藏就意味着吃苦，但我们要吃苦不叫苦，我们要尽可能做有价值的事情，才能把所吃的苦变得有意义。”黎勇常常对队友这样说，他自己也是这样做的。

重庆市委组织部领导曾指出：援藏意义重大，使命光荣，任务繁重。前几批援藏干部不畏艰辛，推动昌都发生了巨大变化。希望第八批援藏队员努力当好社会安定的维护者、改革发展的推动者、改善民生的促进者。

这些嘱咐和希望，在他们身上得到了实践！

这些普普通通的援藏干部，用饱含深情的一言一行，在世界屋脊演绎了人间大爱，树起了援藏丰碑。

一言一行代表重庆人，一言一行铸就“援藏魂”。

昌都市政协副主席、察雅县委书记任厚明说：“重庆援藏不仅在资金和项目上支持力度很大，更重要的是送来了新思想、新观念、新视野，弥足珍贵，影响深远。”

类乌齐县委书记达瓦说：“这里的山山水水充满了重庆援藏干部的身影和记忆，到处都是重庆援藏的印记。”

2017年8月11日，昌都市委书记阿布批示：“重庆市第八批援藏工作队在黎勇、蔡家林同志的带领下，形成了很好的援藏理念，建立了组织机构，形成了可行的工作思路，制订了积极的工作目标和措施，望他们继续贯彻落实两地党委、政府一系列安排部署，为再创昌都新辉煌，做出更大的贡献。”

2018年1月21日，重庆市委书记陈敏尔在工作队的汇报材料上批示：“成绩值得肯定。大家辛苦啦！新一年望大家再接再厉，再出贡献。”

2018年8月24日，原重庆市市长张国清批示：“黎勇、蔡家林同志等第八批援藏工作队的同志们以良好的工作状态和工作效果，赢得了昌都市委的充分肯定，涌现出许多感人事迹，衷心为你们点赞，辛苦了！”

2018年8月28日，重庆市委常委、常务副市长吴存荣批示：“大家辛苦了，一年来大家工作务实有效，值得充分肯定。”

2019年2月20日，重庆市市长唐良智在工作队《2018年援藏工作总结》上批示：“2018年工作成效明显，望牢记使命，再接再厉，持续用心用情用力履职尽责，推动援藏工作取得新的成效。”

211名援藏人，211朵格桑花，他们在高原战风雪、斗严寒、抗“高反”，用饱含深情的一言一行为重庆援藏工作队留下了良好口碑。“舍老别小入高天，千叮万嘱荡耳边，独忍三年雪域苦，誓留清誉云水间。”蔡家林的这首诗，既是重庆第八批援藏干部的感言，更是全体援藏干部的真实写照。

激情燃烧的援藏岁月，黎勇和队员们都有相同的感慨：

最大的亏欠是家人，少了照顾、少了陪伴。

最大的考验是身体，一场小感冒就可能要你的命，而且还有许多不测风云。

最大的遗憾是自己能力太小、资源太少，没能给农牧民群众和藏区发展做出更多的贡献。

最大的收获是坚强了党性、磨炼了意志、增长了才干，收获了友谊，让自己可以笑对今后的人生路！

黎勇和蔡家林这对完美搭档，带领他们的队友向组织交了一份完美的援藏答卷！

第二节　援藏就是拼命干

1

有人说，过度的疲劳就是人在追逐死亡。援藏就是建藏，离不开资金、人才、技术、项目。把有限的资金用好，以一当十，造福昌都，一般人难以想象，这些事情的背后是援藏队用多少个不眠之夜换来的，凝聚着他们多少超负荷的心血和汗水！

他们跑基层，理清援藏思路；他们定目标，压实援藏责任；他们跑对接，争取援藏支持；他们跑招商，汇聚援藏力量；他们开展培训，培养一支带不走的干部队伍；他们推进交流，架起一座友谊的金桥……

这里，我们介绍一位"忠孝不能两全"没能见上父亲最后一面的援

藏干部——昌都市委副秘书长罗雄。

“援藏，是责任、担当，也是机遇，是磨炼。”罗雄说，援藏三年多，见到过横断山脉的飞沙滚石，经受了雪域高原的恶劣气候，也广泛接触了苦守国土的军人和憨厚淳朴的藏族同胞，更深深了解了“治国必治边、治边先稳藏”和“做神圣国土守护者，做幸福家园建设者”的深刻含义。“皮之不存，毛将焉附？”作为一个共产党员、一个新时期的援藏干部，更应该在这片神圣国土上牢固树立“四个意识”，坚定“四个自信”，坚持“两个维护”，在援藏工作中不折不扣地执行中央的“治藏方略”，把重庆市委、市政府交办的援藏任务和工作队的援藏任务做实、做细、做好，以维护祖国统一，传递中央对藏族同胞的关怀，传达祖国对这片国土的厚爱。

这，就是罗雄在高原的坚守！

他忍受未能见上父亲最后一面的悲痛，坚守援藏工作岗位，直到任务结束才回家奔丧；克服高原缺氧、突然晕厥的恐惧，坚持为到昌都投资的旅游企业引路协调；不顾怒江天险突然塌方的危险，坚持与武警官兵一道指挥抢险……三年来，他走遍了昌都十一个县（区），甚至随领队深入无人区，却没有到昌都外的风景名胜区看上一眼。他对温达村的索巴、丁增曲珍等贫困家庭情况可以烂熟于胸，藏香猪养殖扶贫工作进展情况可以随手拈来，工作组的接待服务与工作队的突发情况处理时可以厚着脸皮多方疏通。他协调、服务重庆各类工作组来昌都考察70余次，回渝对接工作7次，编写简报24期，协调《西藏日报》、《重庆日报》等宣传30余次。

“尽个人所能倾情援藏、留一身清名无憾回渝。”是罗雄给自己定下的在昌都工作原则。援藏队友都说：“罗雄是个老实厚道人！”他两次被临时党委评为“优秀党员”，一次被昌都市评为“优秀公务员”。

2018年4月8日至9日，昌都市党政代表团到重庆进行回访。罗雄受到重庆市委书记陈敏尔、市长唐良智的会见。他随黎勇副书记提前回渝，对回访各项工作进行了提前协商协调，对整个行程与重庆援藏办进行了细致沟通安排，对每个考察点进行了认真策划踏勘，对每个接待细节进行了精心筹备落实，为昌都市新争取 2.1186 亿元援藏资金支持提供了良好服务。整个服务工作得到了昌都市市长陈军的充分肯定。

2

对标援藏“三问”，逐梦高原、青春无悔。张智，1981 年出生，昌都市委组织部副部长。他的工作，除了“援藏”，还要抓重庆 211 人援藏队伍的建设。援藏工作队是一支临时集结的队伍，来自不同的区县、部门，有党政干部、专业技术干部、“组团式”医疗人才、“组团式”教育人才。面对一群陌生的援藏干部，如何迅速凝成团队、形成合力、打开工作局面？是他急需面对的。

张智提出坚持严管与厚爱、激励与约束并重的思路，从思想政治、人员组织、管理服务、制度规范等 4 个方面着手抓好援藏干部队伍建设，打造了一支援藏铁军，为重庆援藏工作的顺利开展提供了有力保障。

在思想政治上，始终把学习贯彻习近平新时代中国特色社会主义思想和党的十九大精神，“治国必治边、治边先稳藏”重要论述，作为做好援藏工作的首要政治任务，提高思想认识，把个人命运始终与国家战略紧密相连，切实铸牢援藏魂。深入开展“知历史、学英模、献爱心、明使命”教育活动和“七个一”主题活动，提出“今天的‘援藏’人与昨天的‘老西藏’人和‘两路人’是一脉相承的，不同的时代完全可以书写同样的辉煌”，切实增强使命感。

在人员组织上，成立临时党委和指挥部，加强援藏工作的领导和援藏资金项目的统筹。同时，把每一个援藏干部编入相关工作岗位，让人人参与管理、个个经受锻炼，充分调动每一个援藏干部的积极性。

在管理服务上，实行援藏干部生日庆贺、生病慰问、家属来藏看望、家中大事关心、交心谈心等制度，组织开展“学藏歌跳藏舞”“周末厨艺大比拼”“雪域风光摄影比赛”等活动，到每一个援藏干部的受援单位开展回访，为干部鼓劲加油、排忧解难，让大家感受到组织的温暖，让团队有了凝聚力。组织开展“对标援藏‘三问’、决胜决战100天”活动，为援藏干部再鼓干劲，使他们摒弃船到码头、车到岸思想，让重庆援藏工作圆满完成。

在制度建设上，建立健全临时党委、指挥部议事规则、《重庆市第八批援藏干部管理制度》、财务管理制度等10多项规章制度，做到按规则办事、按制度管人，让团队有规矩。

张智，这名38岁的援藏干部，虽然年轻，但具有较为丰富的党建和经济工作经历，具有较强的开拓精神和创新精神，参加工作以来，他先后担任过区（县）委组织部办公室主任、干部科（人才科）副科长，东溪镇党委委员、组织委员，綦江区纪委办公室主任等职务。工作期间，先后在重庆市委组织部、綦江工业园区管委会（挂任副主任）、重庆两江新区产业促进局（挂任局长助理）等单位挂职锻炼。这些，为他援藏做好组织管理工作提供了基础。

援藏期间他奔走渝昌两地，邀请綦江区等40多个党政代表团来昌都考察指导援藏工作，组织培训昌都干部人才13000余人次，协调援藏资金1050万元，建成村级活动阵地3个，促进了渝昌两地交流交往交融。圆满完成昌都1031名公务员、机关工作人员招录遴选工作，优化了昌都干部队伍结构。成功引进昌都首位高层次人才，牵头起草《关于进一步加强党委领导联系服务专家工作的实施意见》《“藏东英才”评选表彰暂行办法》，促进了昌都的人才事业发展。坚持严管与厚爱、激励与约束相结合，打造“援藏铁军”，重庆市第八批援藏工作队连续两年被昌都市委、市政府表彰为“先进集体”，被重庆市委宣传部授予“2018年度感动重庆特别奖”，树立了重庆援藏干部的良好形象。结对帮扶贫困

户两户，为他们在医疗、教育、职业培训等方面尽力提供帮助，助推他们脱贫，在自身家庭经济条件并不宽裕的情况下，为他们捐赠资金、衣物，代养藏香猪，合计 1 万余元，让有限的援藏工作收获了无限的民族团结之情。他的个人公务员年度考核自 2013 年以来连续 6 年均为优秀，荣获三等功两次，被列为 2019 年“西藏五四青年奖章”候选人。

三年援藏张智既有付出，更有收获；既有磨难，更有成长。

他这样感慨：援藏是一种缘分，用心珍惜才有了一份真情；援藏是一种经历，用心磨砺才能有坚强的意志；援藏是一种收获，用心拾取才能拥有精彩的人生。

3

情系雪域高原，奉献援藏事业。郑开强，昌都市发改委副主任、重庆市第八批援助昌都项目建设管理指挥部项目组组长，分管农村经济科、产业协调科、市铁路建设领导小组办公室、委驻市民服务中心工作；负责协调重庆市对口援助相关事宜，负责指挥部项目组和招商引资工作。

援藏三年，他砥砺心智，锻炼品格，倾囊相助，聚力民生。

他努力克服高原的恶劣自然条件坚持工作，圆满完成了所在单位和援藏工作队交给的每一项任务，为重庆援藏工作做出了贡献，留下了有情怀、有责任、有担当的重庆援藏干部形象。

人们都说他是在用生命工作！

“重庆对口援助的几个县，特别是芒康，单程至少 8 个小时，山高路险，我们去一次就不想再去了，但为了推动计划外援藏项目，他每年得去五六次。”同事说。

“几个月，他的头发全白了。这个事实，援藏的人都可以作证。”食堂的杨大姐说，“为了工作，他确实付出得太多，父亲动手术都没回去。”

刚到昌都，郑开强就深入开展调查研究，系统学习昌都历史和经济社会发展情况，深入市区、经开区和重庆对口援助的芒康、类乌齐、察雅三县开展调研，走访社区、企业和农牧民，实地感受基层工作实际，了解社情、民情，学习结合基层实际思考解决问题。他全面梳理了重庆历届援藏工作情况，学习借鉴经验教训，为精准施策，改善民生铺平道路。

工作上他是一个狂人，也是一个专家。

他牵头编制《昌都市乡村振兴战略实施方案》和《昌都市主体功能区战略和制度实施方案》，确保了国家和自治区的重大规划落到实处。

针对昌都邦达机场新跑道投用项目，他提出增加航线、加设航班的意见建议。他还参与了川藏铁路建设前期工作，积极协调落实昌都经开区站场、渣土场等重大前期工作，提出线路走向、站场选址、配套设施建设等意见，得到了市政府、自治区发改委的高度重视。他认真研究滇藏铁路建设方案，提出增设如卡均或澜沧江客运车站的意见建议。他还对昌都棚户区建设、产业扶贫贷款发放、昌都智慧城市等工作提出了意见和建议。

他组织编制并上报西藏自治区“十三五”产业项目规划，积极争取中央预算内交通物流项目投资。做好玉龙铜矿、高争水泥、龙者建材等重大项目核准备案工作，促进企业尽快投产运营。积极协调解决滇藏铁路前期、邦达机场改扩建、交通、经开区跟踪协调芒康海通水泥厂、玉龙铜矿二期建设、支线机场选址和邦达机场新跑道投入运营等重点产业工作，有力推动了各项工作的开展。开展昌都产业发展情况调研，形成调研报告，为昌都产业发展提出意见建议。做好产业项目推进情况汇总，及时反映项目推进情况。认真开展昌都经济形势分析，对报送的季度、年度经济形势分析、国民经济计划执行情况、营改增、综合改革信息等材料，大胆修改，勇于提出意见，提高发改委宏观经济调控水平。

根据重庆援藏项目指挥部的安排，他担任项目组长，大胆统筹协调重庆第八批援藏工作队计划内外实施项目，做好招商引资服务工作。

他细心做好重庆援藏办、昌都受援方和对口援藏三县对接。对“十三五”重庆援助昌都的计划内 38 个项目 42451 万元资金进行了规划安排，保证重庆的援藏成效。

2018 年 9 月，他牵头开展“十三五”中期评估调整工作。他编制第八批援藏工作队三年援藏规划和每一年项目投资计划。结合昌都实际和工作队要求，在极短时间内充分听取三县工作队的意见，反复梳理研究策划重庆援藏计划内外项目。重庆第八批援藏工作队启动的计划内教育、医疗卫生和扶贫项目 24 个，计划外实施干部培训、产业扶贫、教育奖励扶持基金等项目 85 个，共落实项目资金近 8 亿元。

他起草制定重庆援藏项目管理办法，确保项目管理科学规范。他积极做好援藏资金项目争取工作和重点项目推进工作，每月汇总并向指挥部报告计划内外援藏项目推进情况，及时反映项目建设中出现的各种问题。

他深入项目现场督导，做好三江源生态文化城项目协调工作，及时协调解决朗顶康姆、康巴花都项目、如美游客集散中心等重大旅游援藏项目和 4 个幼儿园建设项目过程中出现的各种问题，保证了项目的顺利推进。

他积极协调做好重庆援助摩托车的发放工作，积极协调摩托车上牌、驾驶员安全培训等工作。

他细致地做好对外交流，做好企事业单位考察工作。他先后参与接待了重庆市工商联、重庆市旅游局、重庆市国资委等单位的 13 次考察活动，积极宣传介绍昌都的优惠政策。

他主动向投资者介绍昌都资源优势和特殊优惠政策，吸引外来投资者到昌都考察投资。做好天胜药业、哈达谷蜂业等企业投资协调工作，坚持每周与企业沟通联系，协调昌都工商、药监、经开区等企业面临的 17 个问题，得到了企业的好评。

他梳理总结重庆扶贫援藏工作情况，撰写发言材料，充分反映了重庆援藏工作成效。

……

这些艰苦、艰巨的具体工作三年来紧紧缠住了他，让他失去了多少假日，失去了多少次与亲人团聚的机会。

援藏就是拼命干，这句话用在郑开强身上最合适不过。

成群的牦牛、美味的糌粑、一望无际的高原、洁白的哈达以及热情豪迈而又淳朴的牧民……西藏，令人心驰神往。

在雪域高原上，在这片热土上，郑开强用“缺氧不缺精神，海拔高志气更高”的昂扬斗志谱写出一曲雪域高原上的华美乐章。

4

客路青山外，行舟绿水前。
潮平两岸阔，风正一帆悬。
海日生残夜，江春入旧年。
乡书何处达？归雁洛阳边。

——王湾《次北固山下》

2018 年 6 月的一天，昌都市委纪委常委、检查委委员周文彬在办公室处理完事情，急匆匆地去会议室开会……突然，“啪”的一声，声音很大，原来是周文彬被脚下一个物品绊住，重重地摔倒了。会议室的同事立即出来扶起周文彬，“怎么样？怎么样？”同事担心地问。他已经明显感到剧痛，但是他强忍住，走进了会议室，把会开完。

因工作任务重，他无法脱身，一周后才到昌都市人民医院检查，结果是骨裂！

领导叫他休息，他却委婉谢绝了。他一直坚持工作到 9 月 20 日，因为胸部疼痛厉害，家中妻子生病，小孩面临升学选择，他只有向组织请假飞回重庆。

其实，这时他已经一身都是病了，一次去芒康走村入户，晒了一天的太阳，脸部严重灼伤，现在都还是疮痕累累，加之，一直“高反”不停，胸口疼痛，流鼻血。这次回去需要全面检查和治疗。

“这里的老百姓很淳朴，记得刚到昌都，我去一个商店买东西，临走时把墨镜掉在柜台上，忘了带走。过了半个月，我路过那个商店，问老板捡到墨镜没？他居然从抽屉里取出来给了我！”周文彬讲述了他的亲身经历。

他说，还有很多点滴感人的事情，让他坚持在这里好好工作，努力奉献。特别是走村入户期间，看到民风很好，村民们坐在核桃树下，友好地请他们喝酥油茶。

援藏期间，他坚持查实情、办实事，积极收集各种资料、到职工家中做客，主动了解中央固边稳藏相关政策及昌都风土人情，参加植树活动并帮助老百姓收青稞，说藏语，唱藏语歌，做昌都人。

在他的协调下，重庆市纪委同意昌都市每年选送纪检干部赴渝挂职、跟案和短期培训，并援助昌都市纪委资金 20 万元。同时，加强业务规范和队伍建设，协助市纪委常委会开展昌都市监察体制改革，纪检监察机关派驻全覆盖，加强干部培训，形成了昌都市纪委与重庆市纪委在业务上的交流沟通机制。

三年来，周文彬协助昌都市纪委出台《昌都市纪委监委“走读式”谈话安全管理规范》等10余件业务规范性文件，业务管理更加规范。昌都市选送1232名纪检干部参加学习培训，61名干部跟案、挂职。其中，送重庆学习培训20名，挂职跟案20名，通过挂职培训，纪检监察干部能力素质不断提高，有的已成为纪检机关业务骨干。

积极参与援藏工作队工作环境整治工作，参与援藏公寓干部活动室的建设，联系制作援藏干部援藏心语宣传栏；做好领导交办与重庆知名书法家艺术援藏的沟通协调工作，收到捐献书法作品150平尺，价值60余万元；藏药厂扩大生产的相关协调衔接等。

周文彬不顾个人身体安危，真情援藏，终不负组织所托，连续几年被评为“优秀共产党员”“优秀公务员”。

昌都市纪委主要领导说：“文彬同志政治坚定，旗帜鲜明，同以习近平同志为核心的党中央保持高度一致。他深入调研，扎实工作，团结同志，开拓创新，不仅积极推进昌渝两地纪检机关的交流合作，还为昌都纪检工作培训人才，加强制度建设，推进工作规范，做了大量扎实有效的工作，同时严格要求自己，自觉做到廉洁自律，是难得的优秀干部。”

难得的优秀干部——周文彬！

回首援藏这段经历，他无愧于组织赋予的责任，无愧于这片土地上朴实善良的人民，无愧于西藏这片澄澈明静的蓝天，践行了他当初的那句“蓦然回首来时路，不负苍山不负云”的援藏誓言，因为他深爱着这片土地。

5

2016年7月12日，朱健作为重庆市第八批援藏干部中的一员来到昌都，任昌都市教育局（体育局）党委委员、副局长。

三年来，他谦虚谨慎、坚守援藏初心、努力履职尽责，很好地完成了各项工作任务。

援藏生活相对比较单纯，工作之余很少有家务琐事的牵绊和迎来送往的烦恼。读书学习就成为他打发时间、排遣寂寞、充实提高自我的重要方式。

他深入学习领会党的十九大精神及其丰富内涵，抄写学习笔记一万余字，撰写《坚定理想信念，做绝对忠诚的党员干部》等心得体会4篇。努力学习党的治藏方针政策。通过学习习近平总书记“治国必治边、治边先稳藏”的重要论述、“依法治藏、富民兴藏、长期建藏、凝聚人心、夯实基础”这一西藏工作重要原则等党的治藏方针政策，让他从西藏的特殊区情和援藏的政治意义、现实意义的角度，深刻理解了“援藏为什么”这一问题。

他分管局办公室、信息中心以后，主要抓好建章立制、务求长效的基础性工作。拟订并出台了《昌都市教育局（体育局）关于进一步加强教工委会、党委会、办公会会务相关工作的通知》《昌都市教育局（体育局）办公室关于进一步规范有关工作流程的通知》，在一定程度上解决了以往存在的程序不规范、决策过程不完整、公文办理水平低等问题。

他加强保密管理，规范办公室人员保密工作职责，纠正了以往密级文件与普通文件一起传阅、存在泄密风险的错误做法。加强办公室督查

督办职能，制定了领导批示事项登记制度，确保领导交办事项件件落实。做好会务工作，规范办会流程，成功筹备了昌都市庆祝第33个教师节表彰大会、2018年度全市教育（体育）工作会等重要会议。

2017年7月，他专程走访了重庆市教委及渝中、江北、南岸、大渡口、九龙坡、沙坪坝等区教委及29中、18中、11中、37中、杨家坪中学、重庆西藏中学，落实昌都班（高中）招生名额，使名额由最初的每校6名增加到每校10名，使重庆西藏中学昌都班（初中）招生名额由40名增加到80名，较好地解决了昌都优秀学子渴望享受内地优质教育的难题。

他牵头重庆援建4所幼儿园，负责“组团式”援藏教师队伍管理工作，坚持参加“组团式”援藏教师支部生活会，听取老师们在工作、生活中的种种意见建议，疏导、化解出现的各种矛盾。

朱健还实施“援藏援疆万名教师支教计划”，积极配合重庆市教委选拔25名支教教师，制订《昌都市关于落实援藏援疆万名教师支教计划的实施方案》，指导芒康、察雅、类乌齐三县做好支教教师教学工作安排和住房、交通、饮食等后勤保障工作。他积极协调派援单位，累计落实渝中区文化委援藏资金40万元，渝中区委办公室援藏资金9.7万元，协调落实重庆市文化委计划外援藏资金40万元。

2017年11月，朱健带队赴成都、重庆等地开展自治区教育系统专项引进教师工作，成功引进教师248名。2018年7月，他再次带队赴内地，引进教师309名。

朱健勇于担当，没有因为自己是援藏干部就站开一点儿、轻松一些，对组织交办的各项工作任务，都毫不犹豫地拿上手来，不卸担子、不撂摊子，以务实勤勉的态度努力地把各项工作做好，赢得了重庆援藏干部的好口碑。

6

刘海波，昌都新区管委会副主任。

2017 年春节前夕，刘海波回重庆休假。这一天，他正陪家中老人和小孩在民国街游玩，电话突然响起，是昌都新区常委梅方权的电话，说单位有紧急事情，要求他立即返回。接到电话后，刘海波第二天返回昌都，投入到紧张的工作中。

其实，刘海波前几天刚好检查了身体，心包积液，肾结石，长到 1.3 厘米了！按理早就该治疗了。

“太大了，不好动，现在没办法。”采访中，刘海波说着说着泪水涌了出来。

他是一个工作狂，为了尽快建设好昌都新区，他在拼命！

到位后，他迅速融入团队和工作之中，发挥其专业特长，完成经开区修建性详细规划和控制性详细规划编制修改工作。

他蹲下身子，把自己作为昌都人，把昌都当作自己的家，把昌都的事当作自己的事，全身心投入各项建设任务中。面对经开区组建不久，各项建设任务繁重、工作量大、任务要求紧、施工单位水平参差不齐等问题，他与科室人员一道深入到各项目工地一线，研究图纸、制订方案、协调砂石材料等原材料，有时忘记了自己是甲方、是管理者，把自己当作一名普通的施工员、技术员，工地一有什么问题，他第一时间跑到工地协调解决，一天下来，满身泥土、风尘仆仆，不到半年时间，皮肤被晒得黝黑，大家见到他时，他已俨然成了一个昌都人。按照他的话说，要每一件事都当作自己的事，全身心投入去干，才无愧于心。

澜沧江是一条季节性河流，每年 1 月—4 月为枯水期，所以涉河建设项目必须抓住仅有的 4 个月枯水期施工，否则洪水一来，一年的计划就要延后。在水源点水下工程建设中，他每天上班从市里出发沿澜沧江而下，第一眼看的就是当天水位上涨没有，每看到水位上涨一点，他就心急如焚，口里与同车同事念叨“惨了，惨了，水又上涨了”。正是由于他的倾情投入、科学管理，经开区供水工程、垃圾转运站、A 坝区市政道路、河堤堡坎工程、污水处理厂项目、A–B 连接桥等基础设施项目，生物医药产业园、创业扶贫大厦、农牧业创业街、小商品物流园等重点产业项目相继竣工，经开区基础设施配套能力大幅提升，经开区的面貌大为改善，为经开区招商引资和产业发展奠定了坚实基础，也为 2018 年 3 月获批自治区级经开区做出了他自己的贡献。

在这三年，他注重“传帮带”和人才培养，重视制度建设，从建设项目管理及队伍建设等方面，制订和完善了《基本建设项目管理流程》《业主单位现场代表负责制》《值班监理工程师制》《质量安全例行检查制》《重大项目推进制》等规章制度，规范了建筑行业管理、提高了从业人员的技术和管理水平，共培养出一线专业管理干部 5 人，其中 3 人到被调任其他单位或科室担任骨干力量。

同时，他被选举任命为工作队临时工会主席，组建临时工会，通过集体生日、文体活动、讲坛讲座等方式开展工会活动，丰富了援友们的业余生活，增进了友谊和感情，让大家感受到组织的关心和家的温暖。做好援藏公寓食堂及后勤管理、公寓修缮维护、重庆退休养老基地前期协调、重庆援建的 4 个幼儿园和旅游项目建设的督导服务等工作。

作为一名援藏干部，虽然三年时间一晃而过，但是，刘海波没有把自己当作一名过客，而是努力作为、竭尽全力工作。

7

钟菊生，昌都新区管委会副主任，一个有着 22 年军旅生涯的副团职转业干部，2016 年刚到昌都新区时，他心里很是失望。

当时的情况比他想象的还差，新区正在建设，行政办公租用的是原来老派出所的房子，三层土木砖房，相当于当地一个村委会那么大。

办公楼四周一片荒凉，说是开发区，实际上当时只有两个工厂：一个钢构厂、一个家具厂。四周环境很差，苍蝇到处飞，每天是两菜一汤，端着饭碗蹲在国道214边上，望着车来车往，尘土飞扬，心中一片凄凉。但是他与刘海波发扬艰苦奋斗精神，克服困难，静下心来工作。

既来之，则安之。援藏，是来奉献的，是来吃苦的，不是来享受的！想想当年什么苦没吃过，这点儿算什么，钟菊生每时每刻都在提醒自己。

作为新区管委会副主任，他分管产业发展和扶贫工作。产业发展对口的部门很多，发改、财政、农牧、商务、工信、环保、林业、产业等，需要各个方面的协调，初来乍到，他只有虚心学习，熟悉业务。产业发展，首先是规划，新区产业定位为医药、金融、农特产品、新型建材、冷链物流、种养殖、文化旅游、新能源八大产业，但缺乏创新创业的活力，一个打造医创、文创、农创、科创四大双创基地的规划和思路应运而生。

在钟菊生和陈亮的极力推动下，2017年，由昌禾聚鑫实业有限责任公司代建的近4万平方米的医创园拔地而起，近2万平方米的渝兴楼也相继建成，2018年，近4万平方米的文创园也开工建设。2018年下半年，在昌都农科所的配合下，投资1950万元的循环农业项目落地开工，2万多平方米的金开大厦办公大楼也于2018年底竣工。

有了较为完善的办公和投资环境，还需要一定的资金支持，他俩开始向上级领导汇报经开区的实际和发展困难，奔走于各行业部门，2017年，为经开区落实了6800万元的产业扶贫资金。

有了梧桐树，接下来就是招引金凤凰了。

在两年多的时间里，新区注册企业从100多家发展到600多家，实体企业从30多家发展到70多家；从无办公场地到2万多平方米现代化装修的经开大厦；环境从脏乱差到干净整洁，规划布局合理。

短短三年，一个崭新的园区，一个为企业成长提供平台、提供营养的新区在昌都崛起！

科技孵化器基本成型，20多家企业入驻。

文创园孵化器筑巢引凤，文化旅游、民族特色、唐卡绘制……大约4万平方米场地，任创业者驰骋翱翔。

民族服装、手工艺、藏香、象牙玉加工、民族乐器、矿物质颜料、铜器加工……各个门类的商家纷至沓来。

嘎玛乡著名的非物质文化传承人在此成立公司，产品畅销。

农创园依托农科所技术，利用援藏资金，种植蔬菜、西瓜、羊肚菌、青稞，加工荞麦酒、核桃油，养殖蜜蜂。这些产品在全国各大超市均有销售。还有糌粑、黑枸杞、平菇、章子菌、高原苹果……供不应求，其中松茸、章子菌出口到日本等国，牦牛毛制作的教习头出口美国、澳大利亚等国。

为了园区发展，他和重庆援藏领队、昌都市委副书记黎勇两次到重庆两江新区汇报工作，与昌都市委常委、新区管委会党组书记梅方权两次到重庆两江新区落实援藏计划外资金，争取到计划外资金710万元。

重庆火车北站、两江新区免费提供5年的200平方米展示门面。昌都农特产品在这里得到展示和推荐。

像牦牛一样做事，像雪山一样做人。这是钟菊生的援藏感言。援藏期间他做了大量工作，为昌都新区产业发展做出了杰出贡献。在昌都新区的发展史上他写下了光辉的一笔！

和钟菊生一起共事的还有一位援藏干部，他是来自酉阳县城乡建委建管科的石磊，是接替陈亮的一年半专技援藏干部，任昌都新区产业处处长。

2018年初石磊来到昌都，便积极配合钟菊生升级新区产业发展和“双创”工作。

昌都市新区有农科所的农业支撑，又集加工和商贸一体，是典型的第一、第二、第三产业融合发展区域。2019年2月，昌都新区获批国家级农村产业融合发展示范园区。同时在他的推动下，昌都市新区区域生态循环农业工程，西藏地区第一个循环农业示范项目于2018年下半年开工建设。

创新不止，创业无限，2018年“四大双创”的升级版“十大双创平台”开始建设，投资近1000万元的“闽昌众创空间”“渝昌众创空间”“津昌众创空间”“农业众创空间”等10余家双创平台开始建设，“昌都市双创发展高峰论坛”、创业训练营、“两路精神创新创业大赛”等活动相继举办，在昌都市掀起了创新创业的热潮；提供了200余个就业见习岗位，已完成80余名昌都籍藏族大学毕业生的就业见习工作，其中10人实现自主创业，40余人实现就近就业。

2019年初，闽昌众创空间成功获批自治区级众创空间。

8

第八批援藏队伍中有两个公安系统的人：一个是张靖，一个是康林。

谈到援藏，他俩是必须要说的两个人。

张靖，重庆市公安局网安总队案侦民警。

2016年重庆市公安总队动员有（案侦）经验的民警到昌都援藏，尽管当时他的孩子还在读初中，父母身体也不好，但他还是主动报名援藏，想到高原锻炼一下。

这一锻炼，就是三年。

2016年7月，张靖到昌都市公安局援藏，任网安支队副支队长，负责网络案件侦查，参与破获案件89起，抓获网上逃犯11人。

昌都市卡若区某小区，自2015年以来，先后有十余户被撬门入室盗窃，嫌疑人凭着对环境的熟悉和娴熟的破门技术屡屡得手，老百姓财产损失严重，要求破案的呼声极高。2016 年 9 月的一天上午，张靖同志到卡若区刑警大队调研时得知该小区又发生了一起盗窃案，经分析该案属系列盗窃案，张靖同卡若区刑警队员搞采访、调监控、排嫌疑，当天晚上就成功擒获犯罪嫌疑人斯朗某，成功破获十余起盗窃案，为老百姓追回天珠、绿松石、电脑等价值数十万元的被盗物品，该小区从此恢复了安宁，老百姓感谢不已。

自这个案子成功破获后，卡若区公安主动与张靖合作。

2016 年到昌都不足半年，他就成功破获数十起网络案件，在昌都市公安内部名声大噪。

2017 年昌都市公安局开展诈骗案件专项行动，张靖主动联系重庆市公安局，寻求支持、合作。利用网络技术分析，他们成功破获一起税务人员诈骗案，涉案金额 1000 多万元。后来，他通过与重庆警方合作又成功破获一起虚开增值税发票 20 亿元的案件。

这一件件案子的破获，证明了他的实力所在，证明了他维护社会稳定的决心。

2017 年 11 月，当时为了一个犯罪嫌疑人顿巴（化名），他和同事从昌都出发，绕道成都，去重庆开展抓捕工作。当时正值严冬，大雪纷飞，天寒地冻。他嘴巴上多处长疮、起泡，但还是忍住疼痛，冒险翻越折多山，日夜兼程，历经 27 个小时，蹲点守候两天两夜，终于成功抓到这个冒充国家工作人员用假文件骗取农牧民钱财的诈骗嫌疑人，涉案金额超过 1000 万元。

为给昌都培养一支带不走的网侦队伍，张靖注重“传帮带”，以带队办案、专案分析、专题讲座等方式历练新人。在他的辛勤耕耘下，支队多名民警因案侦和法制工作受市局表彰。其中，领衔侦办的自治区某某专案获自治区公安厅厅长张洪波书记的表扬。

张靖在藏期间主动学习，2017 年获公安部高级执法资格，2018 年通过国家法律资格考试。在系统内部，开办培训班，从重庆请专家过来讲课，提高自治区网安民警业务水平，得到了大家普遍的好评。

援藏期间，他不仅破获了大案、要案，而且还和康林积极主动把昌都的情况给重庆市公安局汇报，争取到援助资金 300 万元，全部用于昌都市网安系统技术提升和设备改造。

张靖始终兢兢业业，无怨无悔，以自己的实际行动诠释了“立警为公、执法为民”的警察本色。

另一个公安系统的援藏人是康林。

康林，1978 年出生，来自重庆市交巡警总队，任昌都市公安局交警支队副支队长。作为一名共产党员、一名人民警察、一名援藏干部，他在援藏三年的工作中，逐步领悟到援藏就是真情融入、真挚付出、竭力奉献、戍边为国、服务为民。

昌都市是连接藏、川、青、滇的重要交通枢纽，境内公路通车总里程为 12357 公里，点多线长，特点突出。因科技监管空白，人力监管警力又捉襟见肘、力不从心，道路失管漏管现象严重。长期形成的状况致使驾驶员特别是本地驾驶员普遍法律意识淡薄，国（省）道超速、超载、客货混装、货车载人等严重违规现象屡禁不止，本地车辆和进藏旅游车辆重特大道路交通事故频发。“向科技要警力”在西藏昌都地区显得尤为迫切和必要。

在康林的争取、协调和努力推动下，投资达 2 亿元的昌都市“智慧交通”项目于 2017 年立项，2018 年 11 月完成招投标工作并进入施工阶段。该项目的建成，能有效降低昌都市交通事故发生率，体现执法为民的宗旨。同时降低公安部分业务板块执法人力成本，提升社会治安管理能力，服务社会稳定和发展，为昌都市维稳维安工作提供坚强保障。

针对昌都市机动车驾驶人考试工作实行社会化运作并自行电子监管，漏报、瞒报、删减、更改等逃避监督管理的行为长期存在的现状，康林按昌都市公安局要求，积极筹备建立昌都市机动车驾驶人考试监管系统。2019 年 4 月，调研完成该监管系统建设可行性报告和初步设计方案及项目预算等前期工作，后续工作正在紧锣密鼓的推进中。

康林利用援藏政策性支撑，向派出单位重庆市公安局申请援藏资金150万元，作为交警支队执勤执法装备及设施更新专项资金。为提高昌都市交通民警的业务知识和战术水平，利用援藏有利途径，仅2018年就联系外派昌都市交警到重庆市公安局交巡警总队培训60人次。交通安全设施建设是基础，交通安全意识提升是保障。在交通安全意识相对滞后的藏区，带领民警深入企业和部分区县，实行分步宣传和重点宣传相结合的方式强化交通安全宣传工作，援藏以来，发放交通安全资料约1700份，进交通重点企业11家，增加交通安全提示标语21幅、警示牌11块，召开交通安全座谈会7次，设立临时交通安全劝导站6次，增强了部分交通从业人员的安全意识。

康林说，援藏还要有一颗善良的心才行。

2017年11月初，一辆摩托车撞伤一名行人后逃逸，天又黑又冷，执勤交警发现后及时将伤者送往昌都市民安医院。由于办案条件制约无法追查肇事者，伤者的费用先由交警支队垫付。后来在康林的协调下发动募捐筹集资金1万多元，该名受伤群众得到了有效医治。

采访中，康林笑着说："援藏前，我不知道什么叫'三高'，现在我不仅知道什么叫'三高'，还知道了什么叫'五高'。"每一次体检，他都不敢去拿自己的体检报告。

康林把雪域高原的艰辛和不易铭记于心，将之转化为服务昌都、造福西藏的工作动力和工作实绩，充分体现公安援藏干部的社会担当、援藏责任和历史使命，为党和国家援藏工作贡献自己的力量！

第三节　天使的手触到了高高的天堂

1

2017年9月11日，人民网一条消息，把人们的目光引到了昌都市民政局。消息标题是《重庆市民政局进藏送“光明”，106位藏民获救治》。

报道说，重庆市民政局组织大坪医院专家医疗队共13人，往返渝藏两地，行程5000余公里，深入昌都市芒康县，走村串户，为106人成功实施白内障手术，让受助者重获光明。

原来，这个公益活动的牵线搭桥人就是昌都市民政局党组成员、副局长周玮乔。他是一名来自重庆的援藏干部。

像这样的救治活动，周玮乔在昌都不止组织过一次。

20岁的普穷，全家都是文盲，以种地为生，靠天吃饭，母亲早年去世，她和两个哥哥及父亲相依为命。有一次不慎被树枝刺中眼部，导致双目失明，年轻的生命从此失去色彩。几年来，多次辗转拉萨、成都寻求帮助，苦于无钱医治，始终在黑暗中苦苦觅行。“送光明”行动开始后，父女俩长途跋涉3天赶到县城。经过手术，普穷重见光明，她喜极而泣，连声道谢。

74岁的阿旺住在芒康县嘎托镇嘎托村，全家6人，5人没有工作，全靠阿旺一人的退休金维持基本生活。阿旺一辈子都在基层派出所工作，除两次办案到过拉萨外，从未离开过芒康。

当了30年派出所所长的他作为祖国大家庭的一员一生最大的愿望就是能到首都北京看升国旗，目睹祖国的繁荣昌盛、民族的团结奋进，但10多年的白内障让他的心愿未酬。

9月6日，阿旺成功接受手术，恢复光明，他激动得热泪盈眶，大声呼唤：“重庆，重庆，扎西德勒！”在场的每个医生和群众无不为之感动。

军人出身的周玮乔，参加过“5·12”茂县抗震救灾，有一颗感恩之心。每次他看到有人得以救治，心里就很宽慰。为了办实事、办民生事，他为察雅县烟多镇达巴村和芒康县木许乡木许村争取资金50万元，用于改善基础设施和购置校车。争取资金40万元用于改善昌都市救助站的基础设施。

这就是一个充满情怀的援藏干部周玮乔！

2018年7月30日至8月5日，周玮乔积极协调重庆市民政局、重庆社会救助基金会、重庆儿童基金会、重庆市中西医结合康复医院和新视界眼科医院成功实施了“折翼天使”救助项目和“光明援藏　天籁之行”项目。

他先后5次组织医疗分队在类乌齐县和卡若区完成2000例患者筛查，为200名藏族白内障患者免费实施白内障摘除术，为200名耳疾患者免费安装助听器，使他们耳聪目明，重获天籁之声。以下是重庆市在2017年深入芒康县对106名藏族同胞成功实施白内障手术重见光明之后，在援藏历史上创下的新纪录：

7月30日，类乌齐县人民医院。

从早上9点到晚上11点，医疗队一边筛查，一边手术，连续工作了14个小时。田小波、王发斌、唐建三位主任医师连轴转进行手术，前一位医生做完一例手术，就下去休息吸氧，马上换后一位医生继续进行。没时间吃饭，就在手术间隙喝点儿牛奶，吃点儿面包。等下了手术台，紧绷的神经放松后，很多专家一下子就吐了，这样的工作量，在平原地区也属高强度、满负荷，更何况在藏东高原上！

7天的医疗活动中，每天都有数百名群众到医院接受眼病检查。类乌齐县桑多镇桑多村的嘎玛珠扎5年前发现自己的右眼视力逐渐下降。“患病之后，我的心理压力很大，平时工作生活都受到很大影响，极不方便。”经援藏医疗队专家检查，他得知自己患上了白内障，左眼也被诊断出了同样的病症。“能够接受免费手术治疗，感到太开心了，希望我的眼睛早日治愈。”

卡若区集中供养中心的五保老人巴桑也对援藏医疗队充满了感激之情：“我以前看不到任何东西，路也不能走，想去的地方也不能去，去昌都也是别人领着去。今天重庆援藏医生来到这里，给我做了白内障手术，开刀也很顺利。我很高兴，非常感谢援藏医生的帮助！突吉切！突吉切！（藏语：谢谢！谢谢！）”

卡若区城关镇达普村村民次仁拥宗 9 岁的女儿拉西卓嘎在佩戴上助听器后，能听到声音，第一次开口学说“妈妈”了。次仁拥宗显得十分激动：“以前我的孩子听不到，也不能说，老想带她到内地去治疗，但经济条件不允许。现在我的小孩经过筛查，配上了助听器，她能听得到声音、能开口说话了，真是万分感谢重庆援藏医生的无私援助！”

救助行动在社会上引起强烈反响，中央电视台、重庆电视台、昌都电视台、《昌都报》和人民网等多家新闻媒体对此进行了深入报道宣传。

2

他是第八批专业技术援藏干部中年龄最大的一个，大家都称他“利哥”。他戴着眼镜，个子不高，看起只有 40 岁的样子，平时说话声音不高，为人友善。

他就是第八批专业技术援藏第二期专技组组长，重庆市九龙坡区中医院副院长杨利。

在援藏队里，除受援单位工作外，杨利还要负责管理后勤食堂，大家开玩笑说，吃得好坏就看“利哥”的了！伙食还是不错，每一顿至少都是四菜一汤。

对他印象最深的一次是 2018 年 10 月 31 日上午，《重庆日报》原总编辑张小良到昌都了。原来，他和张小良很早就是好朋友了，这次张小良自驾游西藏，顺便来看望老友杨利。张小良为人谦和，是资深报业人，也是我的老领导，他在2016年给我的报告文学集《青春踏歌》写过序言，我一直很尊重他。

在交谈中，我发现“利哥”还是个中医名人，不仅医术高，而且“定力”高，治好了《重庆日报》不少同志的伤痛。我有点儿相见恨晚的感觉。

他不仅是个好医生，也是个优秀的援藏干部。

他在立足病情、立足院情、立足当地医疗实际，在分析重庆、昌都两地医疗特点的基础上务实创新地开展各项工作，竭力实现“内外结合、扬长避短、优势互补”，探索出一条既符合昌都医情实际又符合时代要求的医疗质量提升路，为促进昌都医疗发展贡献了力量。

作为昌都市保健办专业干部，他主动把中医药技术带到昌都。下县巡诊、义诊健康扶贫2000余人次。积极协调九龙坡区委、区政府及有关部门，向昌都市捐赠资金100万元。为了提升藏族同胞对多发病、常见病的认识和对急救知识的了解，杨利主动牵头组织为昌都干部职工、部队官兵400余人做健康知识讲座并获得好评。

“不忘初心，方得始终。”杨利说：“援藏的‘初心’不只是救治患者，减轻病痛困扰，更是要长期帮扶、精准帮扶，为西藏‘打造一支带不走的医疗团队’，通过长期努力实现‘大病不出藏、中病不出地市、小病不出县乡’，这也是我们援藏的‘始终’！”

住在昌都宾馆的那十几天，还得感谢“利哥”送来的氧气瓶，不然，我回重庆恐怕不只是住半个月院那么简单。

所以，认识杨利，我要说声：“谢谢！”

3

人们常说：青春真好！

但是，一个人的青春该怎样演绎？

“80后”援藏干部奂光晓给我了一个响亮的答案：把成功分享给别人。

重庆市南岸区委宣传部奂光晓在半年的援藏时间里，积极开展综合性培训、专题培训、部门培训、推进组培训等10余次，参训人数1200余人。把他在南岸的经验“带土移植”到西藏。

其中，两次大型专题辅导培训，为昌都市创建全国文明城市工作提供了范式和标准，得到了昌都市委常委、宣传部部长，市创文办主任赵建国的高度表扬。

第一次培训会上，奂光晓结合自身多年的“创文”实际工作经验，从创文工作的背景、网上申报工作的重要性和紧迫性、档案材料的整理要求和格式、实地考察测什么、问卷调查问什么等8个方面做了详细全面的解读，介绍了重庆市在创建全国文明城市工作当中的一些好经验、好做法，并分析了昌都市在网上申报工作等方面存在的不足，提出了解决问题的办法，进一步提升了昌都市各单位“创文”工作人员的自身工作能力。

第二次培训会上，奂光晓就创建全国文明城市测评体系和年度测评工作流程、日常创建和迎检工作的注意事项等进行专题培训。昌都创建全国文明城市各推进组牵头单位、卡若区和各责任单位分管“创文”工作的领导、联络员，市创文办、市教育局直属学校创文办、卡若区各街道居委会创文办工作人员等300余人参加会议。

援藏期间，他全力以赴做好“创文”实地督导工作。会同市创文办深入集贸市场、背街小巷及住宅小区对环境卫生、城市“牛皮癣”、乱停乱放等不文明现象检查处理23次，重点检查公益广告宣传是否落实，居民反映的问题是否解决，使群众确实看到创建工作给老百姓所带来的实惠，使群众认同创建、积极参与创建。

他全力以赴做好“创文”档案审查工作。根据要求，在2018年全市档案提交阶段，对全市 410 件、60 余万字的档案材料逐一审核修改，最终达到测评的要求。经过半个多月的加班加点，网上申报工作在 2018 年 12 月 10 日中午 1 点圆满结束。

离开昌都后，创文办的同事是这样评价他的：社会的好青年，援藏的热心肠。

是的，虽然时间短，但是奂光晓的青春在雪域高原上闪过光，留下了温暖，一个字：值！

第四节 好声音，听得热泪盈眶

1

“从参加工作以来，我听过的报告、演讲不计其数。但是，我从来没有听过像今天这样让人潸然泪下、热泪盈眶的讲座！”

“十九大后，我听过讲‘党章’的讲座有 5 场了，李老师，你是讲得最好的，把‘党章’讲得那么生动、透彻，谢谢你！让我明白了作为一名党员应该做什么，不应该做什么……”

“李老师，你是我们昌都市委党校这么多年援藏教师队伍中讲党课讲得最好的一位……”

学员们赞扬的李老师，就是李飞，重庆市南岸区委党校教师、教务科科长。

2018 年 3 月 17 日，在父母的殷殷嘱托声中，满怀着对西藏、对高原的神往，对陌生环境的忐忑和对妻女的不舍，作为重庆市第八批援藏工作队第二批专业技术干部的一员，李飞登上了重庆到昌都的飞机，直奔雪域高原。

到高原第二天，还在“高反”中的李飞，就接到昌都市委党校教务科科长的电话：“李飞老师，昌都市第二期县处级领导学习贯彻党的十九大精神培训班想安排你讲党课，你看行不行？”

还分不清昌都市委党校在市区哪个方向的李飞在电话里毫不犹豫地答应道：“没问题！”

第二天上午李飞准时站上了培训班讲台，党校领导担心他初上高原一讲课就是半天，怕出状况，专门指派两名年轻教师坐在教室后面，名义上是听课，其实也是便于随时做好保护。

李飞刚开讲时，也有些担心两个多小时的课程自己会吃不消，但随着讲课的深入，看到一个个凝神谛听的学员，他把培训时医保专家叮咛的“初上高原，声音要小、动作要缓、休息要足”等注意事项全抛到了脑后。他神采飞扬，滔滔不绝：党章的地位作用是什么？党章的历史演变有哪些？十九大对党章作了哪些重大修改？党章的基本内容有哪些？如何认真学习、严格遵守新党章？……

两个多小时的讲座，如行云流水，一气呵成，讲座完毕，全场50多名县处级干部学员爆发出长时间热烈的掌声。这是对李飞讲座的感激，也是对他不计困难、不讲条件的精神认可。

回到办公室后，李飞才发现汗水已湿透后背，他不停地喘粗气，半天才缓过劲儿来。4天后，李飞又给昌都市第16期中青年干部培训班作了一堂“领导干部法治思维与法治能力提升”的讲座，仍然收到满堂彩的效果。

2

在适应“高反”期间，李飞结合援藏要求，整理了工作思路，给自己写下了一条援藏心语，“付真情当无遗憾、干难事必有所得”，并以此为信条去认真对待每一天，做好每一项工作。

高原苦寒，在缺氧的同时，孤独寂寞是最大的敌人。工作日还好些，用充实的工作可以减淡对家乡、对亲人的思念。到了周六、周日怎么办？李飞仍然按照平时的作息时间准时到党校，看书、整理收集资料、写文章，援藏一年来，不问寒暑，砥砺自己、提醒自己，一堂党课下来，数十个历史人物，不错漏每一个历史细节、不讲错任何一个年月日；每次讲党课前两三天，他便进入临战状态，抠每一个细节，究每一个点滴，连吃饭、走路都在想着讲课的事。

梅花香自苦寒来，宝剑锋自磨砺出。李飞 1973 年出生在四川巴中市通江县的一个农村家庭。农村出生的他对那块偏僻的小山村有着异乎寻常的深厚情感，多少年来，祖祖辈辈在这里日出而作，日落而息。对外面的世界，李飞总是充满好奇和渴望，那种走出去看一看外面精彩世界的愿望是那么的强烈。从小聪慧好学的李飞读小学、初中时都表现出了一个农村孩子骨子里的那种坚强与抗争。他发誓一定要好好学习，只有考上大学才能“跳出农门”。

十年寒窗苦读，1992 年，他以优异的成绩考入了重庆师范学院，就是现在位于重庆沙坪坝区的重庆师范大学。

有哲人说：人，每走一步都要到达一个目标，这其实并不够，应该每走一步都是一个目标，每一步都要有自身的价值体现。李飞，这个来自大巴山深处的年轻人，以自己的行动无言地践行着这句至理名言。

大学毕业后，他把青春和热血都献给了自己所钟爱的事业，用自己对教育事业执着的人生信念和对党的忠诚，在人生道路上雕刻着一道又一道的人生印迹。今天，他能站在讲台上把一堂党课讲出精彩，讲出让人终身受益的哲思，绝不是偶然或者巧合！这和他多年的知识积淀、对党无限忠诚的情怀息息相关。

3

为什么援藏？李飞是想响应习总书记的号召，把党对自己的恩情回报给西藏的教育事业。

他把援藏看作一段宝贵的经历。

在邦达机场一条哈达戴在他脖子上的时候，在飞雪中昌都市委领导与他握手的时候，当汽车翻过浪拉山垭口盘旋而下的时候，李飞更坚定了自己援藏的决心，他在心底里默默地说：“我来对了！”

援藏期间，他负责起草了《昌都市学习贯彻习近平新时代中国特色社会主义思想，送双语微课到农牧民群众活动方案》《中共昌都市委党校2019年干部教育培训计划班次实施方案》等7项制度及方案；对口指导平措郎杰、普布尼玛等7名教师，仅是论文发表这一项，就帮助修改并推荐发表共计10篇文章；累计参与点评教师讲课、学术研讨、集体备课70余次；担任理论研讨会、校级课题申报和教师讲课评委13次；引入干部教育培训“仪式感教学”“党课说课”等9种新型干部教育培训方式方法，极大地增强了昌都党校干部教育培训的针对性和吸引力。

他坚持在自身主业方面做深、做透。他常说，作为援藏干部，自己的能力素质要过硬，在教学、科研等方面要起好带头作用。先后开设“新时代的政治宣言和行动纲领”“依法保守国家秘密”等6个专题讲座，在党校主体班授课27场次，赴区县、市级单位举办讲座21场次，参加“康巴求知讲堂”25期，“三江学术论坛”8期，先后讲授教学示范课“牢固树立党章意识、切实增强党性修养”“依法保守国家秘密”两个专题，并且先后撰写发表论文5篇，完成资政文章两篇，以自己过硬的教学科研能力赢得了赞誉和肯定。

他还倾情编织两地党校联系纽带。2018年6月10日—6月20日，昌都市基层党建示范培训班46名学员到南岸区委党校培训，在他的积极协调联系下，南岸区委党校高度重视、精心安排，整个培训班学风严谨、课程精彩，最后结业汇报时，昌都市委组织部、党校、学员代表对南岸党校的热情接待、办学质量给予了高度的肯定并表示了诚挚的感谢。在南岸区委党校主要领导的关心支持下，该班在收费标准基础上累计减免费用近10万元，深切体现了南岸党校对昌都党校的深情厚谊。

同时，他还承担了重庆援藏工作队的部分工作，包括工作简报的整理、寄送，共计4期300余份，无一错漏。在宣传工作方面，他先后完成《昌都报》信息撰稿3篇。

援藏一年半，是李飞成长提高的一年半。2018年，他被评为“昌都市委党校年度优秀共产党员”。

“来援藏，要带着奉献昌都的大地情怀、改善民生的群众情怀、建功雪域的创业情怀和严于律己的规矩情怀。”李飞，无愧于领队、昌都市委副书记黎勇的这句话。

第五节　雪域高原上的“三只眼”

1

星眸未放瞥秋毫，频掣金铃试雪毛。
会使老拳供口腹，莫辞亲手啖腥臊。
穿云自怪身如电，煞兔谁知吻胜刀。
可惜忍饥寒日暮，向人鸱断碧丝绦。

这是唐代诗人章孝标的诗《鹰》，有人把新闻记者比作“猫”，其实我更同意比作“鹰”，它更准确、形象。在雪域高原上有一只“鹰”，他每一天都在昌都穿云拨雾，搜集最有价值的新闻报道。

重庆援藏人员在昌都的一举一动，他都时刻关注着，《昌都报》是他战斗的阵地。他就是《昌都报》汉语编辑部的编辑、记者谭祺斌。

谭祺斌，土家族人，中国电视艺术家协会会员，重庆市黔江区广播电视台总编室主任。从业20余年，行业资深人士。

他一直想去西藏，想去西藏了解一下那里的民族风情。2017年年底，他听说重庆市人社局正在征集专技干部援藏，这个47岁，有西藏情怀的电视艺术工作者，第一个报名。

领导说：“祺斌，你是个工作狂，西藏缺氧，你行不行哟？”

“一定行！领导您放心，我不会叫苦。”

他的确做到了有苦不叫苦！从电视工作转为报纸工作，有一个过程。因为报纸和电视是两个既相似又不同的媒体。刚到《昌都报》，他被安排在汉语编辑部，但是一线记者缺人手，他就顶上去了，他背起采访包、挎起相机到处采访、写报道。

他是渝东南媒体援藏第一人。这对他来说，既是荣耀也是压力，既然选择了支援西藏，他就必须安下心来，一心多写稿件，多拍照片，多出作品，多出成绩。他放下一切牵挂，拿出 20 世纪 90 年代中期刚参加工作时“初生牛犊不怕虎”的那股拼劲儿，全力以赴跑新闻、拍新闻、写新闻。

2018 年 3 月 17 日，谭祺斌和重庆市第八批第二期专技援藏干部 30 余人告别故土飞抵昌都。三个月不到的时间里，昌都市管辖的 11 个区县，他就做了 8 个采访，拍摄了大量照片，写出了有影响的脱贫攻坚方面的报道。他用 10 余天时间到丁青、内乌齐、洛隆三个县“走基层看发展”，及时写出了《丁青：脱贫攻坚花盛开》《类乌齐：援藏扶贫显身手》《洛隆易地扶贫搬迁让贫困户安居又乐业》等“走基层看发展”系列报道稿件 6 篇。

2

谭祺斌从不夸耀自己，从不在外面显山露水，只顾一门心思工作。因为他戴着眼镜，新闻敏感性又强，同事们戏称他为“三只眼”。

三只眼好看世界，三只眼洞悉人间冷暖。

三只眼能上天入地。

在一年多的时间里，他的新闻稿件刊发量在《昌都报》记者中排列靠前。在各类媒体发表稿件 178 篇（其中新闻摄影图片 214 张、视频 16 件），其中在《西藏日报》发表稿件 10 篇（其中新闻摄影作品 2 张），在康巴卫视网发表稿件1篇，在《藏东论坛》发表新闻摄影图片1张，在《昌都报》发表稿件121篇（其中《走基层看发展》系列报道6期，新闻图片报道49张），在《昌都发布》微信公众号发表稿件46篇（其中新闻图片162张、视频16件）。

同时，他也积极在《昌都报》上报道重庆援藏队的情况，不论医疗组团还是教育组团，或者专技人才，他都非常关注。

2018年11月3日，金沙江（江达县）再次滑坡，断流，形成堰塞湖。他连夜赶到江达县，到出事现场采访，及时发回23条（截至11月15日）现场情况的报道，配合《人民日报》对江达、贡觉、芒康三个县的报道。

在移民安置点，他深入采访，并协助发放救灾物资和宣传资料，帮助做好群众转移安置工作。每天工作10个小时以上。他给自己的定位既是新闻记者，也是抢险队员。

10月13日至14日，在金沙江（江达县）首次滑坡、断流，形成堰塞湖之时，他冒险到贡觉县敏都乡、沙东乡两地采访，看望群众安置情况，与群众谈心。14日下午，他坐车从沙东乡到则巴乡的中途，遭遇多次塌方。傍晚时，在罗拉山下，长期疲劳运行的越野车的轮胎被数寸长的铁钉扎破，无法前进。车子只有停下，他与司机一起，在风雪交加中更换轮胎。换好轮胎后，破旧的越野车载着采访组开始艰难地翻越海拔5300米高的雪山。

还没有到达山顶，天色就渐渐暗了下来。在鹅毛般的大雪中，昏暗的车灯照着前方白茫茫、灰蒙蒙的一片，看不清前面车轮经过的印痕，路上的积雪越来越厚，还有暗冰，车轮不时地在悬崖峭壁边打滑，驾驶员师傅布嘎数次被惊吓出了冷汗。带队的昌都报社总编辑、党组书记杨青曲珍见状连忙嘱咐车上采访组的4名成员：“要把安全带系好，随时做好‘万一’的准备！”车子几乎是“龟速”般前行，最后，到晚上9点钟，他们终于翻过了罗拉山，到达了目的地。

“山上的风呼啦啦地吹，感觉除了寒冷，还是寒冷！当时，我们别无选择，要到贡觉县最大的灾民安置点采访，就只有翻越这座雪山！否则就必须要绕行数十公里甚至上百公里危机四伏的山路。”谭祺斌回忆这惊险的一幕时，没有丝毫胆怯，有的只是责任和担当。

这是经历生与死的考验！

3

什么是记者？新闻事件的记录者。

金沙江2018年“10·11”重大自然灾害发生后，谭祺斌和同事杨青、曲珍、何瑞、魏建楠、央吉等写的报道最引人注目的是《惊心动魄的三天两夜——贡觉县克日乡莫扎村安全转移纪实》以及《半山腰的帐篷人家——贡觉县敏都乡纪念碑安置点见闻》。

灾害发生后，因为道路中断，群众被困在山上三天三夜，只有部分群众栖身在牧场的简易房里，政府的工作人员只有一个用透明的塑料布和三个木棒支起的两头透风的帐篷。当救援组赶到后，他们完全不顾生命危险去接群众。

“来，我们这里还有一点儿糌粑，你们先吃吧！”村民看到干部们身上什么都没来得及带，就主动把自己身上并不多的糌粑等口粮集中到干部手中。

“老百姓自己都快没吃的，但是一看到干部，就拿仅有的东西主动先让我们吃。”这些场景深深地感动了谭祺斌。

在相互鼓励、相互帮衬、相互体谅中，时间一天天过去，干部和群众共同抵御了呼啸肆虐的狂风、高山深夜的严寒，这让他们的心比以往贴得更近更紧了，心底的信任也更加深了。

“母亲留我的那串珠子就在里屋，我回去取。”“我把包落在哪里找不到了！”来接应的人身处险境千钧一发，另一头，从牧场回到家中等着接应的群众也慌乱不已、状况百出。“赶紧集合准备上车，没时间了，快！快！快！”救援组情急之下，只得一个一个拉上群众，推着他们上车。

这就是紧急救援！

以下是报道里的几段话：

帐篷外面的绳索上晾晒着几件儿童的鲜艳衣服，有两个孩子停下来对着记者的镜头，睁大天真无邪的双眼，好奇地望着远方来的客人。透过他们的眼睛，我们看到的是他们这个年纪该有的无忧无虑。

孩子就是未来的希望，透过两位小帅哥那天真无邪的眼瞳，我们看到了他们对未来的美好生活的憧憬。

其中一个孩子叫嘎松群培，据他的父亲阿龙讲，另外那个孩子是邻居家的孩子白玛朗布，他们都刚满3岁。两家人都住在距金沙江边几百米的雄果村。11日，因为上游江达县波罗乡山体滑坡导致形成堰塞湖，他们两家就和全村群众一起在乡里工作人员的引领下，转移到了海拔3250米的这里。

记者在阿龙的邀请下走进了他们三户村民共同居住的帐篷。只见五张简易的床铺在帐篷里围成一个不规则的圈，上面床单、棉被一应俱全，角落里堆放着方便面、矿泉水、装着糌粑、酥油等食物的袋子，盛着牛奶的桶，以及装着衣物的几个袋子，几位农妇正在这里整理他们临时的“家”。

……

看了这些文字，朋友，你的内心是否有了酸楚？

4

2018年11月3日，江达县波罗乡白格村再次发生山体滑坡形成堰塞湖。谭祺斌连夜赶赴灾区，并在第一时间到达波罗乡白格村滑坡点了解现场情况。堰塞湖导致金沙江水倒灌，水位不断上升，通往安置点的藏曲河波罗桥被淹。

11月7日，谭祺斌在援藏微信群里留下这样一句话，并配有现场穿有救生服的照片："今天下午4点半左右，我到了西藏自治区昌都市江达县波罗乡山体滑坡金沙江堰塞湖大坝，我只有笑着面对灾害与苦难，才足以不悔恨一生。"

这也许是他强忍着悲痛而苦笑吧。谭祺斌说："必须笑着面对苦难与灾害，我会好好走下去，为了不懈的追求、理想与荣光！"

11月8日，谭祺斌在《昌都发布》发表"记者感言"：《我是记者，我在江达"11·03"山体滑坡现场》文章，他以记者的身份采访在场的记者，引起了新闻界的广泛关注。他的开场白是：

记者，这个镜头背后的记录者，
坚守新闻理想，牢记职责使命，
默默书写着社会的变化与发展。

今天，在第十九个记者节
这个不放假的节日里，
让我们聆听
来自江达"11·03"抢险救灾现场
一线记者们的心声。

他采访的记者回答的内容如下：

西藏电视台记者李广清说：“从‘10·11’的江达山体滑坡，到‘11·03’的再次滑坡，我们一直在现场，用手中的笔、肩上的摄像机记录每一个感动的瞬间。在这个自媒体横行的时代，我们用专业性和奉献精神，不负使命和担当，书写着属于传统媒体人的坚守与执着。希望无论从事记者这一行业多少年，我的心头都闪耀着理想主义的光辉，我的心都能活泼地跳动。”

昌都报社记者杨顺芳说：“正因有我的美丽‘冻’人，才有你的暖阳冬日。我在江达波罗抗灾救灾一线，我们正在路上。”

西藏电视台记者陈君说：“我始终忙碌在最前线，采集最新鲜的素材，宣传党的声音，传达群众的需求。我参与了，经历了，见证了，记录了那一个个精彩的、感人瞬间，我很忙碌，但也很充实，我为‘记者’这个称号自豪！”

昌都市广播电视台记者梁侠说：“从第一次走西藏的路直接被吓到哭，到现在对走蜿蜒盘旋的山路习以为常，甚至经常在车上写稿子，记者这个职业，让我变得更坚强，胆子更大了！”

昌都报社记者央吉说：“敬业、奉献、良知、深情，一段段影像和声音里面，浸透着我们记者的艰辛、汗水、危险。你的问候是我收到的最好的礼物……我在江达，我很好！”

在西藏自治区党委宣传部、西藏自治区新闻工作者协会于4月中旬联合举行的2017年度—2018年度西藏新闻奖比赛中，他冒着生命危险参与主创的反映“11·03”江达县金沙江堰塞湖抢险救灾的通讯《金沙江：最后的坚守》获得了二等奖。

在2018年11月下旬，有朋友这样写他：专技援藏，他第一个报名；有新闻，他总在第一现场；“10·11”“11·03”江达抢险救灾报道，他冲锋在第一线；不是最好，但愿做最勤勉，最深入藏东片区，最打动人心的压舱石。

……

这，就是重庆援藏干部谭祺斌。

醒来不闻鸟叫床，远望群山白茫茫。
消融总须待时日，边民可有囤口粮？
——蔡家林《暴雪感怀》

向往一片蓝天——雪域高原，秉承一种精神——“老西藏精神”，重庆市第八批援藏党政干部，怀揣报国壮志，挥洒一腔热血，吃苦在西藏、战斗在西藏、团结在西藏、忍耐在西藏、奉献在西藏，推动西藏昌都经济、社会发展和长治久安。

雪域高原上，蓝天白云下，一支援藏劲旅和当地干部人才一起倾力描画西藏最新最美的蓝图。让我们在徐徐展开这幅蓝图之际，记住这些最可爱的人的名字吧！他们是：

黎勇、蔡家林、黄爱明、江世洪、夏林、王代兵、颜广宇、杨鸥、刘书获、罗雄、张智、周文彬、郑开强、朱健、周玮乔、雷绍标、杨建伟、刘海波、钟菊生、张靖、康林、代小凉、田太兴、肖丽霞、叶兆坤、鲁娟、杨明霞、全真六、何治江、杨雪、李强、陈亮、钟英、谭红波、董兴超、王一政、程彦英、张涛、李兴亚、熊杰、肖韵佳、余彦、徐一、甘涛、陈祖勋、冉晓东、徐英彬、蔡久林、王家文、江官林、郭均亮、冯涛、陶凤、易文强、林兴良、周海波、雷晓峰、吴琴、吴成、郑荣、於晞、鲁远彪、潘雪、向勤、黄永红、余霞、罗勇、朱明洪、杨琼、江世先。

在他乡，重庆市第八批援藏工作队队员的点点滴滴、一言一行深深感动了藏东人民，他们把这群援藏队员称赞为“雪域高原最可爱的人”。重庆市援藏工作队队员们用他们的忠诚和大爱，画出各族人民最大最美的同心圆！

信仰高于生命，家国精神至上！

初心寻找忠诚，丹心丈量雪域！

向最可爱的援藏人致敬！

第五章

茶马古道唱响青春之歌

凿开混沌得乌金，藏蓄阳和意最深。
爝火燃回春浩浩，洪炉照破夜沉沉。
鼎彝元赖生成力，铁石犹存死后心。
但愿苍生俱饱暖，不辞辛苦出山林。

——于谦《咏煤炭》

到察雅采访的前一天，我在昌都的宾馆认识了杨鸥和刘书获，这一天正好重庆市政协主席王炯到昌都慰问重庆援藏干部。我以重庆作家的身份参加了慰问座谈会。

时间是 2018 年 11 月 4 日。

王炯主席到达重庆公寓的时候已经是晚上 7 点 40 分，陪同他的有昌都市委书记阿布，重庆市第八批援藏干部领队、昌都市委副书记黎勇。我们晚上 7 点 30 分就在公寓门口列队等候。王炯主席下车后，在黎勇副书记的介绍下与我们一一握手，嘘寒问暖。当黎勇副书记介绍说我是重庆市作协派过来专门给援藏干部写长篇报告文学的时候，王炯主席紧紧握住我的手说："好！好！一定要好好写写我们这些在雪域高原上履行党的誓言的英雄们，书稿出来后一定给我看看！"

王炯主席面带慈祥，说话和蔼可亲。随后他检查了职工食堂、职工活动中心，对援藏后勤工作人员给予极大的关切。座谈时他叫大家保重身体，勉励援藏干部努力工作，建设好美丽昌都。

那一夜重庆公寓沸腾了，公寓里的重庆人个个精神饱满，容光焕发……

第一节　有一只海鸥飞过雪域高原

1

习近平总书记多次说过，“心无百姓莫为官”。为官一任，就要造福一方。手握公权，就要为民办事。

杨鸥，昌都市察雅县委副书记、县政府常务副县长。这个刚满40岁的年轻人，带领21名重庆援藏干部扎根察雅，用短短三年时间实现了“造血式”援藏。

2018年12月31日，察雅县双创孵化池及电子商务中心正式揭牌。

这个揭牌有着重大意义，意味着察雅县通过企业孵化、电子商务与易地移民新村、工业园区、城市拓展区融合的方法，探索出了发展的新模式，为察雅未来的发展指明了方向。

600平方米的办公区，1800平方米的展示区，2000平方米的产业实践区，位于察雅县烟多镇的双创孵化池及电子商务中心是杨鸥的“心头肉”，因为全力推进该项目建设的人就是杨鸥。

杨鸥的另一个身份是重庆市第八批援藏干部察雅工作队领队、重庆市南岸区老干局原副局长。

“我想把察雅的经济搞活，让以往以资金援藏为主的‘输血式’援藏，变为‘造血式’援藏，搭建察雅创业生态，助力更多年轻人在当地创业追梦。”杨鸥说。

对于西藏，很多外地人的第一印象是成群的牛羊爬满山坡，藏族人民丰收青稞。西藏畜牧业发展较好，不少援藏干部就把目光转移到种植业上，试图打开西藏农产品的多元化版图。

渐渐地，西藏产品表单上出现了大蒜、黄瓜、西红柿、苹果等蔬果。“我这辈子吃到的最好吃的大蒜就在察雅，那蒜瓣白如玉。”但让杨鸥担忧的是，最好吃的大蒜虽产量好，却销量差。

杨鸥发现，新的产品虽种植出来了，但销售市场却太小，约 8500 平方公里的察雅仅 6 万人，能卖给谁呢?

杨鸥只好把问题带回重庆市南岸区。他寻思着要不然将察雅蔬果卖回南岸?农贸市场负责人给杨鸥算了一笔账：以苹果为例，从察雅运 10 斤到南岸卖，不算摊位费，一个苹果最少都要卖到 8 元。这样的价格如何有市场竞争力呢?

“要不从网上卖?去年，广阳的枇杷利用互联网和电商平台，卖到了全国各地。”“西藏太远了，网购都不包邮呢?”……杨鸥明白了，察雅必须要利用起互联网，打通网络销售渠道。

杨鸥回到察雅，一方面，制定出相关优惠政策，把援藏资金用到刀刃上。另一方面，他准备打造电子商务中心，自己将电商平台给建设起来。

项目建成后，杨鸥一直在努力探索如何更好地打通产业链，实现市场的活跃，以及与“双创”的融合。

2018 年下半年，两名大学生毕业后来到察雅。杨鸥得知他们在寻求创业机遇后，便让他们申请入驻孵化池。其后，两名大学生承包苹果园，加工苹果醋。在政策支持引导下，他们在得到杨鸥“请进来”的专家指导后，决定打造察雅品牌，利用互联网拓宽苹果醋销路。

2019 年，入驻孵化池的还有一家制作唐卡的企业，它是当地一户非遗传承人希望将其手艺发扬光大而创办的公司。他希望，一则开展唐卡培训，让更多人的来学习，二则通过即将孵化出的电商平台，让更多的人知晓唐卡这种艺术品。

这可是个“好买卖”。杨鸥与察雅县人社局多次探讨后，结合群众自身意愿和兴趣爱好，因人、因户、因地施策，多次组织开展唐卡职业技能培训。同时，让手艺好的建档立卡贫困户在公司上班，制作唐卡。

唐卡制作只是察雅解决就业问题的缩影之一。自 2016 年以来，杨鸥连续三年组织机构对农牧民群众实施职业技能培训，通过与企事业单位签订用工协议，采取订单、定岗式培训等方式方法，提供更多的创业就业机会，共转移就业 48676 人次，开发就业岗位 980 个，开展技能培训 67 期，培训农牧民群众 3701 人（其中建档立卡贫困人口 2727 人），实现转移就业 1973 人（其中建档立卡贫困人口 1429 人）。

2

2016 年 7 月 14 日，经重庆市南岸区推荐，重庆市委组织部选拔，杨鸥被选派到昌都市察雅县援藏。三年时间，他牵头协调计划内援藏资金 3.1 亿元，其中重庆市资金 1.29 亿元，争取计划外援藏资金（含物资）5362 万元，达成协议招商引资 58.07 亿元。

通过杨鸥的努力，重庆四联新能源公司、重庆卓诚伟峰公司、重庆昌辉公司等企业先后到察雅考察，有意愿投资光伏能源、温泉酒店、旧城改造、旅游开发等产业。南岸区投入 50 万元在南滨路建立了察雅县旅游及特色产品推广中心。

杨鸥分管的县人社局被评为“2016 自治区先进集体”，分管的党建设工作获2016年昌都市第一名，2017年、2018年获得昌都市第二名。他本人被评为察雅县2016年度、2017年度“优秀公务员”，2017年度“民族团结进步先进个人”。

“党的干部就必须坚持党性原则！”杨鸥始终坚持以中国特色社会主义理论体系为指导，深入学习贯彻党的十九大和中央第六次西藏工作座谈会精神，深入学习贯彻习近平总书记系列讲话精神和治国理政新理念新思想新战略，深入贯彻落实习近平总书记“治国必治边、治边先稳藏”的重要论述和“加强民族团结、建设美丽西藏”的重要指示，践行依法治藏、富民兴藏、长期建藏、凝聚人心、夯实基础的重要原则。

杨鸥经常提醒自己：帮忙不添乱，到位不越位，当好察雅人，做好察雅事。

进藏第一周，杨鸥牵头成立了重庆市第八批援藏干部察雅工作队临时党支部及重庆市第八批援助察雅项目建设指挥部。工作队坚持把干部队伍教育管理放在第一位，对《重庆市第八批援藏干部管理制度》“八严禁”“十不准”等具体管理规定进行了深入学习。随着专技干部轮换，“组团式”援藏医生和教师的到来，在察雅的重庆援藏干部达21人。根据援藏总队要求，杨鸥与每一名援藏队员签订了安全责任书，两次召开专题学习会，认真学习领会重庆市委书记陈敏尔2018年4月8日接见昌都市党政代表团时，对中央援藏战略部署和重庆援藏工作的讲话精神，让大家充分认识到援藏工作的重大政治责任和使命担当。

他在援藏干部的管理上做到了管理有制度、工作有规矩、生活有规范。同时要求援藏工作队各位援藏干部要充分尊重当地风俗，严格遵守援藏干部各项管理规定，低调务实，少说多做，积极作为，勇于担当，在当地树立良好的援藏干部形象。

3

2016 年 8 月下旬，重庆市党政代表团率队考察昌都，杨鸥抓住这个机会主动向代表们汇报。他的努力促成了南岸区、綦江区主要领导与重庆援藏领队、察雅县主要领导的援藏专题座谈会。

2017 年 9 月，南岸区委常委、组织部部长程效同志带队赴昌都关心援藏工作。2018 年 4 月，察雅县县长其珠多吉同志率党政代表团回访了南岸区和綦江区。2018 年 8 月，南岸区委常委、常务副区长黄红同志带队赴昌都调研指导援藏工作。通过积极互访，加强了交流沟通，不断拓宽援藏领域。

援藏期间，杨鸥积极落实经济援助。南岸区筹措 1450 万元援建察雅县第二幼儿园，援助 200 万元修建察雅南岸新村，援助 20 万元用于办公条件改善，援助 160 万元用于危岩整治；綦江区援助 800 万元用于察雅县綦江新村建设，援助 20 万元用于改善办公条件。沙坪坝区市政园林局、渝中区组织部和卫计委、璧山区农委、九龙坡区卫计委、九龙坡区农委分别向察雅县捐助 50 万元、12 万元、10 万元、10 万元、10 万元。重庆市援助察雅县摩托车 4606 辆，价值 2800 余万元，物资全部发放到建档立卡户手中。

培养人才是援藏的重要任务之一，察雅县先后组织 400 余人次到南岸区、綦江区培训和挂职锻炼。2016 年 12 月 10 日，40 名察雅基层党政干部在南岸区培训。2017 年 5 月 20 日，首届察雅县校长培训班在綦江区举办，共有 40 名察雅小学校长参加。2018 年 5 月—6 月，40 名科级干部和 40 名政法干警到南岸区培训，40 名教师到綦江区培训，50 名财务人员到重庆文理学院培训。2018 年 11 月—12 月，35 名基层党政干部到南岸区培训，38 名乡镇专技人员到綦江区培训。2019 年 4 月—5 月，80 名教师分别到南岸区和綦江区培训。南岸区共接收 3 名昌都市处级干部、3 名察雅县级干部和 7 名察雅科级干部在南岸区挂职锻炼。南岸区、綦江区拟订人才培养计划，三年时间多批次对察雅党政干部、教师、医生及其他专技人员进行轮训。

2017 年，察雅县人民医院全面启动了“二级甲等”综合医院创建工作，综合楼扩建工程进展顺利。

杨鸥协调联系重庆援藏医生 16 人次，开展了察雅县首例全麻下开腹胆囊切除术，实现察雅县住院手术零的突破；开展了第一例剖宫产手术、第一例胎头吸引助产术，进行了严重手外伤清创肌腱吻合术、自制指骨夹板外固定术。南岸区、綦江区还接收了 10 名察雅籍医生挂职培训，给察雅县留下一支带不走的医疗队，让察雅人民在家门口享受比肩内地的高质量医疗服务。

南岸区利用公车改革削减车辆的契机，挑选了两辆价值 40 万元的多功能车捐赠察雅县。援藏工作队发动重庆大江中心、大江小学及队员亲友捐赠文具、衣物达 8000 余件，并自筹资金 3 万元，先后捐赠县内最为困难的三所乡村小学。2016 年春节杨鸥组织慰问重庆西藏中学察雅籍学生，并送去 1 万元慰问金。资助察雅县 4 位贫困大学生 4 万元学费。

海鸥是大海的弄潮儿，海鸥扬翅飞到雪域高原。记得 2016 年听说杨鸥要援藏，他老婆哭了几场，他离开重庆的那一天，老婆还依依不舍，千叮咛万嘱咐，那场面至今杨鸥历历在目。回顾三年的援藏历程，有苦楚有寂寞，因为对高原深深的感情，所以更多的是收获与喜悦。

第二节　“80后”爱心县长刘书获

1

蓝天白云下，巍峨圣洁的雪山熠熠生辉，辽阔无垠的草原上牛羊成群，奔流不息的澜沧江水吟唱着古老的歌谣穿境而过。这里就是被称为“岩窝”的昌都市察雅县。

察雅县是唐蕃古道和茶马古道上的重镇，地处横断山脉北段，位于西藏自治区东部，被称为昌都花园，也有“康巴江南”之称，是藏汉文化交流交融之地，具有悠久的历史文化。

察雅县是国家级贫困县，县域面积 8255 平方公里，常住人口 63495 人，藏族同胞占 95%。其中，人均年收入低于 3000 元的建档立卡贫困人口达到了 20829 人，占总人口的 1/3。受自然因素和历史因素制约，察雅县的社会经济发展长期滞后，严重阻碍了人民群众生活水平的提高。这就是察雅县的现状。

中央第六次西藏工作座谈会后，中央继续实施 17 个省市、70 多家中央和国家机关部委、17 家中央企业对口支援西藏相关地市县和区级单位，在此政策背景下，重庆市确定了綦江区、南岸区对口支援察雅县。

按照国家对口援藏总体部署，各对口省市将拿出上一年度财政收入的 1‰支援受援藏区，此为计划内援助资金；对口省市及相关区县额外支持的援助，为计划外援助资金，各地视自己情况确定，没有硬性要求。重庆市以高度的政治责任感，怀着对藏胞的无限深情，自加压力，又增加了资金、物资、人才等多方面支援，支持察雅县的建设发展。

2

2016年7月，经个人报名、组织选拔，“80后”的党政干部刘书获被批准加入重庆市第八批援藏干部队伍。承载着组织的重托、领导的期许、亲友的期盼，带着“援藏一任、造福一方”的神圣使命，他来到了西藏开展援藏工作，任察雅县政府副县长，负责对口援助察雅县的具体衔接和实施工作。

刘书获曾在綦江区本部新城管委会、发改委工作，熟悉经济工作，擅于组织协调，在藏期间很好地发挥了自己的优势。

对口援助西藏的重庆区县中，綦江区经济体量较小，自身发展压力较大，进藏之初，刘书获便确定了“积极主动对接，真心用情帮助，紧贴察雅所需，主抓民生改善，不比经济总量，不输援藏实效”的工作思路。使綦江区在尽心尽力给予经济支持外，更多地在医疗、教育、干部人才培训、招商引资、交流交往等方面发力。他自己也在当地承担了更多的分管工作，积极主动作为，最终实现了援藏的目标。

通过刘书获的积极协调，綦江区计划外拿出1000万元，建成造福85户建档立卡贫困户的“綦江新村”，并支持香堆镇小康示范村建设。綦江区统计局捐赠资金20万元，帮助提升察雅县统计信息化水平。綦江区人民医院及相关单位捐赠给察雅县人民医院资金及设备价值77万元，綦江区教委捐赠远程教学设备4套。

除此以外，綦江区在医疗援藏卫生方面，先后派遣14名医生赴察雅县工作，参与察雅县“二甲”医院创建和包虫病筛查工作；通过刘书获协调西藏自治区卫计委，自2018年开始，国家卫计委正式发文确定綦江区人民医院对口帮扶察雅县人民医院，綦江区人民医院2018年派遣5名白衣天使，在藏工作一年半，察雅医疗队领队王呎方担任察雅县人民医院常务副院长，副领队杨云莉担任副院长；綦江区人民医院、中医院等已接收14名察雅医生到院挂职、进修。

教育帮扶方面，建立了綦江区—察雅县教育联盟，共享教育资源；在綦江区教委的帮助下举办了4期察雅县教师培训，培训察雅县教师及管理干部160名。

就业帮扶方面，綦江区计划分两年各招录两名察雅籍大学生到綦江区事业单位就业；赶水萝卜干厂用半个月时间，对两名察雅干部进行榨菜加工技术培训。

史志编制方面，綦江区档案局帮助指导察雅县史志办编制察雅县年鉴，已进行3次对接指导。

干部培训学习方面，綦江区党校组织专题培训班，用时两周培训察雅县党政干部35名；接收5名党政干部至綦江区挂职锻炼半年；綦江区文化委已组织1期艺术交流培训班，察雅县24名民间艺术团成员在綦江学习及交流演出1周。

物资捐赠方面，綦江区团委组织了“冬日阳光、温暖你我”的大型捐赠活动，綦江区教育系统、爱心企业、热心人士捐赠衣物共计4600件，赠予察雅县香堆镇的1200名小学生。

除了协调援藏大后方的工作，刘书获还充分发挥自身所长，大力推进招商引资工作。分管招商工作伊始，在争取主要领导支持的前提下，增加了招商人员和工作经费，建立了一系列招商机制，对招商工作任务进行了分解，成立了11个招商引资工作组，分配任务，进行奖惩考核。察雅县的招商引资工作机制得到了昌都市委、市政府领导的高度认可，并批转其他10个区县借鉴学习。

刘书获认真研究西藏的产业政策、招商优惠政策、资源状况、市场前景等，筹划了50多个成熟的招商项目，反复提醒县级相关部门干部要重视民营企业发展，要营造亲商、爱商、护商的良好环境。刚开始遇到了很多障碍，因为藏区特殊的历史、经济等原因，干部的家长作风明显，对企业的服务意识较弱，外地来投资的企业反应较大。刘书获反复引导他们，只有藏区的经济发展了，才能实现长治久安，只有发展才能稳定；外地企业来投资，是来给我们增加财政收入的，是能带动就业的，是促进藏区“造血式”发展的，大家要像优待我们援藏干部一样优待他们。为了引进更多的企业，他不顾频繁往返高原对身体的伤害，先后前往重庆、成都、天津等地招商，参加西博会、西洽会等会展，不遗余力地推介察雅县招商项目，竭尽所能宣传西藏的文化和旅游。

功夫不负有心人。近三年来，察雅县共达成协议招商引资 58.07 亿元，实际到位资金 9.3 亿元，实现了前所未有的突破。在全市 11 个区县招商引资考核评比中，察雅县获 2016 年第一名、2017 年第二名、2018 年第二名。其中，多个重大项目已经建成投产，如帮嘎村的 20 兆瓦光伏电站项目，投资 2.1 亿元，2018 年底发电，每年将为察雅带来 300 万元的财政收入，为帮嘎村的 30 多户村民带来共计 1500 多万元的土地租金收入，帮嘎村村民全部顺利脱贫。

3

除招商引资工作外，作为副县长的刘书获还分管卫生计生、环保、林业、商务经信、食药监、对口受援等多项工作。三年来，这些部门的工作都有很大的起色，得到了上级领导的肯定。期间，商务经信、食品药品监管等领域，没有发生一起严重责任事故。

刘书获说：“察雅县缺什么，綦江区就力所能及援什么，对口援助覆盖面广、针对性强、创新举措多。连续几年计划外派遣援助医生，昌都市 11 个区县中我们是首创；连续几年对口招录藏籍大学生至綦江区就业，我们是首创；建立教育联盟关系，我们是首创。”

同时，察雅县委、县政府也高度重视援藏工作，一直把援藏工作作为促进察雅经济社会发展、改善民生、促进民族团结的重要工作推手。

在綦江区、察雅县对口援助工作座谈会上，察雅县委书记任厚明讲道："重庆已经连续23年对口援助昌都，给予了全方位的大量无私援助，綦江区对口援助察雅县以来，经济援助、干部人才培养、教育医疗帮扶等各项援助措施全面展开，援藏力度和无私真情让人感动。刘书获等援藏干部'抛家弃子'、扎根高原，奉献青春，为察雅县经济社会发展和藏汉民族团结做出了巨大贡献。"

察雅县人民政府县长其珠多吉介绍："援藏干部是我们的宝贵财富，我们要为他们提供良好的工作生活环境，充分信任，放手重用，最大限度发挥他们的聪明才智，带动察雅的经济社会发展。"察雅县委、县政府确实没有把援藏干部当外人，工作上信任、重用、压担子，提供干事创业、锻炼才干的舞台，同时与当地干部一样严格管理，让援藏干部真正在艰苦环境中茁壮成长。

2019年4月，建筑面积8500平方米的察雅县人民医院新综合大楼投入使用，县人民医院新院区投入使用，床位增加100张，拥有了全新的手术室、放射检验科、消毒供应室、重症监护室，全面的医疗设备，强大的援藏医疗力量和日渐成熟的本地医护人员，使得医院的医疗保障能力大大提升，非特殊的大病、重病、慢病都能得到很好的治疗，真正实现了"中病不出县、小病不出乡"的目标。而刘书获同志到察雅县分管卫生工作时，县人民医院业务用房面积仅4500平方米，职工46人，医院连阑尾炎手术都不能做。在县委、县政府的正确领导和全面支持下，在援藏专家和全体医院干部职工的共同努力下，在刘书获同志的协调下，近三年来，医院职工人数、建筑面积、业务收入三个方面实现了近三倍的增长，医院外部环境、内涵建设、技术水平、服务能力有了质的飞跃，2019年将创建"二级甲等"综合医院。全县卫生系统的包虫病防治、疾病预防、妇幼保健、乡镇卫生院规范管理等工作均顺利推进。在2017年、

2018年昌都市卫生工作评比中，察雅县均获“卫生工作最佳进步奖”，同时获“包虫病防治最佳组织奖”“重大疾病筛查最佳组织奖”。

这些成绩，刘书获同志把它归功于多个方面。他说，这些工作的顺利推进，既是他个人积极协调、全力工作的收获，更多的是各种力量、各项资源汇集的结果，离不开党的领导、国家对口援藏战略、东西部协作扶贫、中华民族大家庭团结互助等政策背景和发展环境，离不开重庆市委、市政府，綦江区委、区政府的高度重视和大力支持，离不开重庆援藏总队的正确引领和严格管理，离不开察雅县委、县政府的信任、重视和正确领导，离不开县内各单位的大力支持和分管部门的共同努力，离不开察雅县援藏工作队的团结协作，离不开家人的默默支持。

4

作为一名援藏干部，刘书获充满爱心，很多察雅老百姓称他“爱心县长”。

2018年12月7日，刘书获在微信朋友圈发布了一条信息。

长期以来，党中央、国务院高度重视西藏地区民族教育发展。十九大以后西藏实现了城乡免费义务教育，办学条件明显改善。

但是，西藏教育现状与内地相比还很落后，孩子们的生活还很艰苦……

在同一片蓝天下，离我们1500公里以外的西藏察雅县的孩子们还在忍受严冬的寒冷。许多孩子出身于贫困家庭，他们只能身着单薄简朴的服装。教室、寝室里供暖设施缺乏，寒冷侵蚀着他们稚嫩的身体。通红的脸庞、蜷缩的小手、颤抖的身躯，深深地触动着我们的心灵……

一件冬衣就能为一个孩子抵御严寒的风霜雪雨，一件冬衣就能为一个家庭送去一份温暖。让我们献出一份爱心，把自己穿过或闲置的大衣、棉袄、羽绒服等保暖冬衣整理干净捐赠给察雅县那些急切需要御寒的孩子们吧！让他们这个冬天不再寒冷，让他们和我们一样享受春天般的温暖！

谁看后能保持沉默？当看到和听到“我为察雅孩子送冬衣”爱心捐赠接力视频中孩子们渴望的眼神和悲悯的歌声时，铁石心肠也会被打动。

这次活动是綦江区团委、教委组织的，到2018年12月30日，4600件冬衣顺利送到察雅县香堆镇的几个小学校，看到孩子们天真灿烂的笑脸，刘书获笑了。

援藏期间，刘书获经常走村入户。有一次，他走访一个大学生家庭，了解到孩子是单亲家庭且母亲残疾，经济条件很差，就决定每年给这个大学生资助1万元作为生活费，直到大学毕业。刘书获联系帮扶的一个贫困户有4个学龄儿童，家庭十分困难，孩子眼看要辍学。他发朋友圈之后，3个朋友主动提出结对帮扶，于是连同他本人一起，4个人结对帮扶4个孩子，在经济上给予大力支持，并鼓励孩子们努力学习、健康成长，计划将4个孩子全部扶助至大学毕业。通过刘书获的联系，2018年秋，两个大点儿的孩子到了拉萨柳梧新区初级中学就读。最近的考试中，老大取得全班第一名、老二取得第六名的成绩。刘书获利用在拉萨开会的机会去看望她们，得知孩子们的成绩后十分欣慰。

2016年10月17日，刘书获进村入户看望困难群众姆亚，并商议如何救治其1岁多的孙女——一个脑水肿患儿。他邀请了县人民医院顿珠院长、上海援藏姚医生、村支书尼玛等，他们乘坐越野车沿着狭窄的盘山公路蜿蜒而上，半小时后，到达4100米的山顶，然后开始下坡，又跑了一段时间才到达雪东村。

这个村里10多户人家住在一个相对平缓的坡上，房子全由泥巴和石

头筑成，像光秃秃的山头一样灰黄。姆亚就住在这里。司机按了半天喇叭，也只有一只拴着的藏狗吠叫回应。半晌，村支书找到姆亚的家。这是他进藏以来看到的最破败的房子：昏暗的一楼关着几头牲口，人住在二楼，有调皮的牦牛顺着破烂的土坯楼梯爬到楼上，偷吃铺了一地的芫根（形似萝卜，汁多味甜，是藏区少有的蔬菜）。屋里黑漆漆的，借着手机的光，他看到家里有两个桶、两口锅、两床破棉絮，真正是家徒四壁！

姆亚家祖孙三人，全是女的，没有男人。姆亚 50 岁了，疾病让她几乎丧失了劳动力。女儿 20 出头的样子，是单身母亲。孩子抱出来的时候，所有人都震惊了：1 岁多的小孩，脑袋比成人还要大。姚医生初步诊断，属交通性脑积水。他检查孩子身体其他部位，发现孩子脊椎扭曲，拳头已无法伸开，双腿也已弯曲僵硬，排便需要开塞露，内脏功能还不知道怎样。姆亚的家庭收入全靠低保和姆亚女儿的生态岗位，土地上仅能喂养几只牦牛，种一点青稞和芫根。虽然到县城只需翻过屋后那座高山，距离不过 10 多公里，但她们不敢也不愿翻过那座山。拉了几句家常，除了说自己后期会尽力帮助他们，作为一个副县长，刘书获竟说不出其他安慰的话，似乎什么语言都是苍白无力的。

姆亚的女儿一直把他们送到公路旁，一直看着他们走远，还在挥手再见，秋风吹着她的衣摆，她单薄又憔悴的身躯仿佛会被风吹走。大城市里的女孩，这个年纪还在父母身边撒娇呢，而她却要承受如此的生活重担！

刘书获心里明白，任何救助也不过是勉强延续大头娃娃的生命，医院已回天无力。

刘书获走时，吃了一根芫根，尝了一个路边的野果，看到此情此景，他心里更是五味杂陈，由于返程的颠簸，他感觉胃酸上涌、呼吸困难。这就是心塞的感觉吧。一路上大家都沉默寡言，再没了上山时的心情。

2017 年 3 月 17 日，正好时隔 5 个月，刘书获利用周末的时间，再次去探望大头娃娃妈妈的家。这已不是大头娃娃的家了，春节前她已去了天堂，医院的医生还进行了最后的抢救，但也无法挽回这可怜的小生命！“她就这样在人世间匆匆走过，小眼睛都没来得及看清妈妈、外婆，没有吃上一口母乳，不知道父亲是谁，这世界留给她的只有混沌、冷漠、疼痛、饥饿等苦难。而在另一个时空，她将是一个崭新的生命，新的轮回将有健康、温暖、爱抚等一切欢乐！”刘书获在日记中这样写道。

这一次，刘书获没能见到大头娃娃的妈妈热西玉珍，她上山劳动去了，本来想好好说些鼓励她勇敢地生活下去的话，只有给留守的外婆说了。外婆见到县里来人分外亲热，弯着腰艰难地迎送他们。扎实的扶贫政策和好心人的关心帮助，已让她们的基本生活有了保障，娘儿俩已入住县城里的免费搬迁房，但为了养牦牛，她们还是要步行两小时回到老房子，老房子的房柱已经歪斜，不知能否撑过即将到来的雨季。刘书获送去了大额慰问金，老人家双手合十连声感谢，一定是在祈祷好人有好报。

春风吹拂，暖阳如酥，雀鸟追逐，荒芜的高原生机浮现。同行的人介绍说，这里到六七月份，蔓草丛生，是人畜欢畅的季节。这些同胞，与冬春高原的荒芜寂寥世代抗争，虔诚地迷恋着夏季丰盈土地的馈赠，他们既能忍受磨难，顽强坚守，又满足于人世间的所有收获，懂得感恩。

2018年冬天，刘书获在下乡的路上看到骏马在雪地奔跑的美景，而此时正是大批援藏干部返回重庆过春节的时段，他感慨万千，在日记里写道：

雪域高原，是一个连词，一个整体。没有雪，原则不能显其高，不是原，雪则不能叫其域。雪和高原是一对情侣。雪让高原空气不再干燥、土壤潮湿营养、来年物产丰富，让高原焕然一新、神清气爽、纯净超然。高原为雪提供纯净的空气、湛蓝的天空、艳丽的阳光，让雪白到极致，静到窒息，纯到灵魂。白雪抚摸高原，高原拥抱白雪，是动与静、虚与实、柔与刚、灵与肉的完美结合，是一首华丽的诗，是一支动听的歌！

的确如此，雪域高原就是一部壮美的诗篇，一首唱不完的情歌。但是，对于援藏干部来说，更多的是“先天下之忧而忧，后天下之乐而乐”的责任感。郑燮曾有诗曰：

衙斋卧听萧萧竹，疑是民间疾苦声。
些小吾曹州县吏，一枝一叶总关情。

第三节　聆听你的芬芳

1

2018年3月9日，重庆市綦江区人民医院办公室主任王呎方带领4名队友奔赴西藏察雅县。这不是去旅游，也不是去探亲访友，而是去支援察雅县人民医院创建“二甲”。

这里的三月，不是春暖花开，而是冰天雪地。冰天雪地是美景，但是这里除了美景，还有气温低、环境干燥、空气稀薄等气候状况。刚到察雅县时，王呎方、杨云莉、鲁平海、吴玉龙、欧龚尹全部出现头晕、胸闷、失眠、流鼻血、眼干且痛等症状。但是，他们第二天便扎进新的工作岗位，几乎没有任何休整。

第三天，作为领队和常务副院长，王呎方召开“二甲”培训会，解读“二甲”标准，分解创建任务，规范创建流程，阐释创建目的、意义等。她丰富的经验，打开了千斤重担人人挑的局面。

“创‘二甲’有什么用！”

“创‘二甲’是他们援藏医生的事！”

……

医院个别人在背后悄悄议论。因为创“二甲”，就要加班加点地工作，要规范各种制度、条款；因为创“二甲”后，就有更多病人来就医，工作量会加重，但工资还是一样多——清闲的工作多好，照样领工资！

王呎方主动摸清家底，微笑着找个别人谈话、交心，统一思想，以齐心创建“二甲”。这个能说会道的“巾帼英雄”用她的真诚打动了大家。

很快“创甲无用论”在医院烟消云散。

王呎方要求创建办主任西绕嘎邓用PPT向全院干部职工演示《西藏

自治区医院评价标准实施细则（2017年通用版，试行版）》，让大家了解制度、职责、流程、预案等，她要她的徒弟从一开始就要担负起她离开时的重任，她要察雅县人民医院里除了援藏专家外，本土人才也要成行家。她与每个科室资料员、负责人及指导审核人核对与分析，共同找寻存在的问题，提出整改措施。

这群年轻的援藏医生，一来察雅县人民医院就出手不凡。

王呗方是两个小孩的母亲。为了察雅县人民医院早日通过“二甲”评审，她忍受着与家人两地分离之苦，潜心工作。

常务副院长亦是院长的左膀右臂、参谋助手，王呗方借担任人力资源部主任的资源联系网站和高校，和刘书获副县长一道走出西藏赴三省四地招聘成熟人才22名，招聘人才质量、数量为昌都之最。她又代表医院与昌都职校洽谈合作，成功筹办医院与职校的签约暨揭牌仪式，顺利成立除昌都市级医院外的第一家县级教学实习就业基地。全程参与医院新大楼设计、施工、协调、监督、验收工作，完成新大楼标识的设计、制作及安装等工作。筹办了医院首届干部述职述廉汇报会、首届年终总结表彰暨工作部署会、新大楼落成启用仪式等开创察雅先河的大型活动；首次设计、制作展板来展示医院风貌，宣传形式由传统形式向新媒体转变……

医院感染管理和应急管理两项工作在察雅医院还是空白，负责院感和应急管理的副院长杨云莉，从头抓起，认真梳理，并迅速理清思路，有序推进各项工作。院感各项指标稳步提升，全院应急处理能力不断增强，为保障医疗救治的安全奠定了坚实的基础。当时，察雅县人民医院新大楼建设在即，负责院感的分管副院长杨云莉多次和管理人员一起看施工图并到现场实地查看。同时，根据重庆市綦江区人民医院大本营中对基建有丰富工作经验的后勤分管副院长、基建科长、院感科长、保卫科长及手术室新老护士长、供应室新老护士长等对功能布局、院感要求等提出的合理化意见，认真梳理、上报并申购所需要的新设备、新物资。

内科主任鲁平海到察雅县人民医院后立即规范病历书写：在病历中增加医患沟通记录、患者委托同意书等医疗文书。还选拔科室业务骨干四朗巴姆，将其按主任助理的要求进行培养，为科室储备后备干部。同时，内科开展每周一次教学查房、业务学习活动，并创新学习模式，变援藏老师授课为医生自己以 PPT 形式讲课，不久，科室医生均可登台演讲。制定符合科室发展需要的《内科管理制度》《业务学习制度》等，规范传染病的报告流程；制定传染病报告奖惩制度，使察雅县人民医院传染病全年漏报率为零。并参与察雅县先天性心脏病筛查，与察雅县疾控中心联合积极预防春季传染病，上街宣传艾滋病防治方法。

麻醉科主任吴玉龙，中共党员，重庆市綦江区人民医院麻醉科主任助理。到院后开展 8 项新技术：剖宫产手术麻醉、小儿深静脉置管术、超声引导下神经阻滞、有创血流动力学监测、自体血回输技术、无痛分娩、无痛胃肠镜等。2018 年 3 月 28 日，他顺利为一位高危产妇实施麻醉，此为察雅县人民医院首例剖宫产手术。2018 年 8 月 26 日，他参加中国医师协会精准扶贫活动，并为医院争取到一台价值 30 万元的多功能监护仪、价值 4000 元的光棒两套。

放射科主任欧龚尹由于工作劳累，突然结石发作，县医院未能确诊。同事们连夜把他送到昌都市人民医院进行 CT 检查，他自己忍痛查看 CT 片，确诊为输尿管结石后被告知昌都无治疗手段，察雅县医院领导及援藏队员均劝欧龚尹回綦江诊治，他却说“回去，太费时间了”。那段时间正是医院最忙的时候，欧龚尹坚决不离开察雅。他仍坚持用原始的跳跃方法和服用中成药的方式克服频发的疼痛。

他带病坚持整理、修订、完善科室各项规章制度、应急预案及流程，督促并及时更换《辐射安全许可证》，申办《放射诊疗许可证》，配置放射个人剂量仪，参与新大楼放射科的设计、布局，完成大型设备 CT 机的购置及科室设施设备的配置及申购。

2

2018 年 7 月 31 日，“2018 西藏昌都察雅论坛——医院管理及等级评审交流会”在察雅县人民医院举行。会议旨在探讨如何提高昌都市综合医院的管理水平，通过对西藏综合医院评价标准的解读、西藏综合医院等级评审中的常见问题、医院综合管理的实施方案、医院护理管理工作等方面的交流，对昌都地区医院的等级评审工作和持续发展予以全面指导。

这次活动由昌都市卫计委和复旦大学附属中山医院共同主办，察雅县卫计委和县人民医院承办。从未承办过如此规模大会的察雅县人民医院上下顿时慌了神。此时，有着丰富办会经验的王呗方站了出来，她主动承担会议的接待、餐饮及会务补给、管理等重要工作。因为她的倾情付出，中山医院领导、援藏队员对重庆綦江援藏医疗队有了新的认识。这次会议，无疑是一支巨大的催化剂，提高了察雅县人民医院全体人员创建“二甲”的水平，加快了创建“二甲”的脚步。

察雅医疗援藏工作得到重庆有关方面的大力支持。2018 年 4 月 8 日、5 月 13 日，重庆市卫计委主任、医政处处长一行分别赴昌都、察雅探望援藏医生。9 月 10 日—14 日，綦江党政代表团一行 13 人到察雅慰问群众。9 月 19 日—23 日，綦江人民医院党委书记李维学、副院长郭均涛带领重庆市“二甲”评审专家一行 8 人赴察雅评审指导。

綦江人民医院捐赠察雅县人民医院 15 万元用于医院发展建设，捐赠价值近 50 万元的镇痛分娩仪 1 台，同时开通察雅赴綦江进修学习的绿色通道，进修学费、住宿费用全免，提供本院职工工作餐。察雅阿孜乡代课老师阿松 6 月在綦江培训期间突发疾病，綦江人民医院举全院之力救治，并邀请市级专家联合救治。阿松老师情况好转后转回察雅，两院还远程对接治疗方案，搭建了两地救治桥梁。

五名援藏队员的家属中有四人为綦江医院业务骨干，2018 年 8 月探亲期间主动请缨，发挥专业及管理特长，通过现场指导、理论授课、一对一带教、讨论答疑等方式指导交流，践行“一人援藏全家援藏”的援藏精神。

援藏期间，五名队员朝夕相处，情同手足，结识了千里之外的藏族朋友，收获了最真的藏汉友谊。他们感受了康巴文化和藏区的民族特色和深厚底蕴，净化了浮躁的心灵，体验了雪域高原上的责任与担当。

3

西藏，在我梦中，是一张美丽的唐卡
察雅，在我心中，是最美的那一幅画
在飞旋的转经轮上，在飘扬的经幡中
在古老的壁画中，在仓央嘉措的诗歌中
你是一朵散发芬芳的格桑花

2018 年 9 月 22 日晚，参加完第二届澜沧江文化艺术节的杨云莉，一身疲惫，正准备休息。

突然，医院打来电话：“杨院长，你快点儿到医院来，普外病人需要紧急救治！”此时已经是深夜两点，杨云莉接到电话后，立即穿好衣服，直奔医院……

像这样深夜出诊的事情，每一个援藏医生都经历过。求助电话就是军号！

这里，我们来读一读杨云莉女儿的一篇作文《我的妈妈》，孩子曾在学校的朗诵比赛中感动过全校师生：

我的妈妈是綦江人民医院急诊科护士长。繁忙的工作之余，妈妈用爱浇灌着我的成长。有妈妈陪伴的时光里，我觉得自己是世界上最幸福的人。

这种幸福生活，在2017年除夕前夜被打破了。那天晚上，妈妈噙着泪告诉我："彤彤，我已经主动申请去援藏了，帮助西藏察雅县人民医院创建'二甲'。"

援藏？当时的我并不明白它的含义，但是我知道妈妈就要离开我，到遥远的地方去了。我的眼泪一下就涌了出来，难过地说："妈妈，妈妈，您不要去，我舍不得您。"妈妈轻轻地擦去我脸上的泪水，温柔而坚定地说："宝贝，妈妈去是要帮助察雅把医院建设得更好，让更多和你一样的小朋友能够健康快乐地成长！"

2018年3月8日，妈妈毅然踏上了为期一年半的援藏征程。

妈妈走了以后，家里一下子变得空空的，日子在我对妈妈无尽的思念中缓缓向前流淌。

暑假，终于盼来了进藏探望妈妈的机会，我兴奋得几夜不能安睡。到了藏区，我和爸爸切身体验了西藏生活条件的艰苦：海拔高，日照强，空气干燥，还时常会发生泥石流和塌方等自然灾害。每天早上，当我还在睡梦中，妈妈就迎着高原的朝阳和凛冽的寒风去了医院。

一个风雨交加的夜晚，妈妈很晚都没有回家，打电话也没人接听。我和爸爸焦急地来到妈妈援助的单位，看见在简陋的急诊室里，妈妈正和叔叔阿姨们有条不紊地抢救着因遭遇车祸受伤的一家三口。妈妈面容憔悴，几缕头发散落在额前。看到我们的到来，她朝我们疲惫一笑，立刻又埋下头忙碌起来，那一刻，我前所未有地感觉到，妈妈的身影是那么高大，她疲惫的笑容犹如门前绽放的格桑花。

我终于理解了妈妈，她不仅仅是我的妈妈，还是一名医务工作者，更是一名援藏人。

4

2018年3月28日12点17分，察雅县人民医院顺利开展了首例剖宫产手术，突破察雅县妇产科手术“零”的历史纪录。

这个历史性的手术，主刀是唐玉兰。这个手术后，不到半年时间，她又做了30例剖宫产手术。

唐玉兰，察雅县人民医院副院长，援藏专业技术人才。援藏前是重庆合川区钱塘中心卫生院（合川区第三人民医院）妇产科主任。

察雅县多为农牧区，很多乡镇离县城较远，受道路交通和思想观念的影响，很多孕产妇不能按时孕检、产检，甚至到医院了也抵触手术，以致产妇和胎儿的健康完全没有保障，这已经成为察雅县健康扶贫的一大难题。

2018年以来，重庆7名医疗援藏专家和复旦大学附属中山医院5名医疗援藏专家先后入驻察雅县人民医院，他们均为副高、主治医师以上职级的资深专家，他们的所学领域覆盖了察雅县急需的常见病专业，医院从此能开展普通外科、泌尿外科、神经外科、妇产科、普通内科、心脏内科、呼吸内科、内分泌科（糖尿病）、儿科、传染科等多学科常见病、多发病、疑难重症的诊断治疗。

时刻救治病人是医生的职责，给病人健康平安的希望也是医生的欣慰和自豪。

2018年5月31日11时，察雅县人民医院住院部医生达瓦卓嘎焦急地跑进唐玉兰办公室，说：“唐医生，有个病人情况严重，孕9个月，腹部隐痛2小时，阴道流血2小时，量较多，需要紧急处理。”

唐玉兰立即起身快步走到病房，对病人进行病情检查，安排病人住院，要求进一步检查并严密观察胎心及产程进展。经过及时处理，患者出血减少，腹痛减轻。

6月4日，因为患者产程进展差，短时间内不能顺产，唐玉兰决定在硬腰联合麻醉下为患者行子宫下段剖宫产术。术中，发现患者为“胎盘早剥”（轻度），经过努力，手术顺利。胎盘早剥是指妊娠20周后或分娩期正常位置的胎盘在胎儿娩出前，部分或全部从子宫壁剥离，属于妊娠晚期严重并发症，往往发病急，进展快，如果处理不及时可危及母婴生命。手术后7天，产妇出院。

解除病痛，迎接新生命，捍卫母子平安健康，是妇产科医生的天职，对唐玉兰医生来讲已经成为平常事。

对待患者，不分地位高低，不分贫贱富贵，把病人的生命安全放在第一位。作为副院长，虽然有很多的行政管理工作，但她始终不忘记自己是一名医生，一名系母婴安危祸福于一身的妇产科大夫。

无论春夏秋冬，不管刮风下雨，她依旧忙碌在那平常而又不平凡的岗位上，用一颗赤诚的心和一种无私的爱，迎接众多新生命的诞生，给千家万户带来欢声笑语。

第四节　给我一个微笑就够了

1

唐玉兰在察雅县人民医院做第一例剖宫产手术时的第一助手是李时春，所以，他也是功臣！

是谁带来远古的呼唤，
是谁留下千年的祈盼，
难道说还有无言的歌，
还是那久久不能忘怀的眷恋……

嘹亮而又充满雪域风情的歌，曾经响遍大江南北，激起了无数人

对雪域高原的向往，这歌声也唤醒了李时春内心深处对感受雪域高原的祈盼。

李时春，重庆市九龙坡区第一人民医院神经泌尿外科副主任，主任医师，重庆市援藏专业技术人才。那一天终于来了，2017 年底，得知要在九龙坡区选派一名外科医生到察雅县人民医院进行医疗对口支援，李时春便主动请缨，向九龙坡区第一人民医院递交了援藏申请书。2018 年 3 月，他与重庆市第八批专业技术人才队伍一起奔赴西藏开始为期一年半的援藏工作。到医院后他被任命为察雅县人民医院副院长。

巍峨的群山，洁白的云朵，清新的空气，还有随处可见的牦牛、黝黑而淳朴的笑脸，这正是李时春心中西藏的模样。一切都是那么新奇，那么令人激动，满足了他无尽的好奇。

2

当李时春全身心投入工作后，他目睹了一些闻所未闻的事件，他的好奇心彻底变成了悲天悯人的情怀。

三个生命的消失，无数次心灵的拷问！

刚到藏区的一个晚上，李时春在急诊手术结束后刚出手术室，看见一位藏族妇女抱着一个一岁左右的小孩，她说孩子因为发热颈部出现了包块，在家里十多天了，现在病情加重，想叫李时春看看。当李时春查看小孩子的时候，这个孩子早已停止了呼吸和心跳！看着这位藏族妇女难过的神情，摸着小孩冰冷的尸体，他的心痛到了极点！心中一遍遍追问：这是怎么啦？这是怎么啦？……

在挖虫草的五月，一个约三岁的小孩咳嗽，父母因上山挖虫草无暇顾及，一直在家里由爷爷估摸着自行买药治疗，结果，孩子的病情愈发严重。送到医院时，孩子因呼吸衰竭，很快停止了呼吸。就这样，一个幼小的生命在眼前消失。难道挖虫草比孩子的健康还重要？李时春的心情沉重至极。

“5・12”护士节那天，医院里来了一个三岁多的因腹痛而求医的小女孩，在李时春记忆里小女孩十分乖巧漂亮。李时春接诊后诊断为小儿阑尾炎，建议立即手术，但家属说请了当地寺庙算了卦，不能在这里做手术，需到昌都进行手术。为了尊重当地人的信仰，李时春同意转昌都人民医院，并再三叮嘱一定要早点儿手术。但患者到昌都后，当地医生认为不是阑尾炎，住院一天后，让其出院回家。五天以后，患儿病情加重，再次到昌都市人民医院时，患儿因阑尾穿孔感染中毒性休克再也没有下手术台……得知这个消息时，惋惜、愤怒、忧伤、无奈充斥着李时春的内心。

这样的憾事在藏区究竟还有多少？李时春不敢想，却又忍不住担忧。这一桩桩、一件件事情难道不令人触目惊心？李时春告诉自己，一定要利用自己在察雅县的有限时间，尽最大可能挽救更多的生命，治愈更多的患者。

3

2018年5月初，察雅县人民医院外科来了一名腰痛、发热的患者，患者病程将近一个月，病情加重，精神萎靡不振。入院行超声检查后提示左肾周积液，血象白细胞减少，CT提示肾肿瘤。李时春在重庆时就是泌尿外科副主任，对该患者的CT检查仔细阅读后有不同看法，认为不是肿瘤，应是一个肾周巨大脓肿，但由于初到察雅，患者病情危重，所以非常慎重，没有立刻下定论。经反复询问病史及查体，以及调阅前期就诊资料，他确诊其是肾周脓肿，决定手术引流。遂与患者进行沟通，从他们的眼神中李时春看到了无助与信赖，患者家属说：“医生，我相信你们，如果手术死了也不怪你。”这是多大的信任啊，李时春暗自下定决心，一定尽力治好他，即使不是脓肿而是肿瘤，也要完成手术。

手术室内，异常安静。所有外科医生都注视着李时春，家属在手术室外焦急地等待着，因为没有看到脓液前还不能确定为脓肿。做好术前消毒等准备后，作为一名泌尿外科医生，他非常熟练地操作，切开皮肤，分离肌肉，空针试穿，抽出了黏稠的脓液，李时春当时悬着的心放下了，于是快速切开脓肿，引出约 1500ml 的脓液，手术顺利。操作过程中技术是那么娴熟，动作是那么干净利落，在场的外科医生都投给了他赞许的目光。

术后第二天，患者体温正常，腰部疼痛减轻，生命体征正常，也可下床适当活动，随后几天，白细胞逐渐恢复正常，脓腔逐渐缩小，患者眼光中充满了感激之情，脸上写满了感谢之意。

2018 年 4 月的一天，一位农区的藏民，在耕种时不慎被农耕机绞到会阴部及下肢，导致会阴部大部分皮肤撕裂性损伤及下肢骨折，大量失血，需进行急诊手术，在经过长达三个多小时的清创、止血、引流、修复手术后，病人痛苦减轻了。一个月后，病人康复出院。离开时，这位淳朴的藏民留给李时春的依然是憨厚质朴的微笑。

2018 年 8 月的一天，一位回族小伙子，因车祸左手大拇指外伤导致拇长、短伸肌腱缺损与周围组织严重挫裂伤伴缺损，李时春是非专业骨科医生，但他有非常丰富的基层外科工作经验。面对以前没有处理过的问题，李时春查阅资料，反复清创，花了近三个小时把坏死组织清除，成功地完成了一期自体肌腱移植术，术后患者左手大拇指功能基本恢复正常。患者离开了，留在李时春记忆里的依然是一张笑脸。

2019 年 3 月的一个周末，一位藏族小伙腹部受伤，情况危急。外科值班医生请示李时春准备转上级医院，李时春考虑患者情况特殊，如果转院可能造成治疗延误而导致严重后果，遂立即赶到医院。查看病人后，他立即组织进行剖腹探查，术中发现患者胃部两处穿孔并出血，经过修补止血后，患者转危为安，痊愈出院。

……

援藏期间，李时春带领察雅县人民院医生收治500多名患者，完成包括普外、泌尿、骨科、肛肠以及其他各类手术近100例，指导当地医生独立完成手术30余例。经过对这么多患者的治疗与抢救，李时春真正体会到了能为西藏人民解除痛苦，才是自己最大的幸福。

李时春说：“给我一个微笑就够了。”

第五节　且把清风当乡愁

1

情牵察雅，记住乡愁；

情系孩子，方得始终。

这 16 个字是赵世文的援藏心语。赵世文，来自重庆鼓楼学校，2018 年 3 月到察雅，任县教育局副局长。

这里讲一个他和阿松的故事。

阿松，建档立卡贫困户，在察雅县阿孜乡扎拉村教学点任藏文教师 23 年。扎拉村教学点在高原牧区，是离县城最远、海拔最高、交通最不便的一所学校。

2017 年 12 月，阿松老师不慎从家中楼梯上摔落，腰部重伤，疼痛难忍，渴望得到进一步治疗。

2018 年 5 月，察雅县委副书记、常务副县长、重庆援助察雅工作队领队杨鸥到阿孜乡视察工作，了解到阿松老师的困难，要求安排阿松老师到重庆市綦江人民医院就医。

作为重庆援助察雅工作队的一名干部，赵世文受组织安排，负责照看阿松老师。赵世文见到阿松老师是在 5 月 23 日中午，阿松刚过了 59 岁的生日，与察雅县小学教师专题培训班同行到达重庆江北机场。他身材瘦小，背有点驼，面容黝黑，背着一个沉甸甸的布包，显得比较憔悴，眼睛略黄，但眼神有力。阿松老师不会汉语，打招呼时习惯将手抬起来，掌心朝上，抬动几次，嘴里念叨着“好”“谢谢”！

重庆綦江横山培训基地，气候适宜，山清水秀。阿松老师显得很兴奋，培训间隙，他还在培训基地的湖面上坐了一次游船。后来，在綦江，赵世文的妻子还陪着阿松老师去綦江城区参观了彩虹桥，游览了綦江河两岸的景色，他不停地用手机拍摄，想把美景和体验带回给扎拉村的孩子们。

5月25日，赵世文和察雅县教育局干部次仁扎西带着阿松老师乘车来到綦江人民医院。此前，察雅县副县长、重庆援助察雅工作队副领队刘书获，綦江人民医院“组团式”援助察雅医疗队队长王呗方已经与医院领导沟通协调好了。体检部主任蔡春琼医生为阿松老师做了初步体检，随即医院开启绿色通道，由专人带领做体检。

5月28日是看体检报告的时间。赵世文发现阿松老师下楼时手扶着护栏，腰明显有点儿直不起来。他和次仁扎西老师心里都紧张起来，到医院后，被告知需到门诊再做多项体检。

5月29日上午，当赵世文再次到达医院。医院要求阿松老师立即入住感染科。忙碌了一阵，阿松老师终于躺在了病床上，开始输液。赵世文和次仁扎西老师来到了主治医生办公室。医院认为阿松老师是继发性肺结核引起胸椎结核，并伴有多种疾病。

肺结核！会不会传染？次仁扎西老师一直和阿松老师住一个房间，赵世文则和阿松老师在一起的时间最长。如何把阿松老师的病情告诉同行的人员？赵世文心里有点儿发怵。简单商量后，赵世文和次仁扎西老师决定，把阿松老师的情况如实告诉培训的老师们。因为阿松老师不懂汉语，无法直接和医生进行交流，需要藏汉语言翻译。赵世文决定在老师中发起志愿活动——24小时轮流陪护。

阿松老师的疾病到底该如何治疗？是否需要做椎部手术？6月8日培训结束后大家要返回察雅。如果需要做手术，他肯定不能按时返回。术后继续住院多久？谁留下来陪护？阿松老师的家人都不会汉语，而且路程遥远，不便过来照顾。

6月4日，医院邀请重庆知名专家召开多学科协作诊疗会议，确认阿松老师的病没有达到手术指征，并认为其结核病处于平稳期不具有传染性。大家充分考虑了赵世文一行的难处，拟定吸氧、止痛、降压、抗捞、抗病毒、保肝、保护胃黏膜、保护脊柱等治疗措施，并为阿松老师回察雅后的治疗提出了要求和建议。医院调整治疗方案，逐渐缓解了阿松老师的疼痛。6日下午，阿松老师能够下床走动了。7日，赵世文为阿松老师办理了出院手续。8日，阿松老师随队返回察雅，在察雅县人民医院继续进行观察治疗。15日，阿松老师回到了扎拉村，将定期体检和服用药物。

2

殷海燕，重庆市垫江县城管局风景园林科科长，援藏后任察雅县住建局副局长。在察雅县工作期间，她最关注的就是扶贫工作。

察雅县是国家级贫困县，农牧区贫困面大、贫困人口多、贫困程度深，如何攻克这个难啃的“硬骨头”，是察雅县各级党委、政府必须完成的重大历史使命，也是援藏干部的硬性任务。

这里，她回忆了一次下乡的所见所闻。

殷海燕刚来察雅时，高原反应严重，头晕失眠、胸闷、流鼻血等断断续续有一个多月。2018年5月，在殷海燕的一再坚持下，局领导终于同意让她下乡参与察雅县2018年第二轮建筑工程领域督导巡查工作。她深入肯通乡、扩达乡、王卡乡这些偏远的村落，对其范围内的易地扶贫搬迁安置点建设项目、村级组织活动场所建设项目，从建筑质量、安全、环保等多方面进行督导巡查，单次行程最远达5个小时，到达的最高海拔超过4500米。

一次早上8点出门，车辆行驶在前往扩达乡的公路上，凹凸不平的路面，颠得她的头总碰到车顶或窗户上。她说这路怎么这么烂啊，司机乐都笑道：“这算什么烂啊，这条路叫察香路，贯穿察雅县烟多镇、荣周乡、香堆镇，是察雅通往芒康的一段，这条路修通了以后，内地来察雅就不用绕昌都了，路程要节约二百来公里，节约四个多小时呢。现在这条路的路基和水稳层基本铺好了，马上就要铺油了，铺好油就平坦了。”

走了两个多小时的“烂路”，车子又行驶在土路上。前后的车辆必须距离一公里以上，否则扬起的尘土让人根本无法看清前方的道路，更不要说路面不平、弯道大了。“我坐在座位上，后背皮肤被座椅摩擦得一阵阵火辣辣的疼。如此这般，经过了三个多小时的跋山涉水，终于到达了扩达乡那普村。”殷海燕回忆说。

在步行进入村委会建设项目的路边，殷海燕看见一所民居，一位藏族老妇人坐在门口，手上搓着一团白色的面团，她好奇地走过去想了解那是什么东西。同事们告诉她那是奶渣，当地人将它搓散晾晒，出门时带着，在野外取天然水煮茶时放一点在碗里，可以防水土不适。这个村还没有通自来水，当地村民都是取河里的水做饮用水，所以奶渣是居家必备的食物。

在得到老人的允许后，殷海燕走进她的家里参观。房子看着破烂却收拾得很干净。一进门就看见对面墙上张贴着中华人民共和国五代国家领导人的头像，他们都佩戴着洁白的哈达。屋子中间有个火炉，炉子的烟管伸到了室外，屋子里靠墙接连放着两张藏床、一张柜子，此外别无他物，没有一样电器。同事告诉殷海燕，藏床既是他们的座椅又是床。听同事说他们平日的饮食主要以糌粑为主，要冬季才能吃上牛肉。看到老人的生活如此艰辛，殷海燕心里有种说不出的滋味，她默默地从口袋里摸出500块钱递到老人手上，老人连连摆手，不肯接受。见殷海燕态度坚决，她才收下了，并连忙去装了一袋奶渣硬塞到殷海燕手里。

晚上，殷海燕和她念初一的儿子通话，她把这段经历告诉了他。儿子沉默了许久，说道：“妈妈，你送的500块钱也只够那位婆婆用一阵啊，她如果没有经济来源，以后又怎么办呢？不可能永远靠救助吧。”是啊，扶贫工作不能只靠捐钱、捐物。察雅县贫困面广、致贫原因多，贫困人口大多居住在大骨节病等地方病高发区、深山峡谷区、灾害频发区、高寒纯牧区、资源紧缺特殊区等。

察雅县委书记任厚明说："2020年脱贫，全面建成小康社会，在小康路上不落下一名困难群众。这是总书记的号召，不管困难有多大，我们有决心。我们也采取一切手段确保我们同全区同全国一道同步迈入小康社会。我们各个组织各个党委各个领导都立下了军令状，我们一定能保证2020年脱贫。"

察雅县县长其珠多吉说："察雅县要打好这场脱贫攻坚战，就要抓住'牛头'和'牛鼻子'。对察雅的脱贫攻坚工作来说，四个扶贫开发区建设就是'牛头'，发展特色产业就是'牛鼻子'。"

昌都至察雅的路上，澜沧江畔，一栋栋白墙、黑窗、红檐的传统康巴特色民居会扑入你的眼帘。宽阔的水泥路直通村户，整齐的太阳能路灯排列在路两边。村卫生室、农家书屋、活动广场、健身器材等设施一应俱全……这就是因地制宜发展产业扶贫的察雅县烟多镇如给村"穷山窝"变"幸福村"的新景象。

3

葛钊宇是重庆第八批援藏队的一名农业专技干部。西藏，对她来说像巨大的磁场，一直吸引着她。

有一天，在单位的OA系统里看到了招募专业技术人员援藏的文件，她便主动写了申请。但是，有人说年轻专技干部援藏回渝，也只能破格聘任到副高级岗位，并不能评农业系统的正高级职称，说不定，离开单位的时间太长，离开岗位和领导的视线，反而会影响个人发展；甚至离开家，离开家属和幼小的女儿，也会影响家庭的稳定，一些朋友，也"好心"地劝她不要去。

然而这些并不能动摇葛钊宇的决心，她本就不在乎职位职称的升迁和提升。她比其他援藏干部多写了一份申请援藏的请愿书，并得到了所有亲人的支持。

从重庆市九龙坡区农委农技站的高级农艺师到昌都察雅县扶贫办副主任，要经历专业技术人员到管理人员的身份转变。然而，做自己擅长的事情，才能真正发挥作用。得到察雅县委书记、县长的同意后，上班第二天，葛钊宇便调到了农牧局做农业技术推广工作。到农牧局，下乡是家常便饭。她利用在重庆的工作经验，先后参与组织了全县基层农技推广体系改革与建设项目、“3414”肥料效应田间试验、荣周乡二级种子田工作、土壤深松项目验收、申请察雅“黑青稞”农产品地理标志登记等工作。她走遍了察雅县13个乡镇，培训新型农药的选用及使用技术达10余次，培训人员500余人，培训新型农牧民200人。

察雅县有着极具特色的初级农产品，但是没有一个“三品一标”产品，县里领导包括很多企业对此只有一个模糊的概念，并不重视。葛钊宇主动承担任务，向昌都市申请“三品一标”工作经费，通过各种渠道向初具规模的企业老板宣传产品质量、品牌的重要性，希望企业能在了解相关政策的情况下，从一开始就对自己的产品按照相关要求打造“三品一标”品牌。农业部牵头推出的国家地理标志认证，只能由事业单位牵头申报。“察雅黑青稞”的申报，需要多方单位的协调，从人文历史的追踪溯源、产品品质的采样鉴定、生产基地的规范规模、成立种植相关的合作社、联系加工企业的加入，到资料收集整理申请，再到自治区及农业部汇报答辩，过程复杂。最终，“察雅黑青稞”打出了自己的品牌，成了察雅县能拿出手的产品。当地人喜爱的糌粑不一定被其他民族喜爱，而由它延伸的青稞米、青稞饼干、青稞麦片将打破高原壁垒，走出西藏，成为内地人餐桌上的高端健康食品，而这个产业链也将带动察雅县农牧民致富奔小康。

农业援藏需要农业科技援藏为其“造血”，葛钊宇协调内地的院校及企业，指导农推站技术人员，向自治区科技厅申报了《种养循环一体棚技术研发与示范应用》《藏区菜用生姜优质抗病新品种渝姜1号的引进与示范》两个科技项目，建立了“察雅县红拉山鸡养殖孵化基地”“察雅县‘藏青2000’万亩青稞田科技示范基地”，争取了派援单位的支持，已到账10万元经费，用于察雅县的扶贫产业工作。葛钊宇还利用这一年多的时间，以“传帮带”的形式带了两名农业技术人员，教他们搜索文献信息开阔眼界、写高质量的简报、申请农业科技类项目等，为察雅培养宝贵的农业科技人才。

援藏总队前后两次提供了重庆市农委援助察雅县的6000多袋共11个品种的蔬菜种子，已发放到农牧民手中。葛钊宇分门别类，按照海拔及土壤等适宜种植的条件，利用下村培训使用新型农药的机会分发。农牧民们早早地来到村委会门前的空地上，或坐在自己拿来的小板凳上，或席地而坐，顶着烈日等着藏族干部授课。课上完后发放种子，大家都排好队登记、签名、领取，井然有序。他们说，他们要买种子得去昌都市区，并且每袋种子都价值不菲（是内地农资市场的5倍以上），所以每次葛钊宇发放种子，他们都表示出了极大的热情和感激。

援藏队对农牧民群众除了发放蔬菜种子，还有两个计划外的产业扶贫项目：察雅县藏香猪产业扶贫项目和察雅县经果林产业扶贫项目。

藏香猪产业扶贫项目由察雅县重庆援藏工作队与察雅县瑞丰农业科技开发有限公司、联系帮扶贫困户三方合作，签订三方协议，由察雅县重庆援藏工作队投资10万元，在芒康标准化猪场购买经过基础免疫的健康藏香猪仔116只，交由瑞丰农业公司进行代养，商品藏香猪出栏销售后，由援藏工作队联系帮扶的35户建档立卡贫困户与瑞丰农业公司按照4∶6进行纯利润分成，返回的购猪款作为下一批扶贫资本继续购买藏香猪仔。藏香猪出栏标准体重为80—120斤，按每头100斤、每斤最低出栏价25元算，每头猪最低利润为800元，按成本投入4∶6（贫困户4成，养殖企业6成）分成计算，每头猪为贫困户至少带来纯利润320元。藏香猪养殖周期为 10 个月，扣除哺乳期 3 个月，实际入栏养殖 7 个月，每年就有 1.7 批出栏。若把仔猪购买费作为发展基金滚动发展，按一户三头计算，贫困户每年纯利润最低总计为 1632 元。为了让项目进行得更顺利，葛钊宇甘当企业与农牧局的桥梁，为其提供相关的技术支持，申请各项惠农政策。

察雅县经果林产业扶贫项目不但能生产经济林产品，而且具有创造观赏价值、发挥水土保持等方面的功能。援藏队多方争取资金，联系技术支持，探索线上线下销售渠道，为建档立卡贫困户打造“前端培种育苗 + 中端培训、种植、养护 + 后端销售扶持”一条龙的经济林全产业链。在察雅县荣周乡荣周村萨达组为 9 户 63 人贫困群众种植苹果树苗 40 亩，3 年内即可全面挂果收获，吉康公司基地已种植 10 亩苹果、红杏幼苗，供后期移栽扩大规模，3 年后，将为每户贫困户带来 2—3 万元的持续年收入。

这两个项目的投入资金与援藏队其他计划内资金、建设项目资金比起来，真的不算什么，但能为贫困户带来丰厚的经济回报和工作机会，就像发到他们手中的蔬菜种子一样，慢慢地生根发芽，带着他们脱贫致富。

4

这里，我们再来听一群援藏干部在察雅县的扶贫故事。讲故事的人是察雅县财政局副局长税小华，援藏前是重庆文理学院财政讲师。

因为工作关系，税小华在 2011 年、2012 年先后两次走进西藏、深入藏东。然而，由于高原反应强烈而留下万分遗憾，最终未能一睹那巍峨壮丽的山河、体验那悠久灿烂的民族民俗文化。2018 年 3 月，冥冥之中又受到雪域高原召唤，他再次踏上征途。

故事一：夯实财政基石之育人故事

“兵马未动，粮草先行。”财政是国家治理体系和治理能力现代化建设的基石。察雅县财政管理效能关系到“两不愁，三保障”政策落地效果，和“五个一批”“十项提升工程”等民生事业发展的经济社会效益。

察雅县会计人员学历均是本科，但存在人数总体偏少、工作压力大、知识更新缓慢等情况。近三年来各单位会计人员兼职现象和流动率比较高，从事会计职业不到1年的占比超过1/3，不到3年的占比超过2/3。与此同时，会计基础规范化建设压力长期困扰着县上主要领导和财政部门负责人。全县会计人员也十分渴望专业知识更新与技能拓展。借助外部力量加强会计专业理论知识培训，显得十分紧迫。建设一支相对稳定、能够胜任会计工作的会计人才队伍，对于提高察雅县财政管理水平，打赢2019年脱贫摘帽攻坚战，实现长足发展、长治久安的战略目标，具有十分重大的现实意义和深远的政治意义。

2018年3月27日，经察雅财政局曲拉局长审核，税小华正式向重庆文理学院教工部提交了题为“关于举办察雅县行政事业单位会计人员赴重庆会计专题培训班的请示”的报告。报告贯彻落实习近平总书记治藏方略和中央第六次西藏工作座谈会精神，提出学校与县里联合组织举办一次50人规模两期各七天的察雅县行政事业单位会计人员会计专题培训的建议。通过发挥学校资源优势、探索高校援建西藏新模式，更好地促进察雅县会计人才队伍建设。

报告很快转呈学校党委书记孙泽平教授案头。他很快主持召开书记办公会，决定学校全力支持，要求相关部门、二级学院通力合作，以办好培训班，展示学校办学水平。

6月4日、6月20日，在先后举办的两期培训开班仪式上，校党委副书记、纪委书记分别代表学校作了热情洋溢的讲话，党委书记孙泽平教授、校长黄伟九教授等校领导百忙之中全程关心培训进程。

故事二：转换发展动能之引智故事

税小华多次把自己作为“中间人”为察雅和重庆文理学院的合作牵线搭桥。

2018年6月4日下午，察雅县委副书记、常务副县长杨鸥和重庆文理学院党委副书记刘灿国分别代表双方单位，在重庆永川签订察雅科技创新体系建设战略合作框架协议。刘书记一直心系援藏工作，这是他第二天即将到新单位上任前代表学校参加的最后一项公开活动。协议核心内容是，立足察雅经济社会发展实际，依托重庆文理学院平台，整合重庆市内外高校教学、科研和人力优势，着力共建察雅县人民政府决策咨询委员会，引进培育新型研发机构和打造昌都双创高端人才基地三大内容，以科技创新力量助推察雅脱贫摘帽，建设美丽察雅，全面建成小康社会。

察雅县脱贫攻坚工作在决胜阶段，获得高校专家高水平的智力支撑，这对于促进县域经济社会提档升级尤其重要，如同插上一双翅膀。

9月18日到23日，重庆文理学院分管科研、财务的副校长兰刚教授带领专家组，针对察雅县农牧业和旅游业两大产业发展和战略性新兴产业培育的需要，与察雅县委书记任厚明，县长其珠多吉，县委副书记、常务副县长杨鸥，副县长刘书获、田翠平、次仁顿珠等县领导深入交流，就“十四五”发展规划编制等合作事宜达成重要共识。

同样，在税小华的牵线搭桥下，作为教育部专家，兰刚教授多次主持大中小学教育质量检查和验收。听说察雅县即将接受义务教育均衡发展国家评估认定，他欣然接受了县教育局土洛局长的邀请。9月19日下午，在赵世文副局长、泽珍副校长陪同下，兰刚教授参观了焕然一新、文化氛围浓郁的校园。操场上，孩子们正在开展体育活动。一路上，他不断与孩子们相互问好。在四年级教室里，他打着拍子和孩子们一起合唱《让我们荡起双桨》。深情而欢快的歌声顿时充满教室，穿过宽广的操场，回荡在王卡乡中心小学上空。

故事三：建设美丽察雅之团队故事

重庆对口援建察雅县始于2016年7月。重庆援藏第八批工作队领队黎勇、副领队蔡家林充分考虑到察雅县情和脱贫攻坚的艰巨任务，积极协调重庆市人社局，第二期专门安排6名学历与职称在23年来重庆援藏干部中均属最高的专技干部到县里工作。税小华就是这些专技干部中的一员。

2018年3月19日晚，在机关食堂点着蜡烛召开的座谈会上，专技干部们畅谈心声，一致表示：全面融入察雅生活、工作环境和人民群众中，不说不利于团结的话，不做不利于团结的事，树立良好的援藏干部形象。

众人划桨开大船。援藏队员不辞辛劳，深入乡镇、走村入户，脚踏实地、埋头苦干，把誓言写在大地上。通过参加各类工作会议、19个小康示范村（镇）等乡村振兴建设规划等活动，积极谋划县域经济社会顶层设计。他们参与全县建设工程、产业项目等督导巡查工作，探索“援藏资金技术+企业+建档立卡户”新模式，夯实精准扶贫的致富基础；组织中小学教师教研活动和新型农牧民培训，举办各种形式的专题学术报告会，培养一支带不走的人才队伍。他们潜心指导义务教育均衡发展督导评估验收工作，开展高危产妇剖宫产手术等察雅县医疗史上的首例医疗手术，为全县人民提供最需要的帮助。

扶贫先扶志、扶志先育智。只有充分发挥好人的作用，才能拓宽无边界的服务半径。孟子曰：

> 乐民之乐者，民亦乐其乐；
> 忧民之忧者，民亦忧其忧。

第六节　谁给他们插上腾飞的翅膀

1

察雅县城不大，坐落在一条狭长的河谷里，最西南端有片白色的房屋，每天清晨总会从那里传来琅琅读书声，许多少男少女从大门里进进出出……这里，就是察雅县唯一的中学——察雅县中学。学校占地120余亩，只设初中，是察雅县的最高学府。

2018年4月，来自重庆的8名援藏教师，就在这所学校早出晚归，教书育人。这8名援藏老师分别是南川中学张正清、姚川杰、康远兵，铜梁实验中学徐辉强，璧山大路中学龚正华，璧山中学徐鑫龙，璧山来凤中学张萍，永川九中肖云利。

其中，张正清任察雅中学副校长兼察雅教育援藏工作组组长。张正清生于1979年，2013年考调进入重庆市南川中学，2018年4月9日踏上援藏的“神秘”之路。

2018年4月到校后，学校安排他任教2015级政治教学工作，经过近三个月的苦战，他所教的班级政治中考成绩跃居全年级前列。2015级的学生毕业后，他继续担任2018级七班的道德与法治教学任务。他坚持每次上课之前重新制作适合藏区孩子学习的课件，重新设计适合藏区孩子学习的课堂作业、周测试卷。并在课后经常与学生谈心，主动到寝室与同学们交流。经过一年的努力，他的教育教学方式赢得了学生的喜爱，学生的成绩也有很大幅度的提高。每次考试成绩均居全年级前列。

同年6月，县委组织部任命张正清为察雅中学副校长，主要分管学校的教研工作。为此专门成立学校教研室，充实教研人员，完善相关的教研制度，落实督查和考核制度，要求校领导也必须参与听课、评课。全校下设学科教研组，各年级设学科备课组，周一至周五每天上午和下午分学科分年级集体备课，要求集体备课必须定主备人，定主题，使集体备课准备更加充分，更具有可操作性。同时要求每位老师必须根据集体备课的安排，上好新教师的合格课、优秀教师的示范课，课后由备课组成员及时点评，点评过程中不准有重复的意见，促使教师认真听课。

为了让学校的教研工作有序开展，张正清专门为全校教师召开了3次主题分别为“浅谈有效教研模式”“教研提质量，科研抓效益”“浅谈中学生的教育策略”的教研专题讲座，使全校教师在一定程度上明白了教研的目的、教研的方式以及课题方面的相关知识和实施程序，从而真正让教师实现从一名教书匠到教学能手的转变。他还为全校政治教师专门上了两堂公开课，初一上学期道德与法治《享受学习》和初一下学期《青春有格》，均赢得政治教研组全体老师的一致好评，还让政治教师们充分认识到政治课不是为了考试而去完成教学的课程，而是要发挥它的育人功能，目的是把学生培养成全面发展的人，让学生有更加美好的未来。同时为了发挥优秀教师的“传帮带”作用，让援藏教师和当地有经验的教师与新教师签订师徒协议，从备课、上课、作业辅导方面给予帮助，其中张正清指导新教师上课2次、示范上课2次。同时指导政治教师王瑞娟和徐娜的“一师一优”赛课，均获得“省优”的称号。另外，抓实抓细学校的每次月考、半期考试、期末考试。每次必须进行成绩分析，要求做到年级成绩分析、班级成绩分析、科任教师成绩的分析；要求各备课组要针对试卷进行卷面分析，查找问题，寻求解决的措施；要求年级借此机会，发放调查问卷或者召开不同层次的学生会议，收集学生对教师、班主任的意见，针对问题，立即整改。

为了实现科研兴校、科研强校，张正清组织全校教师开始针对学校教育教学中遇到的问题，指导教师做课题研究，现在学校共申报立项课题12个，参与的老教师有60名左右，教师们课题研究的氛围和激情大大提高，促进了老师的专业成长，为学校教育质量的提高奠定了良好的基础。

作为分管初一年级的副校长，从入学之初，他就从细微管理入手，强化管理。组织开展学校初一年级新生军训，目的在于训练学生的纪律意识和责任意识，提高学生的团队意识；利用军训期间对学生进行国防教育，包括国防知识、国防技能、爱国主义等，增强学生的国防意识；同时对七年级新生举行了一次防灾减灾消防应急疏散演练活动，目的在于普及消防知识，增强师生消防意识，提高学生应急反应、自救互助能力，确保在险情面前能够选择正确的自救、疏散、逃生办法和路线，提高安全意识，教育学生学会自我保护。利用周五下午，召开七年级教师会议，分析年级近期存在的问题，并讨论相应的整改意见和措施；召开学生大会，对学生的学习、纪律、卫生进行分析并提出相应的要求和管理，旨在培养学生养成良好的学习习惯、纪律习惯、卫生习惯；针对学生近期的表现，结合学校、年级、学生的具体情况，再次由班主任组织学生学习《察雅县中学班级量化考核办法》。制订和学习了《七年级学生的各项纪律要求》并张贴在教室墙上，随时提醒学生遵守校纪校规班纪班规，做一名合格的中学生。

2019年3月，张正清在初一年级推行“室内室外”管理模式。组建年级学生会，设立年级工作领导小组，由分管校长主抓，年级副组长具体监督，学生会干部常规落实。经过年级师生的共同努力，年级的各项工作得到了学校领导的高度肯定，并要求将管理模式在全校作为优秀工作经验推广。

2018年是察雅中学均衡验收之年。作为援藏教师，充分利用在内地的均衡验收经验，努力为学校做好这方面的工作。为此他经常和学校均衡办一起完善学校的各种信息材料。利用空余时间，撰写学校均衡验收自查报告5000多字；组织全校师生，协助县消防大队和县市政局，利用洒水车，为学校清洗主要干道共两次；协助任校长，组织全校老师完善学校图书馆的硬件配套工作，让学校的图书馆管理工作从此走向数字化管理的道路；为了提高学生的科技意识，组织学校物理教研组的全体老师参与筹备学校科技馆工作，并利用课余时间，要求班主任带领学生到科技馆参观，安排物理老师作科技讲解辅导，激发了学生科技探索和求知欲，提高学生学习物理的兴趣；为了让国家均衡验收工作顺利开展，他独立编写完成学校宣传展板的解说词共6000多字，深得学校领导和老师的认可；同时为确保均衡检查工作的完整性，保证事事有人做，他对全校每位老师的工作，进行了定岗定点的工作安排，让每位老师明白自己应该做什么、怎么做。经过全校师生的共同努力，学校圆满完成了国家均衡验收工作。

作为援藏察雅工作组组长，他的工作宗旨和目的是为援藏教师服务。在教学之余全体援藏教师积极参加学校组织的第三届校园文化艺术节，带领援藏老师自主设计创作的诗歌朗诵《伟大的祖国》获得县、校领导的肯定和师生的好评。

在生活中，协调处理援藏教师寝室的改造，给大家营造好干净、整洁的生活环境。大家有什么困难，他也一定尽全力为大家解决。如：为援藏教师争取了每个月300元的通讯补助和第十三个月的工资补助等。

根据西藏自治区《关于贯彻落实西藏自治区第九次党代会精神确保实现“五个100%”教育目标》的实施意见，学校专门成立了领导小组，由他和分管的教研室具体落实。按上级文件要求，将每个指标具体分解落实到相关部门和教研组、备课组和教师身上。经过他和教研室的不断努力，“五个100%”教育工作目标得到有效落实。并且有些工作经验还走在全县的前列，县教育局的相关领导也对此给予了充分肯定。

高寒、缺氧、崎岖的山路、刺眼的阳光、莫名的寂寞、无尽的思念。这一年他真切体验了援藏工作的艰辛。他虽然远在异乡，远在雪域高原，没有尽到作为一个子女应尽的赡养父亲的职责，没有尽到一位父亲扶养教育子女的职责，但他始终不忘祖国对自己的期盼，始终不忘各级领导对自己的深深嘱托，不忘初心，一直努力工作，为支援西藏的建设贡献自己的全部力量。

2

“同学们，刚才你们的锅庄舞跳得那么精彩，继续跳啊，不要停下来。”在2018年5月12日的晚会上，肖云利鼓励同学们说。

这个时候，他来察雅县中学刚3个月，已和同学们打成了一片，同学们特别喜欢他。

有学生问他：“肖老师，为什么重庆的山与察雅的山不同？重庆的山上有那么多的树！重庆有那么多的桥！”肖云利就给他们介绍重庆的山水、文化、交通、经济等。

“同学们，要想实现自己到外面去的夙愿，最快最好的方式就是努力学习！”

“我想考昌都二高，长大了想当医生，但是我现在的成绩不好。”

“我的理想是读大学！”

他经常与可爱的孩子们交谈，这些学生正像年少的自己，渴望考上大学，去更广阔的天地。每每听到这些话，肖云利就暗暗发誓：一定要上好每一堂课，才对得起如自己儿女一般年纪的孩子们。

徐辉强，49岁，中学一级教师。中共党员，是察雅县中学年纪最大的老师，也是工作量最重的老师，除担任两个班的汉语教学（周课时十六节）外，在学校迎接国家均衡检查的大半年的时间里还在党政办协助领导做准备资料的工作。

“阿妈，今天如果不是这位援藏老师，可能我们三个都回不来了……”这位察雅县小学六年级的学生斯朗卓玛回到家里就号啕大哭着一头扎进阿妈的怀里。原来今天一早三个小伙伴相约去松德大桥爬山，恰好察雅县中学援藏老师徐辉强也在那里，由于山势险峻没有路，也没有可以攀缘的草木，徐老师担心有险情发生，在劝说阻止无效后，便一路紧紧随行……三个小时后，在山势陡峭得只能前进不能后退的情况下，徐辉强顺利地带着她们在山顶找到了一条通往山下的路。

晚上10点，徐老师已经洗漱上床了，这时学校发来一个通知："请党政办全体人员马上到办公室加班！"五分钟后徐老师准时出现在了办公室里……在学校成立教研室后，徐老师还担任八年级语文备课组组长，带领着一帮老师备课、说课、讲课、评课，忙碌在课改第一线上……短短的一年多的时间里，徐辉强老师辅导的唐小霞老师和扎西才措老师在昌都市的优质课大赛中都取得了二等奖的好成绩，这也是学校有史以来语文学科在同级别的大赛中取得的最好成绩。2018年10月，昌都市首届中学生诗词大赛如期举行，徐辉强带领八年级的三名小将参赛，分别取得了第二名、第三名的好成绩。2019年4月，察雅县中学书写大赛中徐辉强老师辅导的新巴拉姆喜获一等奖！

姚川杰，32岁，中学一级教师。

有一天课上，学生们正在做练习，她正在给一个学生讲题。突然，她看见一个学生流鼻血了！她急忙跑过去，看见那个孩子正用纸接着从鼻孔流下的鲜血，生怕弄脏了地板，那种小心翼翼却又不知所措的样子让人心生怜惜。

姚川杰急忙从包里拿出纸巾为孩子擦干净鼻血。这时，教室里响起了雷鸣般的掌声，姚川杰惊讶地望着他们，同学们却朝她竖起大拇指，说着姚川杰听不明白的话语，那种发自他们内心的肺腑之言还没来得及转化为汉语来表达！姚川杰处理好之后准备把那个孩子手中的纸放到垃圾桶里，这时，姚川杰清楚地听到孩子们说："老师，你不怕脏吗？让我来吧！"

姚川杰的心隐隐地疼着。几乎算是使劲儿地往外拽，才从孩子手中挣脱，将纸巾放进垃圾桶中！在孩子们的心里，老师是一个多么高贵而神圣的职业啊！望着这群淳朴善良的孩子，望着他们那一双双透亮的眼睛，望着窗外那湛蓝湛蓝的天空，姚川杰体会到“教育就是一朵云推动另一朵云，一个灵魂唤醒另一个灵魂”这句话的真正含义。

张萍，37岁，中学骨干教师。

有一天早自习，她发现有3个学生没认真听讲，不时地和同桌讲话、抓前面同学的头发，弄得一个班都不安静。吃饭时，她单独把这3个学生留了下来，从学习目标到学生的规矩，晓之以理，动之以情，教育他们想想家里年迈的父母，只有自己认真学习了，才能成为家里的顶梁柱，成为父母的依靠……

突然，有个孩子跑出了教室。正当她无可奈何、内心失望时，只见刚才跑出去的那个孩子又回来了，手里还拿着一包东西。孩子泪眼汪汪地对她说：“老师，我父母希望我考入内地去上学。他们为了让我安心上学，常年在外放牛。在外面，只能住帐篷。遇到刮风、下雨天，帐篷里就冷得不行。我很心疼他们。老师，我错了，我不该上课捣乱，不该惹您生气，影响整个班学习，这是我替您买的午饭，您吃吧。从今以后，我会听您的话，好好学习，将来好孝敬父母，不让他们为我操心。”

她摸了摸这个孩子的脸庞，眼睛湿润了。所有父母都爱自己的孩子，所有孩子也都爱着自己的父母！

3

鲜花推开春天的大门；绿荫推开夏天的大门。
硕果推开秋天的大门；飞雪推开冬天的大门。

在察雅县中学，每天清晨5点半，总有那么一群藏族的孩子，他们手里拿着书，在操场上、路灯下、柳树旁，像蘑菇、像星星、像眼睛……

龚正华，重庆援藏的一名中学语文高级教师。到察雅县中学第一周星期三晚自习结束后，学生阿旺巴姆从后面追上他，递给他一张纸条。回到宿舍，龚正华打开一看，上面用并不工整的字写道："老师我想对你说，今天晚上我不是不尊重你，而是我语文考得越来越差了，所以我控制不住自己，就哭了，对不起。老师我求求你告诉我，要怎么学才能学好。我想好好学习，求求你看管我，打我都行。爱你的学生阿旺巴姆。"看完字条，龚正华心里一阵酸楚，泪眼蒙眬。

德清拉错渴望进步，总是责怪自己什么都学不会，他对龚正华说："老师，我考差了，你打我吧，你打我，我好受一些！"每每听到这样的话，龚正华心里都会沉甸甸的。每次考完试，她都要到龚正华这里再领一张试卷，重做一遍，让龚正华给她检查。

在察雅县中学任教的时间里，龚正华时刻被孩子们感动着。在无数的感慨中，他只有拼命上课、辅导，认真对待每一个学生。

2018 年中考时，他所教的班级，成绩得到很大提升，平均分数提高了 13 分，名次由最后一名提升到第三名。班上有 35 个同学，毕业典礼时他就收到了 35 条哈达！

时光就像学校围墙边上的麦曲河，时而唱着铿锵的号子滚滚向前，时而低吟婉转地款款而来，时而弹奏着千回百转的曲子翩翩起舞。在时光的流逝中援藏教师们慢慢地靠近了学生的心。

经过一段时间的酝酿，2018 年 10 月 18 日，察雅中学默言文学社成立，它犹如一块吸铁石，凝聚了爱写作的学生的心。文学社主要成员有仁增措姆、向巴玉措、向巴永措、达瓦卓嘎、加永卓嘎、江央卓玛。

每一次，教师都指导学生们扎实创作。结合学生的实际情况，采取了"创作三步曲"，先全体同学都写作，从中发现好的素材；文学社成员再次写作，把同学们好的点子和素材整合起来，形成写作提纲，在社内分享交流；写成完整的文本，小组分享，交流写作过程、写作中运用的写作技巧等。

默言文学社每周都会利用一个中午开展活动，或写作或赏析或交流同学们的优秀作文，提振了同学们的写作信心，增强了学习的积极性，同时在写作中使学生修养了性情，强化了感党恩、爱祖国的情怀。

有一次，默言文学社的同学把学习的场地搬到了学校的草坪上，大家专心地交流写作心得。待同学们抬起头来，准备回教室的时候，发现周围坐满了人——有七年级的，有八年级的，也有九年级的，他们都被文学社吸引过来了。从此，文学社把活动搬到了草坪上。

经过同学们的不懈努力，斯郎曲西的《做一朵坚强的羊羔花》、向巴卓嘎地《篝火暖人心》、仁增措姆的《带上笔记本去旅行》《胡杨的心愿》《我的青春期幸好有您》、向巴永措的《助力脱贫，共享小康》、向巴玉措的《带上手机去旅行》、达瓦卓嘎（小）的《桂骨》、卓嘎拉姆的《披着阳光的蒲公英》等纷纷在《读写舫》《少年先锋报》上发表。

“路漫漫其修远兮，吾将上下而求索。”孩子们将会随着麦曲河的脚步，汇流澜沧江，奔向浩瀚的大海。

徐鑫龙，出生于1975年，一级教师，年级备课组组长。

他在支教察雅县中学时任教九年级三班和五班，其中三班每周有一个晚自习，五班每周有一个早自习。在他第一次给五班上早自习的时候，由于不习惯，就没吃早饭。他刚到教室，有几个学生就从怀里摸出鸡蛋、馒头、牛奶，说：“老师，这是给您的，是专门给您留的，还是暖和的。”同学们七嘴八舌地说：“老师，我们都舍不得吃，知道您从内地过来，不习惯的。”

当时，他哽咽了，强忍着感动的泪水，一边接过学生那些珍贵的早餐，一边用低沉的声音说“谢谢”。他做了一个决定，用手机拍下了那些珍贵的早餐和可爱的孩子们的画面。这是他到藏区得到的最好、最珍贵的礼物。正如他在援藏心语中写道：一朝援教察雅，一生情系西藏。

他发现一些学生常常流鼻血、呕吐、肚子疼。基本上每次上课都会有学生流鼻血或呕吐。他按老家的办法，让流鼻血的孩子用冷水拍拍后颈，让呕吐的孩子喝点热水。孩子们总在他停课认真关切地处理这样的事情时给他竖大拇指，说老师很厉害，也很关心他们的健康。有一次在一年一度的校运动会期间，五班的女生向巴玉措咳嗽，他问她怎么了，她说她喉部很疼。他估计是感冒了，就趁下课的10分钟跑回寝室按他自己的用量拿感冒药给她吃，她吃了后问他又要了一次感冒药，说她的弟弟也感冒了。第二天，作为长跑选手的姐弟俩顺利地完成比赛，姐弟俩跑完后跑到他身边挽着他的手臂，脸上洋溢着幸福与胜利的神情，感觉他们就是冠军似的。他们当时对他说了一句话："老师，我们有两个爸爸，你就是我们的另一个爸爸！"

在教师节，孩子们大肆张扬地把他们想送给他的礼物在上课时献给他，并给他戴上洁白的哈达，那一刻，他完全感受到教师在孩子们心目中无上的地位，为自己是一名教师而感到无比的自豪！

在化学的实验教学方面，他和另外一名援藏教师，开启了察雅县中学化学实验教学的新纪元：以前这儿完全没有开设学生化学实验，甚至教师演示实验也从未开设。他们来到后，把演示实验、学生分组实验全部开设起来，并把相应的台账建立健全。不但填补了化学实验教学一项的空白，还对生物实验教学、物理实验教学，甚至对其他功能室台账的建立健全起到引领的作用。

总之，他在模范遵守学校规章制度外，积极主动引领一线教师进行教学教研的改革性尝试，同时将国家援藏政策大力宣传，并从自己做起、从小事做起、从基础做起，利用榜样的力量，引导学生知党恩、感党恩。

康远兵，中学物理老师，他的父亲已70多岁，小孩初中刚毕业，但他依然选择援藏。到察雅县中学后，他发现学校器材运用很少，就利用周末时间把实验室器材分类。尽量给学生多上演示课、多做实验，从而提高了学生的学习兴趣。

岭高悬月小，涧窄受风长。
树树留残雪，人人怯早霜。
预愁枯宿苦，犹念起行忙。
已到乍丫地，何须说里塘。

清代文人黄沛翘在《西藏图考》一书中留下如此诗句。在清代驻藏大臣的进藏路线中，察雅也一直是个重要驿站。这些宝贵的文化遗存和文化资源，是察雅县发展文化产业、建设文化强县的宝贵财富，是察雅构建和谐社会的独特优势。

这里还有文成公主进藏时途经察雅的美丽传说。沧海桑田，造就了仁达摩崖石刻等文物古迹，千年的时光早已让古道的样子模糊，但会说话的石头还在传递着吐蕃时期藏东艺术的余温。

而今天的察雅县，日新月异，一群援藏干部在这里唱响了时代新歌，那声音像雪山上叮咚流淌的清泉。

第六章

那一朵朵白云，那一座座雪山

我徂东山，慆慆不归。
我来自东，零雨其濛。
鹳鸣于垤，妇叹于室。
洒扫穹窒，我征聿至。
有敦瓜苦，烝在栗薪。
自我不见，于今三年。
——《诗经·东山》

从昌都市区去类乌齐要翻越一座大山，名叫珠角拉山，海拔4688米，山势险峻，特别是下雨天、下雪天，路面湿滑，车行山路十分危险。

2018年11月9日，我和类乌齐县委常务副书记、政府常务副县长江世洪联系，准备第二天去采访工作、生活在那里的援藏干部。他接到电话后迟疑了一会儿，说山上正下着大雪，冰雪覆盖，暗冰封路，打滑，车是不听使唤的，非常危险，安全是个问题。

第二天上午，从昌都市回类乌齐县的扎西师傅打电话叫我坐他的车到类乌齐，说是江书记专程安排的。车子出了昌都市区，在一个叫俄洛桥的小镇上休息，同时等另外几辆车结伴而行。我看见扎西师傅在一个五金店买铁链，就很奇怪地问买这个干什么，扎西师傅很亲切地告诉我，等下翻山要用防滑链。翻山？当时，镇上阳光明媚，没想到山上又是另外一个世界。汽车出了镇子一直顺着山路向上行驶，海拔不断升高，公路也开始由柏油路变为烂泥巴路、冰雪路，渐渐地开始出现雪山，那雪山高耸入云，巍峨挺拔，给人无限神秘的遐想。车辆的行进速度也减下来了，缓慢爬行。

汽车装上防滑链，有了往上爬的利爪，每一步都很缓慢，像朝圣。灵魂深处溅起雪白的泥浆，高原上的太阳为我们点灯，峡谷把时间折叠得弯弯曲曲。悬崖上的丛林，墨守千年孤独。山峰巍峨，仿佛是神伸出的脑袋，在天空中为蚁行的人群鼓掌加油。

一路上走走停停，到类乌齐已经接近黄昏时分。类乌齐虽然海拔比较高，平均海拔4500米，但森林植被还不错，有“天堂类乌齐、三江花都城”“西藏小瑞士”“昌都后花园”等美称。每年7—8月这里遍山花海，10月至次年5月都是冬季。类乌齐藏语是“大山”的意思，位于昌都东北部，与青海玉树交界，县城在国道317和国道214汇合处。当天晚上，我就住在县里大山重庆宾馆，整夜失眠，于是就写了一首《翻越珠角拉山》打发时光，这首诗被北京诗人、书画家王爱红写成书法作品并收录到《著名诗人优秀诗歌年选（2019卷）》里面。当时坐在摇摇晃晃的车子里，真有这样的心情：螺旋式上升中，我们是汽车的附属品 / 要学会忍受怒火，忍受欲望，忍受贪婪 / 再快的奔跑 / 也无济于事 / 架设在陡壁上的枯枝 / 失去了鸟鸣，失去了春暖花开，像饥饿的过冬者 / 朝心事重重的路人讨要幸福 // 当我们与蓝天接近，无边无际的雪 / 正在为人类代言。经幡记录了一切 / 爱与恨，快乐与伤悲 / 对与错，前世和今生 / 雪风像一位不知疲倦的诵经人 / 赞美你离开了死亡 / 完成了四千六百八十八年的时空穿越……

路上听开车的扎西师傅讲，珠角拉山隧道正在修建中，估计不久所有司机不用再提心吊胆翻山了，不会再看到冰雪路上滑进谷底的油罐车、客车、货车、小车等悲剧。

我们盼望隧道正式通车的那一天早日到来！

第一节　从江北走来的铁汉柔情

1

2016年腊月二十八日，进藏后的第一个春节将至，江世洪正在宿舍收拾行李，准备赶回重庆过年。其实，这时候其他干部早就返回重庆，他因为工作需要，成了最后一个离开工作岗位的援藏干部。

突然，他的电话响了，他以为是家人问他买的哪一天的飞机票，拿过电话正要开口，发现号码是类乌齐县办公室工作人员的。“江书记，尚卡乡一个村断电了，找不到原因，咋办？”

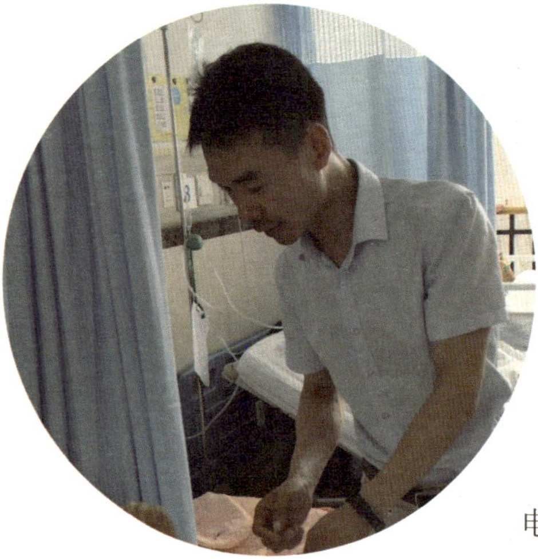

江世洪一听，回答说：“修！马上就是大年三十，绝不能让农牧民家里春节没电打酥油茶，必须立即恢复通电！”

出现这种事，他不得不管。江世洪立即拨通电话，叫供电公司董事长索郎旺加：“马上安排技术人员跟我一起到尚卡乡去一趟，那里断电了，过年啦，绝不能冷了农牧民的身还凉了群众的心，更不能让那里成为无电的盲区！”

很快，他带领供电局公司人员匆匆向断电的地方奔去。尚卡乡是距县城最远的乡，断电的那个村离县城140多公里，需要翻越马查拉山，全是山道险路、羊肠单行泥巴路，路基狭窄，坡陡弯急，路上铺满冰雪，到处是暗冰，一路顺着电杆走，可以说是寸步难行。有人建议说等天气好了再去修，但是，江世洪斩钉截铁地说："大年之夜，肯定不能缺电！农牧民的电力不恢复，我不回家过年！"

路上冰雪天气，漫天大雪纷飞，能见度低，江世洪就下车，用脚在前面探路步行，还边走边说笑着鼓励同行人员。经过6个多小时的艰苦跋涉，江世洪和工程人员终于到达目的地。不远处正在冰冷的房前观望的当地群众全部围拢到他们面前，用期盼的眼神看着他们。了解情况后，工程技术人员分析认为，是变压器出了问题。由于变压器在大山的半坡，坡上积雪厚，上去相当困难和危险。江世洪带头走在前面，多次手脚并用爬上20来米的冰坡坡又滑下来，几次因打滑重重摔倒在冰上，滑向坡底，屁股上、胳膊上、腿上到处是淤青，硬生生得疼，手上、腿上还在渗血，满身雪泥，膝盖的衣服都被磨破了。他不顾伤痛，继续坚持爬到变压器脚下，和工作人员一起战斗。直到电力恢复了，他才下山，与大家摸黑返回县城。

冒雪一直在坡下围观的群众看到江世洪从冰雪覆盖的坡下爬上去滑下来，纷纷落下了感动的眼泪，嘴里不停地喊着："突吉切，突吉切（藏语：谢谢）……"拉着他的手放在额头上久久不愿松开，头顶头一起不愿离去。

但是，他们并不知道这个人是谁，更不知道这个人就是他们县委的常务副书记、县政府的常务副县长。

紫曲之水奔流下，朱角神山五彩长。
仆仆风尘援藏路，责任使命扛肩上。

江世洪，1972年出生，工龄30年，曾从军约20年，援藏前是重庆市江北区委政法委副书记、综治办主任。从他踏上藏东土地的那一刻起，他就随时提醒自己，自己就是类乌齐人。

2

人生天地间，忽如远行客。援藏道路长，苦乐安可知。

2016年7月12日，怀着对雪域高原的向往、怀着对藏东大地的敬仰、怀着对藏族同胞的热爱，担着第八批援藏的光荣使命，江世洪跪别父母，别离家人，拂去亲人泪水，安慰亲友的忧心，带着组织的信任和群众的期待，来到藏东类乌齐县，开始他三年的援藏工作。他分管全面深化改革、意识形态及县委办、受援、人才、团委、工青妇及组织、宣传和维稳工作。同时，他还协助政府工作，分管公安局、司法局、民政局，联系检察院、法院及驻县武装部、武警部队工作。在书记、县长外出期间主持县委、县政府全面工作。

巍峨的群山、洁白的云朵、如画的景色、黝黑而淳朴的笑脸，这是很多人初到藏区的印象。在这里，走同样的路需要付出更多的体力，海拔每上升100米温度降低0.6度，氧气也会更稀薄，都会引起较大的生理反应，犹如负重五六十斤；在这里，做同样的工作需要更多的准备，高寒缺氧使人反应变得迟钝缓慢；在这里，一个小感冒，也许会导致脑水肿、肺水肿或死亡，交通和医疗条件让你来不及与生命和健康的需求赛跑。

越往基层走，不便的交通、恶劣的自然环境就越让人对西藏的艰苦产生更直观的体验。初到类乌齐县的那天，途遇强烈阳光、大风大雨、冰雹冰雪、天寒地冻，那夜从冰水洗脚到停电没法手机充电，还有强烈的高原反应折磨着江世洪，一夜无眠后发现鼻孔里都是血块，只能用嘴巴呼吸，干得嗓子痛。“条件越艰苦，就越考验人，就越要做好。”江世洪在心里暗暗下了决心。面对重重困难，江世洪决不后退，主动迎战，并暗下决心，一定尽心、尽力、尽职把第二故乡类乌齐建设得更加美好！

进藏为什么？在藏干什么？离藏留什么？

县里有什么？县里缺什么？我们援什么？

这些是他常常思索的问题。

“遇到困难，知难而退，一向是懦夫的行为；面对困难，迎难而上，必定是勇者的选择。”熟悉江世洪的人都说，他是一名在困难面前永远不会低头的勇士，正是曾经艰苦的军旅生涯，锻造了他刚毅的性格，面对困难他会是一名敢想敢干的援藏大哥。

西藏是全国唯一的深度连片贫困省区，2016 年 7 月，江世洪初到类乌齐时，全县共有贫困村（居）82 个，精准识别建档立卡贫困户 3761 户 16834 人，贫困发生率高达 32.6%。到岗后，他俯下身、沉下心，深入基层、走村入户，多次晕厥依然坚守岗位，体重锐减 23 斤，不到 20 天跑完全县 6147 平方公里 10 个乡镇 82 个村居和县直单位、企业，跑遍了全县所有乡镇，与乡、镇干部、农牧民群众共话发展，了解他们的安危冷暖，倾听他们所思所想，聆听他们的意见建议，掌握第一手县情基本资料，并把这些数据深深地记在心里，认真思考。

他用军人的胆魄跑出高原“加速度”。

3

欲问秋果何所累？自有春风雨潇潇。

江世洪的一天往往是从夜里开始的。

对于江世洪来说，半夜两三点下班回宿舍休息已成常态，他办公室的灯总是县委大院最晚熄灭的，半夜突击下乡是家常便饭，他总是忘记下班时间而错过吃饭时间。

深化结对帮扶，江世洪驻村滨达乡，对口帮扶热西村 4 户建档立卡贫困户，入户期间他每天自掏腰包交上 100 元生活费，自带被子，与群众“同吃、同住、同学习、同劳动”，积极互学语言，交流脱贫具体事宜，宣传国家法律法规和精准脱贫惠民、便民、利民大好政策，深度体验藏家生活。雪里来冰里去，一步一个脚印，江世洪心中的“帮扶路”也越走越清晰：精神帮扶，“造血”扶贫，摒弃“等拿靠要”，开展普遍走访慰问 8 次，宣讲 112 次，增强农牧民脱贫内生动力；物资帮扶，筹集各类专项、爱心资金解决贫困户生活困难，送去生活物资和慰问金共 9200 多元；政策帮扶，协调、指导结对帮扶贫困户落实 1—2 项增收产业，致富门路 5 条，解决实际困难 20 余件；项目帮扶，为滨达乡协调投资 130 万元建成 10 座生态阳光大棚、40 万建榨油厂、80 万建便民服务大厅；投资 250 万元建成滨达红色遗址广场等。类乌齐第八批援藏工作队共联系 25 户困难群众，寻找致富门路 30 条，解决实际困难 60 余次，发放慰问资金、物资合计 340 万元。

类乌齐县滨达乡，号称类乌齐东大门，是全县党建、产业发展、脱贫摘帽等工作的典范。

“带着要求、揣着梦想，将意识形态、管理学习、交流方法的种子播撒在基层，用心浇灌它，细心呵护，让它在基层生根、发芽、开花。”这段话摘自江世洪的工作笔记，记录了他结对帮扶滨达乡，驻村蹲点的心路历程。脱贫摘帽驻村心得体会《深化结对帮扶，渝藏共建小康》

被《巴渝人文》《援藏》《重庆扶贫》《文学书院》《重庆纪实》等刊物发表。

雪域三载担使命，脱贫攻坚志在心。
因地制宜尽己任，高寒牧区遍足印。
精准扶贫思布局，灯前伏案夜不寝。
倾情援藏助脱贫，喜看藏东春色新。

2017年9月30日，冬季的类乌齐，大雪纷飞，“山高水远路漫漫，绵绵相思涌心田。头枕一轮边关月，梦里依稀回故乡”。如果说生理上的考验是摆在援藏干部面前的第一道难关，那么心理上的考验对于每一位援藏干部来说更难克服。江世洪深夜和当地干部一起值班，累了就对着雪山圣湖大声呼喊，释放压力。当地的在藏干部很多都是内地人，援藏干部还能三年一轮换，在藏干部却是要长期坚守。大家点着柴火取暖，一起分享着在藏工作的快乐。牦牛们在街上来回走动，不时钻进乡镇大院来，火焰映照着大家的笑脸，也燃烧起未来建成高原小康的希望，这些都是江世洪驻村工作经历中心里最温暖的记忆。

在国务院精准脱贫验收中，江世洪负责的滨达乡和类乌齐镇两个单位，曾连续工作7个昼夜，与基层严格“三同”三月余，进村入户助脱贫，个人完成国检验收全县45%的户数，确保全县高标准通过自治区、国家脱贫攻坚评估考核，2018年类乌齐县被昌都市委、市政府评为脱贫攻坚成效巩固提升奖。

漫山雪花大如席，飞雪白了长毛岭
听雪讲述人鹿奇缘，和谐相处48年的约定
一个女人，一群马鹿
神奇的情谊，达成了美丽的默契

这是江世洪原创诗歌《邂逅冰雪游子心——醉美类乌齐》中关于长毛岭的描写。大山长毛岭，上与浮云齐。在类乌齐县国家级马鹿自然保护区的核心区域马鹿场，你会看到这样的和谐画面：向秋拉姆一阵悠扬浑厚的呼唤声，数百只马鹿扬蹄而来，团聚在向秋拉姆面前。“慢慢吃，别跑。”向秋拉姆一边用藏语喊着，一边向马鹿抛撒芫根和矿盐。

江世洪每隔 3 个月便会带队来到长毛岭国家级马鹿自然保护区，到普穷村，看望这个故事的女主人公——64 岁的藏族嬷拉（老阿妈）向秋拉姆，陪她拉拉家常，送去党的慰问关怀。江世洪每次来到长毛岭，也会和马鹿们打打招呼，这群高原精灵们也像是看到了亲人一样，默默地靠近他。援藏干部每年都会来慰问向秋拉姆一家，嘱咐他们续写好人鹿奇缘的故事，这是珍贵的自然生态资源。类乌齐国家级马鹿自然保护区有野生马鹿 8000 余只，较 2005 年增长了 60%，向秋拉姆担当起了护林员的职责，儿子也加入了护鹿的行列，他们会一代代地呵护马鹿，坚持人与自然和谐共生。

4

都说江世洪是个工作狂，可是谁又知道他内心对家人、父母的愧疚，谁又知道他内心的悲情。

2017 年临近春节，家家户户都在忙着置办年货，他的妻子整天忙于照顾年迈多病的父母、年幼的孩子，无暇去采购过年物品。江世洪大年三十上午才赶回家，大街上好多商场关门了，什么东西都买不到，看着别人家里热热闹闹的，而自己家里却冷冷清清，什么年货都没购买，哪有过年的氛围？江世洪的心里很不是滋味。

曾记得有一次，半夜家里电箱起火，妻子给他打电话时急得大哭，他却远在西藏，只有打电话请离得较近的朋友谭隶清前去处理。2018 年夏天，重庆气温高达 40 度，正好妻子送孩子上学，突然遇到停电被困在电梯里，电梯里温度不断上升，母子俩几乎晕倒，孩子热得衣服都脱光了，吓得大声喊：“爸爸，爸爸，快来救我们！”当他们被救出电梯后躺在过道里时，才打电话告诉他……远在千里之外的江世洪得知这些情况后，除了深深的歉疚和自责外，唯有暗自心酸落泪，他还能怎样呢？这是一件他自己都不敢提起的事。

妻子多次生病，只有 7 岁的儿子给妈妈做饭、洗碗、端水拿药……特别是妻子高烧无法送儿子上学时也只有拜托邻居帮忙，妻子要求他“你回来看看我们吧！”他也没能回去，只是安慰妻子说，自己肩负着援藏使命，确实离不开，委屈你们娘俩了，但是江世洪心里有数啊！2019 年春节回家当听到妻子说儿子考了个全班倒数第一，他愧疚的泪水夺眶而出……

2018 年 8 月 27 日，晚上。

江世洪从下午开完会就一直在办公室处理文件、协调电视台工作。直到晚上 9 点多，他才想起，昨天上午家人打电话来说孩子马上要开学了，需要钱。

“哎呀！打钱，搞忘了！”江世洪把脑壳一拍，立即站起来，门都忘了关，就急匆匆向附近的银行跑去。他在银行自动柜员机转完款，长长地松了一口气。回来路过类乌齐重庆广场，他静静地站在广场角上看着这个熟悉的重庆广场碑，一会儿仰望星空，一会儿低头沉思，他的眼泪不由自主地涌了出来。

而这一幕被在县委办没离开的县电视台记者全程跟拍了下来。

类乌齐县政协办公室主任张世聪讲了一件关于江世洪的事。

2016 年 12 月，江世洪一大早在办公室裁纸，因为高寒缺氧反应迟钝把左手划伤缝了三针，大家都劝他在家休息。周末，他还是按原计划去五保老人集中供养服务中心看望孤寡老人，虽然他胳膊上打了石膏，吊着，但是，他还是逐一问候了 166 位老人，并发放爱心红包 36200 元，带着医疗队免费为所有老人义诊，发放价值 5100 元的常用药品，让老人深深感受到党的温暖、援藏干部的关心。临走时，一位老妇人含泪向他献上了哈达。

情系民情，心系民生。

江世洪在精准扶贫调研中，时刻心系群众冷暖，详细了解他们的生产、生活和衣食住行等情况。有的贫困户家中房屋低矮、家具简陋，孩童衣着单薄，老人冻得瑟瑟发抖，他看在眼里急在心里，想着怎么让他们度过寒冷的冬季。

在江世洪的奔走呼吁下，深、沪、渝、浙、苏、湘、闽和重庆青联会等社会力量积极响应，大家慷慨解囊，无私捐赠价值 597.5 万元的财物。转诊 4 位危重患者赴渝抢救。协调重庆长城医院参与“慈幼共创·拯救折翼天使”项目并筹集资金近 100 万元。协调重庆市中西医结合医院康复医院和重庆新视界眼科医院参与“光明援藏　天籁之行”活动，成功帮助复听 96 例、复明 100 例。他真正为藏区群众送上了一份浓浓的情谊。

人心齐，泰山移。经过多年军队生活锻炼的江世洪非常注重维护班子团结、民族团结，以建设类乌齐、发展类乌齐为己任，做到不利于民族团结的话不说、不利于民族团结的事不做，主动与班子成员沟通协商，做到大事讲风格、小事讲原则，不仅与援藏队伍内部上下一盘棋、拧成一股绳，而且与本地干部之间和谐相处、团结协作，形成了干事创业的坚实基础和强大合力。在书记、县长外出期间，受委托主持县委、县政府工作，及时补位不越位，帮忙而不添乱，尽心尽力做好全县各项工作。在廉洁自律方面，他从不含糊。作为共产党员，援藏干部，他十分珍惜干事创业的舞台，注意自己的一言一行，时刻自我警醒，为人光明、处事磊落，坚持用制度管人、用制度管事，真正做到不碰“红线”、不踏“底线”、不触“高压线”，以风清气正的良好政治生态推动援藏工作。

5

藏东疾风料峭寒，雪山环峙入云端。
高原反应何所惧，撸起袖子加油干。

江世洪每一年都是最后一个坚守在岗位上的援藏干部，2017年临近春节，他因为参加重庆援藏干部座谈会，直到临近除夕才匆匆赶回家。作为儿子，他愧对年迈多病的父母；作为丈夫，他愧对伤心难过的妻子；作为父亲，他愧对正在读小学的儿子。

但是他却对家人说，作为一名共产党员、援藏干部，为了藏区的繁荣稳定、民族团结、长治久安和当地经济社会发展，他无怨无悔！

他不断地说：“援藏就是要尽心、静心、净心。”他真情援藏，书写了援藏干部的忠诚与担当，以丰硕的援藏业绩赢得了大家的认可与赞扬，也收获了各种荣誉。类乌齐县援藏工作取得了可喜成绩，得到了各级领导和人民群众的一致好评，昌都市委书记阿布同志曾作重要批示，重庆市李殿勋副市长到县视察时也予以了充分肯定。在2018年期间，他分管的工作成效显著，他所在的县荣获自治区“双拥”模范县、被自治区国动委评为“征兵工作先进单位”“全区宣传思想文化系统先进单位”，全市维护稳定、意识形态、精神文明建设、民政工作、网评工作、文化市场综合执法、基层党组织等获全市先进荣誉称号；举办昌都2018年度全市民政工作暨五保集中供养机构运行试点现场会并做了交流发言。

他于2016年12月被重庆市江北区授予“江北身边人·身边好卫士”荣誉称号；2016、2017、2018年度连续三年考核均为优秀，被昌都市组织部评为“优秀公务员”；被重庆援藏临时党委授予“优秀援藏干部”“优秀共产党员”等荣誉称号。2017年4月，被江北区评为“优秀党员”，并参加江北区“党旗飘飘　榜样力量”优秀基层干部事迹展演活动。重庆市第八批援藏工作队于 2019 年 1 月 10 日荣获“感动重庆十大人物”特别奖，并被邀请参加 2019 年重庆市春节联欢晚会。

在那些远离家乡、远离亲人的日子里。“五加二、白加黑”就是他在藏区工作的时间表。

援藏三年，他通过积极协调重庆市级部门及相关区县、单位、企业对类乌齐实施援助，创新援藏互访机制，积极向派出单位和社会各界协调资源，落实援藏协议，强力推动项目执行。共督导落实计划内外项目达 46 个。计划内医疗、教育、扶贫等 22 个项目 2.3 亿元；计划外资金 8978.3 万元、物资 2477.52 万元，共计 11455.82 万元，康巴花都营地、幼儿园、民族团结广场等 24 个项目基本完工。落实江北区援藏资金 4303 万元；争取重庆市有关部门、企业资助类乌齐县 958.5 万元；争取江北区 12 街镇对口援助资金 288 万元。

他调研、制订了县域旅游发展规划，督促落实重庆中机中联公司做好全县总体设计和详规，重点打造国道 214、317 沿线 3 大观景平台、红色遗址公园、茶马古道文化、康巴花都等旅游设施、品牌。

他积极协调对接相关企业，招商引资 23.4 亿元，提出县域牦牛育肥循环经济、物流园区、旅游开发、矿产资源保护性开发、农牧产品开发利用等长远期经济建设发展项目规划。签约 15 亿元的风电项目、3 亿元的卡玛多光伏项目、2.5 亿元的扎西贡温泉及高原拓展训练基地项目、2000 万元的高原芫根榨菜生产基地，筹划县文创产业孵化园项目和农特产品网上销售平台、藏香猪养殖、高原蜜蜂养殖基地项目等，全力推进县城电影院建设。在两江新区、观音桥等开展“重庆类乌齐民族文化宣传周”专场演出 10 余场；牵头协调江北出资 10 余万元搭建销售平台，参加重庆西部农交会并受到农业部屈副部长和重庆刘强副市长的高度赞扬。

他深入学校调研教育工作，提出“教育兴农、教育兴县”，请江北、渝北、沙坪坝等内地优秀教师到类乌齐进行短期讲座，组织教师赴内地进行学习培训考察，开拓教师眼界，丰富教学知识，理清教学思路，把内地学校管理、教育先进经验介绍到类乌齐。

加强全县人才培训工作，筹集相关培训援助支持约100万元，协调办好昌都组织部培训班、专家讲座、党政领导和老师医务人员培训，努力完成昌都市人才培训3000工程，留下了一支带不走的工作队。教育援助项目6项投入3850万元；计划外幼儿园、图书室、奖励金共投入1570万元。成立中学教育援藏工作室，解决了8名昌都学生到江北18中入学，4名到西藏中学入学，为受援地培养本土人才；牵头组织昌都市教育局及类乌齐、察雅、芒康三县援藏干部赴重庆西藏中学看望慰问在渝西藏学生。

他积极牵头协调，为各项目建设筹集资金。江北、沙坪坝区计划外县第二幼儿园1450万元、“康巴花都营地”项目3000万元、县城民族团结广场1100万元、县城路灯工程1100万元、滨达重庆广场项目250万元、县电视台综合改造项目220万元、3个观景平台项目100万元、虫草扶贫科研项目150万元、中药材研究100万元、生态阳光大棚10座150万元、教育奖励资金项目100万元、旅游宣传标识项目50万元、县城水厂实验室项目10万元。

他落实援助的车辆最多，摩托车3563辆，10个乡镇越野车、医疗车各10辆，县政府2辆越野车，县医院救护车、工作车各1辆，扎旦民族手工艺小货车1辆，铲雪车2辆，垃圾清理车3辆等。

这些资金一笔一笔到位，这些项目一个一个落地，几乎每个项目成果都有他付出的心血和汗水！

6

梦里的格桑，开满朱角拉神山

是我心中神圣向往的地方

肩负着使命啊初心不曾忘
奉献雪域高原花香盈满心房
……

2018年末，即将迈向重庆第八批次援藏收官之年，江世洪填词创作了这首旋律优美、饱含深情的《梦里格桑》，这是他三载援藏生涯的真实写照，更寄托着他对类乌齐的深深眷恋。

截至2018年12月，他加强协调，抓住龙头，找准定位促工作。突出推进项目、对口、“造血”、智力、爱心、社会等援藏工作，工作成效创援藏24年来历史新高。

重庆无私援助类乌齐县资金和物资累计达3.446亿元，建设基础设施项目50多个，总投资2.819亿元，涵盖了市政、文教、卫生、民生、维稳等各部门。总牵头负责成功创建类乌齐县人民医院成功创建为二级甲等，基本实现了“小病不出乡镇，中病不出县，大病不出藏”的目标。

2016年7月，江世洪刚到类乌齐，就立即深入调研，很快提出了“一面、一网、一线、补短板”的援藏工作思路。

一面：助推旅游强县，规划打造“天堂类乌齐”“康巴花都”；一网：搭建平台，构建农产品销售网络，拓宽农产品销售渠道；一线：帮助做精做强牦牛肉产业链；补短板：用计划外援藏资金补城市建设短板、医疗教育短板、扶贫民生短板、人才培训短板，突出了精准援藏工作大局。这些明确的思路是推进重庆援藏工作助推精准扶贫、助力精准脱贫的有效措施，是推动重庆援藏工作由“输血式”向“造血式”转变，由“漫灌式”向“滴灌式”转变，由“粗放式”向“精准式”转变的有效机制，也是最大限度发挥援藏效益的重要载体。

江世洪把类乌齐当作第二故乡，以发展类乌齐、建设类乌齐为己任，坚持用“心”援藏、用“情”援藏，用真心、动真情、使真劲。梦里的格桑花，永远绽放在他的心上。

但是，他面临的考验也很多。

“天路”的艰险比想象中的还可怕，类乌齐县的通乡村公路蜿蜒崎岖、山高路陡，塌方、泥石流时有发生，有太多的未知、太多的不安全因素，每次下乡或出行都是生与死的考验。面对急难险重任务他也是任务当先、敢于担当、冲锋在前，带领队伍圆满完成抗洪抢险、信访调处等重要工作，保障群众生产生活和生命财产安全。

2017 年 4 月，援藏队友因公身坠悬崖不幸牺牲的消息传来时，他心情沉痛、倍感惋惜，他深知“对一个世界来说他是一个生命，但是，对一个家庭来说他是一个世界”。从跨出家门的那一刻起，家人就无时无刻不在牵挂着他，期盼他平安归来。

有一次，江世洪因为过度劳累在办公室昏厥过去，工作人员发现后，立即让“120”送到医院抢救。“我看到了天堂的颜色，是灰的！”这是他醒来后说的第一句话。

很少人知道江世洪这样一个优秀的共产党员干部，现在还有一个负担较重的家庭。他患有多年的胃病，食欲不佳，身体瘦小。妻子无工作，他援藏出发时儿子仅 6 岁。妻弟两口子均无固定工作、无固定居所，寄居在江世洪家中，自己的父母也年迈多病，经常住院。

但是，他没有告诉身边的领导干部，依然忘我地工作，每次杜和平、李维超、代小红等领导代表组织询问困难时他都说没有，坚持援藏。2016 年江北区领导回访时对他说：“你作为县里的领队，要负责把每个人都给我们活着带回来，这是我对你的唯一要求！”这句话在这特殊的环境里真不是句玩笑话，有着特别深刻的意义，有什么比生命和健康置换来的革命友谊珍贵？

江世洪作为类乌齐援藏领队，他严格执行援藏干部管理规定，对队员的严肃苛刻甚至有时不被队友理解，因为安全、健康是他的第一要求。他密切关注队员思想、工作和生活、身体状态，个人协调购买迷彩军大衣、棉皮鞋、冲锋衣、保健箱等常用物品，帮助队员们抵御严寒，营造了温馨的工作环境。他要求队员严守政治纪律、严格政治规矩，合力推进工作，围绕“让安全为使命护航”“强党性、践宗旨、献爱心、做先锋”“习近平谈治国理政等系列主题教育活动”，强化团队思想教育和注重“两个经常”工作，活动情况在西藏卫视播出并在《援藏》杂志发表。

援藏是在舍与得之间提升人生的智慧和境界。“吃苦绝不叫苦、缺氧不缺精神、海拔高斗志更高”，正是江世洪无私奉献的真实写照。2016年进藏以来，江世洪先后撰写《扎根雪域、诠释忠诚》《不忘初心、精准发力，再续援藏工作新辉煌》《深化结对帮扶，渝藏共建小康》《激活媒体融合动能，崛起藏东融媒高地》等文章。编写歌曲《梦里格桑》、诗歌《醉美类乌齐》等，还有简报80期、微信稿件70多条，被昌都电视台、康巴卫视、自治区新闻采用19条，制作援藏工作专题片3个，为全县干部开展专题讲座、讲党课3次，有序地推进了各项援藏工作，得到了各级领导高度重视和充分肯定。

江世洪始终践行“援藏是政治责任，热血甘洒类乌齐，战高原享雪域，甘洒热血援藏；铭责任渝藏情，竞谱无悔青春”的援藏誓言，打造援藏文化，设计援藏徽标，营造和谐氛围，始终不忘初心，勤奋工作。他牢记组织给予的厚爱，感恩援藏历练人生，树立重庆援藏干部的良好形象。

巍巍珠峰，见证“渝类”情深；湍急三江，诉说援藏情怀。是啊，白云奉献给蓝天，才会那样的飘逸；江河奉献给大地，才会那样的激荡；青春奉献给事业，才会那样的美丽！

第二节　团结广场的春天来了

1

2017年2月4日，农历正月初八。从类乌齐回重庆休假的夏林一早就接到了同事唐强的电话，他在电话中焦急地请求在重庆联系一家能治疗肝内结石的医院，并预留床位。唐强是类乌齐县政府副县长，当地的汉族干部。

唐副县长的电话是让人揪心的！他结对帮扶户中的拉措患了重病，因当地医疗条件有限必须转往内地治疗。拉措，女，41岁，藏族，系类乌齐县建档立卡贫困户，被诊断患有肝内结石、胆囊炎、肝内血管瘤等疾病。唐副县长获知“亲戚”患病且无钱入院治疗后，二话没说，自掏腰包将拉措送进了昌都市人民医院，并四处张罗联系四川、重庆的朋友，落实转诊治疗。

接到唐副县长的电话后，夏林忧心忡忡，立即电话联系了昌都市人民医院院长易文强，详细了解了拉措的病情及治疗情况后，又联系重庆沙坪坝区卫计委医政科科长罗翔，请求安排西南医院肝胆科病床。罗翔科长的效率很高，西南医院也很支持，预留床位、转诊的事很快就安排好了。预计病人将于2月7日在当地村支书陪同下到达重庆，再由夏林自驾车到机场迎接病人，送入西南医院肝胆科，帮助办理入院手续。

2月5日，类乌齐县人民医院8名医生到重庆市“三甲”医院——长寿区人民医院实岗培训1个月，夏林因在类乌齐县分管医疗卫生工作，中午驾车赶赴长寿，看望迎接他们。

下午回重庆主城途中，夏林想到拉措的病情和语言不通、生活不适应及费用等问题，他打电话联系了长寿区人民医院院长，将拉措病情彩超诊断单转发长寿区人民医院的外科主任，请求协助提出诊治意见。院长及主任均明确表示此病长寿区人民医院完全能够治疗，接诊没有问题，并可安排救护车到江北机场接运病人，入院后可专门特别护理。

真是个好消息！

夏林立刻电话征求了唐强副县长意见，提出改变转诊方向，将拉措转诊到长寿区人民医院治疗，唐强副县长十分高兴地接受了他的建议。

就这样，2月7日，拉措通过医院绿色通道十分便捷地住进了长寿区人民医院病房。

2月9日，类乌齐县常务副书记、常务副县长江世洪与夏林一道，赶到长寿区人民医院慰问、关心藏族同胞拉措，为她及同伴献上了祝福的哈达，送上慰问金。医院领导在知晓拉措家庭状况及唐强副县长的爱心之举后，当场表示拉措此次医疗费用不能报销部分由长寿区人民医院全部予以救助、减免。

夏林，1974年出生，硕士研究生学历，类乌齐县副县长，重庆市第八批援藏干部，援藏前是重庆市沙坪坝区卫计委党委委员、卫生计生监督执法局局长。在夏林援藏三年期间，拉措只是被救治的五位患者中的一个。

2

蓝天白云幡巾间，清风摇曳絮枝纤。

正是七月花飞时，一心虔诚入帐毡。

2016年7月12日，对夏林来说注定是一个难忘的日子。9点30分，重庆市第八批援藏干部一行71人降落在海拔4300米的昌都邦达机场，随后马不停蹄直奔昌都市区。在翻越4500多米的浪拉山垭口后，不断有人出现头痛、呕吐、胸闷等症状。远望的蓝天白云光照刺眼，路旁摇曳的格桑花向着他们欢笑。

在昌都市区参加完短暂的培训后，7月14日，夏林与6名援藏干部，从昌都经过两个半小时的车程，翻越海拔4688米的珠角拉山，到达了类乌齐县。一路上，夏林都在想：他的三年援藏工作将怎么开启？如何渡过这特殊的三年？

夏林在类乌齐县担任副县长，分管卫生局、食药监局、文化局、经济合作局（招商引资）、受援办工作。一到类乌齐，夏林就克服了高原反应，积极投入工作：牵头接待了重庆市统计局、重庆市气象局、重庆市卫生计生监督执法局等工作组，对当地卫生、文化、产业等进行了实地调研……

他在进藏不到20天时间里走遍了全县10个乡镇和所有产业企业、行业，开展深入调研，摸清情况，梳理思路。

他及时向派援单位沙坪坝区委汇报工作，协调援藏支持，促成沙坪坝区每年组织的以区委书记等区领导带队的党政代表团赴藏对接援藏工作，协调类乌齐县党政代表团回访重庆，签署沙坪坝区人民政府与类乌齐县人民政府的“对口援助协议”，建立完善对口援藏工作机制。协调落实了沙坪坝区2016—2019年三年间援助类乌齐县共3250万元资金、130万元物资；建立沙坪坝区5个街镇对口援助类乌齐县5个乡镇，每个乡镇获赠15万元援助资金；为类乌齐县10个乡镇及县疾控中心捐赠11台越野车，为县政府捐赠100万元基础设施专项经费，为县中学捐建20万元图书室，为五保老人捐赠220件羽绒服，为民政局、统计局、县志办捐赠共45万元专项经费。同时，积极协调重庆市科委、林业局、卫计委、工商联等部门，落实780万元援助资金，促使类乌齐县重庆第八批援藏队总援藏资金、物资达11455.82万元（其中资金8978.3万元、援助物资2477.52万元），创重庆援藏以来历史新高。

夏林主抓类乌齐县第八批援藏项目实施，他结合全县实际，按照“缺什么、援什么”的原则，“输血”与“造血”并重，根据“一面一网一线补短板”的三年计划援藏工作思路，整合江北区及其他所有援藏资金，从帮助生态旅游强县、商务推广、培育产业链及城市建设、医疗教育、扶贫民生、干部人才培训等全方位实施援藏工作，确定了援建幼儿园、康巴花都旅游项目、民族团结广场、县城路灯项目、3个观景平台、滨达红色遗址广场、阳光大棚、县电视台改造、虫草科研扶贫项目、教育奖励资金、旅游标识、县水厂实验室等共21个计划外“交钥匙”项目。

为强化全县干部素质，他组织协调为类乌齐县到重庆挂职培训党政干部、乡村干部、教师等共759人，组织县民间艺术团24人以及县疾控中心人员、电视台编辑人员、县水厂水管人员等到沙坪坝区专业培训，组织医务人员到长寿区培训，邀请西南医院传染病防治博士团到县筛查疾病谱，组织11名重庆专业医生赴藏支援全民包虫病筛查，邀请农技专家到县开展农牧技术培训和教师专家到县对全县教师进行现场教学。同时，严格按照《昌都市援藏项目资金管理暂行办法》等相关规定，加强计划内援藏项目的2.3亿元“交支票”工程的督导管理，积极做好抗洪救灾和县城电影院的建设工作，有效地促进了类乌齐县科教文卫事业的发展。

为了提升全县医疗水平，夏林担任项目法人代表，全力推进2.2万平方米的县医院整体迁建项目，加强项目督导管理，项目将在2019年6

月竣工。他还担任组长，牵头帮助县人民医院创建二级甲等医院，积极培育建设县藏医院。

他还积极招商引资，帮助培育全县产业。累计接待重庆各界近 70 批次工作组来类乌齐县考察、调研，针对全县实际，对温泉产业、旅游产业、清洁能源、农牧养殖等，提出科学产业布局，帮助建设全县商务平台、改善招商工作。积极协调对接相关企业，全力招商引资，签约了风电、光伏、温泉开发、高原芫根榨菜生产等共 23.4 亿元的招商引资项目，积极筹划县文创产业孵化园项目和藏香猪养殖、高原蜜蜂养殖基地项目等。他还组织开展“重庆类乌齐民族文化宣传周”专场演出活动，推动民间艺术团人员转岗；组织企业参展昌都“茶马文化艺术节”、西藏“藏博会”、重庆西部农交会等，通过多方互动，切实促进类乌齐县产业发展。同时，夏林又编发“天堂类乌齐”系列 5 篇旅游宣传推送帖和 20 条宣传信息，宣传、推广类乌齐，帮助扩大开放，招商引资。

3

清晨，你去了远方，一声不响，不等天亮
西天的白云，请送去一件彩裳，许你温泉的热量
远方的高山，请编织一个花环，许你醇厚的诗行
祝福铺满青藏高原
歌声穿越雪域苍茫
你站在大山之上。三年，回望故乡
你回来时，一定月色朦胧
桃花树下，火锅飘香，曲水流觞

这是夏林援藏出发时，他的一个同学写给他的《祝福》。而夏林在

类乌齐期间，除了工作，更多的是寂寞。他利用休[illegible]间，把自己的援藏经历写了二十八篇随笔。这是他在西藏的真实足迹，[illegible]是他未来的美好回忆。

扶贫路上的记忆令他终生难忘。

2017 年 10 月 23 日，这是夏林下乡扶贫的第五天。

他来到全县海拔最高、资源最贫瘠的岗色乡，这里平均海拔 4500 米，乡政府 4380 米，8 个村均在 4300 米以上，最高的比苍村 4700 米（全县海拔最高的村子）。全乡 2500 多人，2016 年近 90% 是建档立卡贫困户，2017 年还有 58% 的群众没有脱贫。

10 月的岗色乡已经入冬，每天都在飘雪，周围都是白茫茫的山头。夜晚十分冷，风很大。夏林是晚上 7 点 30 分赶到乡政府的，8 个村和乡里的扶贫专干都等着他召开会议，县里督导组的两名人员也已到达。

夏林招呼乡长让大家先吃晚饭，再开会。晚餐很简单，只有三菜一汤，大家围着火炉三下五除二很快就吃完。乡里困难很多，电脑、打印机严重不足；有 3 个村子离乡政府有 30 多公里；老百姓除挖虫草收入和一些牦牛收入外，基本没有其他收入来源。

晚上住的招待所其实就是乡干部周转房的一套3人合住的两室一厅。除夏林之外还有督导驻点的县委常委、统战部部长和驾驶员。招待所里有电无水，条件简陋。

看到这些情景，夏林一夜没有合眼，他心里一直在想，如何让他们早日脱贫呢？

第二天，他搭乘检查组的便车回了县城。找人借了两台电脑及 4 台打印机，并拆下自己办公室的电脑、打印机、稳压器，叫上车，载着这些办公用品赶到岗色乡政府，以补给因电压不稳被烧坏的电脑，恢复正常办公。

当天下午，夏林到比苍村入户调查、核实在家的藏家农牧民群众。在岗色乡的几个月精准扶贫工作中，夏林一家一家地走过至少 500 户贫困户家里。藏区农牧民的生活很清苦，但在精准扶贫的过程中，他们的现状一天天正在发生改变。

4

2018 年 11 月 23 日，援建的类乌齐县民族团结广场项目正式竣工验收并交付使用。

民族团结广场项目是按类乌齐县委、县政府要求，由类乌齐县重庆第八批援藏工作队利用重庆市江北区、沙坪坝区共 1080 万元计划外援藏资金，在县城扶贫开发新区建设精准扶贫易地搬迁、棚户区改造集中安置区配套的市民“民族团结广场”。项目占地 13327 平方米，包括广场管理用房、牌坊、民族舞台、国旗台、花岗石地面、音乐灯光系统、花草园林树池及石凳石刻等。项目的建成为当地群众提供了一个娱乐、休闲、商贸、文化交流的综合场所，优化了群众的业余生活，改善了人民的生活水平。

民族团结广场充分体现了重庆人民与类乌齐人民“民族团结”的深情厚谊。

在类乌齐采访期间，夏林邀请我参观民族团结广场。在冬日的暖阳下，我们步行在崭新的广场上，看着近处的河流、远处的雪山，那一幢幢崭新的楼房上空飘逸的白云，我心里由衷地高兴。广场设计大气，布局合理，建设精美。一些工人正在进行最后的查漏补缺。

在宽阔的广场中间，我和夏林攀谈起来，他说，这个广场的修建确实花了援藏队不少工夫，是我们援藏队集体智慧的结晶，好多事情都需要援藏队员共同参与督办，建成后受到当地老百姓的热烈欢迎，这就让援藏队员感到很有成就感。援藏队邀请我写一篇《类乌齐赋》，刚好可以放在“民族团结广场”几个字的背面位置。我没加考虑就答应了，这也算是对援藏的一种支持吧。回重庆一周左右，我就把内容传给了他。

藏东名邑，昌都雄关。西连丁青，南接八宿，东邻卡若，北望囊谦。金河八百，唐古余脉。怒江千里，邦达相盼。紫曲碧水，挽吉、格而汇澜沧，朱角神山，携昂、那而奔渝川。汉文曰之类乌齐，藏语意之为大山。沐雪域圣水之灌，历高原坚冰之险。金汤固垒，巍巍雪山。泱泱大地，万世齐安。

观乎是邑之风光，当其茶马古道，唐蕃古情与大山之魂相得益彰。君不见屋脊之上皑皑，高原沟壑纵横。峰峦叠嶂，腰间牦牛低头默语，河谷浅滩，怀内雄鹰虎视冲天。伊日大峡谷沁心脾，山欢水笑，岗色托卡牧歌嘹亮，天蓝云白，打日通湿地小瑞士，草青林密。山岳绵延，听长毛岭马鹿嗷鸣，丹霞地貌，看乌然村峡谷险峻。德曲颇章，景胜天堂。纵日食糌粑，夜饮青稞酒，扶老挈幼，三步九叩，也难越圣山之巍峨，洋洋哉，类乌齐之风光也。

喜看今日之类乌齐，改革大潮，浩浩汤汤。各族儿女，共挽同心，重庆援藏，荡气回肠。支医助教，帮贫扶困。拳拳之心，日月可鉴。广场之兴，五位一体。党恩浩荡，顺天应民。昔日荒滩，今日商圈。工程告竣，立赋于此。巍巍哉！形若汉藏携手，乘长风而破巨浪；记大山之昭昭，迎雪域之曙光。期亿众开来继往，承前启后；盼万家风调雨顺，国泰民安。

第三节　“五朵金花”带着母亲的微笑

1

这里的“五朵金花”指的是重庆长寿区人民医院的五位援藏医生，她们是领队李小荣，队员张群、高岐、吴晓兰 、吴彦。

在我去类乌齐的第二天，恰好她们从长寿经过短暂休假后返回类乌齐，因为创建“二甲”工作顺利结束，她们回去探亲。五位医生一到类乌齐，就像活蹦乱跳的小鸟，到处都是她们的笑声。当晚在食堂吃饭，她们还讲述了回来路上的诸多险情，路上车子坏了，差点儿夜宿雪山恩邦路。

创甲评审工作虽然结束了，但是医院工作才刚刚开始。回顾创甲的日子，李小荣内心很难平复。

李小荣，1971 年出生，类乌齐县人民医院副院长，援藏前是重庆市长寿区人民医院感染科副科长、副主任护师。

2017 年 10 月，李小荣受组织派遣前往类乌齐援助，任务就是帮助类乌齐县人民医院创建二级甲等医院。

她到医院不到半个月，就发现医院感染工作存在空缺，她深知感染工作在一所医院的重要性，所以夜以继日地工作，决心把医院感染工作开展起来，并让其上一个新台阶。

首先在内科开展护理工作：找准临床工作中存在的问题，针对具体问题，逐一规范病房管理、药品管理、一次性耗材管理、护理文书书写，强化优质护理、护理管理、护士培训、迎检资料的准备及迎检技巧等。

她在“二甲”创建工作中担任院感组组长，积极配合院长工作，献计献策，认真梳理“二甲”创建标准条款，根据院感标准修订各项制度，并深入临床指导、督导、收集相关数据并及时反馈、整改，提升医院感染知晓率及依从率，持续整改。

在医院感染控制方面除开展日常监测、指导、督导外，还新开展全院感染病例监测、环境卫生学监测、紫外线灯管强度监测、手术切口感染监测、规范医用织物集中清洗、手术器械集中清洗消毒灭菌、三管的防控、现患率调查、院感周活动及产房、手术室、消毒供应中心的规范化建设等。在“二甲”终评中医院感染组得到了评审专家的充分肯定。

她积极参与各种义诊和下乡体检、传染病宣传工作。为地处雪域高原的藏族同胞送去多方面的医疗服务，有效地提升了类乌齐县人民医院的服务内涵，紧密呼应国家卫生健康委员会改革，落实预防为主，把以治病为中心转变到以人民健康为中心，预防重大疾病，为人民群众提供全方位周期健康服务，全面推进“健康中国”建设。

2

2018 年 4 月 8 日 9 点 37 分，类乌齐县人民医院被送来几名受伤的男子，其中一位 38 岁的男子浑身是血，尤其是左侧颈部已经渗透，部分结痂，还可以看见汩汩往外直冒的鲜血。护士报告了患者生命体征：血压 90/53mmHg，心率 134 次 / 分，呼吸 23 次 / 分，四肢冰冷，患者轻度烦躁，判断：刀刺伤，失血性休克！

时间就是生命！一场既无声又有声的抢救战打响了：急诊科、外科、内科、输血科、院部领导及所有援藏人员，齐聚抢救室，判断伤情、建立静脉通道、吸氧、心电监护、积极抗休克、合血备血、导尿，迅速检查后发现患者多处刀刺伤，创面从长 2.5—4.5 厘米，宽 2.0—2.5 厘米，深 3—6 厘米，最致命的是左侧颈部，胸锁乳突肌内侧的一处刀刺伤，只看见鲜红的血液不断地涌出来，外科主任达吉、援藏副主任医师张群等，判断是颈部静脉血管断裂所致，他努力寻找被刺伤的血管，一次又一次，都没能成功，考虑到血管已经被割断后回缩，而患者的血压仍未升起来，心率在增加，患者怕冷、烦躁，一切的表现提示患者在大量失血，休克在加重，接下来将会是靶器官的缺血，功能丧失。

时间就是生命！生死时速在类乌齐县人民医院急诊科上演，援藏干部周青梅与江村院长果断联系部队，五分钟后，二十名官兵跑步到达输血科。都说人民子弟兵血浓于水，鲜红的血液胜过千言万语……

回缩的血管断端仍未找到，经过几个手术医生的商量，考虑到类乌齐县人民医院没有血管吻合条件，最终决定加压包扎止血，抗休克，为患者进一步手术赢得时间！

李小荣给蜷曲着的患者导尿，细心地呵护着，并协助援藏干部刘燕对另外3处创面进行清创缝合，吴小兰把鲜红的血液顺利输入患者的血管，高陵认真记录着患者生命体征，血液输入量，李健斌做好深静脉穿刺准备……

11点30分，患者生命体征稳定，江村院长积极与昌都市人民医院外科联系后，在类乌齐县人民医院急诊科医务人员护送下，救护车缓缓驶离类乌齐县人民医院急诊科，前往昌都市人民医院，留下类乌齐县人民医护人员期盼的眼光：只愿患者平安康复！

这场历时一个多小时的抢救，充分显示出了类乌齐县人民医院的多学科协作能力和沟通效率，同时彰显了类乌齐县人民医院急诊急救水平的进一步提高。

3

2018年8月20日上午11点30分，李小荣接到一个电话，类乌齐镇珠达村，有一名产妇出血不止，请求救助！

病情就是命令！

她立即通知急诊科，并带队组织最强的医护人员出诊，一路风驰电掣，到达珠达村。大家顾不上一路颠簸和高原带来的头昏脑涨，立即来到患者跟前，发现患者面色苍白，极度虚弱，监测生命体征提示低血压状态，现场检查后发现，产妇因产道撕裂导致大出血，清理出血凝块约500g，综合评估产妇失血量在800—1000ml。医护分工合作：安抚患者情绪，建立双通道，用纱布填塞止血，再次观察患者病情及测定生命体征，评估病情后，果断决定送回类乌齐县人民医院进一步诊治。

医护人员、家人、邻居，大家不约而同地一起把患者从二楼移送到救护车，一路密切关注产妇和婴儿，下午1点40分，母女安全抵达类乌齐县人民医院妇产科。妇产科援藏医生高崚副主任医师和吴晓兰副主任护师不顾一路疲劳和饥肠辘辘，立即对患者的病情进行了再次评估，并对撕裂伤口进行了缝合、清理，看到产妇生命体征平稳，大家疲惫不堪的脸上露出了欣慰的笑容。

这一次抢救，“五朵金花”全部参加了。

4

张群，1972年出生，援藏前张群任重庆长寿区人民医院内分泌科副主任医师，重庆内分泌医师协会会员。从事临床医学、教学、科研工作22年。在医学核心期刊发表论文7篇。

2018年3月援藏，任类乌齐县人民医院院长助理、内科主任。

没有主任办公室，也没有自己的办公桌和电脑，张群和大家共处一室，和所有的医生护士打成一片，生活上像一个大姐姐，可是一谈到工作，就变成了一个严厉的老师。她提出要求：强化时间观念，绝不许迟到早退；灌输“5S”管理理念：整理、整顿、清扫、清洁、素养，规范书写病历，加强有效沟通，从最基础的工作入手，强化各级医务人员职责，坚持七步洗手法。

以师带徒方式，严谨认真，毫无保留地对内科所有医师实施“传帮带”。

2018年7月13日，一对从北京来藏旅游的老人，因为痛风发作，在街上打听类乌齐医院怎么走时，那个路人告诉他们：去找援藏的张群医生看吧，她是一个特别好的医生。那对夫妻找到了在病区忙碌的张群，看到她耐心细致的诊治，那对夫妇赞不绝口：“有这么好的援藏医生，是藏区医生和人民的福分。”最后他们特别满意地离开了医院，继续他们的西藏游。此外，她还利用休息时间承担了多次的义诊、干部保健及居民健康体检，承担来自全国各地的工作组的保健任务。援藏以来，她体重减轻了12斤，难怪无数患者感慨：藏区需要张群这样的医生，张群是我们藏族人民的好医生！

高崚，1978年出生，长寿区人民医院妇产科副主任医师。2018年1月30日参加援藏，任类乌齐县人民医院院长助理、妇产科主任。

高崚出生在新疆，从小父亲就教育她：“只要祖国需要，我们就是一块砖，哪里需要哪里搬。”当得知医院正在组织专技人才援藏的消息后，她第一个报了名，经过层层选拔，如愿来到了美丽的雪域高原。

深入了解类乌齐医院的情况后，高崚发现类乌齐县地广人稀，全县医务人员严重短缺，医疗技术水平相对落后，人民的就诊意识淡薄，缺乏规范诊疗，但是作为一名医疗工作者，她始终把临床工作放在首位，选择了进入妇产科临床工作。

面对科室人员奇缺，设备落后，药品、检验项目匮乏的难题，她没有退缩，迎难而上，不推脱，不抱怨，处处以身作则，一丝不苟地做好每一件事，规范书写病历，加强与科室医师、护士、主任、护士长沟通，尽快融入科室，开展工作。

高崚组织强化各级医务人员职责，用医疗常规严格规范科室的各项医疗行为，以师带徒，对妇产科所有医师实施传、帮、带，修改完成病历200多份。她坚持天天指导科室查房，随时查看急危重病员，组织科室小讲座、培训10余次，组织院级培训2次。她还新开展了前庭大腺切开引流术，并上台指导剖宫产手术8台，抢救产后出血产妇近20次，抢救窒息新生儿10余次，均抢救成功。此外，她还提倡孕前优生、优育，出生缺陷一级干预10余次，进行规范的围产期保健100余次，多次参加大型义诊活动。全院不管哪个科室有会诊，高峻总是及时赶到并不厌其烦地反复指导。

在类乌齐县人民医院创建“二甲”的工作中，她连续加班三个多月，其精湛的医疗技术、认真负责的态度和高度敬业、大爱无私的奉献精神赢得了领导、同事以及广大患者的一致好评，先后被评为类乌齐县人民医院“优秀援藏医师”、昌都市“十佳援藏医师”、重庆市第八批“优秀援藏干部”。

5

吴晓兰，49岁，重庆市长寿区人民医院妇幼保健医生、妇产科副主任护师。

30年的妇幼保健工作经历使她有足够的信心和能力为藏区妇幼的健康和生命保驾护航。在类乌齐期间，她利用空余时间加班加点进行理论知识和操作培训。她参与院内培训讲课3次，科内专业知识讲座培训6次，院内发表简报3篇，组织参与全院及科内心肺复苏、简易呼吸器、心电监护仪、除颤仪、输液泵、微量泵等培训考核。她还组织参与产后出血抢救和新生儿复苏抢救培训演练两次及院内科内消防和停电应急演练。以精湛的专业技术成功抢救产后出血病人两次、新生儿窒息3次、难产接生3次，收到患者家属锦旗一面，被患者及家属广泛称赞。吴晓兰高度的政治觉悟、踏实的工作作风、丰富的工作经验、严谨的教学态度，无不给类乌齐领导干部群众留下良好的印象。

吴彦，1968年出生，检验技师，援藏前为重庆市长寿区人民医院检验科医生。

2018年7月5日在给全院培训一小时的讲课中，当课程讲到一半时，她突然吐字不清，竟然忘记了自己熟悉的专业术语，瞬间开始头晕，眼前一片漆黑，倒在地上，意识丧失了。在场的医护人员见此危急情况，立即把她送到急诊科进行抢救，经过急诊科医护人员努力抢救，她在半小时后才醒。在抢救的过程中，她能听见熟悉的抢救流程操作：用氧、输液、控血压、测肾上腺素等。她心里想，自己还有许多不舍，还有许多心愿没有完成，因为她知道自己有青霉素过敏险情史，想着想着……好一会儿，她才听见藏族同事在她耳旁轻轻说："老师，老师，没事了，没事了，您是好人，您会好的，好人一生平安。"当她完全清醒睁开眼一看，病床周围都是同事和领导，她感动了，她震撼了，连忙说："谢谢你们！我会更加珍爱雪域，珍爱生命。"

在类乌齐县人民医院创"二甲"工作中，由于医院资金短缺，无法购置设备，微生物室的建立却迫在眉睫。任务就是担当，担当就是责任。于是，她主动向科室、医院领导提出想法和建议，经过多方艰难协调和耐心沟通，8月12日，她原单位长寿区人民医院赠送了价值20余万元的仪器，并且派出检验科主任带着设备来到类乌齐，帮助安装调试。

第四节　她的向往是春暖花开

1

周青梅，1979 年出生，类乌齐县人民医院副院长，援藏前是重庆市九龙坡区妇幼保健院计划生育服务中心副主任。

2018 年 7 月 12 日，周青梅的微信朋友圈里一封措辞委婉的倡议书，在爱心人士的心里激荡起了层层涟漪。

她在倡议书里写道：类乌齐是一个美丽安静的地方，全年平均温度只有 2℃，这里，生活着一群淳朴善良的人，严寒没有浇灭他们对生活的热情，但却让他们冬日难熬，尤其是小朋友，很多连御寒的冬衣都没有，一年四季秋装裹身。充满爱心的您，请在百忙之中抽出一点儿时间，将闲置或不需要的冬衣捐给那些需要的人！倡议书里有捐赠注意事项和联系人电话地址。

这是一场爱心行动，也是一曲援藏人与严寒抗争的颂歌。

很快，类乌齐重庆援藏公寓里便陆续收到了来自重庆的包裹。棉衣、羽绒服、绒衣、毛衣、外套、棉裤、毛裤、牛仔裤、长裤、棉鞋、旅游鞋、休闲鞋、围巾、帽子、手套等御寒之物万余件。

由于捐赠时间截至 2019 年 6 月 1 日，所以整理、发放的工作量很大。2018 年 11 月，当我在类乌齐重庆公寓见到周青梅时，她还在整理、登记捐赠物品。二楼大会议室里摆得满满的，“已经发放了两批，这是第三批准备发放的，全国各地的好心人还在源源不断地寄来！”与她一起整理物品的援藏队友李小荣说。

这是一封倡议书编织成的爱心网，遍及国内多个地方，它还在继续延展，继续编制更大的爱心网。是啊，有爱的冬天不会冷！

2018年10月18日，周青梅找了两辆皮卡车把大家募捐的衣服先拉到岗色乡，准备发给乡亲们。这些天下了好几场雪了，温度也一天低过一天，寒潮来了。

第三天，周青梅和援藏队友黄山、李承泽一起坐着县里面的车子到岗色乡发放衣物。黄山，苗族人，类乌齐县住建局副局长，援藏前是重庆市彭水县建设工程质量监督站副站长。下午3点，他们到了岗色乡政府，政府院子里已经聚集了不少村民，笑眯眯的罗布乡长也等在那里。昨天运来的包裹全部堆放在坝子上，坝子上还立了一个四方形的铁架子，上面也搭着不少的衣服。发放仪式很简单，没有横幅，没有讲话，简单地说明来意，给前面几个小孩子每人穿上一件干净漂亮的衣服后，仪式就结束了，剩下的就请乡干部们分发处理。

周青梅等三人并没有马上离开，而是到旁边的三楼会议室里从窗户往下看，果然和他们在其他乡发放物品的场面一样。他们走了之后，原本拘谨的人群立刻热闹起来，大家都有序地往自己的袋子里装衣服，场面非常热闹。每次看到这些，周青梅的心里都是酸的，喉咙像被塞了什么一样难受。罗布给她讲过，岗色乡大多数是贫困的普通村民，这次送来的这些衣服会让这些困难的村民们冬日温暖许多，还有好些比较远的村子的困难家庭没有拿到爱心冬衣，乡里会把冬衣运到那些村里去发放。走的时候，下冰雹了，子弹一样的雹子打得车顶噼啪作响。

2018年4月29日，周青梅正在病房查房，突然医生拉珍跑来说："老师，有一个小孩，出生7天了，哭的声音很不正常，不清楚什么原因，请你去看下！"周青梅过去一看，发现孩子的情况很糟糕，食道闭锁。她立即打电话给重医附属儿童医院的同学，叫她帮忙咨询下。对方回复说，孩子的疾病必须通过手术才能解决，重医附属儿童医院可以做这个手术，如果孩子没有其他并发症，费用大约10万元。因为这个孩子父母收入低，一年全靠虫草收入，现在正是挖虫草的季节，可是孩子又生病了。

经过周青梅联系、落实，这个孩子最后被送到了重医附属儿童医院医治。周青梅在九龙坡区妇幼保健院发起募捐，筹集资金 2 万多元。病人家属东拼西凑也准备了 3 万元。病人到重庆后，周青梅的爱人和她的弟弟也捐给病人 5000 元表达爱心。

后来，这个小孩的手术比较顺利，医院专门找了个藏族医生全程照顾。10 多万元的医疗费用在周青梅的协调、争取下也通过各种途径解决了，病人一家十分感激。

回到类乌齐后，有一天小孩的父亲来到医院，手里拿了一个盒子，里面装的是虫草，硬要送给周青梅，但是周青梅坚决不收。小孩的父亲就泪流满面地跪下说没其他意思，就是想表示感谢，一定要收下。见到这样的场面，周青梅只有收下了，然后从钱夹子里拿出 3000 元，送给小孩的父亲说：“这是援藏医生捐的，你收下吧。”

过了一段时间，一个老人提着一桶酸奶从类乌齐县人民医院找到重庆援藏公寓，到处打听周青梅，说一定要当面谢谢这位“大恩人”，这个老人就是小孩的爷爷。这样的例子还有很多。

2

格桑花是藏族人民最爱的花，尽管这里氧气稀薄、生长困难，格桑花却依旧顽强地生存在高原之上，沐浴着高原的阳光，抵抗着雪域的寒冷，在草原上尽情地绽放自己的美丽。

有这样一位医生，他放弃优越舒适的工作环境，来到平均海拔 3500 米、年平均气温只有 2℃的西藏类乌齐县人民医院工作，把丰富的临床经验和精湛的医疗技术毫无保留地献给藏族人民，解除他们的痛苦，提高医院的医技水平，并帮助类乌齐县人民医院创建“二甲”医院，当地藏民称他为“最美格桑花”。

他就是重庆市开州区人民医院放射科副主任李建斌。

2018年2月，46岁的李建斌从医院前几批援藏同事口中得知，西藏地区医疗条件相对落后，急需一批高素质医疗人才。

“院长，我想到西藏支援。”李建斌主动向领导请缨。

“这可不是旅游，这是去工作，一去就是18个月。”院长打量着李建斌提醒道，担心他身体吃不消，克服不了高原反应。

“没问题！请放心，我一定能行。”李建斌拍着胸脯信心十足地表态。

2018年3月17日，李建斌作为重庆市第八批第二期专业技术援藏干部带着援藏使命，来到位于西藏自治区东北部的类乌齐县，开始兑现自己的承诺。

西藏海拔高，空气含氧量低，在这里最大的感受就是缺氧，走路快了、说话快了就要喘气，甚至睡觉翻身都喘气，除了动作慢一点儿，似乎没有太好的克服高原反应的办法。李建斌与来自重庆的8位援藏医生每天过着“慢四步”的生活，实在缓不过气就吸氧。除了缺氧，他还出现了消瘦、肠功能紊乱等症状，进藏的10多天，他的体重下降了10多斤。为了尽快适应高原环境，投入援藏工作，他开始服用缓解高原反应症状的药物。

根据类乌齐县人民医院的安排，李建斌担任了医院的副院长，不仅要管理医院各科室，协助院长做好药事组“二甲”创建工作，同时要负责全院临床、医技相关培训和资料汇总，并经常组织全院医生开展医疗技术培训，参与危重病人抢救……但医院基础设施较差、医疗卫生条件落后。李建斌记忆最深刻的一件事就是刚到医院不久，急诊科收治了一名危重患者，急需进行深静脉置管，虽然深静脉置管的难度比表浅静脉高很多，但此项技术在内地医院护士都能实施，可在该院几乎无人会操作。李建斌凭着自己扎实的操作技术和临床经验，成功穿刺，挽救了该名患者的生命。

“每次我把报告单递给患者的时候，从他们的眼里看到了他们对我的信任和对健康的需求。当我们将一个又一个危重患者抢救过来时，他们的家属给我们念经、送哈达，为我们祈福，这感动了医疗工作队的每一位医生，也更坚定了我们不放弃援藏的决心。”李建斌说，“不管是当地政府还是受援单位，对援藏干部都很尊敬，把能给的待遇、荣誉都给了我们，家里的领导更是时刻关心着我们，问我有什么需要，还叮嘱我注意身体。如果我不做出点成绩，就对不起自己，对不起藏区，对不起组织。”

为了把技术留下来，李建斌每周星期四下午都要组织科内的医务人员学习。从基本的解剖、普放、CT到临床医学，以实际病例系统地向当地医生讲解，督促他们认真学习，能教会他们做的，一定要求他们自己做，不能短期教会的东西李建斌就自己做，然后让他们看，让他们记。

通过几个月的学习，当地的医生惊喜地发现自己的报告书写更加规范了，诊断符合率也有了明显的提高，随着理论知识的系统化和临床工作经验的不断丰富，他们面对危重患者时更加从容、自信了，还主动要求李建斌带领他们试着开展新工作。

也许十年或者二十年后，他的学生也是老师了，他们会把李建斌援藏时教的东西传授给他们的学生，就像那播撒在高原上的格桑花种子。如果那个时候李建斌再回来，一定能看到类乌齐最美丽的格桑花。

3

刘燕，1980年出生，类乌齐县妇幼保健院院长，援藏前是重庆市沙坪坝区人民医院妇产科主治医生。

2018年4月18日傍晚，刘燕正在公寓食堂吃饭，她接到了类乌齐人民医院住院部打来的紧急电话。

“刘老师，急诊来了一个初产妇，已经临产，宫口开大约4cm，目前胎心正常，但是患者血压高达240/160mmHg，且有头昏、头痛等症状……你快回来吧！”

刘燕根据多年临床经验立即判断出这是一个妊娠期高血压的产妇，病情已经到了重度子痫前期，产妇随时都可能发生子痫抽搐，胎儿出现宫内缺氧，如果处理不及时不科学，极有可能母子性命不保。

刘燕立即在电话里作出了初步诊疗处理，并要求科内医生立即与家属进行术前沟通，手术室做好接台准备。

刘燕赶到现场时发现产妇表情痛苦，经硫酸镁解痉、心痛定含服处理后血压仍居高不下，胎心监护仪响起了报警声，宫内胎儿的心跳持续在 80 次 / 分左右，经改变体位等处理胎心仍不能恢复正常，这表明胎儿已出现宫内窘迫。但是产妇宫口打开只有 6cm，短时间之内胎儿是不能经阴道分娩的，必须进行剖宫产手术。手术室外，产妇家属却对手术一直不接受，手术同意书仍迟迟不能签署。

“你妻子一定要进行剖宫产手术，否则母亲和孩子都活不了，你必须签字。”援藏医生周青梅直截了当地告诉产妇的丈夫。最终，他在手术同意书上签了字。

时间就是生命，医院为该名产妇开通了院内急诊抢救绿色通道，刘燕作为手术主刀立刻为产妇实施手术。

羊水 III 度粪染，新生儿娩出时，全身青紫、软瘫，没有呼吸心跳，没有咽反射，apgar 评分（阿普加评分）只有 1 分，为重度新生儿窒息……刘燕根据症状，立即为孩子进行了心肺复苏。

更危险的是，此时产妇的血压突然下降至 88/39mmHg。周青梅马上做出判断，指导麻醉医生立即静脉缓推多巴胺升压，产妇的血压逐渐升至正常。

刘燕这边，在这“1、2、3，吸——”的节奏中，孩子的心跳、呼吸慢慢恢复，肤色也逐渐正常。15 分钟后，手术顺利结束，母子平安，医护人员无比欣喜。

抢救生命就是与时间赛跑，晚一秒钟，产妇和胎儿就会多一分危险。这场经历了一个多小时的急诊剖宫产手术和新生儿窒息的成功抢救，正是类乌齐人民医院沟通有效、技术过硬、多科协作，绿色通道畅通的成果，同时也体现了妇产科危急重症救治水平的进一步提高，更是彰显了援藏干部的责任与担当、无私与奉献。

2018 年 5 月 2 日深夜 3 点半，当大家都沉浸在甜美的睡梦中时，类乌齐县重庆援藏妇产科医生刘燕被一阵急促的电话铃声惊醒，一位 18 岁的孕妇马亚玲在家胎膜早破，是初产妇，准备送到类乌齐县人民医院。

原来，马亚玲家庭条件较好，由于健康保健意识不够，平时很少做产检，在 1 个多月前 B 超检查时发现胎儿为臀位（胎位不正），已打算去昌都做剖宫产手术。

5 月 2 日凌晨，马亚玲突感不适，腹部疼痛发作，全家 5 人驱车直奔昌都市。然而，即使在 5 月天里，去昌都市的必经之地仍然大雪封山，根本无法前往，还没走到一半就无法继续前往，急得一家人在车里直冒汗。无奈之下，一家人心急火燎地赶往类乌齐县人民医院妇产科。

到达类乌齐县人民医院妇产科时，马亚玲因在路途上的耽搁和颠簸，情况很不乐观，她的家人除了着急还是着急。

危急时刻，刘燕当机立断，对孕妇进行了全面的检查：生命体征平稳，宫口近开全，胎膜已破，羊水 III 度粪染，臀、足混合先露，骨盆条件适中，估计胎儿体重 3000 克。

与此同时胎心监护结果显示为Ⅱ类胎监，提示胎儿有窘迫的可能，需要尽早结束分娩，否则孕妇和胎儿都将面临危险。

在充分评估孕妇及胎儿情况后，刘燕决定，制订抢救方案，采取阴道试产。在与患者及家属进行充分沟通后，阴道试产着手开展，这场分娩对于宝宝和产妇来讲都是一种冒险，分娩过程若处理不当，孕妇极易发生产程延长导致子宫收缩乏力和产后出血，胎儿也容易发生脐带脱垂、胎儿窘迫、后出胎头牵出困难等情况，导致新生儿窒息、颅内出血或死产。

在刘燕医生的指挥下，医护人员有条不紊地给孕妇试产，同时做好剖宫产和新生儿抢救的准备，以全力保全产妇与胎儿的安全。最终在医护人员的奋力抢救下、在产妇的坚强努力下，一阵女婴的啼哭声，宣告臀位分娩成功，母女二人闯过了“鬼门关”。

4

他叫李承泽，吉林白山人，满族，1988 年出生，是类乌齐重庆援藏队友中最小的一个。

虽然年纪小，但是他办事却十分老成。

实际上我去类乌齐采访的整个安排、接待都是他在张罗，从住宿、生活到采访人员他安排得十分周到。

一天在宾馆小坐，他给我讲了他自己的成长故事。

早在学生时代他就加入了中国共产党。2013 年 6 月毕业于重庆大学，硕士研究生学历。2014 年 8 月进入万州区财政局预算评审中心，但一直在局预算科和国库科从事总预算和总会计工作。其间 2016 年 3 月—6 月在重庆市财政局预算处任职。2018 年 3 月李承泽到类乌齐后任县财政局副局长，这时他刚好 30 岁。

人们常说三十而立，李承泽的 30 岁则以“为人民服务”的援藏初衷屹立在雪域高原上。

他的援藏工作主要分两部分，一个是援藏队的相关工作，一个是县财政局的相关工作。按照类乌齐县重庆第八批援藏工作队临时党支部的分工，援藏队方面他主要负责援藏项目资金管理和援藏队财务管理，负责援藏队的档案管理、信息宣传以及对上的各类资料的报送，负责援藏队的各类接待工作等。按照县财政局的责任分工，他分管县财政局办公室，负责重庆受援协调工作，负责财政局“政治纪律教育活动”“四讲四爱”学习教育等活动的开展。

援藏以来，李承泽加强信息宣传，整理会议纪要 1 份，编写简报 25 份（其中昌都市 2 份），组织策划各类会议、活动 6 次，更换展板 4 幅，制作展示墙1面、横幅6条。收集并整理后提供了《类乌齐县历届援藏干部名录》《类乌齐县重庆援藏主要项目名录》，13年以来的简报信息、援藏工作亮点、投入资金、产业项目和效果的典型工作照片、类乌齐县宣传视频等合计1.8G的资料。收集昌都市宣传报道方案资料0.2G，参与《一群人的故事》制作。为昌都市“重庆援藏数字看成果专题片”提供280M照片素材并收集整理出24年来的援藏项目目录，提供“医疗援藏材料”“先进经验报告”“十三五”规划中期评估等资料。

李承泽参与接待20余次，直接参与各种工作组接待工作的前期准备工作，如准备援藏工作资料、撰写汇报材料、制作汇报PPT、制作横幅及捐赠牌和食宿安排等，还以当地干部的身份全程陪同部分工作组，为重庆的客人介绍类乌齐的经济发展与风土人情，介绍重庆援藏工作的开展成效，分三批次办理24名援藏人员工资变动审批表。

因为他在援藏工作队的工作任务比较重，所以县财政局的工作相对参与较少，但仍然是只要援藏队这边工作一少，他就往财政局跑。援藏期间撰写了《关于进一步做好清理盘活财政存量资金工作的通知》等通知、报告4份，制订类乌齐县财政局政治纪律教育活动方案和计划表1份以及学习材料11份，制作“四讲四爱”宣传PPT 4套，提交各类学习心得材料4份，除此之外还处理领导交办的一些零星事项。

2018年，因为出色的工作，李承泽被评为“援藏优秀共产党员”。

李承泽报名援藏的时候他的妻子已有身孕，但是妻子却毫不犹豫地支持李承泽援藏。她说，现在援藏，孩子很小，不记事，也不用过多担心教育和陪伴。而且她也认为人应该趁年轻多出去走走、看看。“她是一名护士，工作也很辛苦，我觉得她识大体、顾大局，我很感谢她，她比我付出的要多，有时想起她们母女俩，我就感觉对不起她们。”李承泽说到这里时，眼眶是红的。

第五节　大山的呼唤

1

类乌齐的藏语意为大山。

在大山之下，有一所学校，就是类乌齐县中学。

在这个学校里有一个教育援藏工作室，成员由来自重庆市6个区县的10名教师。工作室组长冯伟，副组长肖大君、朱海均，宣传组组长吴勇。

冯伟、王敏两位是由组织部派遣的援藏专业技术人才，庾小秋、朱海均、谭勇、冯照权、罗林、程高均、肖大君、吴勇8人是由教育部派送的首批“援藏援疆万名教师支教计划”的援藏老师。

10个人就是10把火炬，10个人就是10股力量。

他们在类乌齐县中学除了认真教学、教研外，还传递着热烈的爱与火种……

庾小秋，类乌齐县中学的一名化学老师，援藏前任教于重庆市梁平

区仁贤初级中学。

2018 年 10 月 23 日，通过庾小秋的广泛协调，广东省深圳狮子会弘雅服务队对类乌齐县中学的 22 名贫困学生进行了“弘雅传送真情，心系高原学子”主题爱心助学捐赠活动，对县中学 22 名优秀贫困学生共定向捐助 4.8 万元。

可是没有人会料到，就在这个捐赠活动结束几天后，她却经历了一场巨大的痛苦。10 月 30 日早上 8 点，哥哥从老家给她打来电话，说：“父亲的病情看起来很重了，站、坐都不行，估计这几天他就要走了，你回不回来？”

庾小秋接到电话后心里很难过，父亲今年 78 岁了，前段时间生病住院，自己也没回去，四姊妹中，她与父亲感情最好。于是，她含着眼泪去给领导请假，说是父亲住院，要回去一趟。之前领导也对她家里情况有所了解，就准了假。

她拿着假条走出来，不到 20 分钟，她哥哥的电话又来了：“妹妹，你快回来吧，父亲已经走了！”接到电话，庾小秋几乎崩溃了，怎么这么突然？她急急忙忙转身又去领导的办公室，把事假条改为丧假条。

2

冯伟，类乌齐县中学副校长，援藏前是重庆市姜家中学副校长、巴南区初中英语骨干教师。

为了有效提高类乌齐县中学德育管理的实效性和针对性，增强班主任的实战管理经验，冯伟刚到学校就组织举办了“用自己的力量成长”的励志教育讲座，学校领导、中层干部、班主任及部分老师 50 余人参会并进行探讨。

对来自重庆市渝北区第二实验中学的数学老师王敏来说，关爱学生，是她毕生的追求。

有一次有一名女生开始化妆了，她发现后，私下把这名学生叫到办公室，先是从别的事情聊起，然后突然问起："你今天是不是化妆了？"起先这名学生还不好意思承认，她先是夸奖了学生的形象，然后告诉学生她现在还没到化妆的年龄，化妆会影响学习等等，这名女生听完后愉快地答应以后她不会这样了。

来自重庆市梁平区龙门镇中心学校的朱海均老师说，进藏后看见了学生们一双双渴望知识的眼睛，了解到了当地师资匮乏的情况。这里的学生非常可爱、淳朴，很喜欢主动向老师问好，从很多小事可以看出他们非常尊重老师。

来自重庆市开州区陈家中学的化学老师谭勇坦言，这里的孩子很喜欢老师，上课前他们把教室打扫得干干净净，擦黑板很积极。

谭勇教九年级三个班的化学课，之前这里有实验室，但是从来没用过。谭勇到学校后，着手清理实验室，把实验室按内地标准建立起来，有实验课他坚持上。利用业余时间，他编辑了一本《初中化学知识点汇编》，作为第二轮复习资料，按内地模式复习中考考点，整理近五年中考题作为重要资料，自己掏钱印刷出来发给同学们。

来自重庆市开州区德阳中学的英语老师冯照权带头上公开课、示范课，还经常听本地老师上课，并进行指导、"传帮带"。他收英语老师白玛玉珍为徒弟。他在学校率先运用多媒体、实物展示等方式开展英语教学。每周教学生唱一首英文歌曲，对学习优秀的学生用小礼物奖励，对个别家庭贫困的学生给予经济资助。

他也有感触，这里的学生特别喜欢老师。上课前经常看到学生在讲台上放一个苹果或面包，感谢老师的辛苦。课后学生帮忙将老师的教学设备送到楼梯口或办公室。学生对老师特别崇拜，有的学生甚至把老师视为家长。他班上一个学生从不戴眼镜，突然一天戴上眼镜，他走过去一看，结果是假的眼镜。学生说，他想模仿老师，像老师一样帅气有学问。

来自重庆市潼南区双江中学的物理老师罗林和来自荣昌区双河初级中学的历史老师程高均对西藏的学生充满感情。援藏期间，他们潜心教学，时刻关注着学生成长。

肖大君，重庆市荣昌区双河初级中学数学老师，当过班主任，曾获“优秀教师”“师德标兵”等荣誉称号，援藏前在区教委挂职人事科副科长。到西藏后，他多次举办“坚守雪域高原用爱谱写师德新篇章”师德师风讲座，受到学校、老师、学生们的普遍欢迎。

吴勇，重庆市潼南区卧佛中学数学教师。在类乌齐县中学，人人都知道他是“电脑专家”，他是全校办公室电脑、教师电脑和教室多媒体的义务维护员。

刚到学校，吴勇发现学校的电脑、投影仪等多媒体教学设备都没法用，这严重影响学校教学。2018年9月初的一天，他实在忍不住了，就去见校长，表示自己可以试一下修复学校的多媒体器材。

校长说：“你行吗？修理电器。外面维修报价是6万元，学校因为经费问题暂时还没来得及解决。”

“试一试吧，也许可以。”

最终校长还是同意了。

9月10号开始，吴勇就开始列清单，购买配件，利用一切休息时间对全校的多媒体进行检查维修，历时两个月，仅用两千余元就让全校的多媒体真正实现了班班通，恢复了学校正常的多媒体教学，得到了全校师生的高度赞扬。

在教研方面，吴勇贡献了3堂公开课和4次知识讲座，教会了校内数学教师使用数学公式编辑器和几何画板两个软件，有力地推动了学校数学教学。

学生仁青洛珠因病休学在家，吴勇利用微信进行网上授课达半年之久，致仁青洛珠今年返校时数学功课没有落下。

3

有一种爱叫传递。

最让类乌齐中学的10位重庆援藏老师揪心的是一个叫扎西巴久的学生。

年仅15岁的扎西巴久，2016年父母相继去世。

家是温暖的被窝，可是这个孩子却没有。

扎西巴久失去父母后，虽然社会爱心人士对他给予了关注，学校组织捐赠了6000元，但是，这只是杯水车薪，他未来的路还很长！

扎西巴久在班上成绩一直不错，在全年级排名前五，完全有可能考上内地西藏班。2018年10月在昌都参加物理实验操作大赛，他获得第一名。可是，正当他一心努力学习的时候，他唯一可以依靠的亲人，他哥哥又不幸患了恶性肿瘤，真的是苍天无情！

在重重压力之下，他向老师表明要退学！

2018年10月20日，在班主任庞坤老师的带路下，3位援藏老师一起到扎西巴久家进行家访。

交谈中，老师们明显感觉得到扎西特别害羞，沉默寡言，自卑。他最喜欢的地方是学校，在学校有吃的，有同学帮助，有老师关心，更重要的是他在全年级曾经获得第一名，他唯一的骄傲就是自己的成绩！可回家就得饿肚子，就得自己种菜，还要自己缝补衣服。许多孩子的家是温暖的，可是他的家却是冰凉的。

看到扎西巴久的手已经冻裂，老师们心里很不是滋味。10月底的类乌齐已经开始寒冷，可是这个孩子还穿着短裤与老师们合影。

阵阵秋风吹过，声声呜咽！

扎西巴久未来的路在哪里？班主任庞坤心中有一种莫名的滋味。他多么想更多的人关心这位可怜的孩子。

回望那一朵朵白云，那一座座雪山，小花在欢笑，鸟儿在歌唱，牦牛在悠闲地交头接耳，雨后的蘑菇遍山岗。

圣洁的哈达，醇厚飘香的青稞酒，浓美好客的酥油茶，迎风笑艳的格桑花，能歌善舞的好姑娘。

这，就是人间的天堂类乌齐。

第七章

千年盐田的苍茫诉说

澜沧江畔半边天，夕照千年卤水咸。

青稞浪里舞锅庄，善妙雪中耕盐田。

——王代兵《芒康古盐田》

这里是藏东南大门，是滇藏线与川藏南线的会合处，是西藏的入户花园。

这里是茶马古道在西藏的第一站，锅庄舞、弦子舞被誉为古道神韵，悠悠马铃声仿佛还在苍茫的暮色里叮当叮当……

这里有中华一绝——澜沧江边手工晒盐，1300 年亘古不变。盐，渗透出美丽的神话！盐，千年往事守住的唯一的白。每一粒，都是前世的结晶。

这里就是芒康，藏语意思是善妙地域。芒康县平均海拔 4300 多米，县内有滇金丝猴自然保护区、莽措湖风景区和尼果寺等重要旅游景点。

在有些人的眼里，援藏就是到西藏“镀金”，混个经历，打自己的小算盘。但是我在芒康采访时见到的却是另一种状况，这一个星期的所见所闻，可以彻底打消这些人对援藏干部的误解。

2016 年 7 月，重庆市第八批援藏干部来到昌都市芒康县。近三年的时间，在芒康援藏干部领队王代兵的带领下，他们努力克服高寒缺氧、道路崎岖、语言障碍等困难，围绕社会稳定和经济发展两大中心，苦练自身素质，加强自我修养，重视团队建设，扎实完成了各项援藏工作，有力地推动了芒康县经济的长足发展和社会的长治久安。

第一节　他的青丝都去哪里了

1

从曲孜卡回芒康的路上，我们一路参观扶贫项目，譬如拉乌村蔬菜大棚基地、养蜂专业户、如美小镇等等，这些都是援藏干部的杰作。

途中，车辆一路颠簸，不知是谁说了一句：“王书记为了芒康的工作，头发都白了。”

“不要老拿我的头发说事。君不见，黄河之水天上来，奔流到海不复回。君不见，高堂明镜悲白发，朝如青丝暮成雪。”

车内一阵哈哈的笑声，王书记又在背唐诗了……

但他讲政治决不含糊。

援藏是什么？援藏首先是讲政治。和我并肩坐在车后排的王代兵在和我聊天，也似在自问自答。王代兵是中共芒康县委常务副书记、县政府常务副县长，也是我这次到芒康县第一个要采访的对象。这位曾在宣传部门干过 10 年，又在组织部门干了 8 年，在多个岗位历练过的干部，显然既有宣传干部的开朗、幽默，又有组工干部的沉稳、干练。和他聊了一阵后，我终于明白了之前为什么他反复说不要采访他个人的原因。“援藏是一项国家行动，是一个群体行为，这个团队、这个群体有很多感人至深、可歌可泣的事迹；但聚焦到每一个个体上，因为职业、分工甚至于性格不同，可能也就是干了分内之事、履了应尽之责而已；比方我自己，我觉得我是个努力尽责之人，但绝不是耀眼闪光之星。从新闻传播的角度上看，采访我你就划不来了。”王代兵看了看我，接着说，“后来又听说是指挥部安排的，必须要人人都采访到，这我就得听了啊，讲政治是援藏干部的第一要求。”这人还真是骨子里头都在讲政治，这是王代兵给我的第一印象。

拉乌山是芒康县城附近的一座山峰，海拔4396米。优美的景色、适中的海拔，使得这里成为国道214、318的一个重要“打卡点”。过往游客都会在这里停车驻足，拍景摄像。我们在这里停留时，山顶一块巨石给我留下了极其深刻的印象。这块巨石显然是经过认真挑选、长途转运而来的，被安安稳稳放置在山顶路旁视角最佳的位置，石头上刻有“拉乌山——海拔4396米”等文字，但更引人注目的是，还刻有“永远感恩共产党，衷心爱戴习主席”字样的对联，游客们竞相在这里合影留念，“打卡”点赞。

类似的场景，我又在芒康县嘎托镇巴拉村看到了。为了解决巴拉村移民新村30多户近200名农牧民的吃水问题，在重庆市北碚区的支持下，第八批援藏工作队在这里打了一口近50米深的水井，安装了自带加压系统的储水罐，建设了泵房等。在泵房外，他们也立了块巨石，上面精心刻着“吃水不忘挖井人，幸福感恩习主席”，这14个字在阳光的照射下，熠熠生辉。

“我们是中华民族，我们爱伟大祖国”“感党恩、听党话、跟党走”“讲党恩爱核心、讲团结爱祖国、讲奉献爱家园、讲文明爱生活”等等，这些镌刻在巨石上的爱党爱国的语句在芒康随处可见。王代兵告诉我，这些石头都是他们从山下澜沧江边就地取材，然后安放在一些重要路口和人口聚集场所，再请人刻上字。“经济实惠，经久耐用，效果很好”，他强调。

“我们就是要让藏族同胞们时时记得，有今天的好日子、好生活，首先要感谢党中央、感谢习主席；包括重庆援藏，也是党中央、习主席的决定，我们也有一些标语是感谢重庆的，目的是增进两地感情、强化民族团结，但本质上，都是落实党中央的交代、体现习主席的关怀。”

“这一点，不光我们自己要清楚，也要让老百姓明白。援藏工作，在讲政治上必须毫不含糊。”王代兵反复这样强调。

当参谋尽心竭智。

援藏干什么？一百个人有一百种答案。我采访了不少人，也被不少援藏干部激昂的蓝图描绘所深深感染，但王代兵的回答相对平静、恬淡。“我觉得援藏是补位、不是替代，是助力、不是包办；要热心，但不要心急；一定要摆正位置，当好参谋。”王代兵说。

在西藏，常常听到“短短几十年，跨越上千年”的说法。是啊，在中国共产党的领导下，百万西藏人民从封建农奴制社会直接跨入社会主义社会，短短几十年取得了令世人惊叹的伟大成就。亲身经历了这个伟大变革的西藏人民对此最有感触、最有发言权，从他们的眉宇之间、言谈之中，我们能够直接而又深切地感受到他们对中国共产党的真诚感激。而每一个进入西藏的人，在赞叹祖国山河之壮美、藏族同胞之淳朴的同时，也会被西藏的快速发展和巨大进步所折服。

“但西藏毕竟历史欠账多、基础差，现在要干的工作、要解决的事情确实还很多；作为新时期芒康长足发展和长治久安的见证者、参与者，

我觉得解放思想、产业升级、摆脱束缚这三件事儿最为重要，也是援藏可以聚焦、可以发力、可以突破的事情。”王代兵这样和我交流。他的这些想法，也得到了县里的支持。

受县委委托，2017 年下半年由王代兵牵头组织了全县党员干部深入开展“迎盛会、保稳定、促发展”的解放思想大讨论活动。他们精心选择了“解放思想绝不是空喊口号”“在芒康新的历史方位中全面把握和精准发力”“党员干部必须要懂一些经济学知识”“产业是脱贫的关键”等十大专题，分阶段，分类型邀请专家、教授、领导逐一分析解读，互动探讨，努力解决全县广大干部群众思想上的问题、眼界上的局限、方法上的欠缺、动力上的不足等问题。为帮助大家开阔眼界，坚定信心，他们还为全县干部职工赠送了《把信送给加西亚》《世界是平的》等书籍。活动开展期间，恰逢党的十九大提出了“中国特色社会主义进入了新时代”的重要研判，王代兵以丰富的案例、翔实的数据，深入浅出、旁征博引地告诉全县党员干部，在中国特色社会主义进入了新时代的大背景下、

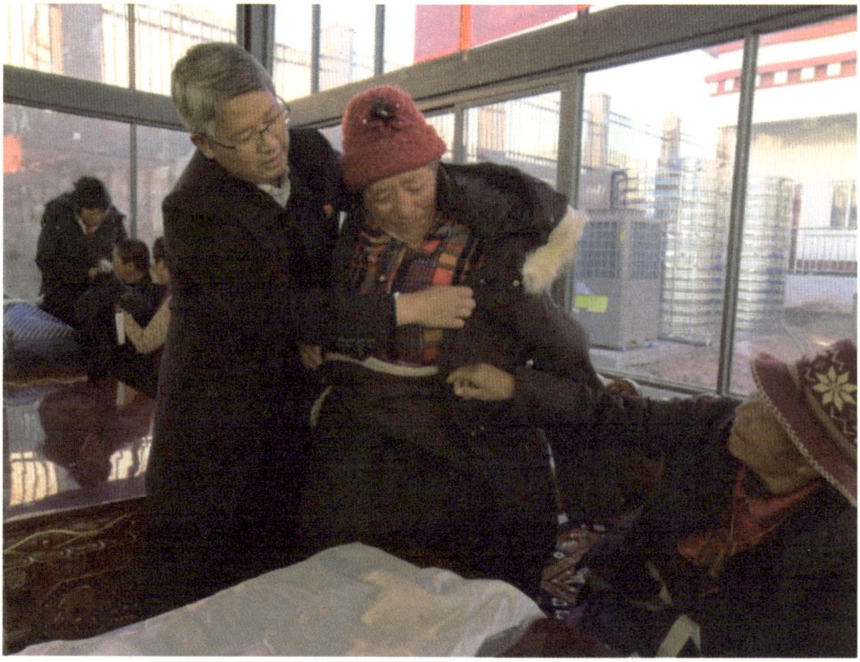

大舞台上，芒康也步入了厚积薄发的最好时代，有了最佳时机，可以大有作为，应该乘势而上。“解放思想确实不会一蹴而就，但引导大家认清新形势，提振精气神，增强紧迫感，很有必要，也很有效果。”

芒康县处在滇、川、藏三省区的交界处，受四川、云南的辐射带动，商业气息相对较浓厚，产业发展也比较自觉，但多属初级业态，小而弱、杂而乱。王代兵经过反复调研论证，觉得芒康要真正实现长足发展，就必须大力发展支柱产业，而抛开国家政策性矿产、水电外，旅游产业是芒康最现实、最可行、最有希望的产业。在县委、县政府举行的援藏干部人才专题座谈会上，县里请广大援藏干部建言献策，王代兵就提了“举全县之力大力发展旅游产业”这一条建议，并充分阐述了理由、路径和方法等，得到了高度认可。实际上，三年来，王代兵也一直围绕这个目标在行动、在努力。他积极和重庆市旅游投资集团对接，请他们组织庞大的专业团队进藏考察，对芒康旅游资源和市场进行深度研判，目前双方深度、实质性合作已全面展开。在招商引资工作中，他紧紧围绕旅游产业开发、产业配套做文章，引进重庆民商集团投资近3亿元，在芒康县如美镇建设旅游文创项目；引进重庆尊崇商贸创立芒康“尘外藏家蜂蜜”品牌，培育引导原生态、无污染的芒康土蜂蜜成长为高端品牌。2018年，首战告捷，帮助50多家精准脱贫对象实现现金增收40多万元，更重要的是丰富了芒康旅游产品的内涵，提升了芒康旅游产品的档次。在援藏项目安排上，他安排近亿元资金用于支持旅游基础设施建设，打造藏东首个星级自驾营地、首个高端游客集散中心、首个高端民宿等等。为增强芒康旅游影响力、提升芒康旅游美誉度，他精心“嫁接”“借船出海”，与重庆大学、北京联合大学、杭州大学等单位合作，策划编辑出版了《从这里进西藏》《东游苏杭，西品稻芒》《旅游“金三角”，首选稻芒香》等旅游专著，将芒康与香格里拉、稻城亚丁、苏州、杭州这些世界顶级旅游胜地串在一起、融为一体。

2016年10月，到芒康三个月后，王代兵怀着忐忑的心情给中央某部委领导写了一封信。在信里，他提出了在西藏大力实施村级党员群众活动中心“991工程”的建议。即每个行政村建设一个900平方米左右的标准化党员群众活动中心，设置群众办事大厅、影视会议室、卫生室、便民超市、图书室、科技展览室、法制教育及调解室等9个功能室，配套可供农牧民跳舞娱乐的广场1个，把村级党员群众活动中心真正建设成为辖区群众办事求助、休闲娱乐、增知明智的综合性平台。之所以提出这个建议，是因为在芒康工作的几个月中，王代兵看到了很多金碧辉煌的寺庙，而相对来说，各村的党员群众活动中心都比较陈旧，甚至破败。不少藏族农牧民群众茶余饭后都习惯到寺庙去转经转塔。“我觉得那些藏族群众喜欢去寺庙的习惯，除了和信仰有关外，还和环境因素有关，那些干净、整洁，又修建气派的寺庙，单从外观上看也更吸引人一些。”王代兵告诉我，如果我们把村级党员群众活动中心也修得漂漂亮亮、弄得干干净净的，不仅老百姓可以来这里办事，更重要的是还可以来这里开展活动，这样就能吸引人、凝聚人、感召人，就能让老百姓有更多选择、更多机会，更能体现“为人民服务”。为此，王代兵积极呼吁，多方奔走，在重庆市渝北区、璧山区的支持下，筹集资金800多万元，分别在如美镇拉乌村、邦达乡毛尼村，以“991工程”计划为蓝本，修建了两个高标准示范性村级党员活动中心。如今，每天除了办事的群众外，还有大量农牧民在这里休闲、娱乐、聊天。王代兵最初的那种“有事找组织解决、无事到中心娱乐、定期来接受教育”的谋划正在逐步实现。

“部委领导给你回信了吗？”我问他，“没有。但自2018年起，西藏自治区党委把村级党员群众活动中心建设作为强化基层党建的头号工程，提出‘四性三化’等要求，核心是为农牧民群众提供更好的服务。这些，也许是从另一个角度肯定了我三年前的想法是正确的、建议是必要的。”王代兵微笑着说。

3

2018年11月17日。

我们乘坐的越野车在一个山脚下停下来，然后我们跟着王代兵爬上一个小山坡，只见整个山坡梯田里，全是大棚蔬菜，这就是如美村200亩高标准蔬菜温室大棚。

我们走进几个大棚，蔬菜长势很好，王代兵指着大棚里的菜说："现在的主要任务就是给老百姓找销路了！"

抓落实不遗余力。

"这三年是我工作二十多年来身份最复杂、职务最多的三年；但其实最本职的工作只有一个，那就是保执行，抓落实。"王代兵告诉我，他虽然既是重庆市渝北区委组织部的干部，又是西藏芒康县委县政府的领导，还是重庆市第八批援藏干部昌都临时党委中的一分子，但最根本的只是一个执行者、落实者，干实事、真干事最重要。三年援藏，最重要的还是要看最终干了什么，留下了什么。

援藏，中央和重庆市委、西藏自治区党委都有明确的指示精神，在这些大的方针指引之下，要把昌都指挥部分给自己的具体任务不折不扣地落实好、完成好。重庆援藏是一个整体、一个品牌，芒康做好了，他才算称职；芒康出漏洞，他就是罪人，王代兵一直这样提醒、鞭策自己。

围绕第八批重庆援藏昌都指挥部提出的“5333”工作思路，芒康细化出了“一一三”和“百千万”两个具体指标，即“一一三资金争取目标”“百千万人员交流计划”。王代兵解释说：“‘一一三资金争取目标’是指争取计划内、计划外资金、招商引资资金分别达到或超过 1 个亿、1 个亿和 3 个亿；‘百千万人员交流计划’即邀请百名以上重庆相关领导和企业家进芒康考察调研，组织千名以上芒康干部人才和农牧民群众代表到重庆参观学习，组织万名重庆、芒康两地的青少年开展‘两地书、骨肉情’交友结对联谊活动。”

这两个指标是否完成，我在芒康县向重庆市援藏办的一份汇报材料中找到了答案。这份材料上说，重庆市第八批援藏干部进入芒康以来，求真务实，真抓苦干，发扬了好传统，开创了新局面，实现了重庆援芒 20 多年来的“六大突破”。

资金争持上实现新突破。争取计划内援芒资金 1.2 亿多元，争取计划外援芒资金合计突破 1.3 亿多元，包括渝北区支持的 3000 多万元、璧山区支持的 2000 多万元、重庆市国资委及相关国企支持的 3500 多万元等等。这当中又有两个历史性突破，一是实现了计划外资金超过计划内资金的历史性突破；二是计划外资金同比增长近 10 倍，是前七批计划外资金之和的 3 倍，实现了重庆援芒计划外资金的历史性突破。

人员交流上实现新突破。邀请到 30 多批次、超过 120 名重庆相关领导和企业家到芒康进行考察调研；促成千名以上芒康干部和农牧民群众代表到重庆学习培训，其中培训教师近 500 名，400 多名基层干部和专业技术人员，以及近百人的村居干部和精准脱贫对象等到渝北、璧山等地学习；成功组织了渝北、芒康两地的11096名青少年学生开展“两地书、骨肉情”交友结对联谊活动，让民族团结深深根植于渝芒两地青少年心中。

项目建设上实现新突破。本轮援藏实施计划内、外大小援芒项目23个，经过精心谋划，严格实施，顺利完成。计划内支持5454万元新建的芒康县人民医院，是重庆援芒20多年来单体投资最大的项目；计划外投资5500多万元修建的如美游客集散中心，也是重庆援芒20多年来最大的项目；还有投资2700万元的嘎托镇普拉重庆新村，让100多户近800多名农牧民住上了宽敞明亮、配套设施齐全的现代化新居；投资2000万元让如美竹卡百年藏寨重振雄风，为当地40多户农牧民发展藏家乐、吃上旅游饭打下了坚实基础；投资1000余万元建设的朗顶康姆自驾营地，开创了芒康文旅结合、旅牧互动的新模式；投资1037万元的盐井中学改造修缮工程，极大地改善了2000多名师生的工作学习生活环境；还有县城的民兵训练中心、民警文化活动中心、民间艺术团排练中心建设等，无不体现了本批援芒工作队“建就建好”“办就办成”的工作理念和务实追求。

民生关怀上实现新突破。援藏干部紧紧围绕改善民生、服务重点工作想点子、找路子、出实效，这也是本批援芒工作队的重要特点。主要项目都紧紧围绕教育、卫生、脱贫攻坚产业等布局，真正落实了80%以上资金都投入到民生改善和扶贫攻坚上。通过指导帮助县人民医院成功创建“二甲”，在重庆渝北区渝北实验中学专设芒康初三班，组织重庆大坪医院专家赴芒免费为106名农牧民患者做白内障手术，建设如美拉乌标准化蔬菜大棚帮助精准脱贫户增加现金收入，实行教育卫生优秀人才专项奖励，多次到县福利院进行慰问，多次到最偏远村组义诊等，这些事情，真真切切、实实在在，民生关怀跃然纸上，令人动容。

材料上肯定有溢美之词，但总体上是客观表述。王代兵告诉我，他们一直以为今年7月会结束援藏任务，但最近听说中组部要求6月份进行第九批援藏干部的轮换，“这对我们来说，在藏时间比原来预想的要短，还有好多事儿没有做完，或者没能做到预想的那么好，真是有些遗憾，有些愧疚”。

4

“援藏，也是为了实现一个党员的价值。竭忠尽智，在芒康落实党的政策，在芒康开展脱贫攻坚工作是我的愿望。”王代兵平时的话并不多，但是提到援藏，提到队伍建设，他就特别来劲。

带队伍要宽严相济。

芒康县是西藏人口最多的县，也是昌都市海拔最高的县城。虽然靠近四川、云南，然而就昌都市而言，这里又是一个交通最不方便的县。采访过类乌齐、察雅两县的重庆援藏干部后，听闻三个县中芒康县条件最苦、任务最重，我想这里的援藏干部可能是另一种状态吧。但真正到芒康时，这里重庆援藏干部的精神面貌、工作劲头、团结氛围都令我振奋。

“队伍这么大，管理起来还是很有难度吧？”我和王代兵聊起了这个问题。“不含短期援助，芒康共有 23 名重庆援藏干部，这也是这么多年来重庆在芒康最庞大的援藏队伍。但这也是一支不负重托、恪尽职守的队伍，是一支朝气蓬勃、团结奋进的队伍。”王代兵告诉我，23 名同志来自不同区县、不同工作岗位，但大家融入得很好。“黎勇书记、蔡家林副市长每次见到我，都要叮嘱我严管厚爱，带好队伍，我不能辜负他们的厚望，也不能让有缘一起在芒康工作生活的兄弟姊妹们失望。”他深情地说。

为了带好这支队伍，他在严格落实重庆市第八批援藏干部“八严禁”“十不准”的基础上，结合芒康实际提出了一些针对性要求。如，“一记实两报告”，要求全体援芒干部如实记录当天工作，每天早上 9 点、晚上 10 点统一通过微信群报位置、报状态，及时掌握情况；落实“一书两信三函”“一改三课五着重”等措施。“一书两信三函”，就是与全体工作队员签订责任书，适时向家属、派出单位发送慰问信、感谢信及邀请函、评定函、致敬函等；“一改三课五着重”，就是要求队员人人主导一项急需的实用改革，个个上好团队微党课、专题讲座课、校外辅导课，着重强化落实一对一企业指导、群众帮困、问题探究、师徒结对及素养提升等。组织“我爱高原我姓党”“传承发展树品牌”等主题教育，开展“六题六解”敬业奉献专题讨论等，有效激发了团队活力。

既要严管，更要厚爱。类乌齐县也是二十多年来重庆一直对口帮扶的县，因为离昌都市区较近，长期以来，类乌齐的援藏工作得到了各级领导的特别关注，援藏的影响也远在芒康之上。为了了解重庆援藏的更多情况和学习兄弟团队的好经验好做法，2017 年 9 月，利用去昌都参加会议的机会，王代兵一个人悄悄地去类乌齐“取经”。他在类乌齐考察了一些援藏项目，但给他印象最深的是类乌齐援藏干部公寓，有了公寓，援藏干部的居住、活动条件就好多了。这方面要向类乌齐学习，王代兵提醒自己。可怎样学习？他思考了很久。根据政策，现在县里不能建援藏公寓。如何给援藏干部创造更好的学习活动场所，成了他的“心病”。后来，他想起来县武装部曾请求支持装修民兵训练中心之事，那就以项目换空间，重庆援藏干部帮助县武装部把民兵训练中心整修起来，县武装部腾出 200 平方米的房屋供援藏干部使用。协商一致后，由王代兵设计，在渝北区委组织部、区经信委等单位的支持下，功能齐全、布局合理、“四室两厅”的芒康重庆援藏文化活动中心正式落成。现在，这个被周边县区援友称赞、羡慕的空间，已成为芒康县援藏干部学习充电、休闲放松的场所。

县里材料上说的“六大突破”，除了前文提到的四大突破外，还有两个就是思想引领和队伍管理上的“大突破”。他们说这批援藏干部口碑最好，形象最优，在藏率是最高的、融入芒康是最实的。而王代兵则告诉我，县里对援藏干部很是关心支持，两轮专业技术人员均任职了所援单位的班子副职，所有援芒干部人才年度考核均为“优秀”；各援藏干部以芒为家，爱岗敬业，主动结亲戚、带徒弟，积极“传帮带”，也很好地体现了重庆人务实、耿直、负责的优点。

5

芒康这片高天厚土时时鞭策着王代兵，令他不敢懈怠。

芒康善良的人民时时激励着王代兵，让他马不停蹄。

“大道之行，天下为公。”“不忘初心，方得始终。”因为这个初心，共产党人坚持人民主体地位，坚持立党为公，执政为民。也因为这个初心，共产党人永远把人民对美好生活的向往作为奋斗目标，作为不断前进的根本动力，以永不懈怠的精神状态和一往无前的奋斗姿态，矢志不渝地为民族复兴不懈努力。

很多援藏干部都知道，王代兵去西藏前是一头黑发，到了西藏不到一年半，头发全变白了。有人说是工作压力大，有人说是他太拼命了。

“在西藏，我每天都被别人感动着；但我明白，我感动不了别人。”王代兵这样对我说，再次重复了他起初不愿意接受采访的原因。

“看了、听了、知道了太多当地干部和长期在藏干部奋斗、奉献、牺牲的故事，再来说我们这些援藏干部的苦和累、得和失，是不是太矫情了？”他笑着问我。没等我回答，他接着说：“要说比奉献、比苦累、比不易，真的要向那些在藏干部学习和致敬，援藏干部吃的苦受的累，他们哪一样没有受过？反观他们吃的苦受的累，援藏干部又经历了多少？”

再看看那些淳朴的藏族同胞，他们对生活的乐观、对自然的敬畏，他们眼中蓝天般的纯洁，他们内心雪山似的宁静。这是片多么祥和、多么温情的土地！“看看他们期盼的眼神，再想想我们的付出，特别是在解除他们心中的羁绊方面，我们又做了多少？想起这些，我就清楚，离中央的嘱托、市委的要求、群众的期待，我还有很大很大的差距！”王代兵边说边望着远方，表情凝重。

“还有，亲爱的广宇兄弟，我们的好兄弟、好战友；一腔热血赴藏，生命却定格在了39岁。每当想起他年迈的父母、幼小的孩子，我们现在的付出又算得了什么！”王代兵满含热泪。他介绍了援友——重庆市璧山区选派到芒康县任副县长的颜广宇同志。刚到芒康时他意气风发、夙夜在公地拼搏，可惜天妒英才，他还没来得及大展拳脚、实现抱负就含憾而去。“如果广宇不是想招商引资，不是想把援藏工作做得更好，也许就不会出现那次意外；如果广宇不出现那次意外，芒康的援藏工作一定会做得更好。”王代兵接着说。

援藏是一个接力前行的过程，每一批次的援藏人都应当尽力做些实事；但每一批的历史条件、现实因素都不同。“但从重庆援藏的历史来看，每一批次的援芒干部人才都是我的榜样、都是我的楷模、都是我的师长，我非常尊重他们、敬仰他们、钦佩他们；我们看待评价一个事物，不能用简单的思维、静止的眼光去看。就拿援藏来说，前几批人都比我做得更好、更优秀，虽然我们现在的一些数据看上去显眼，但历史上他们那些资金更宝贵，更来之不易；他们要比我付出的努力更多更大、他们经历的艰辛困苦远在我之上，我只能仰望他们！”王代兵认真地说，目光坦诚而坚毅。他接着说，没有援过藏的人对援藏也许会有千百种想法，但只要是真正援过藏的人，都会有一种想法，那就是——值！“是值得进来，值得回忆，可不是值得宣传哟。”他生怕我误解了。

我告诉他，在昌都，不少干部都说他工作特别拼命，一个人肩负两个人的工作，一头青丝变白发，我说我采访他的文章打算以“他的青丝都去哪里了”为题。“别别别，可千万别拿我的头发做文章，头发白了与工作努力与否、成绩优劣没有必然联系，我可不想以白发来博得人们的同情或安慰。”王代兵有些着急地打断了我的话。想了想，他又笑着说，白发可不一定就是工作操劳、辛苦的代表，也许是身体不好、能力不济的体现呢！“但是您要一定以此为题，我也没办法，我现在给人的直观感觉，就是个中年白头翁啊！”他补充道。

在芒康援藏文化活动中心，有一篇短文给我留下了很深的印象。文章没有署名，但感觉很有王代兵的风格，于是摘录下来，权作与他对话的结尾：

感恩重庆，祝福芒康

我们知道，从踏上芒康的土地起，我们的肩头，都有一份沉甸甸的责任，我们的心中，都有一腔滚烫烫的情怀；我们的耳畔，是祖国治边稳藏的声声号令；我们的背后，是家乡父老乡亲的盈盈目光。

我们明白，面对雪域高原的苍天厚土，个人显得何等渺小单薄。我们没有三头六臂，不能点石成金，我们得到的理解和关爱，源自我们身后组织的信任与支持，不清楚这点，就会忘记来路，迷失方向。

我们牢记，每个时代有每个时代的英雄，每个地方有每个地方的精彩，援藏征程浩荡，我等幸有一棒。今天，在藏言藏，尽我所能，多为芒康办实事；明天，回渝不语，接力奋进，不拿援藏当谈资。

第二节　红拉山的雪风呼啦啦地吹

1

2018年11月13日，我在曲孜卡采访完温泉旅游小镇后，驱车返回芒康。一路上，海拔从2300米升至4448米。在制高点上树立着一块石头，上面用藏、汉文两种语言书写着“红拉山”几个鲜红的大字。

这里就是红拉山自然保护区，后更名为芒康滇金丝猴国家级自然保护区，位于芒康县城60公里处，宽30公里、长80公里。保护区内纬度高，山高谷深。站在观景台上眺望，远处，雪山巍峨，像一群一群列队奔腾的雄狮，让人敬畏，让人遐想万千，近处，雪风呼啦啦地吹……

晚上终于抵达县城，县城并不大，但是干净整洁，一排排建筑仿佛是一本本经书，堆砌成街道，在夜色里蔓延。

“美丽西藏　善妙芒康”，在星星点点的灯火中格外醒目。

为了芒康的美丽，不知有多少人在这里付出了美好年华！

袁晓剑，1979年出生，重庆市九龙坡区卫计委工会原专职副主席，西彭镇卫生院副院长，援藏期间在芒康县人民医院任副院长。

这是他第二次进藏，他曾自驾游到过西藏，还参加过玉树地震抗震救灾医疗队。但是没想到自己在芒康很不适应。12月，这里到处是光秃秃的一片，除了大雪就是呼啸的寒风。在这里，这个一米八的小伙子，失眠、头痛、嘴皮干燥。连续拉肚子三个月，身体瘦了20多斤。“高反”的痛苦并没有让他屈服，医院创“二甲”期间他始终坚持在一线。

有一天，袁晓剑正在医院上班，突然从微信上看到刚刚读小学五年级的儿子写了一篇作文《我想对爸爸说》，看完后他一个人沉思了很久。

他儿子在作文里写道：爸爸，自从你去了芒康县援藏，我就一直在想，藏区是什么样子？

是啊，藏区是什么样子？他该怎样告诉孩子？

难道要告诉他，这里缺氧，这里没有洗衣机，没有冰箱……

2

梁丽华，1993年毕业于成都中医药大学中医专业，现任重庆市中医骨科医院门诊部中医外科组组长，副主任中医师。

她从医26年，医德高尚、医术精湛，善待每一个病人。当听说西藏人民的就医条件和医疗水平较落后时，曾进藏参加过平叛的父亲坚决地支持和鼓励她前往。经过区、市部门的层层选拔，她毅然来到芒康县人民医院，参与第八批中期援藏工作。

在外科室，梁丽华医生看到患者术后感染者较多。恰逢此时，重庆教育部门组团援藏的一个老师“高反”还没结束，就出现了肛周脓肿。患者痛苦不堪，很是忧虑。由于芒康县医院没有肛肠科，按照规定，患者应该回重庆接受手术治疗。看着患者痛苦无助的眼神，考虑到患者的身体状况，梁丽华担心患者可能经受不住路途遥远的折腾。梁丽华仔细查看了患者病情，多次与援藏医生袁晓剑探讨，并且就术后可能出现的感染进行了反复论证，最后坚定地做出了让患者在芒康手术的决定。术后梁医生用她带来的珍贵的院内自制丹药，每天坚持给患者换药。患者术后无感染，10天后病愈。

县里一位干部做了“右足跟腱断裂术”3个月后，右足踝一直肿痛，不能行走。听说县里来了一位中医师可以治疗他的病，怀着半信半疑的态度，他找到了梁医生。梁医生查看了病情后，安慰他不要着急，告诉他病能够治好。然后用她精湛的针灸推拿术为患者治病。由于高原缺医少药，梁医生又拿出了她自己花几万元钱买的精油为患者治疗，同时立即联系重庆的同事，自费买药并让及时快递过来。在梁医生的精心治疗下，患者右足踝很快康复。他感慨道：“这次要是没有梁医生来援藏，我不敢想象我的右足会是什么样！”

这位干部的就诊故事在县委大院悄悄传开。另外一位干部也来为他远在湖南老家的母亲问诊求药。他告诉梁医生：“我常年在高原工作，不能照顾老家年迈的母亲，母亲双膝疼痛不能行走数月，用了很多西药都不见好转，我心里急啊，希望梁医生能用中药试试。”梁医生听后，感觉到了作为一名医生的重大责任：治好他母亲的病，才能让他安心在雪域高原工作，这就是援藏工作的具体需要。于是，梁医生赶快开出药方并让她重庆的同事把药快递到湖南。一个星期后，这位干部打电话来感谢梁医生：我母亲说这药好神奇哦，用了 3 天就能走路了，才一个星期就完全不痛了。

这样的故事在芒康越来越多。医院的藏族清洁工大姐们带着阿妈，来求梁医生为她们看颈椎病、膝关节病。她们用很不熟悉的几个汉字表达她们的谢意，然后摸出鸡蛋，掏出钱来表达她们的心意。这一切都被梁医生婉言谢绝了。

在给这对母女治病的时候，另外一位藏族阿妈也来到门诊，静悄悄地坐在椅子上，脱了鞋子，指着双足说着比画着，梁医生猜到她可能双踝疼痛。于是，找来藏族同事翻译，才知她双踝扭伤疼痛数年，一直没有好，听说梁医生医术好，对病人好，所以慕名前来求梁医生治疗。藏族阿哥右膝红肿得厉害，几乎不能行走。在梁医生办公室外远远地望着梁医生，梁医生感觉到他是来找自己的，赶紧走出去询问。然后给患者查血，凭借多年的经验，判断他是痛风性滑膜炎。在局部麻醉下，她给患者做了关节穿刺术，术中抽出淡黄色透明积液 20ml，接着，她又用自己从重庆带来的中药给患者外敷，第二天患者红肿明显减轻。

守门的藏族大爷带着阿妈也来了，食堂的漂亮卓玛也带着阿妈来了。由于县医院还没有建立中医科，医院没有治疗这些疾病的药，梁医生为了早日解除患者的疾苦，经常自己掏钱从重庆买药快递到芒康。

看到雪域高原人民太需要中医药来解决骨伤骨病，而这一块在芒康的医疗史上是一块空白之地。于是，梁医生有了在芒康县医院建立中医科的想法，她想把传统中医药与现代纯植物精油疗法相结合。当她把这个想法汇报给县委副书记王代兵时，得到了王副书记的大力赞成和支持。不久，县医院的中医科在梁丽华的操办下建立。

为了把“输血式”援藏转化为“造血式”援藏，梁丽华主动提出为芒康县带出几名中医师徒弟的想法，培养一支带不走的医疗队伍。她毫无保留地把自己数十年的经验及行之有效的治疗方法，通过讲课、手把手传授的方式教给芒康县医院的医务工作者。

梁医生不仅心系高原患者，她和她的朋友还时常牵挂着藏区学生。听说盐井中学有的优秀学生家庭困难，于是，她赶快从重庆买了几十个书包、几十份学习用具还有一些书籍捐赠给他们，希望这些优秀的藏族学生好好学习，将来成为国家的有用之才。

3

“西藏”“昌都”“芒康”……这些对于重庆市北碚区中山路小学的张茂乔同学来说是多么陌生而又遥远的地方，如今听起来是多么亲切和熟悉。因为，在那里有一个他最亲最爱的人：他的爸爸。

他的爸爸叫张双庆，2018 年 3 月，他和北碚区第九人民医院 5 名同事，前往西藏昌都市芒康县人民医院支援。在张茂乔印象中，他爸爸从未出差超过一个星期。“如今，他要去一年半，整整 500 多天……想到这么长的日子里，篮球场上没有他的鼓励，饭桌上没有他的拿手好菜，摆弄玩具时没有他的陪伴……我简直不能理解，为什么他要去那么远的地方工作！”张茂乔在作文《那长长的跑道》中这样写道。

“听说爸爸刚到那里时因缺氧，‘高反’强烈，经常流鼻血。天天头疼、失眠，有时只能吃止疼药。重庆 3、4 月已是春暖花开、气候宜人的季节，可在那里，还是大雪纷飞，极度寒冷。就是在这样的情况下，爸爸每天都要工作至少 9 个小时。”

芒康医院是县内唯一的一所综合性医院，担负着服务 1.1 万平方公里土地上的群众的任务。为了解决因当地血源稀少而造成某些病人手术后无血可输的问题，张双庆带领他所在的检验科及手术科室开展“贮存式自体输血”技术研发。采集患者自身的血液，经过一定的处理储存起来，病人需要时再输给本人。因为这项技术的开展，许多手术患者很快得到了康复。

第三节　当他再一次写下援藏申请

1

在芒康车站接我的是唐成。

他身材魁梧，但是说话时嗓门不大，总是给人很有礼貌的感觉，他是我到芒康采访接触的第一个援藏干部。

他并没有唠唠叨叨地叮嘱我注意这注意那，而是把我带到宾馆，轻声说了句：“周老师休息好，有什么需要打电话给我。”然后，每到吃饭时间，他就通过微信叫我。

在相互交谈中，我了解到唐成在重庆市巴南区鱼洞中学当了 8 年副校长，他一直梦想到西藏来。他把援藏看成神圣而又光荣的事业，是一种崇高的责任感在不断鞭策他前进。

现在他是芒康县教育局副局长、援藏办主任。这个职务听起很光鲜，但是工作并不是那么简单。

“援藏一天，就要有一天的作为！”2018 年 3 月，唐成来到芒康，看到冰天雪地的高原，面对艰苦的工作环境，他发出了这样的感慨。

唐成坚定援藏信念，在很短的时间里走访了 28 所中小学校，了解到了学校的困难，一些学校没有校服，一些学校缺少电脑，这让他十分难过。

从学校回到宿舍，他冥思苦想，要是能帮助学校解决这些实际问题多好！

突然，他想到了重庆市华岩慈善文教基金会。经过沟通，对方慷慨答应捐赠价值 15 万元的电脑。这是他到西藏后做的第一件让自己内心踏实的事情。

2018 年 10 月 26 日上午，重庆青于蓝教育科技有限公司为芒康县教

育局干部职工爱心捐赠工作服交接仪式在芒康县教育局三楼会议室举行，唐成兴奋地主持了这个简单的会议。

唐成为什么兴奋呢？因为这个爱心捐助，是他积极协调争取而来的。

这个公司为芒康县教育局全体干部职工捐赠了51套工作服，价值56100元，充分体现了服务基层、助力教育的奉献精神和深情厚谊。在捐赠仪式上，重庆市青于蓝教育科技有限公司负责人表示，服装捐赠只是援助芒康教育的一个开端，是深入学习党中央和习近平总书记“治国必治边，治边先稳藏”的重要论述以及重庆市陈敏尔书记在2018年4月底接见西藏昌都市援藏汇报考察团时的讲话精神，是开启公司与西藏芒康区域携手、民族团结、渝芒交融的新征程。

后来，这个公司又决定加大对芒康教育的援助力度，自愿为芒康县28所中小学学生捐赠校服1万套，价值300多万元。

2

除了募集物资，唐成还重视教师人才培养。2018年7月20日，他出面协调，邀请了渝北区教育专家团队到芒康开展为期一周的培训，全县700多名教师受益。

实际上重庆市对口援助芒康县已有24年，无论在资金、项目还是人才方面均给予了无私帮助，有力助推了芒康经济社会的快速发展。教育方面，更是大力支持芒康县，2016年、2017年芒康县先后有100余名校长、骨干教师在重庆市渝北区和璧山区观摩培训。2018年12月下旬至2019年3月中旬，又先后组织了芒康县300名青年骨干教师分三批次赴重庆渝北、璧山区参加了为期10天的师资培训，培训内容涉及教学管理、德育素质教育、新进教师成长等各方面。参培教师返回芒康后在学校的教育教学质量、学校管理、师资建设等工作中均发挥了示范引领作用。

唐成组织的这次重庆市渝北区教育专家团“送培芒康”活动创造了两个“最”，即送培专家人数为历年之最，参训学员规模也是历年之最。培训有效助推了学校常规管理和教师业务水平的“双提升”，对下一年芒康县推进素质教育并通过验收起到积极作用。

同时，他从芒康选派10余名后备干部分期分批到巴南教育系统进行挂职培训，加强两地交流，提升干部工作能力。

这就是“输血”与“造血”相结合的帮扶。

作为副局长，他时刻心系芒康教育事业，千方百计与内地学校结对子、“拉关系”，譬如重庆市璧山区正则中学、巴南区鱼洞南区学校（中学）共同结对帮扶盐井中学；重庆市璧山区金剑小学、巴南区鱼洞南区学校（小学）共同结对帮扶嘎托镇小学；重庆市渝北区实验中学结对帮扶芒康县中学；重庆市璧山区文风小学结对帮扶邦达二小；重庆市璧山区城北小学结对帮扶曲孜卡小学；重庆市巴南区世贸小学结对帮扶如美镇小学。邀请重庆市巴南区教师进修学校及相关幼教专家赴芒康对幼教教师进行业务培训和工作指导，芒康县幼儿园和重庆新援建的芒康重庆幼儿园分别与重庆市巴南区鱼洞（机关）幼儿园和李家沱幼儿园两所重庆市重点示范幼儿园进行签约结成校际对口帮扶关系。这些学校派老师“传帮带”，结对帮扶，成效明显。

什么是结对子？结对子就是把两个学校像“亲戚”一样绑在一起。2018 年 9 月，芒康结对学校派出 30 名学生到结对学校——重庆市渝北区实验中学学习一年，完成初三学业，成效极其显著。同时，还组织芒康县与渝北区青少年学生之间开展“两地书，骨肉情”结对联谊活动。通过写书信、谈心愿、谈理想、送祝福等方式联络两地青少年，增强汉、藏青少年的友谊，让团结互助友爱之花在心灵深处生根发芽、茁壮成长，让民族团结的血脉情、骨肉情经他们的传承、传播更加深厚、紧密。

3

2019 年 7 月，唐成将完成自己的援藏任务，返回重庆，但是在我采访期间，我看到了一个非常特别的申请：

自愿延长援藏时间申请

中共芒康县委组织部：

我是一名来自重庆市第八批二期专业技术援藏干部，名叫唐成，于 2018 年 3 月受重庆市委、市政府等组织部门的委派进入芒康，被安排在芒康县教育局工作。短暂的八个月，我经历了一个漫长的考验，从初上高原的身体不适，到日渐滋长的思乡孤独，从角色转换的短暂新奇，到融入地方的责任驱使，始终未忘初心，时时牢记组织的嘱托，处处铭记组织的教诲，不敢有丝毫懈怠，生怕辜负了派出单位和上级组织的厚望。工作中，我虚心勤勉，务实敬业，较快融入了地方，进入角色，推动工作，较好体现了重庆教育系统党员干部讲政治、爱奉献、重实干、敢担当的精神风貌，为建设芒康，发展芒康教育做出了自己应有的贡献，先后争取到重庆渝北区教育专家团队为芒康教育“送培入芒”，选派芒康县部分教育后备干部分批次前往重庆市巴南区学校挂职锻炼，牵线为芒康部分学校和内地学校开展“手拉手·结对子”对口帮扶，争取重庆的爱心机构、企业为芒康教育系统捐赠数十台电脑，为教育局和全县28所学校万余名学生捐赠校服等项目的援助支持。

在芒工作的八个月，我心怀赤诚之心，不辱使命，经常深入基层，深入群众，与本地干部群众同甘共苦，结下了深厚的友谊。现根据工作需要，同时也为更加全身心地积极投入芒康的教育发展，经芒康县教育局研究同意，本人申请，现郑重提出在2019年8月为期一年半时间援藏期满后继续延长一年半援藏芒康的请求，以共叙渝芒感情和谱写教育人友谊新篇章。请组织批准。

此致

敬礼！

申请人：重庆市第八批二期专技援藏（教育局）干部

唐成

2018年11月13日

这份申请书上有唐成鲜红的手印，也有县委组织部领导的“同意”签字。除了申请书，唐成还写下了个人援藏承诺书：

个人援藏承诺书

中共芒康县委组织部：

为积极响应党中央和习近平总书记援藏号召，贯彻好中央第六次西藏工作会议精神，拥护“治国必治边，治边先稳藏”重要论述，弘扬“老西藏精神”和重庆援藏精神，现据工作需要，经我本人申请，组织批准，我自愿在2019年8月援藏期满后继续延长一年半援藏时间，并在继续的援藏工作中认真学习贯彻党的民族和宗教政策，带头促进民族团结、维护社会稳定，勤勉敬业、认真履职，遵守援藏队“八不准”“十严禁”等相关管理制度，确保援藏任务的圆满完成。

承诺人：重庆市第八批二期专技援藏（教育局）干部

唐成

2018年11月13日

唐成的愿望不知道最后能否实现，还是让我们拭目以待吧，但愿在重庆市第九批援藏干部队伍里有他的名字出现……

4

芒康中学有5位重庆支教老师。

“80后”陈钢也是响应教育部“援藏援疆万名教师支教计划”，来到西藏芒康县中学的。

“有幸能把国家的使命和个人的情怀相结合，到芒康县中学支教，给自己一个机会，给孩子一个未来。”作为副校长，陈钢所要做的是如何让全校教师更快地成长起来，如何让学校的管理更规范更有效，如何让更多的孩子能升学，如何为西藏的发展做出更多的贡献。

“在4000米以上的雪域高原，教书育人，不仅是一种责任，也是一种快乐。”来自重庆市巴南区安澜镇中心学校的一级教师黄宗琦这样说。其实，早在2016年暑假，黄宗琦就带着家人自驾游西藏，一直走到珠峰大本营，那次太匆忙，他还没有来得及细细地体会就结束了。没想 2018 年 3 月自己能到西藏芒康县中学任教。

黄宗琦除了担任两个班的数学教学工作外，还为学校办公室做力所能及的事情。他有空就去听课，和数学老师交流，了解数学教学情况、学生学习状况，并积极参加数学教研活动。

2018 年 5 月 14 日和 9 月 25 日，黄宗琦为芒康县中学师生上了两堂数学示范课，共有 40 多位数学老师亲临现场。课后，学校的所有数学老师都参与了交流研讨，大家都感到收获很大，特别是在自制教具、学具，小组合作学习以及教案设计等方面。

谢安治，来自重庆市合川区古楼中学，一级教师。

他把提高学生的计算能力作为一个重点训练项目，坚持每节课前三分钟进行训练。针对有的学生基础知识较差的情况，他在新课教学的同时搞好旧知识的复习，循序渐进进行教学。 同时针对学生学习的情况，他采取分组分层教学，先教会一些学生，然后鼓励他们当好“小老师”，帮助学困生，让同学们相互学习，你追我赶，形成一个良好的学习氛围。

他在搞好教学教研工作的同时，积极参加“征集‘组团式’教育援藏和‘援藏援疆万名教师支教计划’优质教育资源活动”，同时积极协助老师参加教学竞赛活动。这学期学校组织老师们参加了昌都市初中教育联盟“名师名课”竞赛活动，通过老师们的努力，最终取得了优异的成绩：贾伟兵老师获得物理学科一等奖，梁晓玲老师获得化学学科二等奖。参加“理化生”实验操作竞赛的三位学生分别获得物理、化学二等奖和生物三等奖，创出学校组织参加竞赛活动以来的最好成绩。

杨传凯，1973 年出生，中学一级老师。

为圆一个梦，为了一个愿。1996 年，大学毕业时恰逢国家号召大学生支边，而重庆对口支援昌都，他报了名，后因家庭原因他退出了，因此在心中留下了遗憾。“原本以为这将成为这辈子无法了却的心愿。幸好，今年国家四部委的政策又给了我来这边支教的机会，也给了我一个了却心愿的机会，于是我毫不犹豫地报了名，来到了西藏，来到了芒康县中学，这是我一直追寻的梦想。”杨传凯发誓要将他知道的教育教学资源毫无保留地献给雪域高原。

郑涛，出生于1983年，重庆市永川中学高中生物教师，2007年参加工作，2018年积极响应国家号召，参与“援藏援疆万名教师支教计划”，自愿报名到西藏芒康中学支教，从此开启援藏之旅，在祖国的边疆释放青春与热情。

作为优秀教师，早在10年前，他在骑行进藏的途中，遇到很多藏族孩子，他们衣着朴素、眼神纯真，从那时起，他就想到西藏从事教育行业，帮助可爱的孩子们。

2019年1月23日，在永川中学新校区达用讲学堂，200余名教师认真聆听了郑涛的工作分享。在教学工作中，他自始至终以认真、严谨的工作态度，勤恳、坚持不懈的工作精神从事教学。在担任七年级五个班的生物教学工作中，为了达到教学最优化，他认真学习芒康中学本地老师的教学方法和理念，还根据西藏地区学生的实际情况，带领学生走出课堂，在大自然中调查学习，并且充分利用学校实验室现有仪器模型教学等，努力构建更加开放、和谐、高效的课堂，让学生在轻松、愉快的氛围中掌握知识。

由于环境不适应，为了不过多耽搁教学工作，郑涛在芒康做了喉部新生物切除手术以及肛周脓肿手术，后又利用暑假20天的时间在重庆复做。“虽然身体不争气，但我始终坚持，希望为藏区的教育尽一份微薄之力。”这就是一个共产党员的心声！

5位老师的岗位很平凡，但是他们从事的事业却是那么伟大！这5位老师是万名援藏援疆老师的缩影，正是他们默默的奉献，让我们闻到了桃李的芳香！

第四节　问天问地问芒康

2019年4月，在第八批援藏队工作接近尾声之际，临时党委开展了“三问”活动，即每个援藏干部自己问自己三个问题：援藏为什么？在藏干什么？离藏留什么？

这是一次全面的自查，也是三年或一年半援藏工作的总结。善妙之地，巍巍雪山，那里的援藏干部们情况如何呢？不妨，让我们一起走进芒康吧。

1

黄颖，重庆市第八批第二期援藏专技干部，援藏单位是芒康县财政局，任副局长。说起为什么援藏，她在“援藏三问中”这样写道：与其问我援藏为什么，不如问我加入中国共产党是为什么；与其问我援藏想做些什么，不如问我一个共产党员应该做些什么。要说援藏的感悟，她几天几夜也说不完。她爱好写作，空余时间喜欢把自己援藏的所见所闻所感写成文字，目前已写有十余篇散文和诗歌，其中《别说援藏苦，我的战友》等11篇已被《江津日报》等媒体采用。

黄颖是在2018年3月中旬进藏的。4月初，县政府采购办就接到了一个“大单”，局长便安排她作为采购办成员与采购小组去成都采购。但是还没来得及看到采购清单，他们就匆匆上路了。当看到采购清单和预算价格后，黄颖发现此次采购之行有些盲目和多余，换句话说，就是采购程序有些不符合采购法规。但同行的采购组长是一名分管副县长，本地人，黄颖与他不熟悉。该怎么与他沟通汇报清楚，她有些作难。果然，一开始的沟通非常不畅，他讲道：“我们一直是这样做的，你别拿内地的条条框框来约束我们，西藏与内地是不一样的……”一来就吃了闭门囊，黄颖内心有点儿委屈，有些摇摆，但她想自己不能退缩，要对得起自己的职业和援藏的初心。第二天，她又主动找采购组长汇报。从政府采购法、招投标法到财政部关于询价采购、单一来源采购的实施条例和各自适用范围等方面与组长进行沟通。一上午的沟通汇报，功夫没有白费，这名副县长了解了黄颖的想法，谦虚地承认原来的做法有问题，并表示立行立改。最终，这个项目以低于预算20%的价格，顺利完成了采购，节约财政资金100余万元。

2018年11月，因工作需要，黄颖被借调到昌都市住建局。因住建局财务室人手紧缺，她被安排到财务室做会计工作。12月底，高原的气温越来越低，大雪已下了几场，缺氧越来越严重，因天气干燥导致鼻孔出血，晚上已无法正常入睡。援藏队的援友们都陆陆续续回重庆了。但因财务工作的特殊性，黄颖还不能跟大伙儿一起回重庆。经过几天的加班加点，在跟财务室另一个会计交代好报表相关事项后，她在1月10日前回到了重庆家中。然而，回家并不轻松，一个一个的电话从昌都打过来，她不断跟对方解释亦未能解决问题，只好又在1月19日返回昌都。临行当晚，儿子送她下楼，嘱咐她开车要小心。当她从汽车后视镜里看到儿子跟着车子跑了好长一段路的时候，眼泪再也控制不住了。到了昌都以后，才发现援藏公寓水管已被冻上了，没有水，厕所、客厅，甚至寝室的地上都结了一层冰，进入公寓就像进入了冰窖，取暖器哪怕开到30摄氏度，室温仍然停留在一二摄氏度。当然，黄颖并没有心思去顾及这些，在到达昌都的下午，她就立即投入了工作中。经过与市财政局沟通，调整了相关数据，很快就解决了决算的相关问题。

“援藏的时光短暂而珍贵，它升华了我们的灵魂，丰富了我们的文字，洗礼了我们的人生。我只是遗憾，我还没有足够的才华和能力来献给这片高天厚土。在这一年半的时间里，我学会了吃苦、懂得了知足、懂得了感恩。”这是黄颖援藏最大的收获。

2

专技，就是专业技术人才，援藏时间一般是一年半。一年半的时间对任何人都是无比珍贵的。

夏滔，芒康县水利局援藏干部。回望来时路，对标“援藏三问”，他感慨万千。他一心想把自己在重庆水利建设方面的经验带到对口援助的地方，与当地水利干部一起共同推动美丽西藏的水利建设，一年半时间，他无愧于党，无愧于心。

夏滔到芒康县水利局以后参与的第一件事就是对全县 2017 年河长制工作开展情况进行验收。在验收过程中他发现河长制工作主要存在部分乡镇的制度不规范、台账不清晰等不足，达不到昌都市验收的标准。发现问题后，夏滔迅速与自己原单位奉节县水利局取得联系，利用奉节县河长制工作的经验结合芒康县的实际情况迅速进行整改，使芒康县河长制工作顺利通过了昌都市的验收。紧接着他又按照自治区和昌都市的要求，对芒康县河长制工作实施方案进行了修订，并出台了芒康县“清四乱”实施方案，将河长制工作不断向前推进。

夏滔刚进藏不久就去措瓦乡进行河长制工作考核，由于新建察芒公

路造成道路改道和拥堵，夏滔被堵到贡拉山山顶上，只能靠自带干粮充饥，还要承受头疼胸闷的高原反应，即便这样他依然坚持完成了考核工作。

2017 年，芒康县水资源考核全市靠后，主要原因是水资源管理制度的缺失，很多考核指标因为没有制度的约束而达不到考核要求。针对现实情况，夏滔建议局里明确专人，按照自治区和昌都市的有关文件要求，建立起芒康县水资源管理制度，不断规范水资源管理。

扎仓嘎水库工程是昌都市和芒康县的重点工程，但摆在面前最急需解决的是库区的征地移民问题，由于当地群众对征地移民政策不够了解，致使征地移民工作迟迟不能有效开展。面对这个问题，夏滔和当地干部一起深入群众，一遍遍地给群众讲政策、做工作，终于得到了当地群众的理解与支持，顺利完成征地移民工作，确保水库工程按时开工。

在为期一年半的援藏时间里，夏滔尽力做好能做的每一件事情，就像他的援藏心语中说的一样：不求做出惊天动地的大事，但求成就几件满意的实事，不给自己的援藏生活留遗憾。

夏滔时刻提醒自己是援藏干部，无论工作还是生活都严格要求自己，不进 KTV、不酗酒、不参与其他有损援藏干部形象的活动。这种严格要求和正派的作风，赢得了当地干部的普遍认可，维护了重庆援藏干部的良好形象。

3

程瑜，原工作于重庆市渝中区建设和交通委员会，现任芒康县发改委副主任。

“我对芒康的憧憬尚未褪去，援藏工作就接近尾声了。”踌躇满志的程瑜对芒康深怀感情。

从接到援藏通知那一天起，他就在思考要来做什么？能做什么？从事建筑行业十余年的程瑜心里明白，进藏，毫无疑问就要服务芒康的基础设施建设。

到了昌都，他深深地感觉到一切并不像想象中的美好与顺利，工作艰辛，生活艰苦。第一次下乡检查工作，到的是芒康条件最好的纳西乡，国道 214 沿线的美景让他暂时忘却了道路的蜿蜒与颠簸。当看到熟悉的钢筋水泥时，他才找到了久违的感觉。作为建筑行业从业者，保证项目施工的安全与质量是他的基本职责。

程瑜说，个人的援藏工作，就如同澜沧江里的一滴水，只有通过一代代援藏人不懈的努力，才能汇成整条澜沧江从而滋润这里的土地。

短短一年半的援藏时间，在工地上，他通过每晚的监理例会，向施工企业教授规范的施工现场安全文明管理标准和施工质量规范。

短短一年时间，渝芒幼儿园竣工了，援藏活动中心投入使用了，朗顶康姆营地也即将开门迎客，如美游客集散中心初具雏形。这些满载着重庆人民深情厚谊的援藏项目，就像一颗颗种子撒在了这片亟待开发的处女地上，相信在不久的将来，就会生根发芽，为当地群众培养出一代代优秀的藏家儿女，为川藏线上源源不断的游客提供优质的服务，为当地淳朴的藏族人民带来丰厚的经济收益。

芒康，这颗深深铭刻着重庆印记的藏东明珠，也给他留下了此生无法磨灭的回忆。

4

你是卓玛的一滴眼泪
化作清澈如镜的湖水
变幻着缤纷的色彩
诉说莽措湖的美丽
……

唐超，芒康县住建局援藏干部，每当面对芒康美丽的雪山、湖泊，他总会情不自禁地抒发内心的感慨。

作为芒康县住建局副局长，唐超分管项目，同时进行技术指导，监督管理的项目包括芒康县滨河东西路、芒康县中医院、芒康县体育馆、芒康县演艺中心、芒康县党校、达孔顶异地搬迁、各村新村委会办公楼等共计 20 余个。这么多项目，在他的管理下未发生一起安全事故。

唐超最自豪的项目是朗顶康姆自驾营地工程。朗顶康姆自驾营地位于芒康县如美镇卡均村，国道 318 线旁，距县城约 21 公里。“朗顶康姆”在藏语中是“天上的康巴仙女”之意，朗顶康姆自驾营地所在地有独特的高原草原、森林、牧场等，山美、景美、人更美，非常契合“朗顶康姆”所蕴含的意境。朗顶康姆自驾营地是重庆市第八批援藏工作队重点打造的旅游产业扶贫项目。项目占地 3.14 平方米，计划投资 1000 万元，工程于 2018 年 5 月开工，于 2019 年 4 月完工投入运营。营地内建有房车营位 20 个、帐篷营位 66 个、木屋营位 10 个，附属建设车行道、游步道、人行桥、旅游卫生间等配套基础设施，是藏东首家星级自驾营地。

援藏期间，唐超精准扶贫的帮扶对象是曲孜卡乡小昌都村追巴组的占堆，他家的致贫原因主要是人多地少，收入来源单一，其配偶腿有残疾，长期卧床，丧失劳动力。经过多次实地调查走访，他制订了有针对性的帮扶计划，发展生产和养殖，增加收入来源，帮助他们积极向昌都市争取医疗救助，实现了“两不愁，三保障”目标。为进一步做大做强芒康县蜜蜂养殖产业，加大产业扶贫力度，援芒办决定进一步实施蜜蜂养殖产业帮扶。为做好此项工作，县委常务副书记、常务副县长王代兵委派唐超与芒康县水利局援藏干部夏滔对芒康县 5 个大的养蜂乡镇进行调研摸底，历时一周行程 1300 多公里，实地走访了 18 个村组，准确掌握了第一手资料，形成了芒康县第一个关于蜂蜜养殖的专门调研报告，为蜜蜂养殖产业发展提供了参考资料。

虽然他在短时间内适应了高原环境，但高寒缺氧还是导致了身体发生了一些变化，他患上了严重的鼻炎，中耳炎等，且记忆力不断衰退，长期失眠。但是这些比起有些援藏干部在高原环境下，心肺等脏器不可逆的变大，小病被激发放大变为大病，甚至有些同志献出了自己宝贵的生命，又算什么呢。“面对高原，援藏人心怀敬畏。更需要不断调整心态和身体状态，努力去适应。”唐超就是这样淡定。

对于“援藏三问”的答案，他一直在不断思考和寻找，答案也在逐渐明晰。援藏就是响应祖国号召，为了奉献，为了心中的那一份情怀；在藏就应该不辜负组织的期盼和信任，不辜负各级领导的殷殷嘱托，发挥好自己的专业技术特长，争分夺秒多干事、干成事、干好事，发挥好桥梁纽带作用，促进渝芒两地进一步交流互动；离藏留下最重要的是感情，世代相传汉藏情谊。

第五节　善妙之地好门巴

2018 年 3 月 3 日上午，重庆江北 T3 航站楼，重庆市第九人民医院第二批援藏医疗队一行 5 人踏上了奔赴雪域高原的征程。

这 5 个人是谢君、王晓容、朱建华、哈斌、张双庆。

他们要去的地方就是芒康县，援助单位是县人民医院。

医疗援藏是很受当地欢迎的，内地医生过去，当地医院就有了老师，有了“传帮带”的链条，以前可能从未开展的业务也可能开展起来。重庆市第九人民医院此次派出的 5 位医生都是身怀绝技、有丰富医学经验的医生。“解决一项医疗急需，突破一个薄弱环节，带出一支技术团队，新增一个服务项目。”这，就是这 5 个人要完成的任务。

医生在西藏被称为“门巴”，好门巴就是好医生的意思。

1

谢君，1970 年出生，重庆市护理学会消毒供应专委会副主任委员，重庆市第九人民医院消毒供应中心主任，三级医院对口帮扶援藏医疗队队长，芒康县人民医院副院长。

“带上满满的希冀与嘱托，开启一年半的援藏生涯，虽然不能预测生命的长度，但可以增加生命的宽度。”这是她 2018 年 3 月 3 日向雪域高原出发时的朋友圈留言，简单朴实却又充满哲理。

这是她第三次走进世界屋脊的怀抱，前两次夏天进藏的愉悦感受被冬天进藏的一系列“高反”代替，头晕、胸闷、流鼻血、消化不良、失眠……

她在医学界工作 30 年，其工作经验之丰富不言而喻。这次她带队就是要帮助芒康县医院创建“二甲”。

“创‘二甲’没有任何借口。”来到西藏，她顾不上高寒缺氧带来的高原反应的困扰，就全身心地投入到医院创“二甲”工作中：部署召开动员大会、修改创“二甲”实施方案、制订创“二甲”目标责任书、定期或不定期召开创“二甲”工作推进会。全面指挥创“二甲”工作，负责管理一组、管理二组、医疗组、护理组、院感组、药事组的统筹安排、组织、协调、控制等。开启“5+1”“白 + 黑”加班模式，已数不清这样的加班有多少，只知道她自始至终无怨无悔。她说：“国家有要求、九院有嘱托、芒康有期盼，责任大、时间紧、任务重，必须与时间赛跑。”

她相信，办法总比困难多。“妥善处理医疗纠纷”条款要求：有法律顾问、律师提供相关法律支持，但整个芒康县城都没有律师，她想尽各种办法找到某高校教师（有律师证），终于解决了条款不达标的问题。

她先后制订完善的文本资料模板包括但不限于：临床科室管理资料模板、临床用血管理模板、院感管理资料模板等。自评报告、自评结果、“二甲”汇报 PPT、“二甲”汇报材料……她认真准备着每一项资料。芒康的九月已是阵阵寒意，可她哪儿还顾得上冷啊，她的心里只有创“二甲”。她说：“创‘二甲’是芒康 2018 年政府重点工作之一，是县长一把手工程，健康扶贫是最大的民生工程，一切为了创‘二甲’，我们没有选择。”

2018 年 8 月 20 日，她的侄子李雪蜚休假来到芒康，本意是来参加芒康第八届茶马古道旅游文化艺术节，却被她不由分说地带到医院做起了创“二甲”文本资料工作直至 8 月 31 日。

9 月 25 日，是西藏自治区专家对芒康县医院创“二甲”进行终评的日子。这一天，她早早来到了医院，查看迎检组长是否到位、环境卫生是否整洁、工作人员是否有精气神、针对专家提出的问题立行立改……夜深了，普通老百姓早已进入梦乡，但她的办公室却依旧灯火通明：汇总整理专家评审意见、核对处理自评结果和自评报告……等到忙完工作回到寝室，时钟已指向凌晨 5 点 30 分，在“4000+”米雪域高原上连续工作二十几个小时的她只休息了两个小时便又出现在了办公室。

一分耕耘，一分收获。2018年12月11日，西藏自治区正式批准芒康县人民医院为二级甲等综合医院。她抱着“二级甲等医院”这块金灿灿的牌子喜极而泣，大半年的艰辛付出终于有了收获，她的医院、她的团队和她也载入了芒康史册！

2018年6月27日，她与芒康县人民医院医务科主任白姆、消毒供应中心护士洛松白珍签订“师带徒”协议。

予人玫瑰，手有余香。2019年4月9日至12日，昌都市边坝县医院一行20人来芒康县医院参观学习，她耐心回答他们提出的每一个问题。在交流会上，她从领导高度重视，积极动员、转变观念，以评促建、以评促改、评建并举、重在内涵和心得体会四个方面分享了创“二甲”经验及体会。会后，应边坝县医院院长要求，她还分别从《西藏自治区医院评价标准实施细则（2017年通用版、试行版）》《西藏自治区医院评审暂行办法》《医院自评报告》填写、文本资料模板介绍、PDCA案例展示5个方面对他们进行了详细的解读培训。

谢君始终牢记“援藏为什么——实施健康精准扶贫。在藏干什么——积极创建国家二级甲等综合医院。离藏留什么——芒康县医院已成功创建二级甲等综合医院，力争质量、安全、服务、管理、绩效本土化”。

她说：“如果让优秀成为一种习惯，你就自然而然变得优秀了。”从三级医院对口帮扶第一批援藏医疗队队长手里接过接力棒时，她就暗暗下定决心：星星之火，可以燎原。

是的，她带领医疗队为受援医院开展了以下工作：建立健全规章制度100余项，开展新业务新技术50余项，开展教学查房130余次，手术带教150余次，业务培训80余次，开展死亡及疑难危重病例讨论，积极开展远程医疗服务，创建国家等级医院，提升医院综合实力。她和她的团队为支援医院和受援医院做出了自己应有的贡献。

由于谢君的突出表现，2018年7月她被评为“优秀援藏干部”。2018年11月被医院评为“优秀个人”。

2

王晓容，1980年出生，重庆市第九人民医院全科医疗科护士长、主管护师，芒康县人民医院护理部和院感科主任。

对王晓容来说，没去西藏之前，总是对那片神奇的土地充满向往。想去看那蔚蓝的天空，看那奔腾的大河，看那巍峨的雪山。西藏，对于旅行者来说，是最为圣洁美丽的向往；对于本地藏族同胞来说，是虔诚的信仰；而对于援藏人员来说，是山长水长的路途、是心中的信念所在、是第二个故乡。

回忆来时路，她还心有余悸。2018年3月到芒康，当时下大雪，气候寒冷，自己又晕车，很是难受。记得汽车翻越5000米东大山时，考斯特几次抛锚，全部人下来推车。人生第一次在雪山上推车，这记忆让她终生难忘。

到了医院，她发现当时的护理部如同虚设。她加班加点，整理、修改护理部的资料30多份。

说干就干！深入科室，开展调查，掌握科室实情。根据这段时间的了解，她决定将病房管理作为工作切入点，要求护理人员必须做好晨间护理，保持病区、病室的整洁、舒适、安静和安全。每天晨会集体交班后，她就带领着护士们进行病房的交接班，尤其是对危重病人病情的交接。每次她都边示范，边给护士们说如何协助病人翻身、拍背、查看病人皮肤的变化，检查患者身上的各种管道，以及如何观察病情和特殊用药。这样一来，护士们对危重病人的照料慢慢地由被动观察变为了主动观察，为管床医生及时提供了病人病情变化信息，使医生能及时做出相应的处理，及时控制患者病情。当这些工作得到医生、护士和病人们的好评时，她的心里充满了欣慰。

针对医院情况，她提出建立以分管副院长为首的护理管理组织体系，实行护理部主任责任制，实行护理部——病区护士长二级质量管理，下设 10 个质控管理小组，委员会成员分组分工合作，定期或不定期下病房检查，增强全员参与质量管理的意识，持续改进护理质量。护理部每月抽项查、每季度实行全面综合检查。并对病区管理，护士长管理，基础护理、一级护理、急救药品物品管理等指标进行考核；病区实行护士长责任制，质控由科室质控小组负责执行，病区质控小组按照护理质控标准及质控内容、科内制订质控职责，认真履行质控工作，及时整改存在的问题，并做记录。

按照《二级综合医院评审标准实施细则》修订和完善了护理工作制度 48 条，各级各类护理人员岗位职责 27 条，疾病护理常规 167 条，护理技术操作规程 20 节，护理应急预案 34 条，护理质量考核标准 15 条以及护理文书书写规范等。这些规章制度的修订和完善使护理管理进一步实现了科学管理，各项护理工作做到了有章可循、有法可依，有效地防范了护理纠纷和护理事故的发生。

建立护理质量与安全管理委员会，护理部每月召开护士长例会 1—2 次，每季度召开质控专题会议 1 次，针对全院各护理单元在所有检查（包括常规质量检查、抽查、专项检查）中存在的问题进行汇总，并以书面形式反馈到各护理单元，科室进行原因分析、提出改进措施，护理部进行跟踪验证，达到护理质量持续改进的目的。

护理部与病区签订了目标责任书，下达目标任务，定期督查目标任务落实情况。并将护理工作质量检查结果作为科室进一步质量改进及护士长管理考核的重点。

规范各类药品的管理，统一了急救药、备用药及高危药品的标识、放置和交接。统一规范急救车的管理，至“二甲”终评结束以后全院各护理单元实行了急救车封条管理，要求每班进行交接，每周护士长进行检查，每月专人清理，随时抽查，完好率 100%。

完善了各环节交接质量，建立了急诊科与病房、手术室与病房之间的病人转接制度。病人转运途中加强病情观察与急救护理，准确记录了患者在转运过程中的用药、处置、检查等，强化了护理人员的责任心，降低了危重病人转运过程中的风险，体现了治疗处置的连续性，确保患者的病情得到及时有效的救治。

这些制度完善，为创“二甲”提供了有力保障。

回想援藏的这些日子，她常热泪盈眶。难忘初到雪域那刻，她忐忑不安，是当地藏族领导献上的圣洁哈达将她所有陌生和不适应抛向天边，在遥远的异乡感受家人的温暖。同时，自己也把心中的爱留给了美丽雪域。

有一次，一名 8 岁的藏族患者因化脓性阑尾炎、全腹膜炎急诊住院，患者病情危重，需要手术，但家中十分贫困，无法继续治疗。当得知这个情况时，援藏医疗团队立即行动起来，积极主动筹集捐款，共计 7640 元。当他们将善款交于患者家人手中时，皮肤黝黑的藏族汉子握住他们的手热泪盈眶地说：“突吉切、突吉切。（藏语：谢谢）”这一幕让所有在场的医务人员动容。

一年半的援藏工作经历，是王晓容难得的人生历练，更是一笔宝贵的人生财富，她无怨无悔，她无比自豪！

3

1981年出生的朱建华是一位年轻的医生，脊柱外科研究生毕业，骨科主治医师。他刚到西藏时，人明显变瘦了。但是他说："瘦的是体重，净化的是心灵，升华的是精神。"

因为他的到来，芒康县人民医院开始了前所未有的骨科手术。

根据当地医生基本知识、基本技能、基本操作较差的特点，朱建华逐项纠正治疗、操作中的错误和不足，他组织外科医师进行无菌操作培训，强化无菌观念。帮助外科修改并完善手术同意书。建议手术室完善器材、敷料配置。改革术前、术中、术后操作，强调患者术前洗澡，强调术中二次洗手及铺台，以便降低手术感染率。经过培训，术后伤口感染率较前下降约15%，切切实实减轻了手术病人的经济负担及身体痛苦。建立疑难危重病历及死亡病历讨论制度，组织全院疑难危重病历讨论30余例，组织死亡病历讨论6次。培训并规范查房制度，组织全院大查房10余次。规范病历书写，建立病历评级评分制度，审阅及修改病历800余份，给病历评分一百余份。

他还结合自己专业，积极筹备骨科创建工作。芒康县医院骨科基础基本为零，准备骨科手术器械，购买骨科常用耗材，向外科医生讲解骨科常见病、多发病救治原则，讲解骨折手法复位、外固定技术；讲解清创缝合技术原则。开展骨科相关新技术72项，经过近一年的努力，成功为芒康县人民医院创建骨科，开展骨科新技术70余项。完成手指、足趾骨折复位内固定术共53例，完成掌深间隙感染切开引流术1例、腘窝囊肿切除术2例。完成肩关节脱位5例及肘关节脱位3例接受手法复位石膏外固定术。多例胫腓骨骨折、跟骨骨折及肱骨、桡骨骨折接受手法复位、石膏外固定术，降低了患者骨折并发症，为患者二期手术治疗创造良好条件。收治多例脊柱骨折患者保守治疗，多例颈椎病及腰椎间盘突出症患者住院保守治疗。完成50余例肋骨骨折患者的住院保守治疗工作。

2018年4月23日，完成第1例锁骨骨折伴肩锁关节脱位复位内固定手术。5月10日，完成第一例胫腓骨远端骨折切开复位钢板螺钉内固定术。5月25日，完成第一例微创下胫骨骨折复位内固定术。6月30日，完成第一例左腕部电锯割伤致多根神经、肌腱、血管损伤病人急诊手术。8月25日，完成第一例微创骨盆骨折切开复位内固定术。9月8日，完成第一例股骨合并胫腓骨骨折的多发伤的手术治疗。9月10日，完成第一例股骨远端陈旧性骨折切开复位内固定术。9月12日，完成第一例微创下三踝骨折切开复位内固定术。

8例患者术后均恢复良好。现骨科已经能常规开展四肢骨折的手术治疗。一年来，共开展骨科中小型手术共一百余例，所有患者术后均恢复良好。近来所开展的骨科手术技术多例为昌都地区第一例。朱建华在为芒康县人民医院带来先进技术的同时，也为芒康的藏、汉族百姓身体健康保驾护航起到了重要作用。如遇骨科相关疾病，老百姓们再也不用忍着痛苦辗转到几百公里之外的医院去治疗。

4

2018年6月7日上午，一例全身麻醉气管插管下左尺骨骨折切开复位钢板内固定术在芒康县人民医院成功完成。

全身麻醉，这在县医院是很少见的。

实施麻醉手术的医生就是来自重庆市第九人民医院手术麻醉科副主任医师哈斌。

高原上开展这种麻醉方式有一定的风险，县医院麻醉复苏室收治这例病人标志着芒康县人民医院麻醉科在保障术后病人安全与手术质量方面上了一个新台阶。

作为麻醉科主任，哈斌任务艰巨，责任重大。但是，他出色地完成了组织的嘱托。

刚到芒康，哈斌克服高原反应，积极帮助医院完善手术麻醉科的各项建设工作。包括7项规章制度、6套资料的建立，以及麻醉恢复室的建立，这也是创建“二甲”医院麻醉科必备的条件。

在县人民医院工作期间，他新开展腰硬联合阻滞麻醉100余例，保证了下腹部及下肢手术麻醉效果。臂丛神经阻滞麻醉10余例，气管插管全身麻醉10余例，保证了医院外科手术的开展。做中心静脉穿刺10例，增加了医院救治危重病人的手段，协助抢救危重患者2例。新开展术后镇痛100余例，大大提高了患者术后的舒适性。举行全院培训4次，科室内培训10余次，与芒康县人民医院签订师带徒协议，两位学生是尼玛央宗、美拉曲宗，在他的指导下，两位麻醉医生的理论水平、临床操作技术、术中病人管理得到一定程度的提升。

因为有了他的麻醉技术，医院其他科室才有可能给病人做手术；因为有了他的“传帮带”，临床医术才能在芒康县人民医院扎根。

在哈斌的笔记本里，我们翻到了这样一段记录：2018年3月8日，开展第一例腰硬联合阻滞麻醉；2018年3月22日，开展第一例臂丛神经阻滞麻醉；2018年4月26日，开展第一例颈浅丛神经阻滞麻醉；2018年5月11日，开展第一例术后镇痛；2018年5月29日，开展第一例静脉麻醉（不插管）；2018年6月29日，开展第一例全身麻醉（气管插管）；2018年6月29日，麻醉恢复室收治第一例病人……

这就是重庆市第九人民医院派到芒康的医生，就是在雪域高原救死扶伤、彰显大爱的“好门巴”！

第六节　澜沧江边的桃花源

1

陶渊明的桃花源不一定在书本里，也不一定在美丽的江南。套用一句广告语：世上有两个桃花源，一个在心中，一个在澜沧江边。

王惠也不知道是什么让她下定决心要在千里之外的芒康建造年轻人的“桃花源”。

王惠，何许人？在昌都，人人都叫她“惠总”。

2018 年 4 月 10 日，西藏首个重庆援建文旅项目——昌都文旅创业园（卓卓康巴酒店式青创公寓）在重庆两江新区签约落地。这，标志着芒康产业发展将迎来新的机遇。

这个项目计划投资 3 亿元，落地在芒康县如美镇。

王惠就是这个项目的投资者，她是第一个在芒康旅游业“吃螃蟹”的企业家。

王惠，1976 年出生，重庆人，重庆民商旅游产业有限公司董事长、昌都市卓卓康巴旅游产业发展有限公司董事长。

2016 年 7 月，她受邀随重庆市旅发委组织旅游企业援藏考察团前往昌都考察。回到重庆后，出于个人援藏情怀和责任感，她提交正式考察报告和专业建议给昌都市旅发委及重庆援藏队，提出了自己产业援藏的想法。

产业援藏，这正是西藏迫不及待的需求。

在 2016 年 10 月至 2017 年 5 月，她义务为重庆援藏队和昌都市旅发委对三个旅游项目进行智慧及资源输出：多次自己花钱组织团队往返重庆、成都及昌都等地进行方案评审，提交正式咨询方案和投资建议，为项目节约投资 3000 万元。

真正打动王惠的，除了西藏本身的美丽，还有一个人的一句话，那就是重庆市第八批援藏工作队领队黎勇说的：“不到高原，不足以回看人生，不到高原不足以俯瞰苍生。”

“惠总”有很深的西藏情结，看到很多援藏干部用情用心用实际行动援藏，她被深深感动。在援藏精神的感召下，很快，她在西藏就注册了昌都市卓卓康巴旅游产业发展有限公司，这个公司是全国深化对口援藏扶贫工作推进会签约旅游援藏企业、国家“万企帮万村”帮扶专项行动中昌都市唯一签约帮扶协议旅游扶贫企业、昌都市唯一荣获重点援藏旅游企业；她个人也被评为“2018 年重庆市旅游工作先进个人”。

2

如美，澜沧江边的一块美丽之地。

如美，地处藏东南、川西南、滇西北旅游金三角的枢纽地带，国道 318、澜沧江双双贯穿境内。进藏必经之地低海拔的特点，是昌都市卓卓康巴旅游产业发展有限公司确定在此牵头投资兴建昌都首家大型文化旅游综合服务体昌都文旅创业园（卓卓康巴酒店式青创公寓）的必然选择。

但是，这个选择王惠也是经过反复考量的。

2017 年 3 月，她冒着生命危险翻过 7 座雪山，在海拔 5000 多米的东达山雪路中车侧翻后仍继续前行，坚持完成对三个县的旅游考察工作。2017 年 5 月，在重庆市人民政府各部门及重庆援藏队的支持下，与昌都市人民政府签约首期 5 个亿的旅游投资框架协议。

2017 年 8 月至 11 月，她多次带领考察团对昌都市国道 318、317 沿线洒咧营地、各县重点景区资源进行每次为期两周以上重点考察，最后才在 2017 年 8 月与芒康县人民政府达成如美镇旅游项目投资意向。

这是王惠在西藏的第一个大手笔。

她是想通过创业园及青创公寓项目的开发运营及带动，让如美镇逐步发挥出旅游黄金精品线路“茶马古道”的重要驿站功能，成为芒康县经济重镇、澜沧江如美峡谷为特色的高原生态旅游小镇和藏东首个星级旅游集散中心。

这个愿望与芒康县委常务副书记王代兵的想法不谋而合。

时间凑巧，2018 年 11 月，我到如美镇采访，那里机器轰鸣，一番建设的景象。王惠很自豪地告诉我：“今年 6 月开始动工建设，现在一切顺利，规划的第一期效果很快就要出来了。”她也许是在告诉我，一个澜沧江边的桃花源很快就会打造出来了。

3

芒康县委常务副书记王代兵介绍说，第八批援藏队针对昌都市具体情况，通过旅游、商贸、流通业等行业的深度调研，决定率先在芒康县如美小镇试点推进旅游基础设施建设，提高旅游服务质量，扩大旅游接待规模，解决以建档立卡户为重点的本地区劳动就业，为如美镇产业结构的调整与升级换代发展旅游业提供先机。

昌都市卓卓康巴旅游产业发展有限公司预计在如美镇投资 3 个亿。首期包括昌都文旅产业孵化基地、芒康县众创空间、卓卓康巴酒店式青创公寓的投资，计划占地 11020.14 平方米，首期预计总投资约 2 亿元，其中固定资产投资在 1.5 亿元以上，其他综合投资在 0.5 亿元以上，项目建成后实现年产值在 3.5 亿元以上，直接解决当地就业人口 200 人以上，带动文旅创业及就业人口 1000 人以上。

整个文旅创业园以酒店式青创公寓形式为主，涉及部分餐饮、会议、招商、宣传及产品交易厅功能配套。主要包括：

昌都文旅产业孵化基地，积极在内地、西藏和国道 318、317、214 沿线城市及昌都市其他各县招商引资，主要以为进藏游客提供各种服务的企业类型为主，基地为入园的企业提供管理、人才、金融等方面的专业服务，助力其健康发展。入驻文旅创业园的企业成为昌都市县景区、产业、相关企业及产品的展示窗口，一方面对外宣传昌都市的旅游资源和特色产业，另一方面搭建新零售平台，将昌都市的农林牧文旅产品规模化、产品化、品牌化，远售到全国。重庆民商旅游产业有限公司将成立专业招商服务机构及孵化机构，为其入驻本园区及昌都市其他区县提供服务，孵化基地以总部经济形式呈现。

芒康县众创空间，重点为芒康县本地大学生、退伍军人等本地创业者以及到芒康投资兴业的部分投资者，提供其企业及产品展示的窗口并兼顾为其本人及家人、客商、高管等提供临高原调适休养及生活保障服务，重庆民商旅游成立专业运营服务团队，为其自身及客商旅游接待服务。

重庆民商旅游产业有限公司在青创公寓及酒店式公寓满足部分投资者及游客对高原低海拔生态旅游小镇的投资和住宿功能的同时，将成立专业酒店管理公司，提供中高端酒店特色温情的规范运营服务，打造国道 318 线上西藏最具规模、管理最为规范的酒店及车友之家。

藏东首游昌都如美游客集散中心（由重庆援建）：昌都景区及文旅产业招商展示交易中心，昌都市文旅人才培训基地，同时为游客及当地各部门提供餐饮、会议及少数酒店客房服务。

这些都是产业援藏给如美带来的实惠，给芒康带来的发展机遇。

4

我在西藏的那段时间，正好王惠在昌都办事，经过黎勇的介绍我们认识了。

她是位女强人。一个民营企业，花大代价到昌都投资旅游，的确需要企业家的魄力和胆识。而且，王惠不仅在芒康投资，2017 年 11 月还与左贡县人民政府达成东坝文化旅游景区开发意向，项目也在稳健推进；2018 年 10 月 4 日，她与昌都市八宿县达成以民宿、自驾车营地为重点的八宿县旅游开发投资协议，一期投资约 1 亿元。

在西藏投资产业，王惠解释为两个字：情怀！

2018 年 1 月底，她带领 5 个省市旅游规划团队前往左贡对东坝重点进行文化及资源挖掘；并在冰天雪地中继续带领工作小组前往类乌齐、丁青、八宿对海拔 4500 米以上的孜珠寺、布托湖、炳茸冰川、然乌湖、来古冰川等进行深入考察，不顾高海拔极寒天气，与当地两位藏族干部徒步 7 个小时走进炳茸冰川，给三个区县主要领导及旅游局提供关于旅游开发的诚恳及专业建议。同年 3 月，她带领专业民宿设计和投资团队，与昌都市旅发委、经合局、文化局对国道 318 沿线八宿、左贡、芒康三个县 10 多个村 100 多户人家进行深入考察，并提交民宿投资考察报告，于 5 月基本确定第一批东坝景区的民宿投资计划，于 8 月确定芒康和八宿的民宿投资计划。4 月，在克服身体不适和翻雪山的恐惧心理下，为东坝申报国家项目往返多次，在西藏几十个项目中三个成功成为被推选项目。

西藏是一片神奇而大美的土地！三年来，她听到、看到很多援藏人和在藏干部平凡却艰辛的故事和不平凡的经历，亲身感受到他们的援藏情怀；她也常常走进藏族人家的生活，零距离感受他们对信仰的坚守、对艰苦当下的隐忍和对幸福生活的渴望。最终，她也选择奉献高原的事业。

她的企业成为重庆市第一家旅游援藏民营企业，同时也是昌都市第一家和唯一一家综合文旅企业。

因为她的坚守，因为她的大爱情怀，2018 年她被评为西藏自治区“民族团结进步模范个人”。

第七节　从大地上屹立起来的邦锦梅朵

另一个产业援藏企业不能不提，那就是昌都龙者高新材料股份有限公司。

本来想拜访一下这家企业的董事长周癸豆，不巧那段时间他不在昌都。旗下企业昌都市龙者再生利用高新材料有限公司总经理王彦鹏和我交谈了一个上午。

王彦鹏说："我们的企业龙者也是这大地上生长出来的'邦锦梅朵'！"什么是邦锦梅朵？我之前并不知道，在网上查了一下：青藏高原上许多地方都生长着一种蓝色的小花，似一个个小小的五星喇叭。它们生长在海拔较高的山坡上，紧贴着地面，远看灿烂得像蓝色的眼睛，近看却像一张张清纯的脸。藏族人民称它为"邦锦梅朵"，其实它的学名叫"龙胆草"，别名"勿忘我"。

显然，这个总经理是把自己的企业比作高原上的笑脸，是为人民创造幸福的。

昌都龙者高新材料股份有限公司是一家专注于研发、生产、销售新型建筑材料的高新技术企业。产品有生态水泥、生态混凝土、部队防护高强度混凝土、EPP 藏式装饰线条、装配式建筑、A 级防火保温板、楼地面保温材料、保温粉体材料系列、外墙涂料系列、生态水泥、生态混凝土等。公司具有防水防腐保温工程一级资质、建筑装修装饰工程二级资质、建筑幕墙工程二级资质，并在行业内率先通过了 ISO9001 质量管理体系认证、ISO14001 环境管理体系认证、中国环境标志产品认证及职业健康安全管理体系认证。

这个公司也是重庆援藏队招商引到昌都的。为了让高新技术在西藏生根发芽，他们还与同济大学、中国建筑材料科学研究总院一起搭建了高原“产学研一体化”平台。2016 年 12 月，组建了专业从事新材料开发的“龙者博士工作站”。

习近平总书记说：“绿水青山就是金山银山。”龙者核心研发团队在此理念引领下，常驻高原地区，历经数年研究及实验，开发出一种国内独一无二的、适用于高原地区的再生环保型生态水泥。

根据西藏自治区的气候、人文等独特环境和条件，龙者研发出 EPP 藏式装饰线条，这是新型环保节能装饰材料，解决了传统的藏式室外装饰施工难造型等问题。

龙者 EPP 藏式装饰线条直接由工厂生产好，再运往施工现场配合龙者粘接砂浆与主体墙面进行粘接，粘接效果稳固持久、施工工艺便捷、重量轻安装方便、施工速度快。龙者 EPP 藏式装饰线条采用先进的数控切割工艺无需磨具，相对于传统 GRC 生产周期更短，线条造型更丰富。龙者目前拥有完整配套的 EPP 生产线，综合成本上较传统 GRC 线条更少。

龙者装配式建筑是昌都龙者研发团队针对西藏地区独特的地理环境和精准扶贫政策开发的一个环保节能型项目。该房屋体系采用钢结构为主体，填充轻质保温节能墙板的建房方法，同时集成了该公司自行研发的多项高新技术，是一项符合节能减排要求的环保型项目，可满足不同地区对建筑节能的要求。建造速度快，受气候条件制约小，节约劳动力，并可提高建筑质量。工厂预制，现场装配，建造一幢200平方米的房屋仅需要15—20天。

这些产品是为保护西藏的生态环境而研发的，产业的发展带动了当地就业，为昌都的经济、社会发展做出了应有的贡献。

但愿，有更多的“邦锦梅朵”从大地上屹立起来。

……

2019年是西藏民主改革60周年，是西藏发展历史上的重要年份。党的十八大以来，共有17个援藏省市、17家中央企业、70多家中央和国家机关部委，多次赴藏开展调研、规划衔接援藏项目，选派援藏干部人才3000多名，累计实施对口援藏项目2806个，投入资金200.6亿元。特别是教育人才和医疗人才“组团式”援藏工作，把优质教学和优质医疗服务送上了高原，被称为推进西藏教育医疗卫生事业长足发展的一场“革命”，成为群众交口称赞的民心工程和民族团结工程。

有数据显示，截至2018年底，西藏累计搬迁建档立卡贫困人口23.6万人，目前已实现47.8万人脱贫、55个县（区）摘帽，贫困发生率由五年前的35.2%下降到8%以下。西藏自治区政府提出，2019年将基本消除绝对贫困。

要实现这个目标，雪域高原上需要更多的像龙者、卓卓康巴这样的企业勇敢担当，责任援藏。

消除贫困，让大地上绽放更多更灿烂的“邦锦梅朵”，这是人民的期盼！

结束芒康的采访，我准备从香格里拉乘机返回重庆。

时间很短，但是我对芒康的印象却十分深刻。

芒康县的面貌正在发生翻天覆地的变化，在援藏干部和当地干部的带领下，人民正在从希望走向更多的希望。

但是由于受制于地理位置、自然环境等因素，有些生活资源还是无法满足日常需求，最大的一个问题就是缺水。芒康县城的水资源相当匮乏，仅有一条嘎托河穿城而过，而且水量不足、水质浑浊，自来水常常断水，只能买桶装地下水来作为日常生活用水，一些村社虽然基础设施修建好了，但是厨房、厕所却没有源源不断的自来水。

我的另一个感触是出行相对不便。芒康周边有三个机场，分别是邦达机场、香格里拉机场和稻城亚丁机场，但去任何一个机场都需要一天的车程。芒康境内有两条国道，即国道318和国道214，但每一条都有挂壁路段，而且冬天一遇下雪，路面就会结冰，到了雨季又随时有塌方的可能，行驶在这些路段上，真不知明天和意外哪一个会先来。

但是，我们的援藏干部和藏族干部长期生活和工作在这里，时时刻刻面对这些困难和危险，依然从容自如。而作为一个报告文学作家，我只是这里的一个匆匆过客，在藏区采访时间不过短短一个月，内心愧不可当。

他们的行为和精神可歌可泣，他们让我在西藏经受了一次精神的洗礼！

后记

西藏，我们再出发

1

昨天，我接到黎勇的电话，了解到他们大约在 2019 年 7 月将与第九批援藏队办理交接手续。

我想，这个接力棒，黎勇是交出去了，他和他的队友也即将凯旋，雪山依旧在高原巍峨，格桑花依旧年年开放。

采访重庆市第八批援藏干部，每一天我都被感动着。

白天聆听的故事在耳畔回旋。因为一个人的眼泪是有限的，所以我很节制。正像黎勇的诗《今夜，我想和眼泪谈谈》，其实，在昌都的每一夜我都在与眼泪诉说。

我常常半夜醒来，感觉头痛，鼻孔里有一堆的血粒，用手抠，用水洗，但是那些血粒比我的毅力还要坚强。

不到一个星期，我带去的防止或者缓解“高反”的药品就用完了。我常常提醒自己，我是一个作家，是带着使命采访的，绝不能倒在路上。

就这样，我每天上午 10 点准时到各单位采访，中午不休息，晚上回到宾馆整理资料，直到凌晨 1 点才能入睡。

坚持了二十八天。

2

我也是第一次去西藏，也是第一次翻越海拔 4000 米以上的雪山。

到西藏去，我才发现人生还有很多第一次。也许，这就是人们对西藏这片净土向往的原因吧。

除了蓝天白云、雪山草地，还有漫山遍野的牛羊，这也许是每个人都能见到的西藏。而当你再进一步靠近西藏时，你会发现西藏有更细微的美、端庄的美!

夜晚，当我们的采访车在海拔 4000 多米的红拉山上爆胎的时候，只需一个电话,县城的修车工就飞奔而来;当我们在风雪之夜赶到曲孜卡时，杨志伦、陈静、康伯龙、赵春梅四位盐井中学的援藏老师不顾寒冷与我们交流；当我回到重庆几个月后，还能在微信里愉快地听到西藏的朋友传来的马颖教授朗诵《写给达因卡的兄弟姐妹们》的声音；当察雅县的几位队友知道我采访他们那一天是我的生日时，晚餐时悄悄给我准备了蛋糕……这是雪域情,这是一辈子的战友情!

我虽然只在西藏采访了二十八天，但是对昌都的记忆却是永远的。

3

四川马尔康红军长征纪念馆保存的资料，也从历史的角度向我们解释了今天为什么要“援藏”。

《阿坝州志》中记载了一段“牦牛革命”的故事：

在中国革命处于危难时刻、紧要关头，为支援红军夺取北上抗日的胜利，阿坝州藏、羌、回、汉各族人民付出了巨大的代价和牺牲，做出了杰出的贡献。毛泽东主席在延安时期和新中国成立之后，曾对此有过多次讲述，高度评价了红军在翻雪山、过草地时期，藏羌人民的革命斗争业绩，他还以极富特点、非常形象又生动的简练言词称之为“牦牛革命”。

……

新中国成立后，毛泽东主席在怀仁堂对藏族老红军天宝同志讲：“你们的民族很伟大，你家乡的百姓真好，在中国革命的危急关头，是他们帮助了我们。在那里我们是犯了纪律，把老百姓的牛羊杀来吃了和把他们地里的粮食也给收割了，他们没有计较，他们还把家里所有吃的都供给我们过雪山草地用，在大草地上，我们又把他们的牦牛杀了才走出了茫茫大沼泽地。所以，我曾讲过，中国革命在某种意义上讲是‘牦牛革命’，我们是对你家乡欠下了债的，请你回去后代我向他们问候和感激，待到全国富裕起来后，我们是一定要去向他们还债的。”

“一定要还债！”这个中国革命欠下的债只有新中国来还，这就是我们必须援藏的历史由来！

4

2019年注定是一个让人激动的年份，我们伟大的祖国诞生70周年，70年天翻地覆，沧海桑田！2019年，正好也是西藏民主改革60周年，60年团结奋进，缔造美好！

新中国成立70年，沧海桑田，令世界瞩目，人民生存环境有了巨大改善，生活品质显著提高。西藏民主改革60年，西藏各族人民与全国人民一道，同心同德、和衷共济，在维护国家统一、反对分裂的斗争中，西藏各族人民紧密团结在党中央周围，经受住了各种困难和风险的考验，铸牢了中华民族共同体意识。

“立功何须在桑梓，雪域更待洒青春。”援藏24年，架起了西藏与内地沟通的桥梁，是艰辛付出，也是友好融入。重庆和昌都，早已在医

疗、教育等行业进行了广泛、深入的互动。很多干部，三年援藏期满后，直接申请留下继续奉献，也有人暂时离开了，当又有援藏机会时，他们义无反顾再进雪域奉献青春，援藏干部们虽然回到内地，但是他们一直在关注着昌都。一次援藏行，终身西藏情。

“治国必治边，治边先稳藏。”阳光洒满雪域高原，辉耀苍穹，普照大地。如今，西藏正以新的姿态，在以习近平同志为核心的党中央的坚强领导下，奋力谱写新时代中华民族伟大复兴中国梦的雪域篇章。

我长期与一批重庆援藏干部密切交往，深知其工作环境艰苦，精神崇高。于是就有了写援藏人故事的想法。但是，由于能力有限，书中难免有错漏之处，请海涵。

5

从西藏回来，我住进了重庆市九龙坡区第一人民医院。

诊断的结果是右肺感染，胸腔积液。

但是不管怎样，我还会再去西藏的。西藏，我们一定会再出发！

重庆市作家协会为本书的采访、出版提供了大力帮助，感谢辛华书记、陈川主席；重庆市援藏办、重庆市第八批援藏队、《昌都报》、《西藏日报》、《重庆日报》、新华社等单位为本书撰写提供了重要素材，在此一并表示感谢！

值此建国 70 周年之际，谨以此书献给我们伟大的祖国！人民万岁！祖国万岁！

周鹏程

2019 年 4 月 21 日